请君出瓮

话说典籍里的精妙故事

刘勇强 著

上海文艺出版社
Shanghai Literature & Art Publishing House

曾宴桃源深洞,一曲舞鸾歌凤。长记别伊时,和泪出门相送。如梦,如梦,残月落花烟重。

你怎么知道它只是鸡？人有前生来世，鸡就没有？

你怎么知道它的前生不是凤凰，来生不变凤凰？

你千百日没坐这里,今天恰好坐在这里。我见千百人不相悦,独见君相悦,这不是缘分是什么?

"雨后静观山意思,风前闲看月精神。"

至于什么意思,何种精神,正不妨各自体会去。

老方丈见知灯来,便说:"日出方知天下朗,无油哪点佛前灯。"

知灯说:"去年那个女菩萨来了,就有油。"

其实,她在灯节就察觉了他的跟踪,也知道他在隔壁租了房子住。

实际上,她一直在期待这一刻。

然后就有了然后。

目录

辑 1　世情啼笑

如梦令 ……………………… 003
旁观 ……………………… 009
齿石 ……………………… 018
子孙果盒 ……………………… 025
银杯 ……………………… 031
伶俜 ……………………… 040
凤凰鸡 ……………………… 048
窗外 ……………………… 058
请君出瓮 ……………………… 065
什么意思 ……………………… 074
蛊 ……………………… 083
啼笑皆非 ……………………… 091
散花 ……………………… 099
青山在，绿水在 ……………………… 108

辑 2　士林清凉

海棠·松树 …………… 119

天砚 …………………… 128

真迹 …………………… 139

扯平 …………………… 148

鸡鸣 …………………… 155

清凉 …………………… 164

十相具足 ……………… 173

鸿蒙 …………………… 184

咿唔咕哔 ……………… 193

混沌灯 ………………… 201

仙鹤下蛋 ……………… 209

辑 3　君臣际会

龙袍在地 ……………… 221

瓜乡 …………………… 228

一生三世 ……………… 239

细思恐极 ……………… 246

草诏 …………………… 253

不晓天 ………………… 263

春帖子 ………………… 274

太平有象 ……………… 285

三笑 …………………… 295

扯淡 …………………… 306

君臣会 ………………… 318

跪拜 …………………… 329

辑 4　疑神疑鬼

灯 ……………………… 341

脚步 …………………… 347

茄子 …………………… 353

白鸽 …………………… 358

蜘蛛惜春 ……………… 365

扫帚簪花 ……………… 372

心方注想 ……………… 380

疑神疑鬼 ……………… 389

魂无所依 ……………… 399

搜神遇怪 ……………… 408

恍然如梦 ……………… 419

鼠子动矣 ……………… 428

古塔情殇 ……………… 438

后记 …………………… 445

辑 1

世情啼笑

如梦令

曾宴桃源深洞,一曲舞鸾歌凤。长记别伊时,和泪出门相送。如梦,如梦,残月落花烟重。

——李存勖《如梦令》

一

话说,当日在毗陵驿拜别父亲后,宝玉被一僧一道夹住,来到一个不知是佛寺还是道观的所在。那僧道:"你就在这里等着。"宝玉问:"等多久?"那僧笑道:"你且莫问,日后自然明白的。"说毕,二仙师又飘然而去。

宝玉独自从山门进去,只见主殿早已坍塌,唯剩西侧几间偏屋。一个头发灰白的道人过来,也不问宝玉来由,便领他进了一间小屋,说:"你住这里。"又说:"看你一脸惆怅,两眼无神,似醒非醒,如在梦中,就叫如梦吧。"

如梦在那间小屋住下,不知过了几月几载。

二

那日，一夜北风紧，如梦思量着又该找些旧书页糊窗户了。早晨起来，便在墙角的一堆杂物中乱翻，除了早已褪色脱毛的大红猩猩毡斗篷，还有一本残破的书，几支秃笔。

如梦才刚拿起那本书，便如雷轰电掣一般。原来那书的封面题着《南华经》，里面却是《会真记》。如梦很记得，大观园抄检后，他将外面书房里粗俗过露的书都送走了，唯有放在床顶上的《会真记》舍不得丢掉，便悄悄地重装了一个封面遮人耳目。出门那天，如梦打定主意不回去了，顺手带了本《南华经》上路，没想到却是这个《会真记》。

如梦翻开书，有些干枯的桃花瓣飘落下来。他本来以为自己早已忘了的，又在不经意间浮现眼前，那处，那园，那花，那柳，不知已属谁姓矣！还有后来竟无一梦的那人……

如梦只管看着那些花瓣出神，没承想张道士推门而入，见如梦手中拿着书发呆，问道："什么书？"如梦见问，慌得藏之不迭，便说道："不过是《南华经》。"张道士笑道："《南华经》你藏什么？"说着夺了过来。

三

张道士对如梦说："你知道《会真记》本旨是什么？"

如梦道："愿天下有情人皆成眷属。"

张道士说："非也，非也！自始至终，都是一梦！你看张生初动情时,'灯儿又不明,梦儿又不成',才以为'一天好事从今定,再不向青琐闼梦儿中寻',却因老夫人变卦,'谁承望月底西厢,变做了梦里南柯',以致'昼夜忘餐废寝,魂劳梦断,常忽忽如有所失','则索向梦儿里相逢','梦儿里苦追寻','梦魂飞入楚阳台'。梦个不了,连莺莺来了,'知他是睡里梦里','只疑是昨夜梦中来'。再后来,老夫人逼他去赶考,莺莺'知他今宵宿在那里?在梦也难寻觅',张生草桥店梦莺莺,'原来却是梦里','一枕鸳鸯梦不成','虚飘飘庄周梦蝴蝶','急剪剪好梦儿应难舍',更有那'雨儿零,风儿细,梦回时,多少伤心事','从应举,梦魂儿不离了蒲东路'。如此一派梦境,满纸荒唐,你如何竟不省得?"

如梦道:"师父会过目成诵,一目十行。然而西厢终究好梦成真了。"

四

张道士问如梦道:"你道什么是好梦成真?"

如梦道:"天下有情人成了眷属。"

张道士说:"你这一点情根如何就斩它不断!我索性告诉你吧,这里原先叫作小普救寺,也有一个张生,也被逼去赶考,无奈有些蹭蹬,考了三十年,才胡乱混了个进士,兴冲冲回来找莺莺,放牛的小童告诉他,村口抱孙女那个老眉咔嚓眼的姥姥便是。张生听见如此说,登时魂灵儿飞在半天,好似着了风魔一般,口里颠来倒去地念着'诗人老去莺莺在、莺莺老去诗人在,老,老,老,在,在,在',夜里竟偷偷一把火烧了寺。把个和尚烧走了,他却官也不做了,留在这里当了道士。"

如梦问:"你……"

张道士说:"呃。所以,我们修炼的,只求个长生不老。"

五

如梦道:"如何可得长生?"

张道士说:"显密圆通真妙诀,惜修性命无他说。都来总是精炁神,谨固牢藏休漏泄。休漏泄,体中藏,汝受吾传道自昌。口诀记来多有益,屏除邪欲得清凉。得清凉,光皎洁,好向丹台赏明月。月藏玉兔日藏乌,自有龟蛇相盘结。相盘结,性命坚,却能火里种金莲。攒簇五行颠倒用……"

如梦道:"师父满口说些什么?我只听见性命二字。"

张道士道:"你若果听见性命二字,还算你明白。你且慢慢琢磨吧。"说着,指着进来时放在桌上的一个布袋说:"昨日在郑家庄做法事,崔姥姥送了些新枣,说'日食三枣,长生不老',你可试试。"

如梦道:"这也不值什么,只怕未必见效。"

张道士笑道:"横竖大枣安中养脾,平胃气,通九窍,不伤人的。甜丝丝的,又好吃。吃过九百九十九棵树上的枣,就见效了。"

如梦也笑道:"有那许多吃枣工夫,自然是长生不老的。"

说话之间,外面已下起雪来,雪花从破损的窗纸吹进来,落在窗台、地上,也有几片落在了《会真记》上。

六

　　这两日，隔壁有几位贩山货的行商借住。大雪天，他们只好困在房里饮酒，一个嚷道："俺们也别悲、愁、喜、乐，一套一套的。如今大雪封路，有钱难赚，有家难回，单说一个悲字。"

　　众人乱了一阵，便吆五喝六地喊起酒令。一个道："男儿悲，划拳碰洒洒满杯。"一个道："男儿悲，无钱要作有钱吹。"如梦听着觉得有些俗。另一个道："男儿悲，老汉无力把车推。"如梦有些不解，料也不是什么好话。

　　这时，又有一个说道："男儿悲，探花归来莺莺飞。"如梦听着有点耳熟，便从壁缝看去，果然是张道士正与那三个商人推杯换盏，喝得高兴。

　　如梦听了张道士的话，望着窗外搓棉扯絮一般的雪，又想起《会真记》上的事，什么"脂正浓，粉正香，如何两鬓又成霜，绿叶成荫子满枝，乌发如银，红颜似槁"，一齐涌上心来。恍惚如梦初醒，美人原是"好"，黄土就是个"了"。美人迟暮却还不是了局，怪道无可如何也。

　　雪越发下得紧了。

　　如梦从布袋中拈出两枚大枣，丢进茶碗中。

　　那两枚枣在水中浮动，仿佛是一僧一道待要跃出……

2016 年岁末戏笔寄慨

附记

　　金圣叹《读第六才子书西厢记法》曰："《西厢记》必须与美人并坐读之，与美人并坐读之者，验其缠绵多情也。"《西厢记》必须与道人对坐读之，与道人对坐读之者，叹其解脱无方也。"与美人并坐读《西厢记》，《红楼梦》中已写过了；与道人对坐读《西厢记》，却为历来小说所无。正如《十二楼·合影楼》后评语所谓"'影儿里情郎，画儿中爱宠'，此传奇野史中两个绝好题目。作画中爱宠者，不止十部传奇、百回野史，迩来遂成恶套，观者厌之。独有影儿里情郎，自关汉卿出题之后，几五百年，并无一人交卷"。只因"《西厢记》必须与道人对坐读之"，自金圣叹出题之后，三百余年，也无一人交卷。故不揣浅陋，聊编残梦，以示金题尚在，诚盼朱卷于石粉红迷。

　　《红楼梦》第一百十八回叙宝玉赴试前夜，"拿着《秋水》一篇在那里细玩"，后来又"将那本《庄子》收了，把几部向来最得意的，如《参同契》《元命苞》《五灯会元》之类，叫出麝月、秋纹、莺儿等都搬了搁在一边"。宝玉如何单独"收了"《庄子》，小说未明写，但应与《参同契》等搁置不同，此为本篇想象之由。篇中另有诸多词句，直接撷自《红楼梦》。长生不老，天机难测，亦只得从《西游记》移录"显密圆通真妙诀"，幸勿以懒惰为讥。

旁　观

一

陈其元年轻时在杭州读书，常去隔壁豆腐铺买豆腐皮包子吃，一半是因为豆腐铺老板的女儿长得漂亮。但他是规矩人，发乎情，止乎包子而已。

那日早上，他又去买豆腐皮包子，忽听见里面一片哭声，原来是老板的闺女死了。只听老板愤愤地说："都是什么《红楼梦》害的，小女整天捧在手里看，哭一会儿笑一会儿，得了魔怔似的。我一怒之下烧了书，她竟说我烧杀了她的宝玉。那引大家做梦的人就该烧杀。"

陈其元与学中朋友说起此事，朋友说："《红楼梦》还是好的。"

陈其元摇头叹息道："《红楼梦》固然有好处，奈何世人读不出。比如探春说：'我们这样人家，外头看着我们不知千金万金小姐，何等快乐，殊不知说不出来的烦难，更厉害。'这就是旁观者未必清。豆腐铺女儿大约就只看到人家的势派与缠绵，移了性情，就不可救药了。可惜，可惜！"

那朋友说："你莫非不是旁观者？"

陈其元笑道:"余家原是'一门三宰相,四世五尚书'的望族,先祖曾如小说中甄家一样接过驾,圣祖驻跸又赐名的'安澜园'也曾名扬天下,可惜后来第宅焚毁,宗族零替。说起来,我也可以写一部《红楼梦》,出脱心中多少忆昔感今。"

二

陈其元以资选为训导,虽不甚荣耀,到底也算条出路。赴任与赴考不同,心中甚是轻快。

陈其元想起父亲讲过,当日孙尔准以闽浙总督阅兵,千夫拥护,万众观瞻,声势赫奕一时。父亲去船上拜谒,孙尔准说:"三十年前,以诸生携一仆归家,扁舟泊此。今虽风景如昔,而意兴转觉不如昔时。"父亲说:"封疆任重,此心不免忧劳吧?"孙尔准却说:"不是啊。"说着,指着案头一件刚收到的朝廷密件说:"外人看我这总督如何荣耀,却不知我心中苦恼。此一件事,令我措置,万分为难呢。"那份密件究竟是什么内容,孙尔准没有明说,父亲也不便问。

后来,陈其元听到一个传说,孙尔准从越南回到京城,待漏宫门外。和珅看他手中有个鸽子蛋大小的明珠,便向他索要。孙尔准说:"我昨天已将此物奏明皇上,一会儿就要当面呈进。"和珅冷笑道:"开玩笑啦,公何必如此小心眼。"没过几天,孙尔准又碰到和珅,他说:"我昨天也得到一珠,不知与公所进奉者是否相同?"孙尔准一看,正是前日他那明珠。他很纳闷,不知和珅是如何得到它的。

陈其元想，这种传说虽不可信，但孙尔准贵为总督，却不开心，未必没有这种秘辛。一个人无论如何德高望重，内心总会有说不出的苦恼，倒不如年轻时了无牵挂简单。

三

陈其元因办事干练，颇得李鸿章、左宗棠、丁日昌等人赏识，而他与江苏巡抚丁日昌最谈得来。

那日，陈其元去巡抚衙门，丁日昌指着一地收剿来的小说曲本说："近来兵戈浩劫，未尝非此等逾闲荡检之说，默酿其殃。若不严行禁毁，流毒伊于胡底？"

陈其元想起豆腐铺老板的女儿，说："《红楼梦》描摹痴男女情性，其字面绝不露一淫字，令人目想神游，贻祸不浅，最当禁毁。"

丁日昌说："没想到你竟有这般见识，了不起，了不起！"便在查禁"淫词小说"的通饬令中添上了《红楼梦》。

第二年，丁日昌将陈其元调任青浦县令。

四

陈其元上任不久，就遇到了一个大案。三个英国人买了条船，雇了若干中国人，在淀山湖中抢劫地保钱粮船，刚好有巡缉炮船经过，哨官下令追贼。英国人立于船头，以手相招，做出退还赃物的样子。等炮船驶近，他们却突发手枪，打死哨官及巡缉多人，并将炮船上的东西掠走。

陈其元赶到现场，洋盗已逃走，只见尸骸狼藉，惨不忍睹。

回来的路上，他在车上一直思考如何缉凶，却一点头绪都没有，懊闷欲死。

因路途颠簸，陈其元命停车在路边茶摊喝茶，小吏高喝闲人回避。

两个在道旁择菜的婆子，见陈其元相貌堂堂，官仪稳重，议论道："此不知前世如何修行，乃能修到如此。"

陈其元愕然地想，人的看法竟有天壤之别。小民旁观，县老爷威风凛凛，自然是显贵的了。她们何尝知道，自己此时想的却是，下辈子都再不要到此做知县了。

五

陈其元赏五百金以捕贼，不到一个月，逃匿上海、宝山等地的劫匪相继落网，一个流窜到香港的英国人也被捕了。

陈其元特去上海参加会审，情真事确，中国从犯俱画押招供，但英国人却不肯承认。因洋人不受中国羁禁，他们被关押在英国领事衙门，单等窜至香港的犯人解到定案。没想到香港那边以"不相统属"为由，又因公文使用了不礼貌语言，竟将凶犯开释，而上海这边也随之将在押凶犯放了。

劫案中有炮船弁勇暨乡民十一人死，无从取偿，令陈其元愤填胸臆，却也无可奈何。他想起丁日昌将近来兵戈浩劫归咎于小说的诲淫诲盗，十分在理。又想洋人为盗，大概也是被洋人的小说教坏的。

六

陈其元闷闷地出了衙门，见几个衙役坐在台阶上，一边就着摊在地上的花生米喝酒，一边聊天。只听一个衙役正说得热闹："听说孙尔准是个胖子，一顿能吃一百个鸡蛋和馒头。闽浙阅兵时，泉州太守送给他一百个大馒头，一百个卷蒸，一品锅内还有双鸡、双鸭，他全吃了，抹抹嘴说：'我阅兵两省，只有在泉州才得一饱。泉州真是个好地方！'如此能吃，真是好福气啊！"

另一衙役说："他的胖，想必就是吃出来的。听说他夏天苦热，在大缸里装满了井水，把身子都泡在里面，只露口鼻在外面呼吸。这到底是享乐，还是受罪呢？"

又一个衙役说："享乐也罢，受罪也罢，我们说着别人家的闲话，正好下酒。"

陈其元听了哈哈大笑道："你们几位好是自在。"

衙役见是县令，都站了起来。一个说："老爷取笑了。老爷看小的们自在，与小的们换换？让小的们也乔坐衙，威风一回。"另一个忙拦住道："满口胡柴！他是喝高了，老爷不要与他计较。"

陈其元自然不会与衙役计较，但他觉得衙役"我们说着别人家的闲话，正好下酒"的话，虽属闲谈，却十分冷峻，又觉得此语耳熟，想了半天，终于记起是《红楼梦》中冷子兴说过的。他想，衙役肯定没看过《红楼梦》，竟是《红楼梦》所写，暗合了世态人情。

七

那日，陈其元去勘案，微服步行，在村口遇一老太婆。

老太婆问："今日官来此，是跟着县老爷来的吗？"

陈其元佯为不知，问她县令好不好。

老太婆道："老爷好不好，天知道，但有一件事太坏！"

陈其元惊讶地问是什么事，老太婆说："我们这里每年春日都有演戏的，这个老爷来了以后，就不让演了。"

陈其元说："演戏徒费财力，县令禁戏，是念百姓生活艰难，看一日戏费钱数百文。"说着，指着老太婆身上的破衣服说："有那闲钱，何如到冬天给自己制一新棉袄？"

老太婆道："你却不知百姓的苦处，正因为日子艰难，才要看戏解闷。还有，我那不肖的儿子就在戏班唱戏。一禁戏，断了生计，还谈什么制新棉袄。"

陈其元不禁哑然，暗自思忖，只道为百姓好，没想到却是好心办坏事。看来，旁观者不能设身处地，终未必能清。

八

一日，陈其元整理家史，发现远祖原来也是做豆腐生意的，不免又想起了那个豆腐铺老板的女儿。

晚饭时，与家人提起豆腐皮包子，女儿说："《红楼梦》里也有。第八回叙宝玉问晴雯道：'今儿我在那府里吃早饭，有一碟子豆腐皮的包子，我想着你爱吃，和珍大奶奶说了，只说我留着晚上吃，叫人送过来的，你可吃了？'"

陈其元说："这是朝廷禁书，你从哪里看到的？又看得这么熟？"

妻子说："还不是你禁书时，收了一部回来。"

女儿："《红楼梦》好看，也不是你们说禁就禁得了。"

陈其元问："你说好看，好看在哪里？"

女儿说："我也不知好在哪里，只觉得写的都是身边的事，让人越琢磨越有意思。比如宝玉两个丫鬟，宝玉给晴雯带了豆腐皮包子，袭人却得到了元妃的酥酪。那时节，她两人看对方，究竟是谁更羡慕谁？"

陈其元一时无语，忽然觉得，《红楼梦》中果真有许多道理可以给旁观者借镜，也许是不该禁的。

2018年6月29日于奇子轩

附记

本篇素材多出于陈其元《庸闲斋笔记》，依次如下——
卷八《红楼梦之贻祸》：

淫书以《红楼梦》为最，盖描摩痴男女情性，其字面绝不露一淫字，令人目想神游,而意为之移。所谓"大盗不操干矛"也。丰润丁雨生中丞巡抚江苏时,严行禁止,而卒不能绝,则以文人学士多好之之故。余弱冠时,读书杭州,闻有某贾人女明艳,工诗,以酷嗜《红楼梦》致成瘵疾。当绵惙时,父母以是书贻祸,取投之火,女在床乃大哭曰:"奈何烧杀我宝玉!"遂死……

卷十《富贵中之苦境》:

"旁观者审,当局者迷",古语也……独有富贵纷华中之苦境,则只当局者自喻之,旁观者不能知之也。昔金匮孙文靖公,以闽浙总督来嘉兴阅兵,千夫拥护,万众观瞻,声势赫奕一时。先大夫谒于舟次,公言:"三十年前,以诸生携一仆归家,扁舟泊此。今虽风景如昔,而意兴转觉不如昔时。"先大夫对以"封疆任重,此心不免忧劳耳"。公曰:"非也。"因指中间供奉新到之廷寄曰:"外人观总督如何荣耀,而不知总督心中之苦恼。此一件事,令我措置,万分为难矣。"然所为何事公卒未明言也。同治己巳,余令青浦,有洋人为盗,在淀山湖中拒捕,杀炮船哨官都司一人,炮勇七人,百姓三人。余往勘验,盗已远飏。尸骸狼藉,无可如何。姑令收殓,再行缉凶。归时,在舆中筹画此案,中心懊闷欲死。然呵殿驺唱如故也。中途遇二老妪避于道傍,指余啧啧相谓曰:"此不知前世如何修行,乃能修到如此。"余闻之,默念我方恨今生何以不修做此知县;而彼乃羡慕谓前世修来者,何见解之相左耶?忽忆孙文靖公事,不禁为之失笑。则"旁观者审"一言,犹为未的也。

卷七《孙文靖公》:

(孙尔准)公身肥大,健啖,食鸡子及馒头可逾一百。尝阅兵至泉州府,太守崇君福馈以馒首百,卷蒸百,一品锅内双鸡、双鸭,公尽食之,告人曰:"我阅兵两省,惟至泉州乃得一饱耳。"幼年身肥,夏日苦热,则以大缸满贮井水,身浸其中,仅露口鼻以为乐……

卷三《地方官微行之利弊》：

　　……在青浦时，至金泽镇勘案，微服步行，村落中遇一老妪，妪问余曰："今日官来此，先生其随官来者耶？"余佯为不知，询其故，妪以勘案告。余因问其官之贤否，妪曰："官甚好，但有一件恶处。"余惊问之，则曰："我处每年春日演戏，自此官到来，禁不复作耳。"俄而驺从毕集，妪惊，余慰之曰："妪勿怪，我之禁戏，乃以兵燹之后为若等惜物力也，与其看一日戏费钱数百文，"因指其身之敝衣曰，"何如到冬日制一新棉袄乎？"妪笑，余亦笑而去。

卷一为陈其元自撰家族史，篇中所涉相关事迹，均截其语叙述，非无据之言。洋盗案卷十《淀山湖洋人劫案》述之甚详，兹不备引。

另，孙尔准与和珅传说据李岳瑞《春冰室野乘》卷上：

　　孙文靖士毅归自越南，待漏官门外，与珅相直，珅问曰："公所持何物？"文靖曰："一鼻烟壶耳。"索视之，则明珠一粒，大如雀卵，雕成者也。珅赞不绝口曰："以此相惠可乎？"文靖大窘曰："昨已奏闻矣，少选即当呈进，奈何？"珅微哂曰："相戏耳，公何见小如是？"阅数日，复相遇直庐，和语文靖："昨亦得一珠壶，不知视公所进奉者若何？"持示文靖，即前日物也。文靖方谓上赐，徐察之，并无其事。乃知珅出入禁庭，遇所喜之物，径携之以出，不复关白也。其权势之恣横如此。

齿 石

一

士人李璋妻徐氏,美艳而性静默。

二

徐氏四五岁时的一天,父亲徐举人说:"我在临安府,看到许多女孩子缠了小脚。我还买回了一双'错到底'。"

那是双精巧漂亮的小鞋子,鞋底尖尖,两色合成。玉莲看了好生喜欢,套在脚上,摇摇摆摆地走着。

徐举人说:"玉莲,你喜欢这鞋,就缠足吧。"

玉莲不知什么是缠足,就说好。

一开始缠,她就痛得大哭大叫。

徐举人说:"缠足是很美的,那个写过明月的苏轼苏东坡还写了小脚的词哩。"

玉莲说:"他喜欢让他缠去,让他们全家都缠去。"

徐举人说:"临安很多女孩子都缠了。"

徐举人又说:"将来的女孩子人人都要缠。"

徐举人还说:"你若不缠,以后找不到婆家。"

……

玉莲被缠得痛极时,咬住妈妈手上的玉镯,玉镯上竟然留下了两个浅浅的牙印。

徐举人听不得玉莲叫痛,说:"罢了,罢了。"

三

徐氏嫁到李璋家四年,不曾生育。

李璋去了临安,带回一个女人。

这女人并不比徐氏好看,却有一双小脚,还会唱苏东坡的《菩萨蛮》:

> 涂香莫惜莲承步,
> 长愁罗袜凌波去。
> 只见舞回风,
> 都无行处踪。
>
> 偷穿宫样稳,
> 并立双趺困。
> 纤妙说应难,
> 须从掌上看。

那娇滴滴的声音、颤微微的舞姿，李璋千欢万喜，说小娘子是临安人氏，东坡有"总把西湖比西子"的诗句，娘子又是西湖又是西子，以后就叫西西娘子。

徐氏听到他们说笑，暗自骂了句挨千刀的苏轼、遭瘟的东坡，哪儿都有他。忍不住地把碧玉簪放在口里，咬出了一道痕。

四

有一天，徐氏在西西娘子房门前洒了一点香油，西西娘子脚小，一滑便倒。

又一天，徐氏在西西娘子房门前丢了几粒黄豆，西西娘子又摔了一跤。

徐氏看了偷偷地乐，学着西西娘子的腔调哼道：

都无行处踪，
原来站不稳，
并立双跌困，
纤妙说应难。

那日，徐氏娘家人送来一篮石榴。每年娘家人都会送些自家树上结的石榴给徐氏吃，说是吃石榴可以多子多福。徐氏边吃边顺手将一些石榴籽丢在西西娘子会经过的地上，却不料被李璋踩了，差一点跌倒，气咻咻地把那篮石榴都抛到屋后竹丛间。

五

天黑后，徐氏悄悄去竹丛找石榴。摸到一个圆圆的、光溜溜的东西，像个小石榴，便放到嘴里嗑皮。没想到那东西很硬，她揉了揉，觉得有些温软，使劲咬，牙都咬进去了，还是没咬开。她带回房间在灯下一看，却是一块白石子，上面还有一道她的齿痕。

徐氏不知自己怎么能咬得动石子，就又在手上揉了揉，把它放到嘴里；反复咬着，竟觉得有些凉爽甘甜，一丝酥软的惬意从牙齿，传到舌头，又传到咽喉，直传遍全身。

第二天夜里，徐氏再次偷偷去竹丛里找，又摸到一块白石子，还是揉了揉，放在嘴里咬，更觉得可口。以后便每天去寻石子咬，特别是听到丈夫和西西娘子谈笑时，她便狠狠地咬，咯吱咯吱地，格外的舒坦。

李璋与一个新买回来的丫鬟调笑，夜里想去那丫鬟屋里，问徐氏。徐氏说："你想去就去，问我做甚？以后不管是东东丫鬟，还是西西娘子，都是你的东西，再与我无关，别来问我。"

李璋很奇怪，徐氏怎么变得宽容了。

六

徐氏本来是大门不出二门不迈的，近来却常在夜里独自去屋后的小园子，李璋开始没有在意。可是，晚上在西西娘子屋里歇时，月光将晃动的竹影投射到屋里，又有窸窸窣窣的声音，吓得西西娘子以为外面有鬼物，忙推李璋去看看。

李璋壮着胆子从破损的窗纱小洞看过去，徐氏恰从竹丛间走出，嘴边好像吃过什么东西的样子，心中突然有一点害怕起来。

第二天天黑，李璋偷偷跟在徐氏后面，只见她拨开竹枝竹叶，弯下腰在地上一会儿敲敲，一会儿挖挖，又捡起什么往嘴里送，回来时，好像还在咀嚼着。

待徐氏睡着后，李璋伸手到她枕边，摸出一块硬邦邦的石子，借着月色，看见上面有一道道被咬过的齿痕。李璋放进嘴里，一咬，硌得牙生疼。

挨到天亮，李璋翻开徐氏陪嫁时带来的箱子，发现里面满满地堆着百十枚带有齿痕的石子。他问徐氏："你为什么吃石子？你怎么咬得动石子？"

徐氏只说牙痒，别的就什么也不说了，嘴里却好似有牙齿相碰的清脆声音。

那天夜晚，李璋梦见竟有一夜叉般怪物窜出，张着一口锋利的大牙，直扑而来，吓得他汗下如雨，一面失声喊叫："西西救我！西西救我！"

从此，他不敢往西西娘子屋里去，也不敢和丫鬟说笑了。

七

又过了几年，徐氏去世了。

李璋把那一箱石子放进她的棺材中一起埋了。

八

据古代奇石网报道，由竹海大学齿石文化工作坊主办的首届齿石文化国际研讨会近日召开，国际知名学者斯通纳教授出席了本次会议，他认为宋代女性墓地中发掘出的数百枚齿石，很可能代表了一种饮食文化信仰。但质地坚硬的石子上，齿痕是如何刻上去的，与会代表却有不同看法。学者们认为应会同民俗学、人类学、科技考古及古代文学等不同领域专家，展开跨学科协同研究，以揭开齿石的秘密。与会代表还兴致勃勃地观看了运用3D打印技术打印出来的齿石模型，并品尝了本地面点大师制作的齿石点心。有关方面表示，要进一步开发相关产品，推动齿石文化旅游。

2017年元旦 Z66 次列车上

附记

本篇素材为宋郭彖《睽车志》卷三所载：

士人李璋妻徐氏，美艳而性静默，居常外户不窥，惟暮夜独行后圃。璋初不以为异，但每自后归，则口吻间若咀嚼物。他日密随觇之，则徐氏入一竹丛间，俯而扪地，若有所索，归仍咀嚼。夜于枕边摸得一白石子，但视皆有齿痕若啮残然。已而视其箱中齿痕之石甚多，始怪而诘之，终隐不言。始徐氏甚妒，自齿石之后，遂不复妒，更为宽容，璋寝婢子别榻，皆纵不问。如是累年，乃病卒。

同时参考的相关史料还有宋车若水《脚气集》载"妇人缠脚不知起于何时,小儿未四五岁,无罪无辜而使之受无限之苦,缠得小来不知何用"。陆游《老学庵笔记》卷三载"宣和末,妇人鞋底尖以二色合成,名'错到底'"。杨慎《升庵诗话》卷八载"至南渡头妓女窄袜弓鞋如良人矣。故当时有苏州头、杭州脚之谚云"。

子孙果盒

话说，王惠就任南昌府太守后，升了公座，各属都禀见过了，又与前任蘧太守互相拜见过，却不肯轻易交接。

王太守独坐公堂，忽又想起江西术士陈和甫就是此间人氏，那日请他判断终身官爵，只为"天府夔龙"一语有宰相之望欢喜，倒不曾将"两日黄堂坐拥"问个明白。南昌之"昌"正合了"两日"，如何"坐拥"，岂能没有讲究？心中纳闷，便叫上一个随班，要在城中闲走走。

那豫章故郡果然好景。有诗为证：

洪都风景最繁华，仿佛参差十万家。水绿山蓝花似锦，连城带阁锁烟霞。

王太守在街上东张西望，想着这城里城外，如今都由自家做主，不免得意。行不多远，到了永宁寺（《闲卧草堂抄本》夹批：即今佑民寺。王太守甫入南昌，即到永宁寺，岂知后因降宁而永不宁），只见里面铜佛高大庄严，一个扫地僧告诉他，南昌民谚"南昌穷是穷，还有三万六千斤铜"，指的就是这尊铜佛。王太守听了十分高兴，说："菩萨保佑，必然发财。"又问道："前面可还有好玩的所在？"

那僧道:"转过去便是百花洲,怎么不好玩?"

百花洲乃南昌第一名胜,风光秀丽,游人成群逐队,来往不绝。王太守头戴乌纱,身穿大红圆领,腰系玉带,脚踏皂靴,不像个游玩的人,惹得男人女人都看他,他却单看女人。只因年纪大了,眼睛有些花,看不真切。走走看看,累了就坐一会儿轿子,不觉出了广润门,日头正高,便来到一户人家歇脚。

那家主人姓陈,种菜为生,见来了个当官的,赔着小心道:"敢问老爷是……"

王太守慢悠悠地说:"我么,……"

随班抢上前说:"我们老爷是新任父母官南昌知府王太守王老爷!"

老陈忙不迭地沏上茶水,又端上了一个果盒。只见那果盒分作数格,有杏、枣、梨、李,中间是几枚小桃子。王太守走得口渴,拿起梨子就往嘴里送。

老陈慌忙拦住道:"老爷,这个是吃不得的。"

王太守说:"有什么吃不得?"

老陈说:"老爷有所不知,我们江西俗俭,果盒只有中间的果子可以吃,其他都是木头雕刻出来的,装装样子。这叫作子孙果盒。"

王太守问:"如何叫子孙果盒?"

老陈笑道:"因为吃它不得,可以传之子孙。让老爷见笑了。不但这果子吃不得,就是边上那糖,也是木头刻的,上了颜色。"

王太守没见过这等稀奇物件,拿起那些果子端详,真个都是木头雕刻的,便问:"桃、梨也不是稀罕之物,难道江西就这等贫穷,

这也找不出几样?"(《闲卧草堂抄本》夹批:此时王惠料也想不到两个梨捣碎,二百僧众,一人一碗梨水。事见三十八回)

老陈说:"也不一直这样穷,唐代不穷,宋代犹可,不知怎样的,到了元代,就衰落了。后来永乐爷掌了江山,事事都改变,越发可怜了。所以民俗勤俭,每事各有节制之法,又都有一个名目。我们这里吃饭,头一碗不许吃菜,第二碗才以菜助之,这叫作'斋打底'。吃的东西,好买猪杂脏,这叫作'狗静坐',因为吃完了一点骨头都不剩,狗只好坐在一边。就是献神的牲品,也多是赁于食店,献毕依旧还给店家。人要想吃,是不能够的,这叫作'人没分'。"

王太守听了这话,只觉好笑,落后又觉得意兴顿减。都道是"三年清知府,十万雪花银",江西虽比不得苏杭,却也是鱼米之乡,不想而今艰难到这步田地,这官如何能当得顺心随意?他又拿起果盒来看,忽发现底下有一行字:大德二年重修。王太守看过一种《续纲鉴》,知道"大德"是元朝年号,屈指一算,已是一百多年了。既是"重修",说不定年月更久,竟是个古董,于是就指着字大笑起来,说:"这个,大德,二年,哈哈哈,居然是元代的!"王太守想起,京里的胡太监最好收集古董,这个东西倒可以孝敬他老人家,便对老陈说:"你这个果盒本官要了!"

老陈说:"老爷,这个使不得。果盒不值什么,却是小的祖爷爷传下的。先人遗物,不敢随便给了人。要不,小的在菜园里摘一篮极嫩极嫩的黄瓜给老爷尝鲜?"

王太守说:"谁稀罕你的黄瓜!本官不白要你的,比真的果子十倍价给你钱。"

老陈说："老爷，不是钱的事。逢年过节，祭祖供神，都用得着这个。小的虽然是种菜的，也将就过得日子，不缺钱。"

王太守一拍桌子，喝道："不缺钱？敢是缺板子！"（《闲卧草堂抄本》夹批：伏后文所谓"戥子声、算盘声、板子声"。后又叙"这些衙役百姓，一个个被他打得魂飞魄散"，吾为南昌先民一大哭！）

随班也瞪眼吼道："老爷要你的果盒是看得起你。敬酒不吃吃罚酒！什么子孙果盒，老爷打得你断子绝孙！"

老陈听了，吓得直哆嗦，忙赔笑说："老爷息怒。老爷喜欢，小的奉上就是。还有几样果子，小的都收拾齐了给老爷。"

王太守说："既如此，本官先去这里学堂看看，过一个时辰来取。"

王太守来到学堂，只见一个头发花白的教书先生伏在案上打盹儿，底下的学生没精打采地念着书。王太守咳了一声，那先生惊醒，忽见眼前立着个威严的官，吓得说不出话来。

王太守说："你这先生大白天去见周公，子弟们若学你的样，也一个个做起梦来（《闲卧草堂抄本》夹批：着眼。勿以人废言），成何学堂？"

那先生干笑道："鄙人并不认识个叫周公的，没去见他。若说这些蠢徒，大人你看，我这里学堂都不许设长凳，正恐其睡也。这小木榻，又省木料，又不能屈身平躺，枕头放脚，所以叫作'没得睡'。"

王太守一看，那几个灰扑扑的小学生果然都躬肩缩背、歪七倒八地坐在小木榻上，便大笑道："你们南昌人虽然古怪，这个法却定得好！"

待王太守回到老陈家，老陈早将果盒备好，擦洗得干干净净。王太守大惊失色，忙翻过来看，那一行字也不见了，大叫道："谁让你磨掉那字的！"

老陈说："老爷不是笑那几个字吗？"

王太守怒斥道："蠢材，蠢材！就那字还值点小钱，如今半文不值了。真是蠢材！什么子孙果盒！子孙若争气，中进士，做官，难道这一生还少了吃的用的？也不用守着高祖、高高祖留下的果盒过寡淡无味日子。"

王太守本来还想顺道去滕王阁看看，也没了兴致。回府衙路上，兀自气咻咻骂个不停。随从说："村野之人，老爷何必如此计论。让蘧太守多拿出些钱来是要紧的。"

王太守说："这个不急，再缓两日。他做了这些年知府，清高或是有的，难道不明白做官的道理？我做官只是要做叮当响的真官（《闲卧草堂抄本》夹批：'叮当'是银子碰撞声。口角宛然），不要做子孙果盒那种中看不中吃的假官。"

及至蘧公子代父过来说到交接一事，王太守着实作难。蘧公子道："老先生不必过费清心。家君在此数年，布衣蔬食，历年所积俸余，约有二千余金。如此地仓谷、马匹、杂项之类，有什么缺少不敷处，悉将此项送与老先生任意填补。家君知道老先生数任京官，宦囊清苦，决不有累。"王太守见他说得大方爽快，满心欢喜……

2017 年 6 月 30 日于奇子轩

附记

　　本篇构思接续于《儒林外史》第八回王惠甫任南昌知府后，文笔模仿吴敬梓，至如"好玩（顽）""我么""灰扑扑"等诸多词句，更直接袭自原著。然而，"闲卧草堂"固非"卧闲草堂"，所以不闲不卧者，意则在敷演江西民俗，聊为于怀化召开之"《儒林外史》与中国传统文化"研讨会凑趣。盖《儒林外史》中回目本有真伪之争，纵有佚稿问世，恐亦信者无多，疑者尽有。乱花迷眼，非花迷人，人自迷也。

　　素材则见明陆容《菽园杂记》卷三：

　　江西民俗勤俭，每事各有节制之法，然亦各有一名。如吃饭，先一碗不许吃菜，第二碗才以菜助之，名曰"斋打底"。馔品，好买猪杂脏，名曰"狗静坐"，以其无骨可遗也。劝酒果品，以木雕刻彩色饰之，中惟时果一品可食，名曰"子孙果盒"。献神牲品，赁于食店，献毕还之，名曰"人没分"。节俭至此，可谓极矣。学生读书，人各独坐一木榻，不许设长凳，恐其睡也，名曰"没得睡"。此法可取。

　　又见明祝枝山《猥谈》载：

　　江西俗俭，果榼作数格，惟中一味，或果或菜可食。馀悉充以雕木，谓之子孙果盒，又不解镕蔗糖，亦刻木饰其色以代匲。一客欲食取之，方知膺物，便失笑。覆视之，底有字云：大德二年重修。更胡卢也。

　　其中赞美洪都风景一诗，出自《醒世恒言·马当神风送滕王阁》，以示南昌物华天宝，前有王赋，后有话本，雅俗共赏，非吾人自夸乡邦。唯南昌民谚所指佑民寺铜佛据称为清嘉庆年间铸造。

银 杯

一

郑浩家有一套祖传的银杯,制造精工。苏氏是他新纳的妾,没见过。郑浩解释道:"这一套杯共四个,杯底分别刻着'四、芳、同、杯'四字。杯中有西施、昭君、貂蝉、贵妃画像,栩栩如生。斟满酒后,一发显得灵动妩媚。与四大美女同饮共醉,越喝兴致越高。"苏氏说:"你们府上也都想绝了,吃杯酒还有这些样子。"

二

清明郊游归来,郑浩请三个朋友到家中吃饭,拿出银杯喝酒。朋友们见了,都交口称赞。

黄书商说:"郑兄拿出美人杯款待,足见高情。小弟却有个疑难在此,诸兄参一参。有一仆人嫌老婆难看。主人叫他来喝酒,银杯瓦碗各一个,问他:'酒好不好?'他说:'好。'主人又问:'银杯的好?还是瓦碗的好?'他答:'都好。'主人说:'杯有精粗,酒无分别。你既知此,为什么还觉得老婆不漂亮?'他恍然大悟。据小弟看来，这酒是酒，杯是杯，女人是女人，混为一谈，如何说得通？"

白诗人说："说得通，说得通！杜少陵有诗云：'莫笑田家老瓦盆，自从盛酒长儿孙。倾银注玉惊人眼，共醉终同卧竹根。'瓦盆盛酒与银壶玉杯，同一醉也，本无分别。女人也一样，只消戕贵妃之仙姿，灰西施之灵窍，丧减情意，闺阁之美恶自然没了差别。"

蓝画家说："白兄这一派胡言若出自锦衣纨绔、饫甘餍肥者口，我或者信个三四分。你如今不过比茅椽蓬牖、瓦灶绳床强一星半点，没吃葡萄倒吐葡萄皮，信你就输了。郑兄的银杯，被二位说得与瓦碗一般，真真辱没了杯中美人。美人不解饮，倾泻入我怀，其实妙不可言呢。"

黄书商、白诗人连说："蓝兄果然最知趣！"

三

酒过三巡，换上主食。

管家悄悄上来对郑浩说："那个'杯'字杯不见了。"他虽是小声报告，却也有意让众人听见，眼光还向众人身上扫来扫去。

郑浩说："少一个便折破群了，四芳同杯不成句。搜搜丫鬟小厮有无私藏偷匿的。"

管家退下，后厨一阵喧哗。众人听不真切，料想无非辩白推诿，不免也有些尴尬。

这时，苏氏上来说："银杯已找到，打扰了各位，还请恕下人无礼,随意多吃些。"

黄书商笑道:"昔日柳公权志耽书学,不能治生。家中财物多为管家所窃,有一竹筒专装酒器,后来发现,'缄縢如故',里面东西却没有了。问管家,管家说不知道它们跑到哪里去了。公权微笑说:'银杯羽化了。'不复更言。今日杨太真欲重归仙位,想是念郑兄厚爱,又中道而止。"

众人听了都哈哈大笑。

四

客人散去后,苏氏对郑浩说:"银杯实不曾寻得。既寻不得,妾念相公平日慷慨好客,岂可以一杯之故,令宾客不欢,所以假说寻得。"郑浩想起有一次同学聚会,因有人声称失却一物,竟遍搜座上客,失物没找到,反令大家抱怨而散,更觉苏氏随机应变,处置得当。但银杯是传家宝,不明不白"失踪",到底有些不爽。

丫鬟小厮为自证没有盗窃藏匿,赌咒发誓,联名写书状投到城隍神祠,搞得满城风雨。郑浩说:"罢了,罢了。银杯真的羽化了,也未可知。"

其实,郑浩对三位朋友也不能无疑。黄书商兼做古董生意,对银杯掌故恁般熟悉,是个有心人,匿下银杯是可能的;白诗人家境寒酸,虽然口口声声说银器瓦盆一样,但一个银杯卖了,足够他家过半年的,也许做出人穷智短的事;蓝画家对杯中美人情有独钟,欲占为己有,也不足为奇。

自那以后，家人嘴上不说，各自仍相互猜疑。几个朋友上门也少了。

五

郑浩闲来无事，叫苏氏陪他到后园看花。

苏氏刚进门时，郑浩妻裴氏倒也随和，但渐渐地只许郑浩与她一起看花，干别的就要做出许多怪模样。

郑浩对裴氏抱怨道："我如今也挣得家大业大，身边指使者，不过老仆。夫人待我，是不是太不够意思了？"

裴氏说："你要纳妾就纳了，还不知足？"

那日，郑浩趁裴氏洗发，诈称腹痛，急召苏氏进卧室服侍。丫鬟以为郑浩得了急症，连忙报告裴氏。裴氏听说，头发也顾不上梳理，赤脚就跑了进来。

郑浩见裴氏来了，只得将腹痛进行到底。

裴氏想起上次郎中说的偏方，忙命小厮去接他家幼儿的尿。

小厮用粗瓦碗接了一碗来，裴氏倒入些药粉，送到郑浩嘴边。

郑浩觉得臊气难闻，顺手推开。裴氏道："你就当是用银杯饮美酒！"

郑浩勉强咽了两口，便说不痛了。裴氏笑道："童子尿果然立见奇效。下回腹痛，还这样送药。"

后来郑浩再不腹痛了。

六

苏氏却病了。请大夫瞧了几回，找不出原因，只说："此病是忧虑伤脾，肝木忒旺。可服益气养荣补脾和肝汤试试。然病已至此，吃了这药也要看医缘了。"到底缘尽命终，不上一年就呜呼哀哉了。

郑浩检点苏氏遗物，发现首饰盒空空如也，内中只有一信，有些空白涂改，想是草稿。写着：

贤妹雅玲妆次：因家境贫寒，姊屈为人妾。年来乐少悲多，难以言表。吾妹天真烂漫，思之忘俗。为免重蹈姊之覆辙，特将平日私蓄托□□带去，以备急需。余不一一。劣姊雅琴敛衽。

银杯价值据说足抵半年日用，幸勿轻付银匠熔铸。切切。

郑浩方晓得银杯原是苏氏藏下了，感其同胞情深意切，并不生气。

七

给苏氏办后事时，苏父也来了。郑浩问他："府上可还有一个小女儿？"

苏父阴沉着脸道："好好的女孩儿，嫁过来不上两年就让你们折磨没了。尸骨未寒,你又想算计另一个?"

郑浩忙说:"不是那个意思。"便拿出苏氏遗稿给他看。

苏父看了,越发伤心,含泪说:"不怕你笑话,我治生无方,过得艰难,本欲将次女嫁给黄老板为妾,小女不从,竟与邻村一个秀才私奔了,至今半年了,不知下落。我一直担心她无以为生。看了这个,料她一年还过得。只是日子还长,如何是好?"郑浩听了,也觉伤怀。

八

看看又是半年。

一日,郑浩倚门而立,忽觉眩晕,扑倒在地,家人扶上床,四肢已冷,独心下微暖,至半夜乃醒,说:"初在门外见一皂隶自西奔驰而来,气势汹汹,将我押至城隍庙。城隍怒问:'还记得丢失银杯的事吗?此杯是你小妾所盗,如何诬妄他人,致使纷纷到本殿上访。干扰官府,该当何罪?'我不停叩拜求饶,说明那非我本意。城隍忽然又笑道:'逗你玩呢!吓成那样。你家仆人到我这里申辩,我见没出人命,不是多大的事儿,竟忘了处理。今日闲着无事,查得你家那银杯在百珍堂古董铺架上,你可自去索取。'"

郑浩去百珍堂看,果见银杯在架,心想:城隍说话行事没溜儿,到底有些神通。便出钱收回了银杯。

因觉得"杯""悲"谐音不吉利,郑浩请银匠将那个底部刻"杯"的字磨去,改刻为"樽"字,合为"四芳同樽",更为古雅。他摩挲着

银杯,不由得哼唱《满园春》:

> 悄悄庭院深,默默的情挂心。凉亭水阁,果是堪宜宴饮。不见我情人,和谁两个开樽?……

裴氏冷笑道:"非分之心便成悲,丢了倒干净,又寻回来牵肠挂肚做甚?那杨妃是皇帝的情人,你只配和我这样烧糊了的卷子混吧。岂不知瓦盆土碗,粗茶淡饭,比用那银杯灌迷魂汤养生。"

郑浩无言以对,拿话岔开道:"我让人去苏家传个话,他家小女可能没走远。"

2018 年 3 月 28 日于奇子轩

附记

本篇素材依次如下——

陆粲《庚巳编》卷四:

> 里人郑灏,尝娶后妻,设席既罢,失去一银杯,重数两。其家织帛工及挽丝佣各数十人,欲自明其非盗也,相率列名书状为誓,投之城隍神祠。灏止之不得,亦不复觅杯。一日,灏倚门立,少时入内,忽仆地,家人掖以登榻,四肢已冷,独心下微暖,环守之,至半夜乃醒,问所以死,摇手不对。天明乃言:"初在门见一皂自西奔驰而来,势甚猛恶,吾意官府有所追摄也,将入避之,皂及门,径前捽吾曰:'奉命勾汝。'便以索缚吾颈,驱出行数百步,抵城隍庙。有白衣老人立门外,见呼吾名,皂令老人相守,先驰入报,复出引入,跪于庭。神坐殿上,厉

声叱问以投誓之故。顿首谢不知,神愈怒,曰:'忆失银杯事乎?此杯是汝孙盗耳,如何诬妄他人,致其干扰官府!'吾再拜,具陈非己意,神呼之前曰:'汝孙盗杯以质钱于汝家之东银匠铺中,今犹置架上,尔欲见之乎?'顾一卒,令取杯示之,真吾家物也。良久,神怒稍解,曰:'今始放汝,至二十六日行牌提此一干人鞫之。'吾但拜不已,俄又闻殿上传言曰:'既人众,且不推究,但要汝去与众人说,令他知过。'因放出门,乃得活。"即遣人到银匠家访之,杯果在架上,其孙所质也。诸人闻而怖畏,亟诣庙陈谢,犹惴惴,弥月乃得自安。

罗大经《鹤林玉露》乙篇卷二:

杜少陵诗云:"莫笑田家老瓦盆,自从盛酒长儿孙。倾银注玉惊人眼,共醉终同卧竹根。"盖言以瓦盆盛酒,与倾银壶而注玉杯者同一醉也,尚何分别之有。由是推之,蹇驴布鞯,与金鞍骏马同一游也;松床莞席,与绣帏玉枕同一寝也。知此,则贫富贵贱,可以一视矣。昔有仆嫌其妻之陋者,主翁闻之,召仆至。以银杯瓦碗各一,酌酒饮之。问曰:"酒佳乎?"对曰:"佳。""银杯者佳乎?瓦碗者佳乎?"对曰:"皆佳。"主翁曰:"杯有精粗,酒无分别,汝既知此,则无嫌于汝妻之陋矣!"仆悟,遂安其室。少陵诗意正如此。而一本乃以"玉"字作"瓦"字,失之矣。

周晖《金陵琐事》卷一:

橙墩武扃,富而好学,且好客。有爱妾苏氏,善持家。一日宴客,失金杯,诸仆皆啧啧四觅之。苏氏遂诳之曰:"金杯已收在内,不须寻矣。"及客散,对橙墩云:"杯实失去,寻亦不得。公平日好客任侠,岂可以一杯之故,令座上名流不欢乎?"橙墩颇善其言。近有监生宴客,失物,百遍搜座客者,较之苏氏可愧死矣。

焦竑《玉堂丛语》、都穆《都公谈纂》也分别记载了徐文贞、俞仲良不追究金银杯失窃事，与此相类。

《旧唐书》卷一百六十五《柳公权》：

> 公权志耽书学，不能治生；为勋戚家碑板，问遗岁时钜万，多为主藏竖海鸥、龙安所窃。别贮酒器杯盂一笥，缄縢如故，其器皆亡。讯海鸥，乃曰："不测其亡。"公权哂曰："银杯羽化耳。"不复更言。

《新唐书》卷一百六十五有类似记载。

《太平广记》卷二百七十五引《玉泉子》：

> 李福妻裴氏性妒忌，姬侍甚多，福未尝敢属意。镇滑台日，有以女奴献之者，福意欲私之而未果。一日，乘间言于妻曰："某官已至节度使矣，然所指使者，不过老仆。夫人待某，无乃薄乎？"裴曰："然，不能知公意所属何人？"福即指所献之女奴也，裴许诺。尔后不过执衣侍膳，未尝一得缱绻。福又嘱妻之左右曰："设夫人沐发，必遽来报我。"既而果有以夫人沐发来告，曰："夫人沐发。"福即伪言腹痛，召其女奴。其女奴既往，左右以裴方在沐，难可遽已，即告以福所疾。裴以为信然，遽出发盆中，跣问福所苦。福既业以疾为言，既若不可忍状。裴极忧之，由是以药投儿溺中进之。明日，监军使及从事，悉来候问。福即具以事告之，因笑曰："一事无成，固当其分。所苦者，虚咽一瓯溺耳。"闻者无不大笑。

篇中又间用前人成句，如蓝画家"美人不解饮，倾泻入我怀"句化用杨万里《惠诗惠泉酒熟》"银杯不解饮，倾泻入我怀"；郑浩"折破群"句袭用《西游记》孙悟空话头；苏氏"你们府上也都想绝了"化用《红楼梦》薛姨妈语，其病则化用了《红楼梦》秦可卿的相关描写；白诗所谓"戏贵妃之仙姿"原系宝玉谬论；"烧糊了的卷子"为王熙凤戏语。《满园春》曲出自笑笑生小说第六十一回。

伶 俜

一

彭道光是个书生，住在何法成家隔壁。何法成问他："你整日捧了本书读，唉声叹气的，几时是个了局？"

彭道光说："读书就是了局，还要什么了局？"说着，自顾自地念起诗："……孤穷罪当尔，我今怨尤谁？噎绝梦自语，伶俜影相随……"

何法成知道左不过嗟老叹贫那一套，因听不懂最后一句，便取笑道："你拎瓶是要打酱油吗？"

彭道光并不恼，也笑道："伶俜，就是孤单的意思。你一天到晚走街串巷卖炊饼，才是拎瓶盐相随。"

何法成说："我不卖炊饼了。起早贪黑的，赚不了几个子儿。我改卖符药了，你帮我写个招子吧，就写'符灵药验，驱邪除怪'。"

彭道光说："你几时又会此术？"

何法成说："这个你莫管。晚上我保管拎瓶酒回来。"

彭道光在他的粗布上写了那八个字。何法成便将担子上已有些破洞的"炊饼"招子卸下，换上新的旗号。

二

何法成卖符药，生意并不好。

中午，有个人习惯性地走到他摊前，冲他说："两个炊饼！"

何法成没好气地说："什么炊饼？"说着，抬头向招子一努嘴："胡说八道，给你脸上贴一张驱鬼符！"

这时又来一人，家里有幼儿哭闹不止，到他摊上买过几张"天皇皇地皇皇"的帖子，也嚷道："你的帖子不灵！前日依你的说法，街口都贴了，夜里哭得更凶。"

何法成便问："你家床朝哪边摆？小孩又是朝哪边哭的？"

那人一时语塞，何法成说："你连朝向都没搞清，胡乱贴如何管用？你要让小孩的脸对着贴符的方向，才灵验的。"

那人想了想，忽又嚷道："你前日不是这样说的。你说只要贴了你的帖子，不灵就赔十个炊饼。我要炊饼！"

前面来的那人说："他若有炊饼，倒比符更灵。小孩子有喷香的炊饼吃，保管不哭。他那丹药，说不定就是做炊饼馊了的面做的。"

说着，两个人一齐把他的招子拉下扯破。

三

何法成气咻咻地回到家。老婆贾氏见招子也破了，便猜出了八九分，也不多问，宽慰道："卖符药虽然比卖炊饼省劲儿，也不要多大本钱。可是好钱不好赚。眼下倒有一个来钱更快的法子,不知做得做不得?"

何法成一路的闷气,让贾氏几句话打消了一半。

贾氏接着说:"你不在家的时候,北禅院的莫和尚又到门前来卖弄。说他会烧炼术,炼成了银母,凡一切铜、锡之物,点着即成黄金,岂止数十百万。还说我是用它不着。他一个出家人用不着,我们只愁没得用呢。"

贾氏虽不出众,却也有些姿色,何法成料那和尚是不怀好意。之前也听他吹嘘过烧炼术,并不十分相信。如今又听贾氏说起,心想,从古有这家法术,岂有做不来的事?凡事要敢试,万一实现了呢?何况家中的炉子比别家的火更旺。

于是,何法成与贾氏如此这般地密谋了一番。

四

第二天,何法成依旧扛着招子去卖符药。

莫和尚果然又到他家门前闲逛。贾氏穿了件比平日鲜艳的衣服,打开房门,对他说:"师父昨日问我家有无多余布料可施舍,布料没找到,拙夫的衣衫倒有一件现成的。师父若不嫌弃,就进来试试合不合身。"

莫和尚有心挑逗贾氏,听了这话,不啻久旱逢甘霖,忙不迭地说:"善哉!善哉!我也正有银子回敬娘子。"就随贾氏进房。

贾氏拿出一件贴身汗衫递与莫和尚试。莫和尚忙解开僧衣,笑嘻嘻地说:"多谢娘子……"

一语未了,只见何法成闯了进来,一把拉过莫和尚,叫道:"你们干的好事!出家人宽衣解带,调戏民妇,该当何罪?"说着就捆莫和尚。

莫和尚百口莫辩,不停告饶。

何法成说:"饶你也不难,你须将烧炼术说与我。"

莫和尚情知中计,只得将烧炼术说了一遍。何法成不信,定要他演示一番。莫和尚烧起一炉火来,从腰袋里摸出一块石头样的东西放进罐子熔化起来。又拿出一个纸包,打开来都是些药末,就用小指甲挑起一些来,弹在罐里。那火吱吱地响了一阵,取罐倾了出来,竟是一锭细丝纹银。何法成看了雪花也似好银,不由赞道:"果是仙家妙用!今日且放你走。石块、药包留下。"

莫和尚从何家出来,当夜就逃走了。

五

何法成学得烧炼术,欣喜若狂,每日只是吃喝玩乐。没银子了,就用莫和尚给他的石块药末烧一点用。上街到钱店里去看,钱店都说是十足纹银,随即就换了许多钱。

彭道光见他无所事事,就问他哪来的银子。何法成得意地说:"我如今是'银子赶人,麾之不去'。"

那日,又撞着扯他招子的人。何法成说:"还在到处找炊饼吃?叫声好听的,我带你去吃鸿鹄楼的炸燕雀。"

人人都知何法成有钱了,却没人知道他的钱从哪里来。有人问他是不是掘藏了,他就笑而不答。

六

一日,何法成又为纳妾之事与贾氏拌嘴,一伙士兵闯进家门,为首的喝道:"你的造化!王将军要你去拜见。"便不由分说地拉他走。

何法成从没进出过官府,一进大门,早被将军府气势惊得目瞪口呆。

王将军见何法成猥琐的样子,有些疑惑地说:"我看你身上蓝缕,既有烧银之术,何不多烧些来自己用度,没的像个乞丐。你,真的会烧银?"

何法成哆哆嗦嗦道:"会便会些儿,只是不多。"

王将军厉声道:"会便是会,如何说不多?本府即日要进攻雄城,急需银子助阵,特命你为银库提举,随军南征,以备不时之需,不得有误!"

何法成说:"五两、十两,小的还能烧出,这军需……"

不容他说完,王将军身边一人打断他道:"什么五两、十两!你以为大将军缺买炊饼的钱?"

何法成听着觉得耳熟。抬头看时,也觉那人眼熟,却想不起是谁。

七

何法成从来没想到自己能当官，当着手下人，吆五喝六，倒也威风。只是一想到将军命令，又忧心忡忡，觉得什么银库提举，简直就是提心举胆。

大军行至雄东山，王将军传话来，要他两日内备好三千银两。他慌忙烧炼，将所带石块和药粉全部用了，只烧得八两银，又收拾了些碎银屑，上秤一称，只多了三钱二分一厘。

这时，有人撩开帐门进来，正是那日将军身边的人，何法成越发觉得眼熟。

那人笑道："一年不见，就不认得了？你留提举夫人一人在家，不怕别人勾引？"

何法成恍然大悟，原来是莫和尚，便料定王将军召自己烧银，定是他的报复。

何法成说："你自会烧银，如何攀我？"

"什么烧银？不过是骗人的勾当。"莫和尚说："你当日害得我好苦，也该略尝些其中滋味。"

何法成说："算你狠！明日将军逼问时，我就将你供出。"

莫和尚说："只怕刀架脖子时，你没那机会。"

说话间，外面忽然杀声大起。

原来敌军早在山上埋伏。一阵厮杀，王将军竟死于乱箭中，众士兵也死的死，逃的逃。

何法成躺在草丛中装死，躲过了敌军的搜检。

次日天亮，他爬了起来，跟跟跄跄沿着山涧往外走。一边走，一边四下看，没有看到莫和尚。究竟是想看到莫和尚活着还是死了，他也说不清。

八

不知颠沛流离了多久，何法成终于回到了家。

隔壁的彭道光见他狼狈模样，不免吃惊，告诉他贾氏半年前便随一个外方人走了。

何法成是死过一回的人，并不伤心。他问彭道光："你以前念的那个拎瓶提罐的诗怎么说来着？"

彭道光想了想，道："哦，你说那首诗呀。那是范成大的诗：我今怨尤谁？伶俜影相随。早跟你说过，这伶俜也不是那拎瓶。你们丹客烧银时觑空偷人银子走才叫作提罐。"

何法成笑道："是的了。不管拎什么瓶提什么罐，我如今已无谁可怨，正该出家了。"

后来，北禅院多了一个法成和尚。

法成和尚不会念经，因做得一手好炊饼，每日去香积厨教火头僧做饭炒菜，还笑道："做饭的可以成大，我做饼如何不能法成？"

2018年5月28日于奇子轩

附记

本篇素材取自宋孙光宪《北梦琐言》卷十一：

> 王先主时有何法成者，小人也，以卖符药为业。其妻微有容色，居在北禅院侧。左院有毳衲者，因与法成相识，出入其家，令卖药银，就其家饮啖而已。法成以其内子饵之，而求其法，此僧秘惜，迁延未传。乃令其妻冶容而接之，法成自外还家掩缚，欲报巡吏。此僧惊惧，因谬授其法，并成药数两。释缚而窜。法成闻此术以致发狂，大言于人，夸解利术，未久闻于蜀。后主召入苑中，与补军职。然不尽僧法，他日药尽，遽属更变，伶俜而已，偶免谬妄之诛也。彭韬光者，与何生切邻，兼得其事，为余话之。

烧银事，古代小说多有叙及，本篇袭用了《拍案惊奇》卷十八《丹客半黍九还　富翁千金一笑》和《儒林外史》马二先生遇洪憨仙故事中的烧银描写。

另外，彭道光所吟诗为范成大《除夜感怀》"……孤穷罪当尔，我今怨尤谁？喑绝梦自语，伶俜影相随……"。其他词句亦多化用自古小说，如丹客烧银时觑空偷人银子走叫作"提罐"，出于《丹客半黍九还》；何法成所说"银子赶人，麾之不去"语见《醒世恒言·施润泽滩阙遇友》，"麾"同"挥"；"会便会些儿，只是不多"语套用《西游记》第七十六回猪八戒语。如此者不一而足。

凤凰鸡

一

郭敬祖因儿子中举,把村里有头有脸的都请到家里喝酒。

郭敬祖说:"犬子小时倒也平常,而今却大为长进,座师老爷说他不得了,必成大器。这都是托了各位的福!"

众人说:"还是尊府祖宗积德,菩萨保佑。"

郭敬祖:"这话极是。镇上余仙师,素精堪舆之术。先父没了时,我请他到黄土岗儿选地,他只略踹数步,就说出那里为苍龙入首处,前临大溪,后靠高崖,左右诸峰齐抱,风水甚好。点穴择期,无不精当。犬子入闱那日,就见祖坟那边有一缕青烟。我起初还以为眼花,谁知竟是祖宗显灵,犬子果然发了。真是不得了啊!"

内中一老童生说:"堪舆之术,未可全信。择地之精,无过皇家。三皇五帝到如今,多少陵寝之地化为蔓草牧羊之所,帝王之后或流为氓伍仆隶,帝王尚且不能荫子孙以帝王,何况我辈?"

郭敬祖说:"然而不然。余仙师说汉唐以前人才最胜,端赖关中好个风水!好个形胜!难道有假?"

李广智儿子今科落榜,听郭敬祖吹嘘,心中不爽,便说:"敬祖如此为余仙师代言，莫非收了他银子？"

郭敬祖脸一红，说："我们读书人家，从不收人的钱。"

这时，仆人进来禀报："余仙师说莫老尚书故去了，莫家催他择地，今日就不来了。这是他送的贺礼。"

郭敬祖见礼单上写着人参、肉桂之类，挥手让仆人下去。

二

李广智虽听不惯郭敬祖吹嘘，但觉得他说的也有在理的。人生好比一场赌赛，不能让儿孙们输在祖坟里。他老父去世多日，正盘算葬个妥当地方，便去找余仙师商量。

开门的徒弟说："师父去省城参加天下堪舆家大会了，顺道考察皇陵。你过些天再来吧。"

李广智只得把礼物放下，去茶馆喝了壶闷茶才回家。

娘子见他没精打采，就说："李家的狗把王家小子的屁股咬了。高家婆婆把媳妇的脸又抓破了。白天门外有个穿蓝的人，四处打量，不知干什么？听说还给了郭家仆人钱，带他上黄土岗儿采药。"

李广智累了，全不答理。

三

半月后，李广智又去找余仙师。还是徒弟开门，说师父在练功，让他先候片刻。

李广智在客厅一侧坐着，见茶几上放着本翻旧了的《地理四书》，正中有一副楹联：地理图中观地理，天文机中会天文。

不知等了多久，出来一个穿着蓝道袍的人。李广智料是余仙师，忙起身，还没开口，那人说："你且不必说，贫道已知府上的事。"于是，便把李广智来访目的和家中情形说了个分明。李广智被余仙师的未卜先知惊得目瞪口呆。

余仙师接着说："凡事都有机缘。我现在却去不得府上。昨日京城有信来，皇帝要为老太后修陵寝，问葬在哪里好。你想，皇帝要江山永固，也少不得择好风水。当初永乐帝卜建山陵，遍访高人，廖均卿好容易在昌平发现吉壤，说是王气所钟，可永保国祚亿万年，镇压沙漠千百世。永乐帝圣明，还赐诗给他曰：江西一老叟，腹内藏星斗。赐尔一清风，任卿天下走。所以，我们的堪舆，是关乎天下的第一等大事。我眼下先要替皇帝推算明白，才好兼顾本乡小民。大约半月后，我若高兴时，就去府上。其他琐细，跟小徒说吧。"说毕，又回里间去。

那徒弟将所需款项一一说清，李广智交了订金。

四

又过了半个月，余仙师到了李广智家，只在院外转了转，啧啧赞道："此地风水极佳！建宅于此者，要出一斗芝麻数目的科第。"

李广智问："何以见得？"

余仙师指着门前柳树说："你看那树。"

李广智说:"树有何奇?我家门前的两棵树,一棵是柳树,另一棵也是柳树。"

余仙师说:"你有所不知,奇在两树之间。"说着,他让徒弟取出小铲,小心翼翼地连扒带挖。突然,他让李广智看。李广智看得目瞪口呆,原来土坑中,竟有一个锅盖大小的太极晕。

余仙师说:"尊府守着这样一块吉地,居然不发达,太没天理!定是对面山坡上有什么邪物镇住了府上运气。"

李广智听了,又喜又惧,忙问如何是好。

余仙师说:"此地久被镇压,地气已弱,需先破邪祛魅,扶正固本。医之或能复元,唯药当用人参一斤、肉桂半斤。你备此二物,余药我自为合之。用药后,若遥见有火光浮起,则元气大复。"

当夜,余仙师让李广智在一棵树后观看,自己围着一圈蜡烛手舞足蹈,念念有词,然后跑到另一棵树后。李广智忽见蜡烛中间,火花四溅,光彩照人。

待火花熄灭,余仙师说:"尊府洪福甚大,没想到元气之复如此之速。"

李广智高兴地拿出银子酬谢,余仙师说:"不急。待明日将山上邪物寻出再说。"

五

次日一早,在山坡上,余仙师左看看右看看。到了一处,停下来,弯腰用手指头抠出一块土来,拿在鼻子跟前闻了闻,又送在嘴里，歪着嘴，闭着眼，慢慢地嚼。半日睁开眼说了句"就是这里了"，便让徒弟挖，挖了不到半尺，有一块青石板。搬开石板继续挖，下面竟是一片色彩斑斓的五色晕，李广智不禁目瞪口呆。

余仙师拿出罗盘，四面转了转，对李广智说："你看，这块五色晕正对着尊府门前太极晕，可惜被怪石镇住了。砸了怪石，此地不发，罚我双瞽。"

李广智听了，满心欢喜。

余仙师又掐指算了算："今日特奇，巳时当有凤凰过此。你们等着，凤凰一至，赶紧着人抬令尊来入土为安。"说完，就去一旁草亭打坐。

过了一会儿，余仙师问："有凤来否？凤当白色，你们仔细看，切莫错过。"

巳时刚至，果有一人抱着一只鸡经过。众人都说："凤没看到，却看到了一只大白公鸡。"

余仙师高兴地说："这就是了！鸡即凤之类，天下谁看见过真凤凰？吉时已到，从速下葬。"

六

葬过老父，李广智觉得兴旺可期，有意照郭敬祖请客的规模，也办一回酒。

头天一早，他去镇上买食物。转过街角，见小贩在叫卖鸡鸭，就过去问价。小贩指着一只大白公鸡对他说："一看客官就是财主，买这只肥净白净八斤鸡吧,它可是公鸡中的凤凰鸡!"

李广智说:"莫调嘴!鸡就是鸡,从没听说过什么凤凰鸡。"

小贩笑道:"不但你没听过,全镇也找不出第二只来。小的本来要留着做种鸡,无奈急等着钱用,只得将就卖了。"

李广智说:"看不出与别的鸡有何不同。"

小贩说:"余仙师说它是凤凰,难道有假?"

李广智忽然想起什么,问道:"前日是不是你抱着它过了黄土岗儿?"

小贩说:"正是。此鸡若非凤凰,只走一遭,余仙师如何会出双倍的钱?"

李广智恍然大悟,自己是中了余仙师的圈套。怪道娘子说看过一个穿蓝的陌生人,想是他预先去打探了自家的底细,再雇人埋下太极晕、五色晕。那火光,左不过是灯节玩剩下的焰火。他越想越气,买了鸡,拎着就奔余仙师家去。

七

余仙师听李广智气急败坏地骂完,指着他手上的鸡说:"你怎么知道它只是鸡?人有前生来世,鸡就没有?你怎么知道它的前生不是凤凰,来生不变凤凰?没听说过鸡犬升天吗?鸡能升天,不变凤凰变什么?老话说鸡窝里飞出金凤凰,难道是先人瞎编的?再说了,鸡有五德,落毛的凤凰还不如鸡呢?镇上万花楼卖的泡椒凤爪又是什么?"

李广智被余仙师说得满天鸡毛,晕头转向,气不过,顺手把鸡扔向余仙师。大公鸡一路挣扎，好容易得了自由，在余家飞上飞下，打了花瓶扯了画。

李广智走时，嚷着要告官。

徒弟捉住大公鸡，问余仙师如何处理。

余仙师说："晦气。吃鸡吃鸡，大吉大利！"

八

县令传二人上堂，先问李广智："你说什么凤凰鸡、鸡凤凰？"

李广智说："不是我说凤凰是鸡，是他说鸡是凤凰。"

余仙师说："我原说天下谁看见过真凤凰，是他买了公鸡骂凤凰。"

县令问："本官确实没见过凤凰，只问那鸡现在何处？"

余仙师说："已然吃掉。"

县令说："无鸡之谈，如何审理？照理该罚余富英退回李广智的酬金，但那公鸡把余家字画花瓶损坏了不少。两下折抵，本案就此了结。"

李广智说："可他还说要给皇帝看风水，必是骗人，须问个明白。"

县令打断道："涉及圣上，休得妄议，恐怕吃罪不起。"

余仙师见判得公允，道声清官明鉴，拱拱手，走了。

李广智兀自不服，县令说："是你糊涂，心存妄想，有何不服？也难怪你，世人无不希慕功名富贵，才有术士地师造为不经之说，顺情谋财。本官平素喜欢哼个小曲，如今抄一支给你，你贴到他家门上去,也可以解气。"

李广智看那曲子,唱的是:

> 寻龙倒水费殷勤,取向签穴无定准,藏风聚气胡谈论。告山人须自忖,拣一山葬你先人。寿又长身又旺,官职又高又稳,不强如干谒侯门。

他出来,在小曲上面添了一行字:"县令口授,撕者法办",贴到了余仙师门口。

后来,余仙师替人择坟觅地时,被火药伤了眼,他说:"这是平生夺造化之秘所致。"李广智却说,这是他发毒誓的报应。

2018年10月27日上海旅次

附记

本篇素材如下——
清姚元之《竹叶亭杂记》卷七:

> 有瞽者,习大拘灶之术。每至人家,辄知其家之事,藉以自神其阳宅阴地之学。有人召之者,入其门以手摩挲门户,便言其家祖坟何向,去家远近若干,某某时当见某事,某某人当有某疾,毫厘不差。人以为神。若召之卜地,乃预令其徒潜往熟视以告。及至其所,略踹数步,便言此地某山某向某龙入首。祖山或廉贞、或贪狼,俱能言之。因告其人曰:"以此地论,当是大吉。但随我所指观之,左当有何等山何等坡作龙是否,右当有何等山何等坡作虎是否,水当何等去、朝当何等峰、下关

当何等高低是否，是则真吉矣。"其人见一一与所言合，亦不禁大喜。因请点穴择期，深信不疑矣。尝为某家择日下葬，告曰："是日特奇，至时当有凤凰过此，尔辈伺之。凤一至，是即葬时矣。"乃预以钱三百买白雄鸡一，即令鬻鸡者抱鸡于某时向某处葬地走过，鸡仍付之。至时，问："有凤来否？凤当白色，当谨视之无忽。"少顷，鬻者抱鸡来。人咸曰："不见凤，唯有白雄鸡来。"乃喜曰："鸡即凤之类，天下谁见有真凤耶？吉时至，当速葬。"葬者亦心喜，以为特奇也，而不知堕其术中矣。

……京中有赵八疯子者，创为医地之说。尝为武清一曾任县令者卜地，告之曰："适得吉壤，在某村某家之灶下。去其屋，则得吉。"某令遂别构地造屋，迁其人而购其室。及毁灶，赵又熟视曰："此地惜为灶所泄，地力弱矣。"某令曰："为之奈何？"曰："医之自能复元。药当用人参一斤、肉桂半斤。俟得此二物付我，余药我自为合之。"某令如其教，备参、桂授之。越日掘地下药。又告曰："三日后夜半立于一里之外，若遥见此地有火光浮起，则元气大复矣。"乃潜施火药于地外，阴令人潜往，约以某夜远见有笼烛前行者即燃之。及期，至某令家邀其夜中笼烛往视，漏三下，曰："是其时矣。"遂往，遥望其地果有火光迸发，乍喜曰："君家福甚大，不意元气之复若是之速也。"某令亦大喜。然为药物故，家资已消耗过半。赵售其参、桂，家称小康。无何，赵子俱亡，赵亦得奇疾，身如死但能饮食而已，始大悔平生所愚者不止某令，而所售参、桂之资亦归于尽。身受其报，天道当然……

清青城子《亦复如是》卷三：

一堪舆与土人串谋，于旧村基茅厕挖掘圆圈，填以五色泥，造成太极晕，扬言某处有吉地。富家信之。堪舆与土人剖分地价。至期点穴，且言元气团聚，其下必有异色土。及掘出五色晕，主人大悦。堪舆曰："此地不发，罚我双瞽。"其家感之，又馈以多金，留馆于家。未半月，目患盲疾，犹自言曰："此夺造化之秘所致。"

◇ 辑一　世情啼笑 ◇

篇中"江西一老叟""地理图中观地理"等句,传为永乐题赠廖均卿,兹据廖信厚《均卿太翁钦奉行取插卜皇陵及行程回奏实录》;篇末小曲为陈铎《滑稽余韵》之《水仙子·葬士》。另外,"陵寝之地化为蔓草牧羊之所""世人希慕功名富贵"云云,化自黄省曾《五岳山人集》卷二十九《难葬有吉凶》语;"关中好个风水"云云,化自韩邦奇《苑洛集》卷二十二《见闻考随录上》;明陵"王气所钟"云云,化自叶盛《天寿山记》(《名山胜概记》卷一《北直隶一》);"出一斗芝麻数目的科第"语借自玉山草亭老人编《娱目醒心编》卷三。有关余仙师的描写,还参照了《儒林外史》有关余敷、余殷的相关部分。

窗 外

一

温道斯初到北方做幕宾,把父亲写的对联"两耳不闻窗外事,一心只读圣贤书"挂在书案两侧。

父亲送他这副对联时说:"这虽是寻常句子,却不是人人能做、肯做的。当初卓安不知从哪儿抄来两句'风声雨声读书声声声入耳,家事国事天下事事事关心',听到些不该听的话,又写了些不当写的东西,招灾惹祸,到底吃了大亏。"

父亲说的卓安,是个老秀才,平日里喜欢吟诗作文,写了本《南窗集》,印出来送人,没想到被仇家告发多有狂谬悖妄之语,受朝廷通缉,按大逆律凌迟处死了,家眷则依律解部给功臣之家为奴。因父亲为温道斯与卓家订了亲,也险些受牵连,后来听说卓小姐病死他乡。

温道斯虽没见过卓小姐,但有一次随父亲去看望卓安公,遇雨留宿,丫鬟送给他一首小姐的诗:

东风几度语流莺,

落尽庭花鸟亦惊。
最是夜阑人静后，
隔窗悄听读书声。

温道斯喜欢这首诗，但落花鸟惊一句也让他心里咯噔一下。卓家遭难后，更觉得其中有不祥之意，心里不免多了一种憾恨。

二

夜里，下起了雨。

温道斯在窗前读书，忽听窗外有响动。

一个女子赞叹道："温相公好勤奋啊！我可以进来避避雨吗？"

温道斯很奇怪，雨夜如何会有女子出行？正在猜疑，女子已推门进来，笑道："好勤奋啊！"

那女子约莫豆蔻年纪，生得削肩细腰，高挑身材，鸭蛋脸面，俊眼修眉，身披着一袭白纱，飘然似仙。温道斯从头看到脚，并不见有雨水往下跑的样子，暗自称奇。

三

温道斯说："天这么黑，你为什么还在外面？雨那么大，你为什么衣服一点都没淋湿？究竟是仙是狐是鬼是怪？"

白纱女说："相公想是《聊斋志异》看多了，疑心重重的。我就住在对面，见相公搬来，日日用功，最是夜阑人静后，隔窗悄听读书声，自觉有缘，特来拜访，愿托清风。"

温道斯说："天下读书人无数，为何单单找我？说什么有缘，请问此缘谁所记载？谁所管领？又是谁告你的？你前生何人？我前生何人？其结缘以何事？在何代何年？请道其详。"

白纱女说："相公有十万个为什么吗？你千百日没坐这里，今天恰好坐在这里。我见千百人不相悦，独见君相悦，这不是缘分是什么？你从千里之外来，请勿再拒人千里之外。"

温道斯说："我刚搬来，偶然坐在窗下，对你一点感觉都没有，哪里有什么缘分可言？"

白纱女欲进又退、欲言又止之间，窗外又有一女子说："小姐糊涂，不是他《聊斋志异》看多了，是你《阅微草堂笔记》看多了。何必一定要找这个榆木疙瘩。"

女子闻言，举袖一挥，灭灯而去。

四

温道斯追出去，说："小姐，我还没问完呢，你是不是……"
院里却一无所有，只见墙外有一丛紫丁香，散发着淡淡的芬芳。
花丛那边，隐约传出细细袅袅的歌声：

我在春天等你
山川岁月的约定

……

歌声甜美，听不真切，仿佛是从另一个时空传来。

五

次日，温道斯去问老主簿。老主簿说："先生怕是见鬼了。十年前，有几个如狼似虎的差人，押着一家钦犯路过这里，说是要送给功臣之家为奴的。那家有个小女孩生病死了，就埋在了外面的紫丁花树下。天可怜见！也不知她家在哪里，小小年纪，就做了孤魂野鬼。有时出来戏耍，并不害人。"

温道斯忽然想起昨夜听到白纱女说"隔窗悄听读书声"时，觉得有些耳熟，原来她竟是卓小姐，难怪她要说有缘。

温道斯确实是看过《聊斋志异》的，记得里面好像写过，人死成鬼之后，年龄就不再增长。他也似乎明白了那歌声的意思。卓小姐的生命永远停在了春天，她一直在那个春天等着，哪里知道人世间时光流逝，自己看看就是暮秋年纪了。想到这里，温道斯不禁有些惆怅。

六

温道斯很想再见到卓小姐，而且想好了，再见到她时，只问一个问题：你想怎样？

每天晚上，温道斯打开窗户，向外张看无数次，她却再也没有出现。

一夜，温道斯梦见了卓小姐。她依然一袭白纱，风一样飘进来，什么也没说，只是从衣袖中取出一本书，放在书案上。

天亮以后，他发现案头果然有一本书，正是《南窗集》。书中还夹着一张纸条，字体娟秀清丽，上面写着一首诗：

南斗微茫北斗明，
喜闻窗下读书声。
孤魂千里不归去，
辜负故乡花满城。

七

温道斯打开《南窗集》，翻来覆去，并没觉得有什么违碍的字句。

他闷闷地坐在书房里，半天没出去。

老主簿以为他病了，进来探问，发现《南窗集》，吓得瞠目咋舌道："这是禁书！你从哪里搞到的？看这样的书可是犯法的，没得还要连累大家。"

温道斯说："我翻了一下，没觉得有什么违碍啊。"

老主簿说："你不觉得违碍，只怕就危险了，说明你与他是一路人。你看看，这个，'可知草莽偷垂泪，尽是诗书未死心'，太平盛世，你偷垂什么泪，不死心还想做什么？还有这个，更不得了了，'看天只觉天糊涂'，莫说天王老子不糊涂，就是糊涂，也不能说呀！禁令所在，不可不知避忌，赶紧扯了烧掉是正经。"

八

晚上，温道斯仍坐在窗前读书。

忽听得窗外有人哭道："读书人烧书，算什么读书人？"

温道斯忙向窗外看，只见卓小姐站在月光下，一脸忧戚。

温道斯刚要对她解释，却不知从哪里冲出一条狗来，对着卓小姐狂吠。

卓小姐倏忽不见了踪影。

那狗却还在院中蹲着，有时向温道斯看两眼。

温道斯怅然呆坐，恍然间仿佛又听到了卓小姐在唱歌：

我在等待春天

等待花又开的时候

……

2019 年 12 月 3 日于奇子轩

附记

本篇素材与李渔《合影楼》小说一样，"出在《胡氏笔谈》，但系抄本，不曾刊版行世,所以见者甚少"。但《南窗集》事及相关诗句,杂用清初卓长龄《忆鸣诗集》案故实(《清代文字狱档》)。篇中词句,间有袭自他书者,如"东风几度语流莺"诗袭自《随园诗话补遗》卷九;"相公好勤奋啊"句,翻译自《聊斋志异·绿衣女》;"天下读书人无数"云云,翻译自《阅微草堂笔记》卷十二;"南斗微茫北斗明"诗袭自《渑水燕谈录》卷九(《太平广记》卷三百五十二引《闻奇录》有类似诗作);"国家禁令所在"云云,出自《儒林外史》第三十五回。如此种种,不一一注明。

请君出瓮

一

邹师孟是白土镇窑户的首领,掌管着三十多个窑,几百个陶匠,生产的陶瓷远近闻名。

有一个陶匠叫阮十六,禀性灵巧。缸瓮、钵盂、瓶罐,样样会做,凡他做的器皿比其他陶匠做的更加结实,白瓷尤为精美,价格自然也高许多。

阮十六不只手艺好,为人也本分。邹师孟很赏识他,就把女儿嫁给了他。

二

过了几年,阮十六夫妇生了一男二女,阮十六的容貌却没有一点变化。众人很奇怪,问他有什么冻龄秘方。

阮十六还喜欢游山玩水,每次出去,都不带任何护身器物,登山越岭,渡水穿林,从不怕蛇虎。众人很佩服,说他简直就不是个凡人。

邹氏与丈夫很相爱，从没觉得他有什么异常。

娃娃们也愿意和阮十六玩耍。院子里有百十口大大小小的瓮，儿子阮小白最喜欢和爸爸玩"瓮中捉鳖"的游戏。爸爸闭上眼睛喊"请君入瓮"，小白就躲进一口瓮中。爸爸睁眼寻找，从一数到十，如果没找到他，就算输了。这时，爸爸便高喊"请君出瓮"，小白霍地一下从瓮中站起，笑个不住。

那天，阮十六喊过"请君入瓮"，又去给邹氏吹眼里进的沙。转过身来，小白竟在瓮里面睡着了，阮十六连喊了十几声"请君出瓮"，他才迷迷糊糊地从墙边瓮中探出头来。

三

上巳节，乡亲都到郊野去游玩，邹氏也和其他女子一样做油花卜，用荠菜花点油洒在水中，对天祷告。看到油在水面呈龙凤之状，她满脸堆笑。见龙凤忽又散开，心里不由得一惊。

阮十六则仰面躺在草地上，望着蓝天白云，心旷神怡。不远处传来一声鹿鸣，他侧身看去，原来有两只鹿正在饮水吃草，一只抬起头左顾右盼，另一只像是在亲吻草地，一派安详宁静，让阮十六萌生出一种化身为鹿的感觉，心中洋溢着欢喜。

晚上回家，阮十六对邹氏说："我出来多年，想要回乡看望父母，暂与你分别。"

邹氏说："我们娘儿仨随你一起去吧。"

阮十六说："山高水远，孩子还小，路上恐有不便。这些年，家中薄有积蓄,不比那灶下无柴、瓮中无米的,你且安心度日。"说着,拿出三个白色小瓷瓮说:"从前孔子家有悬瓮,内装素书,留给后人作启示。我这三个小瓮,里面也有讲究。将来小白长大,若遇烦难,可着他看一个。依次看过,必能当家立业了。"

邹氏哭道:"说这些做什么。你到底是谁?从哪来?到哪里去?"

阮十六见邹氏问得深奥,也不搭话,只说:"将来如要见我时,就到州城下宝宁寺罗汉洞伏虎禅师旁寻找便是。"说罢,就像鹿一般腾身而起,飘然而去。

四

阮小白渐渐长成起来,转眼间便是十八岁了。邹氏对他说道:"你如今年纪长大,岂可堕了家传行业,坐吃箱空。做些陶器,也是正经。"

阮小白欣然道:"这个正是我们本等。儿已盘算好了,开春就动工,不上一年,必然光复祖业,发迹变泰。"

邹氏说:"你莫要看容易了。你父亲走时,留下三个小瓮,看看是如何教导的。"

阮小白打开第一个瓷瓮,里面有一张纸,写着:

有一贫士,家唯一瓮,夜宿瓮中,心计曰:"此瓮卖之若干,其息已倍矣。我得倍息,遂可贩二瓮,自二瓮而为四,所得倍息,其利无穷。苟得富贵当以钱若干营田宅,蓄声妓，而高车大盖无不备置。"不觉欢适起舞，遂踏破瓮。

阮小白看了，扑哧一乐，心想：父亲倒会说笑，却是寓教于乐。做事须不比做梦，不能痴心妄想，就是父训了，自当谨记在心。

五

阮小白操持窑场，兢兢业业，起初还顺利，没承想到了冬天，一场瘟疫突如其来，有七八个窑工没躲过劫难。屋漏偏逢连阴雨，春天又发了洪水，把瓷窑都冲毁了。

阮小白整天在窑场，左拾一块陶块，右捡一块瓷片，伤心大哭："我真如此命薄！"

邹氏安慰道："儿啊，这也是你的命。又不是你不老成花费了，何须如此烦恼？明日凑些本钱，重新雇工筑窑，务要趁出前番的来便是。且再看看你父亲有何说法。"

阮小白又打开一个小瓮，里面也有一张纸，写着：

孟敏尝至市买甑，荷儋堕地坏之，径去不顾。适遇林宗，见而异之，因问曰："坏甑可惜，何以不顾？"客曰："甑既已破，视之何益？"

阮小白想，是了，损毁的不能挽回，伤心苦恼，无济于事，不如重振旗鼓，从头做起。

六

　　自此以后，遭遭顺利。不上数年，阮小白将窑场经营得比祖父在时更兴旺。

　　日子好过了，阮小白却觉得整天只是揉泥拉坯、施釉绘彩、入窑焙烧、开窑取器，年复一年，好没意思。虽说赚了不少银子，除了日用开销，都装在瓮中，埋在地下，自己倒像是给土地爷打工的。

　　有一帮闲说："瓮之为用可谓大矣，贮米、水、酒、油皆可，日常少不得磕磕碰碰，城中参差九万人家，一家一年打碎一个瓮，哥的生意就绵绵不断。"

　　又一篾片说："从古至今，只有一个司马光搬起石头砸别人家的瓮。前些天还听古董贩子说，手上有十来个石崇家的陶器。指望瓮破发财，万万不能够的。近日时兴江右瓦罐汤，不如多烧制些瓦罐，必定畅销。"

　　那个帮闲接着说："给人做瓦罐，不如自家连汤带罐都做了，敢量哥拿不出开店的银子来？"

　　阮小白听到这些连汤带水的话，越发没了主张，忽又想到父亲还有一个小瓮，便打开来看，里面却是一幅画，画中好似一人在瓮中，前蹲后蹬，使劲推着瓮壁。阮小白颠来倒去地看不明白。

七

　　邹氏见儿子终日冥思苦想，茶饭不香，就对他说："你父亲走时,说将来如要见他,可去宝宁寺罗汉洞伏虎禅师旁寻。你爷爷当年曾去找过,没打听到下落。你不如再去那里看看,或许能问出个究竟来。"

阮小白到了宝宁寺罗汉洞,看见伏虎雕像旁有一土塑罗汉,以手加虎额,容色体态,依稀是父亲的样子。

阮小白问寺里的和尚,那罗汉是不是叫阮十六。和尚说:"施主岂可唤钟作瓮,指鹿为马。"

阮小白又拿出那画,请和尚指点。

和尚看了,笑道:"这却不难理会得。譬如运瓮,须在瓮外方能运。若坐瓮中,岂能运瓮?"

阮小白说:"这与我什么相干?"

和尚说:"天下原来在瓮中,瓮中原来有天下。谁人不在瓮中?"

阮小白若有所悟,耳边似乎又响起童年玩捉迷藏时父亲喊的"请君出瓮",鼻子有些发酸。

八

阮小白回到家,见老伙计在厅堂正对着一匹绢叹气。

老伙计说:"小的前日驾车,满载瓦瓮,经过进城的老瓮口,只因雪深冰滑,车轮陷入泥水中,进退不得。天色已晚,后面都是官私客旅人车,拥堵不堪。有个客官过来问我车中的瓮值多少钱,我说约莫七八千。他二话不说,就开囊取绢给我,说是价值八千,又命僮仆登上我的车,割断绳索,将车上的瓮全推到山崖下。车子轻了,一下就能前进了,后面的车也都走开了。可是,我们要这些绢有啥用?"

阮小白听了,笑道:"那倒是个爽利人!了不起,了不起!这样吧,你拿了这匹绢,不拘多少钱,卖给绒线铺的掌柜。我再另添些银子,你雇几个人,把老瓮口那段窄路夯实拓宽了,大家进出都方便。"

2020年4月30日于奇子轩

附记

本篇主体情节取自洪迈《夷坚三志》己卷第四:

邹氏,世为兖人。至于师孟,徙居徐州萧县之北白土镇,为白器窑户总首。凡三十馀窑,陶匠数百。一匠曰阮十六,禀性灵巧,每制作规范,过绝于人。来买其器者价值加倍。又祗事廉且谨,师孟益爱之,遂妻以幼女。历数岁,生男女三人。既皆长大,而阮之年貌俨不少衰,众颇疑其异,谓非人类,虽师孟亦惑焉,唯妻溺于爱,无所觉。阮或出外,不持寸铁,登山陟巘,渡水穿林,未尝恐怖蛇虎。萧沛土俗,多以上巳节群集郊野,倾油于溪水不流之处,用占一岁休咎,目曰油花卜。阮尝同家人此日出游,抵张不来山,见鹿鸣呦呦,意气踊跃。及暮还舍,语妻曰:"我欲归乡省父母,暂与汝别。如要见我时,只来州城下宝宁寺罗汉洞伏虎禅师旁求我。"妻固留之,翩然而去。后二年,师孟携家诣宝宁,设水陆斋。幼女忆阮,同母入洞,瞻伏虎像旁一土偶,以手加虎额,容色体态,悉阮生也。始知其前时幻变云。

其他撷入素材还有——

五代张泌《妆楼记·油花卜》:"池阳上巳日,妇女以齐花点油,祝而洒之水中,若成龙凤花卉之状,则吉,谓之油花卜。"

《佛说九色鹿经》:"是时国中众鹿皆来依附……共饮食水草……佛告诸弟子……时鹿者我身是也……"

孔子遗瓮藏书悬示后贤事出《搜神记》卷三《钟离意》(李剑国新辑本未收)。

《世说新语·黜免》中"有愧于叔达,不能不恨于破甑"一句,刘孝标注引《郭林宗别传》曰:"钜鹿孟敏,字叔达……尝至市买甑,荷儋堕地坏之,径去不顾。适遇林宗,见而异之,因问曰:'坏甑可惜,何以不顾?'客曰:'甑既已破,视之何益?'林宗赏其介决,因以知其德性,谓必为美士,劝令读书。"(事又见《后汉书》卷六十八《郭泰传》)

《殷芸小说》卷五:"俗说有贫人止能办只瓮之资,夜宿瓮中,心计曰:'此翁卖之若干,其息已倍矣。我得倍息,遂可贩二瓮,自二瓮而为四,所得倍息,其利无穷。'遂喜而舞,不觉瓮破。"

元韦居安《梅磵诗话》卷中:"东坡诗注云,有一贫士家惟一瓮,夜则守之以寝。一夕,心自惟念,苟得富贵当以钱若干营田宅,蓄声妓,而高车大盖无不备置。往来于怀,不觉欢适起舞,遂踏破瓮。故今俗间指妄想者为瓮算。"

李肇《唐国史补》:"刘颇偿瓮直。渑池道中,有车载瓦瓮塞于隘路,属天寒,冰雪峻滑,进退不得。日向暮,官私客旅群队,铃铎数千,罗拥在后,无可奈何。有客刘颇者,扬鞭而至,问曰:'车中瓮直几钱?'答曰:'七八千。'颇遂开囊取缣,立偿之,命僮仆登车,断其结络,悉推瓮于崖下。须臾,车轻得进,群噪而前。"

另外,篇中词语,也多有袭自前人成句者,如"你如今年纪长大,岂可堕了家传行业"云云,袭自《拍案惊奇》卷八《乌将军一饭必酬》入话;"唤钟作瓮"为禅家常用话头,如《古尊宿语录·舒州龙门佛眼和尚语录》有"岂可唤钟作瓮,终不指鹿为马"句;"譬如运瓮,须在瓮外方能运"云云,袭自王安石《熙宁日录》(此喻又见于张伯端《悟真直指详说三乘秘要论》);"天下瓮中"

句见任渊《山谷内集诗注》卷十五《谢答闻善二兄九绝句》"瓮中有地可藏真"引《高僧传·醋头和尚颂》"揭起醋瓮见天下,天下元来在瓮中,瓮中元来有天下";等等。

上述素材中,孟敏故事曾亲聆恩师吴组缃先生讲解,大受启发,实为本篇写作初衷,特恭记于此,以志铭感。

什么意思

一

齐州地处不东不西不南不北，自古非兵家必争之地，却也有山有水。

徐仲行辞官回乡，日日与朋友们豆棚闲话，倒也自在。

一日，徐仲行对朋友们说："我们每日清谈，坐得腰酸体倦，不如出去走动走动，疏散一下筋骨。"

内中一个叫袁慕陶的说："世上安有个闲居出病来的人？况且本地无好景致，只能坐而论道。"

另一个叫江学白的说："不然，世上本没有名胜，去的人多了，也就成了名胜。"

徐仲行说："我看前辈游记，也有提到过齐州八景的。究竟是哪八景，已不得其详。即便遗迹或存，恐怕也荆榛莫辨，不复可识。我等何不再去勘探，一一表出，也是为江山吐气。"

那二人齐说："这个有些意思。如果我等新选出八景，给后人留下点印迹，也不枉生齐州一世。"

二

徐仲行同了袁慕陶、江学白等齐州名士一起去南山。

山下有一无名路亭，专供登山下岭者歇脚。袁慕陶说："此处就该定为一景，唤作'南山望寿'，将渊明悠然之意和高寿之望合在一处，必定讨人喜欢。"

江学白说："见了南山，就想高寿，既落实了，而且陈旧。倒不如将此亭额之曰敬亭，颇可得太白相看不厌之趣。"

徐仲行听了，摇头说："二位整日价慕陶、学白，岂不腻烦？我看这小亭原不待命名，莫如将邵康节的'雨后静观山意思，风前闲看月精神'写出来，挂于亭柱两侧，至于什么意思，何种精神，正不妨各自体会去。"

袁慕陶、江学白都说："有意思，当真有意思！索性这第一景就叫'南山意思'。"

三

众人在山中行走，只见：

涧水有情，曲曲弯弯多绕顾；峰峦不断，重重迭迭自周回。又见那绿的槐，斑的竹，青的松，依依千载斗秾华；白的李，红的桃，翠的柳，灼灼三春争艳丽。

众人无不欢喜道:"别处山水,都是那嵯峨险峻之处,更不似此山好景,果然的幽趣非常。"

一面走,一面说,倏忽青山斜阻,转过山怀中,两岸石骨壁立,有一块突出溪中,徐仲行说:"此石甚奇,可称之为'瑞石飞霞'。"众人都说:"好个'瑞石飞霞'!以前也见过,并不见奇。所谓以人遇之而景成,以情传之而景别,仲行兄豪爽,随物赋名,真搜神夺巧之至也!"

又行了不知几里,林木茂密,一阵风过,树叶发出稀里哗啦的响动。徐仲行笑着说声:"诸位细听,这是不是美人环佩钗钏声?想几个什么新鲜字来题此?"然后,又指着面前青石板上一串凹陷处说:"你们看,这大约就是美人留下的脚印了。"随行小厮用衣袖拂去上面的树叶尘土,众人心存目想,神领意造,脚印形状似乎更明显,徐仲行说:"这一景就是'仙女履迹'了。"

众人齐笑道:"如今十室之邑,三里之城,五亩之园,靡不有八景十景,俱八寸三分帽子,人人戴得,非当地确然特出之奇。无如仲行兄好想头,指示环佩钗钏,碧缱缃钩,虽复铁石作肝,能不魂销心死?"

四

山间有一缓坡,地势平坦,荒草杂树中,有些断垣残壁,看不出以前是道观还是佛庙。众人走近时,早惊得野兔乱窜,山禽四飞。

徐仲行拈髯沉吟道:"我辞官归来,经过扬州,舟人时时指两岸说'这是某园故址''这是某家酒肆故址',不免让人有今昔之慨,不意梵宇宫观,也落得片杂草丛生。此景也不必修缮,就叫'清凉世界',供人凭吊,足发思古之幽情。"

袁慕陶说:"前面会过美人,到此就该清醒了。这种荒凉景象,真不可无一,又不得有二。"

江学白说:"想那些日夜经营算计之辈,恐怕体会不出沧桑之感、超脱之思。"

徐仲行说:"是了,这就应了宋儒所谓'此处有意思,但是难说出'。便是你我,也未必都能领悟自然之运。"

五

渐渐到了樵夫药民都不来的深处,众人都有些疲惫。

袁慕陶说:"山高水远,惜无济胜之具,再走下去,就要累死了。"

江学白道:"恋躯惜命,何用游山?人生自古谁无死,与其死于床笫,孰若死于一片冷石上?"

徐仲行兴致也依然很高,说:"不知诸位有无感觉,南山还有一好处,游人稀少,仿佛美女养成深闺人未识。不像别处名胜,处处镌刻大字而涂以红漆,所镌字又如菩萨面、夜叉头,简直就是把西施整容整得丑不忍睹了。可叹青山白石,有何罪过,遭此黥面裂肤荼毒?"说着,又指着近处清溪泻雪,远处石磴穿云,欣然道:"眼前这一派天然景象,却令人流连忘返。前日读《西游记》,有一联深得我心：寻穷天下无名水，历遍人间不到山。人迹罕至的山水，说不定更有许多可观之景。"

江学白说："如此说来，我等可谓筚路蓝缕、填补空白之人了。"

一语未了，袁慕陶说："莫道君行早，更有早行人。你们看这里——"

众人围上前，拨开草丛，见其中有一横倒的石碑，扯去藤蔓，拂拭苔藓，隐约可见"神农……服……平安"字样，尤其是许多"平安"，排列整齐，前面参差可见"参""荆""枸""苓"等字，斑驳模糊，漫漶不清，徐仲行惊叹道："原来神农氏也曾到过这里，谁知竟湮灭无闻了。这些'平安'，想必是神农尝百草，样样无毒、次次平安的意思。这里可以命名为'神农药铛'，你们看，铛就是对面那座山峰。"

袁慕陶、江学白等拍手叫好："妙极，妙极！人参平安，灵芝平安，当归平安，枸杞平安，荆芥平安，茯苓平安，马兜铃平安，王不留行平安，本草经全纲整目俱平安。将此景宣扬出去，齐州必天下闻名，成为人人向往的平安宝地。"

六

徐仲行等人游山归来，就张罗刊刻《齐州八景图》。还未刻出，已传得满城沸沸扬扬。

老儒周复礼说："我曾见一处山峦，形状如同一人骑在马上，可以命名为'状元骑马'。不远处更有无数石柱，可称'万笏朝天'。学而优则仕,将来读书人考前去拜拜,也好讨个吉利。"

兼营书坊和珠宝的商人赵员外说:"我曾见一洼地,其中山石好似一块块闪光元宝,可以命名为'金盆聚宝'。做生意的,都可以去求个发财利市。"

徐仲行说:"太俗!太俗!"

周复礼撇嘴道:"你们选景之举,原本就雅得有些俗。"

赵员外也说:"俗?印《八景图》,书坊不要银子?崖壁上刻字,请工匠不要银子?俗什么俗?"

徐仲行被纠缠不过,就说:"南山高大,容得下二三十景。你们喜欢,自己上山刻字题石就是。"

七

此事传到知府耳中,他叫人请来徐仲行,劝道:"乡野闾巷俗议,先生不必理会。本府正在主持重修方志,可将《齐州八景图》列入府志。"

徐仲行说:"草民游山逛景,胡乱取景命名,恐不足忝列官书。"

知府说:"这是哪里话?为乡邦争光添彩之事,岂同闲人游逛?只是官书多少要有点官书的讲究。你们所选八景,有些不免古怪,确实可以商榷。莫何大学士你是知道的,在文宗朝任过侍讲,是本地难得的先贤。我在他的文集中看到……"说着,从案头拿过一卷书,翻开念道:"何从容奏云:'臣家有别业在西陂,乞御笔两字,不令宋臣苏轼之东坡独有千古。'上笑曰:'此二字颇不易书。'臣再奏云：'臣曾求善书者书此二字，多不能工。倘蒙出自天恩，乃为不朽盛事。'上即书二字颁赐。"念罢，又说："你看，这是何等的恩赐，也是齐州的荣耀！我已从文宗书法中集得'西陂流芳'四字，意欲在山下小亭中立一块碑，将这几个御笔书法刻出来，作为八景之首。"

徐仲行说："莫何家的西陂遗址并不在那里，字也不是为他家题的，只怕有点假。"

知府笑道："岂不闻假作真时真亦假。你们那些'仙女履迹''神农平安'，又何尝是真的？"

徐仲行无言以对。暗想，几个朋友玩一玩，如何竟惊动起官府，激出这等一场大没意思来。

八

一年后，新志编纂完成。知府在"西陂流芳"亭举行新志修毕庆典。

修志和立碑，赵员外都出了些银子，所以，《齐州八景图》到底列上了"金盆聚宝"，席上他笑逐颜开。

一场雷电，震掉了马头状的山石，"状元骑马"的样子不复存在，周复礼虽然感慨，也无可奈何。知府邀他出席庆典，他觉得是敬重斯文，心里自然欢喜。看到文宗皇帝御书的"西陂流芳"，吓了一跳，慌忙整一整头巾，理一理宝蓝直裰，在靴桶内拿出一把扇子来当了笏板，拜了五拜。

大凡有意思的高人，彼此相遇，说天谈地，一问一答，娓娓不倦；假使对着没意思的，就如满头浇栗，一句也不入耳。徐仲行心中不自在，形容也就懒懒的。袁慕陶、江学白见徐仲行无意思，也都无意思了。因此，大家坐了一坐就散了。

出来时，徐仲行对袁慕陶、江学白说："我们原只为品题风月，笑傲烟霞，没承想给不相干的人搭台唱戏了。本来有些意思，末了却没什么意思。天下有意思的事，被没意思的人败坏者多矣。明年再寻个别的有意思由头玩玩吧。"

2020 年 7 月 30 日于奇子轩

附记

本篇与之前拙作稍有不同，无单一故事素材，但情节、词句，仍多有因袭，兹依次略举如下——

邵雍《安乐窝中酒一樽》："雨后静观山意思，风前闲看月精神。"

《西游记》第二十四回："涧水有情，曲曲弯弯多绕顾；峰峦不断，重重迭迭自周回。又见那绿的槐，斑的竹，青的松，依依千载斗秾华；白的李，红的桃，翠的柳，灼灼三春争艳丽……三藏在马上欢喜道：'徒弟，我一向西来，经历许多山水，都是那嵯峨险峻之处，更不似此山好景，果然的幽趣非常。'"

《徐霞客游记·江右游日记》："……溪束两山间，如冲崖破峡，两岸石骨壁立，有突出溪中者，为'瑞石飞霞'。"（篇中"状元骑马"景名也出自此书；"万笏朝天"在天平山，另见他书）

《徐霞客游记·鸡山志略一》："以人遇之而景成，以情传之而景别。"

《徐霞客游记·黔游日记》："载都八景，俱八寸三分帽子，非此地确然特出之奇也。"（评都匀《郡志》所记）

袁宏道《开先寺至黄岩寺观瀑记》："既至半，力皆惫，游者昏昏愁堕，一客眩思返。余曰:'恋躯惜命,何用游山?且而与其死于床笫,孰若死于一片冷石也?'"

袁宏道《灵岩》:"每冲飙至,声若飞涛。余笑谓僧曰:'此美人环佩钗钏声,若受具戒乎?宜避去。'僧瞪目不知所谓。石上有西施履迹,余命小奚以袖拂之,奚皆徘徊色动。碧缯缃钩,宛然石发中,虽复铁石作肝,能不魂销心死?"

龚自珍《己亥六月重过扬州记》:"……舟人时时指两岸曰:'某园故址也','某家酒肆故址也',约八九处……"

《朱子语类》卷七一:"此处有意思,但是难说出。"

归庄《观梅日记》:"一路见奇石,皆镌大字而朱涂之……是黥剚西子也……所镌字如菩萨面、夜叉头之类,又极不雅。"

袁宏道《齐云岩记》:"……徽人好题,亦是一癖……青山白石有何罪过,无故黥其面,裂其肤?"

《西游记》第三十二回:"寻穷天下无名水,历遍人间不到山。"

钱泳《履园丛话》一《旧闻》:"(宋荦)崑从时,见上勤于笔墨,每逢名胜,必有御制诗,或写唐人诗句。荦从容奏云:'臣家有别业在西陂,乞御笔两字,不令宋臣范成大石湖独有千古。'上笑曰:'此二字颇不易书。'荦再奏云:'臣曾求善书者书此二字,多不能工。倘蒙出自天恩,乃为不朽盛事。'上即书二字颁赐。"

《豆棚闲话》:"大凡有意思的高人,彼此相遇,说理谈玄,一问一答,娓娓不倦;假使对着没意思的,就如满头浇粟,一句也不入耳。"

另外,众人游山及"无意思"等,有化用《红楼梦》语处;周复礼看到御书描写,借自《儒林外史》第十四回所写马纯上情态。如此等等,不一而足。

蛊

一

蛊术各地皆有，而以东南为最，蛇蛊、蜈蚣蛊、蜥蜴蛊、蜣螂蛊、虾蟆蛊等等，无奇不有。养蛊者通常取上百只的虫子放入缸中，过一年再打开，必有一虫吃光其他虫子，这就是蛊。蛊的用处，知道的都知道如何用，不想用的也不会去瞎打听。

有一户姓莘的人家，世代为蛊，以此致富。

莘家娶了个新媳妇，还没来得及告诉她家中养蛊之事。恰好那天家里人出去赶集，只留她看家。她忽见屋中有口大缸，好奇地打开一看，发现里面有条大蛇，吓得连忙烧滚水烫死了大蛇。时值盛夏，当地有一种说法，吃清蒸蛇肉可以清凉败火。新媳妇就将大蛇蒸熟给家人吃，自己倒谦让着没吃。结果全家人都中蛊毒而死。

新媳妇年轻貌美，却没人敢再娶她，都说是"最毒妇人莘"——有人不认得"莘"字，渐渐地就传成了"最毒妇人心"。

二

周章自幼读书，功名不就，转而行医，抄过许多排毒清瘟的方剂，故此从不怕毒。他娶了妇人莘，笑道："这正是无毒不丈夫！"

一日，他和几个朋友游玩，看见草丛中有个漂亮包裹。众人说，穷乡僻壤，丢个朽木棍都转眼不见，这必是不祥之物。周章道："我正穷得有腿没裤子，有什么捡不得的？"便当众打开包裹，数匹绢内，包着三块银子，还有一只瞪眼鼓腹的蛤蟆。众人连连惊叫："蛊！蛊！蛊！"

周章祷告道："天赐良物，只取银绢。蛤蟆自去，不中蛊毒！"说罢就带了包裹回家。

妇人莘哭说："前祸不远，今祸又至！"

周章说："娘子不用怕。有什么灾毒，我一人当之，绝不连累你。"

三

当晚睡觉之前，早有两个巨大的绿蛤蟆，先占据了床上。周章说："正愁肚里空空，睡不安稳，它倒来送死！"说着就打杀蛤蟆，红烧了下酒，醉醺醺地，竟比平时多做了几个好梦。

第二天，又有十余只蛤蟆，比昨晚的小一点，周章油炸了吃。

第三天，出现了三十余只蛤蟆。接下来，每晚都多一些蛤蟆，但个头越来越小，最后多到满屋充塞，吃都吃不过来。周章就叫人来把它们扫至一处,埋到野外。一月后,蛤蟆再没出现了。

周章胆子更大了,笑道:"蛊毒之灵,也就到此为止了!"

妇人莘对他说:"还是买几只刺猬来养吧,听说可以防蛤蟆。"

周章说:"我就是刺猬也,人莫予毒!何况蛤蟆?"

后来,他家真的平平安安。众人都夸他了不起。

周章说:"天下本没什么可怕的事,只是人们胆小罢了。"

从此,周章挂起了专治百毒的牌子。

四

有一天,周章的二舅来找他,说是如今在京城做官的,人人自危。朝廷不信任大臣,大臣之间也互相倾轧。有人预先潜入仇家,藏匿禁书蛊毒,然后又去告密,朝廷派人来搜查,发现禁书蛊毒,即刻逮捕惩处。做官的,谁没几个对头?官做得越大的,得罪的人越多,也就越提心吊胆。每天上朝前,不知道还回不回得来,都要和家里人道别。二舅的儿子贾元晖位重权高,二舅母天天担着心。二舅说:"听说你现在修炼得百毒不侵,鬼神都奈何不了你。你去京城帮帮元晖,免得他受人攻击,遭人毒害。"

周章早有游览上国风光之意,当即打点下行装起身。

五

贾元晖对周章说:"你来得正好。我每日没精打采的,疑是中了毒。听说你夫妇都有攻毒之术，看看有何办法。"

周章说："没精打采，未必就是中了毒，也可能是操了不必操的心。"

贾元晖说："你有所不知。此间有个同僚常思高，凡事与我竞争，他就有心毒害我。前两天，我请了个江西术士来算吉凶。他也不说话，拿起银匙，随手抛到花园山子下藏春坞雪洞里就走了。我着人去寻，只见里面有一卷禁书，料定是常思高派人偷放进去的，过几天，他再指使人去告密。如果查出来，恐怕我家就要灭族了。那书是建阳本的，查到老家，连你也躲不过。"

周章道："这个好办。你在雪洞里换上一卷御诗。只怕他查不到，查出来了，皇帝想必都要赏你的。"

贾元晖说："这个法子好。但我还是咽不下这口鸟气，你帮我再做一事。"便如此这般地吩咐了一通。

周章说："《观音经》上说'咒诅诸毒药，所欲害身者，念彼观音力，还着于本人'，当初东坡不以为然，认为观音慈悲，若说还着本人，甚不合其心，乃改为'念彼观音力，两家都没事'。若冤冤相报，何时是个了？"

贾元晖说："东坡的话虽然有趣，但恐怕止不住施毒加害者。以毒攻毒，到底还是经之意深，坡之意浅。"

六

夜里，周章看着案头的一部小说发呆，耳边一直回响着贾元晖的话:"你假作江南书商,把这部书送到常思高家去。这书书角都用蛊毒浸过,你万万不可翻看。那老贼最喜看这等淫邪小说,又喜欢沾唾沫翻书。谅他看不到最后,就会……嘿,嘿……"

周章小心翼翼地用竹片掀开书页看几处,被唬了一跳,想不到世间还有这样的书,不要说浸了毒,就是不浸毒,后生小子读了,只怕也要被勾了魂去。

天快亮时,周章终于想到一个办法,既能完成贾元晖交办的事,又不伤天害理。

七

周章走后,又过了半个月,贾元晖和常思高在上朝时相遇,却见他比昔日还要精神些。

常思高笑着对贾元晖说:"最近买了部书。不但书奇,里面还夹了一个方子,更奇。老夫几乎被书页熏死,用了那方子,登时觉得心胸宽泰,气血调和,精神抖擞,脚力强健了。"说着从衣袖中掏出一张纸,递给他看,又说:"仁兄见过这方子吧?"

贾元晖接过一看,只见上面写着:

兜铃味苦寒无毒,
定喘消痰大有功。
通气最能除血蛊,
补虚宁嗽又宽中。

> 五种蛊毒，水煎顿服吐之，立化蛊出，惟蛇蛊，加麝少许。

贾元晖认出是周章的笔迹，说："马兜铃固然好，但是药三分毒，也不可常用。某以为，平时少看些蛊惑人心的禁书，多读读御制集，最能坐端行正。"

常思高道："共勉，共勉。"

那日，贾元晖、常思高各因熟稔御诗、献了祛毒良方，都得了恩赐。后来，二人倒也相安无事，俱得善终。

八

周章怕贾元晖怪罪，并没有回老家，而是去了朱紫国继续行医。因为在药方子中特别喜欢用马兜铃，人称马大夫。他觉得叫马大夫也不错，便改名为马都灵。方圆百里，无人不知有个马都灵，最擅长治疗蛊症。

2020 年 11 月 13 日于华育宾馆

附记：

本篇素材依次略举如下——

《搜神记》卷十二："荥阳郡有一家，姓廖，累世为蛊，以此致富。后取新妇，不以此语之。遇家人咸出，唯此妇守舍，忽见屋中有大缸，妇试发之，见有大蛇，妇乃作汤灌杀之。及家人归，妇具白其事，举家惊惋。未几，其家疾疫，死亡略尽。"

《本草纲目》"虫部"第四十二卷李时珍集解引唐陈藏器语："……取百虫入瓮中，经年开之，必有一虫尽食诸虫，即此名为蛊。"

《夷坚三志》壬卷第四："福建诸州大抵皆有蛊毒，而福之古田、长溪为最。其种有四：一曰蛇蛊，二曰金蚕蛊，三曰蜈蚣蛊，四曰虾蟆蛊，皆能变化，隐见不常。"

《夷坚三志》壬卷第四：

> 漳州一士人，负气壮猛，谓天下无可畏之事，人自怯耳。每恨无鬼神干我以试其勇。尝同数友出次村落，见精帛包物地上，皆莫敢正视，笑曰："吾正贫，何得不取！"对众启之，于数匹绢内，贮白金三大笏，更一蛊虾如蟇，祝之曰："汝蛊自去，吾所欲者银绢耳。"既持归，家人皆大哭曰："祸至无日矣！"士曰："吾自当之，不以累汝。"是夜升榻，有二青蟇，大如周岁儿，先据席上。士正念无以侑酒，连推敲杀之，家人又哭。士欣然割而煮食，乃就寝醉，竟晏然。明夜，又有蟇十馀，小于前，复烹之。又明夜，出三十枚，夕夕增多，而益以减小，最后遂满屋充塞，不可胜食。至募工埋于野，胆气益振，一月后乃绝。士笑曰："蛊毒之灵，止于是乎！"妻请多买刺猬防蟇，出则必搜啄，士曰："我即刺猬也，尚何求哉！"其家竟亦妥帖，识者美之。

段成式《酉阳杂俎》前集卷三贝编：

> 天后任酷吏罗织，位稍隆者日别妻子。博陵王崔玄晖，位望俱极，其母忧之曰："汝可一迎万回，此僧宝志之流，可以观其举止祸福也。"及至，母垂泣作礼，兼施银匙筯一双。万回忽下阶，掷其匙筯于堂屋上，掉臂而去，一家谓为不祥。经日，令上屋取之，匙筯下得书一卷。观之，谶纬书也，遽令焚之。数日，有司忽即其家，大索图谶不获，得雪。时酷吏多令盗夜埋蛊遗谶于人家，经月，乃密籍之。博陵微万回，则灭族矣。

佚名《寒花盦随笔》：

……或又谓此书（指《金瓶梅》）为一孝子所作，用以复其父仇者。盖孝子所识一巨公，实杀孝子父。图报累累皆不济。后忽侦知巨公观书时，必以指染沫翻其书叶，孝子乃以三年之力，经营此书。书成粘毒药于纸角，觇巨公出时，使人持书叫卖于市曰："天下第一奇书。"巨公于车中闻之，即索观。车行及其第，书已观讫，啧啧叹赏，呼卖者问其值，卖者竟不见。巨公顿悟为人所算，急自营救，已不及，毒发遂死……

《西游记》第六十九回："兜铃味苦寒无毒，定喘消痰大有功。通气最能除血蛊，补虚宁嗽又宽中。"

明代李梴《医学入门》介绍马兜铃时称："……五种蛊毒，水煎顿服吐之，立化蛊出，惟蛇蛊，加麝少许。"

《古今谭概》文戏部第二七《改〈观音经〉语》：

《观音经》云："咒诅诸毒药，所欲害身者，念彼观音力，还着于本人。"东坡居士曰："观音慈悲，若说还着本人，岂其心哉？"乃改云："念彼观音力，两家都没事。"评语：坡语虽趣，然非所以止咒也。经之意深，坡之意浅。

啼笑皆非

一

活鱼的价格上涨了许多，但杀好去内脏的鱼反而便宜不少，还可以半个时辰送到家。

候潮门外陈楚娘的黄花鱼价格最高，买的人却最多。

有个来买鱼的小伙计对陈楚娘说："钱塘门外宋五嫂长得比你白嫩，烧得一手好鱼羹，你的鱼凭什么卖得比她的鱼羹还贵？"

陈楚娘一手叉腰一手挥着刀说："放你娘的狗屁！她是你哪门子嫂子？老娘不卖鱼给她，她剁了你给皇上做鱼羹？"

后面的客人拉过小伙计说："后生家晓得甚事！陈楚娘卖的不是鱼，卖的是运气。"

二

原来，十天前，陈楚娘收拾鱼时，一块石头样的东西从鱼肚中掉了下来。她在水中洗了洗，竟是个不大不小的玉孩儿。

那玉孩儿雪白如脂，三寸长左右，制作得极为精致，可惜从头部到腹部，有一条细墨点直洒而下，而玉孩儿攒眉蹙额，一副悲泣的样子。

陈楚娘觉得玉孩儿哭啼啼的，不喜庆，就卖给了提篮小贩晖哥，倒也超过了卖十日鱼的收入。

陈楚娘鱼铺的鱼肚里藏有玉器的消息也传开了。

三

没过两天，清河坊古董铺崔老板来到鱼肆，对陈楚娘说："前几天你是不是在鱼肚里掏出个玉孩儿？"

陈楚娘说："早被小贩晖哥买走了。"

崔老板说："这我知道，他又卖给了我。这个原本有一对儿，还有一个笑嘻嘻的玉孩儿，不知见过没有？"

陈楚娘说："你如何知道还有个笑嘻嘻的？"

崔老板说："说来话长。玉孩儿是我兄弟崔待诏雕的，只因未刻之玉中间有一条黑色瑕疵，碾玉匠都说是废物，独有我表兄别具匠心，先雕出个哭孩儿，又另用一块透明的羊脂美玉，雕了个书生模样的玉孩儿，手持毛笔向前挥洒，放在一处，哭孩儿身上的黑点恰如他甩出去的墨汁一般。所以，他倒开口大笑，两个玉孩儿竟凑成了天造地设的一对儿。"

陈楚娘说："怪道人说有哭有笑才是戏，早知是这样，我不卖给晖哥了，说不定哪天又碰到了笑孩儿。"

崔老板说："正是这话，若是一对儿，价值连城，我高价收买。"

到时你可以盘下宋五嫂的鱼羹店，不必整天风吹日晒一身腥味了。"

陈楚娘满脸堆笑道："崔老板真会说笑。"

四

清河郡王张俊喜欢玉器，经常去清河坊一带古董铺逛。那日，到了崔老板的店，一眼就看见了架上的玉孩儿，忙问："你这是从哪里搞到的？"崔老板如此这般地说了。

张俊说："当初咸安郡王要令弟刻了个南海观音讨好官家，我便让他刻出一对玉孩儿献上。官家得到后，更加欢喜，观音赐予了贵妃，玉孩儿倒常放在案头，外出也随身携带。没承想去快活台游玩时，不小心双双掉入水中，百般捞摸不着，甚是烦恼。如今既被你寻得，若私自藏匿，祸事不小。"

崔老板听了直咋舌，慌忙小心翼翼地将玉孩儿奉上，战战兢兢地说："可惜只收得这个哭的，笑的不知在哪里？"

张俊说："有一必有二，你须得留心。"

五

高宗临幸清河郡王第，见场面盛大，说："虽是太奢华过费了，难得卿一片诚心。"又见进奉盘盒中有各种宝器、古器、汝窑、书画等，不住地欣赏。张俊说："这些与宫中的相比，小巫见大巫。独有一件不在清单上，非同一般，却是微臣恭请陛下的原因——"说着，呈上一个盒子。高宗打开一看，正是玉孩儿，翻过来，下面果有"崔宁造"字样，又翻盒子，张俊知是找笑孩儿，便说："如今只寻得这一件，另一件还在找。"

高宗道："朕有无数玉器，独爱卿送的这套，似悲却喜，相互陪衬，极为别致。自从十年前掉落水中，朕一直闷闷不乐。如今国势维艰，万民悲泣，如同这个哭孩儿。如果再找到那个笑孩儿，便是国家转悲为喜之兆。"

张俊说："这是小玩意儿，陛下自己开心就好，搭上国运，玉孩儿承受不起。"

旁边一个侍臣说："古有千金市马，陛下重赏这几个找到哭孩儿的，世人尽知，不愁不把天下鱼肚翻个遍，早晚可以发现笑孩儿。"

高宗听了龙心大悦，即下旨着崔老板、晖哥补校尉，陈楚娘封孺人，张俊更是厚厚加赏。

六

自那以后，鱼铺的生意更火了。每日鱼船还没靠岸，就有许多人等候着。鱼一来，都抢个大腹鼓的买，买了便忙不迭地开膛剖肚找玉孩儿，有好事的编成歌谣传唱：

东风南起打斜来，
好个白嫩小玉孩。
后生娘子家没要嘻嘻笑，

谁知恩赏哭里来。

东风南起打斜来,
好个白嫩小玉孩。
后生娘子家没要偷偷哭,
更有恩赏笑里来。

眼看着湖里的鱼越打越少、越打越小,小到鱼腹里都不可能容下玉孩儿,市人仍不罢休。

宋五嫂的鱼羹店里,食客抱怨鱼羹不如过去鲜美。宋五嫂说:"巧妇难为无米炊。有本事的找陈楚娘买条大鱼来,我保管做得鱼鲜羹美。"

内中一个太学生说:"汴上已亡金等子,临安空赏玉孩儿。只怕笑找不来,哭的日子尽有。"

另一个老成的说:"莫要妄议!世间何处无鱼羹饭?你我不如同去听书解闷。"

七

说书的正在讲取经故事,说的是陕西富翁之妻孟氏与春柳合谋将前妻孩儿推落水中,料定必死无疑。三藏法师僧行七人,赴富商斋筵。法师说:"今日喝酒,心内只想吃鱼羹。小鱼不吃,须要一百斤大鱼,方可充食。"

下面听书的便喊:"鱼——和尚如何要吃鱼?"说书的不慌不忙道:"诸位稍安勿躁,待在下慢慢道来。"

一个小伙计拿着托盘,口里念念有词地说着:"财门上起,利地上住,吉地上过,旺地上行。手到面前,休教空过。"银子收过,说书的又接着说——

仆人寻到渔父船家,买到一头大鱼,约重百斤。富翁问法师:"怎样料理?"法师说:"给我一把刀,我自处理。"富翁取刀递给法师。

众人又喊:"刀——和尚如何杀生?"说书的慢慢说——

法师道:"此鱼前日吞却富翁孩儿,现在鱼肚中没死。"众人闻语,围过来看。只见法师挥刀一劈,鱼身分作两段。里面跳出个孩儿,叫:"有肥皂吗?与我洗头。"富翁抱住孩儿,惊喜万分,合掌拜谢法师:"今日不得法师到此,我父子再见不着面!"法师放下刀说:"这条鱼送归东土,在僧院里建往生塔,另仿其形,制作木鱼,做法事时,将槌打肚。"

众人意犹未尽,都问:"那孩儿从鱼肚里是悲是喜?"

说书的道:"出来是喜,进去是悲。无喜无悲,啼笑皆非。"

众人齐声喝彩:"吁——好个啼笑皆非!"

八

再后来,玉器店里都有笑玉孩儿售卖,表情大同小异,仿佛照着一个模子刻出来。

据传当日朝廷悬赏笑玉孩儿,久觅不得,有个奸猾的碾玉匠便伪造了一个,向朝廷邀赏。皇上仔细端详那个赝品,虽然笑容可掬,毛笔刻得粗细不均,玉质更如白蜡一般,不由得怒骂道:"呸,什么东西,简直是个银样镴枪头!"遂下旨斩了欺君诳上的匠人。

——此事未见记载,不知真伪,一脸笑笑生的玉孩儿却流行开来了,毕竟笑模样比较讨喜。只是没有哭孩儿的搭配,不知他喜从何来,看上去笑得有点傻、有点假。

2021年1月18日于奇子轩

附记

本篇素材如下——

田汝成《西湖游览志余》卷二:"高宗尝宴大臣,见张循王俊持一扇,有玉孩儿扇坠,上识是十年前往四明,误坠于水,屡寻不获。乃询于张循王,对曰:'臣于清河坊铺家买得。'召问铺家,云:'得于提篮人。'复遣根问,回奏云:'于候潮门外陈宅厨娘处买得。'又遣问厨娘,云:'破黄花鱼腹得之。'奏闻,上大悦,以为失物复还之兆。铺家及提篮人补校尉,厨娘封孺人,循王赏赐甚厚。"(此事又见《宋稗类钞》等书)

周玄玮《泾林续记》:"无锡华虹山家藏古玩玉器甚多,偶有卖古董者至,出数种求售。中有玉孩儿一,其白如脂,长可五寸许,但从首至腹,俱有细墨点直洒而下,制造甚工,而攒眉蹙额作悲啼态,见者恶其不祥,鲜有市者。华独谛玩不去手,因询所值,以三金对,华即如数与之,喜形于色。卖者问市此安用,华微笑不言。固诘其故,乃命童于书房持一玉儿来,与之相比,形体颇肖,但先所得者,手持笔作挥洒状,开口而笑,此则若因黑污而泣耳。玉工真巧手哉。"

另外,篇中其他人物、故事、词句,间有改自前人者,如崔待诏见《碾玉观音》;"东风南起打斜来"歌谣据冯梦龙编《山歌·笑》;"世间何处无鱼羹饭"为王安石语,见《言行龟鉴》;宋五嫂鱼羹,《武林旧事》等书多有记载;张府大宴亦见《武林旧事》卷九《高宗幸张府节次略》;王士禛《分甘余话》卷四记其"偶读《宣和旧事》,作二绝句云:……汴上已亡金等子,临安空赏玉孩儿。宋时禁中有金等子、玉等子"(王士禛《香祖笔记》卷三则记其从伯文玉尝有咏宋高宗一绝云"千金空买玉孩儿");木鱼故事见《大唐三藏取经诗话》;"肥枣"一句出自《朴通事谚解》引《西游记平话》。

关于宋高宗,《菽园杂记》卷十三有一段议论:"宋与金人和议,天下后世专罪秦桧。予尝观之,桧之罪固无所逃,而推原其本,实由高宗怀苟安自全之心,无雪耻复仇之志……近游报恩寺,后山顶有平旷处,云是高宗快活台遗址。又如西湖吃宋五嫂鱼羹之类,则当时以天下为乐,而君父之仇置之度外矣。和议之罪,可独归之桧哉?"本篇叙事略带倾向,大致不出此见解。

散　花

一

江东庙的神签一向传说甚是灵验，方圆几十里，凡有出行、功名、婚姻、疾病、寻物等疑难之事的，都会去求签问个明白。

新年伊始，去江东庙求签的人极多，尤其正月初八签神石固诞日，庙前更是门庭若市。

秦石正为芦花的事犯愁，心想何不也去讨上一签，看看神明的意思如何。

二

原来，秦石落榜后，出来游玩散心，花光了所携银两，为筹返乡盘缠，在长洲住了一年，帮文海楼编了《历科程墨》，书销得极好，赵老板又请他编《利试枕中秘》。一来二去，认识了赵家闺女芦花。芦花举止娴静，袅娜轻盈，不时送些银两给他，以助灯火之费。没人时，二人常在一起说笑，说得入港，芦花情愿托付终身，还送给他一只玉钗作为信物。

秦石心下却有些犹豫，倒不是对芦花三心二意。只是长洲离乡千里，早晚是要回去的，而赵坊主只芦花一个女儿，有意无意说过要招赘个通文墨的，帮他经营书店。如果在长洲落户，家乡那边委实难以割舍。

三

秦石到了江东庙前街，早有人在路边喊："祥签这边来！"

秦石进得庙门，庙祝便迎了上来介绍道："一看施主就是个读书人。你是知道的，宋大学士都给江东庙写过碑。虽然江东庙本庙在江西，小庙只是一个行祠，但神签却源自江西。江西人极会算命，许真君就制得一手好签，以决休咎。所以，小庙的签也最灵。你是知道的。"

秦石口说知道知道，在庙祝的指引下，到神座前焚香点烛，双膝跪下，将签筒拿到香头上，转了两转，即在拜垫上跪下，拿签筒摇了数十摇，突然飞出一签，看那签诗：

忆昔兰房分半钗，
而今忽把信音乖。
满天星斗成散花，
到底终须事不谐。

看到"兰房分半钗"，秦石不由得摸了一个袖中的玉钗，觉得神明果然无所不知，立刻为之惊悚下拜。又看到"散花""事不谐"，心中顿时一惊，难道这是指他与芦花终究要散？于是颤声问庙祝道："这是什么意思？"

庙祝说："天机不可泄露。日后便知。"

秦石出了庙门，左思左想，正没个开交，碰见几个朋友，拉他去喝茶。

四

秦石同了那几个朋友在聚仙馆中坐着，说出心中无限苦恼。

一个朋友说："当初东坡先生贬官海南，就专门去探灵签以决余生之祸福吉凶，何况你我？神签仙卜是当敬信的。既然神仙的意思是此事不谐，仁兄还是放开手为宜。"

另一个朋友说："天意难测，恐怕不那么简单。我听江东庙祝说过，有个学生庸鄙不学，秋试年问科名，得诗云'巍巍独步向云间'，自以为是得隽之兆。没想到后来被黜为松江府吏。所谓云间，原是松江古名。又有一个学生累举不第，也来卜以决进退，得诗云'到头万事总成空'，几乎绝望了。不承想初试时，编号得'空'字，遂与贡入太学。后领乡荐，朱卷号也是个'空'字。再后来上礼部依旧如此，竟拔擢进士。古人说'事不谐，问文开'，说不定'到底终须事不谐'，隐括的是一个名中也有文、开二字的人，万一遇着，到时可以成兄之美。早早放弃，岂不可惜？"

又一个朋友说："小弟前年在福建见过一个西儒，说起抽签的事,他说抽吉签而反遭凶、抽凶签而反得吉是常有的事,反问这究竟是神明无能,还是有能而欺人?再不然是人心不诚?大家都无言以对。所以,秦兄正该自己拿定主意,只要做得上合天理,想来神明也不会拂逆人心。"

秦石听了,各有道理,反复忖度,莫衷一是。

五

次日,秦石更觉精神恍惚,只得再去找芦花商量。

芦花却正高兴,笑道:"我前日托养娘去关帝庙求到了上上吉签。"秦石接过签诗一看,只见上面写的是:

> 碧玉池中开白莲,
> 庄严色相自天然。
> 生来骨格超凡俗,
> 正是人间第一仙。

芦花说:"关帝庙神签极验,养娘说刚到那里,和尚就知她是来问婚姻签的。端起签筒,不待摇晃就跳出这一支。庙里的人还说圣意是婚姻合,切莫迟疑。"

秦石说:"这就奇了,你我问的本是同一事,为何江东庙倒有不同签诗。也不知哪个准些?"

芦花说:"关帝庙和尚对养娘说江东离了江西,就不是东西了,关老爷才是最灵验的。你的签诗上究竟是如何说的?"

秦石怕芦花懊恼,便说:"原句不记得了,反正不一样。明日我也去关帝庙问问。"

芦花说:"你样样都好,就是凡事都犹豫不定,没个决断。"

六

秦石见到关帝庙庙祝就问:"为什么同一事,你这里的签与江东庙的有不同的说法?"

庙祝说:"施主有所不知,当初高皇起兵渡江,桅杆突然折断了。看见江东庙有高大树木,派人来砍。庙祝说神签颇灵,先问问再下手不迟。高皇答应了,得签曰:'世间万物皆有主,非义一毫君莫取。纵然豪杰自天生,也须步步循规矩。'你想,这是什么话?皇帝是定规矩的人,它竟然让皇帝守规矩。所以,高皇嘴上不说,心里却生气,下令将江东庙的诀本,送关帝掌管。如今关帝签,有关帝护佑,比本签诀更灵。施主若不信,不妨再试试。"

秦石在蒲团上跪下,拜了几拜,又向庙祝要了签筒,捧在手里,默默通诚祝告道:"两番两签,各有出入,未卜吉凶,今特虔诚顶礼,求关圣指示。倘能喜结连理,发条上上签;如若不然,则求关圣发条下下签,从此死心实意,断了妄想。"

祝告已毕,遂将手中签筒摇了几摇,有一根签条落于地下,秦石拾起,又拜了几拜,立起身来,将签筒签条一总递与庙祝。庙祝接过了,将签条一看,是"第十四签,上上大吉",在签盒里查出一

条签来,递与秦石。秦石看时,只见上面写的是:

　　一见佳人便喜欢,
　　谁知向后有多般。
　　人情冷暖君休讶,
　　历涉应知行路难。

　　秦石觉这首签诗好像与婚姻有关,又好像并无关系,只是说将来的人情冷暖。便问庙祝:"行路难,是行得,行不得?"
　　庙祝说:"施主有所不知,这个解曰:事望团圆,反生龃龉。人多无情,恐难凭据。只宜自省,毋为他误。戒之戒之,且疑且虑。"

七

　　秦石出了关帝庙,且疑且虑,又去聚仙馆喝茶。
　　那壁厢,一个歌女在唱《金菊香》:

　　早鸦灵鹊不须占,
　　蓍草金钱徒自检,
　　灯花喜蛛都是诌。
　　无准信龟卦神签,
　　更哪堪半衾幽梦睡初忺。

待歌女唱罢，秦石让跑堂的把歌女唤来，问道："你唱的这也都是讹，那也无准信，莫非就没有神明了？"

歌女轻启朱唇笑道："这位相公，你昨天知道今天会在这里问我这些话吗？"

秦石摇摇头。

歌女又说："昨天都不知今天的事，今天如何知道将来的事？"

八

后来，秦石独自回了家乡，娶妻生子，寒来暑往，转眼也过了一辈子。

有时，他喝着自己酿的酒，虽然没醉，也痴痴地想，如果与芦花在一起，会是什么结果？芦花又是什么结果？到底是自己的不辞而别坐实了"散花"之签，还是"散花"之签注定了他和芦花不能在一起……心中少不得有些愧疚和遗憾。

后来，秦石拿出积蓄，盖了座散花寺。人问散花寺是什么意思，他就说这个散花菩萨生在西天大树国中，父母打柴为生。生下来时，头长三角，眼横四目，身长三尺，两手拖地。父母以为是妖精，弃在冰山之后。一个得道的老猢狲看见菩萨顶上白气冲天，虎狼远避，知道来历非常，抱回洞中抚养。谁知菩萨带了来的聪慧，与猢狲天天谈道参禅，说得天花散漫缤纷。一千年后方才飞升，至今那山上犹见谈经之处天花散漫，所求必灵，时常显圣，救人苦厄。众人听了无不称奇，都去礼拜求签。

谁知秦石心里还另有想法,他把那首念念不忘的签诗后两句改作了:

满天星斗散成花,到底终须事和谐。

又将这下吉签改为上吉签。

2021 年 2 月 14 日于奇子轩

附录

本篇素材如下——
陆粲《庚巳编》卷七《江东签》:

吾苏江东神行祠,在教场之侧,以百签诗决休咎,甚著灵验。记所知者数事……长洲学生周景良,庸鄙不学。秋试年问科名,得诗云:"巍巍独步向云间。"自谓得隽之兆。及试于提学宪臣,乃被黜为松江府吏,而云间实松古郡名也。府学生陶麟,累举不第,卜以决进退,得诗云:"到头万事总成空。"以为终无成矣。后应贡初试时,编号得"空"字,遂与贡入太学。正德丁卯始领乡荐,其朱卷号亦"空"字。辛未上礼部亦如之,遂擢进士。予师毛先生,少时眷一妓,情好甚密。妓谋托终身焉,私以一钗遗之,约以为聘资。先生持归,意颇犹豫,潜往谒祷,得诗云:"忆昔兰房分半钗。"其末云:"到底终须事不谐。"先生读首句,为之惊竦下拜,时钗犹在袖也,于是谢绝之。尝读《祠记》云:"神,秦人,始石名固。"

《坚瓠六集》卷四《江东签》:

◇ 辑一　世情啼笑 ◇

　　高皇初起兵渡江，偶尔桅折。见江东神庙有木可伐，将伐之。庙祝言神签颇灵，可问之。高皇从其请，得签曰："世间万物皆有主，非义一毫君莫取。总然豪杰自天生，也须步步循规矩。"遂不伐。明朝小史云：高皇怒其不许，乃取其诀本，送关圣掌之。至今关帝江东签，比本签诀更灵。

　　散花菩萨事见《红楼梦》第一百一十回"散花寺神签惊异兆"。

　　其他相关材料还有——
　　《道藏》正一部宋濂撰《赣州圣济庙灵迹碑》(《宋学士全集·补遗》卷四)："圣济庙者，初兴于赣，渐流布于四方，所在郡县多有之。神盖姓石氏，名固，赣人也。"
　　《老学庵笔记》卷二："西山十二真君各有诗，多训戒语，后人取为签，以占吉凶，极验。"
　　《东坡志林》卷二："东坡居士迁于海南，忧患之余，戊寅九月晦，游天庆观，谒北极真圣，探灵签，以决余生之祸福吉凶。"
　　《三国志·魏书·袁绍传》裴松之注引《英雄记》："(袁)成，字文开，壮健有部分，贵戚权豪自大将军梁冀以下皆与结好，言无不从。故京师为作谚曰：'事不谐，问文开。'"
　　西儒质疑抽签语参见《明末清初耶稣会思想文献汇编》第二卷第二十一册耶稣会士郭纳爵《烛俗迷篇》第七节《抽签》。郭纳爵曾在陕西等地传教，并在福建主持教务。
　　《金菊香》"早鸦灵鹊不须占"出自元曲 [商调]《集贤宾·彩云收凤台》。
　　诸签语多据小说旧载或《护国嘉济江东王灵签》《关帝灵签》(关于两签关系，参阅林国平《籤占与中国社会文化》第一章论述)等，间有改动以应情节。

青山在，绿水在

一、好人难做

夏日的瓜棚，女人们一边纳凉，一边刺绣。忽然，慧芬口里唱道：

青山在，绿水在，冤家不在。风常来，雨常来，书信不来。灾不害，病不害，相思常害。春去愁不去，花开闷不开。泪珠儿汪汪也，滴没了东洋海。

众人都觉得奇怪，因为慧芬本是个持重的女孩儿，便问她如何唱此情歌艳曲。慧芬连声音都变了，说："我不是慧芬，我是江中女子。村东李氏丈夫久客不归，公婆逼她嫁人。过几天她就要在这里上吊。我终于等到替代了！"

村里人都知道，江边曾经翻过一只船，船上一对私奔的情人都淹死了，慧芬定是被那个女鬼附体了，吓得一哄而散。

商叔是十里八乡有名的好人，听人说起女儿慧芬被鬼魂附体事，觉得非同儿戏。李家的事他也早有耳闻，知道李氏公婆逼儿媳改嫁，也是迫于生计。商叔想，既然鬼魂附体于他女儿，他就不能不管此事。无奈手头也紧，便悄悄地卖了几亩田，得银四两。然后又伪作了一封李氏丈夫的信，在镇上托一个外地商贩把信和银子送到李家。

李公看见书信，觉得笔迹不像儿子的手迹，有些疑惑。李婆说："书信是假的，难不成银子也是假的？平白无故，谁给你一文银子，想我儿必然没灾没病。"李公听了，也觉有理。老两口便打消了逼媳改嫁的念头，单等儿子归来。

李氏得了丈夫的信，越发盼望。看看又是一年，丈夫到底没回来，李氏竟一病不起。

一日夜里，商叔听窗外有人说话，只听一个男的说："你总是等啊等的！这个也觉得可怜，那个也觉得可惜，挑来挑去，都不忍替代。再找不到替身，过了时限，就永世不得超生。"

一个女的说："我也想早一点超生，李家媳妇本来阳数已绝，就算不上吊，也没有多少日子了，谁知却被那个老秀才坏了我的好事。你要实在等不下去了，就先寻个替代走吧。"

那男的哭道："我先走了，你却迟迟不来，如何是好？纵使来了，卿生我已老，再不能够了。"

那女的也哭道："都怪那个老秀才。"

那男的忿忿地说："真想诱他去溺水，拿他替代了！"

那女的说："上帝说他是好人，你如何敢？"

那男的说："好人却断人生路。"

后来，村里都听到瓜棚那里，经常有一个幽魂唱小曲，断断续续、翻来覆去，只这几句：

青山在，绿水在……风常来，雨常来……泪珠儿汪汪也，滴没了东洋海……

商叔听说，特意到瓜棚，高声叫道："好大世界，无遮无碍。死去生来，有何替代？要走便走，岂不爽快！"

周围一片寂静，没过多久，又听得一丝丝细微的响动，商叔分不清是女子啜泣，还是江水流淌的声音，连连叹气道："好人难做啊！好人难做！"

二、人笑亦笑

方琴已到摽梅之年，还未出嫁。最近一段时间，每日过午，却打扮得花枝招展，上床睡觉，约莫两个时辰才醒过来。醒来时，总是满脸笑盈盈的，好便似醍醐灌顶，甘露滋心，一面天生喜，满腔都是春。有时还哼几句小曲：

青山在，绿水在，关关雎鸠今何在？好一个，窈窕淑女人人爱。只落的，君子好逑把相思害。辗转反侧，悠哉悠哉……

兄长方砚问她为什么昼寝？为什么睡觉还要涂脂抹粉？为什么醒来笑个不住？为什么唱淫词艳曲？还说："女孩子这样放肆，不成体统，没有规矩。"

方琴带笑含羞道："哥哥这么多'为什么'，难怪不快乐。我的快乐不能说，也说不出，反正是人世间没有的快乐。"

方砚说："人世间没有的，必定是被鬼魅所惑。"

方琴说："我一说快乐，你就认定是鬼魅所惑？难道这不是快乐应有的样子？"

方砚坚信妹妹是遭了鬼魅，便去请方圆百里有名的李道士来治。

李道士说："贫道从不收人钱财为人消灾解难。"

方砚听了，连忙奉上一卷字画说："知道大师清高，不敢用俗物骚扰。"

李道士也不看那字画，缓缓说道："也罢，令妹的事果有些蹊跷。贫道权且再做一回好人，看看究竟是何方妖魅作祟。"

李道士到了方家，便开始施展各种法术，令人眼花缭乱。因不明就里，也难枉拟。

方琴冷眼旁观，忽然说："你以为你是什么好人？你把收的字画都卖到河湾镇江氏古董店去换钱，又化了姓名，与清水街许家女人幽会，打量人不知道？道行如此，安敢治我？"

李道士听说，待要反驳，方琴早劈头盖脸地打将上来。李道士帽子也掉了，头发也乱了，狼狈而去。方琴在后面哈哈大笑。

方砚又找来几个巫师，都是还没作法，就被方琴指名道姓，揭露出见不得人的勾当，一个个张口结舌，落荒而逃。方琴总在后面哈哈大笑。

方砚无奈，只得扫室焚香，写了一篇诉牒，派了个仆人去贵溪，告于龙虎山张天师。

过了几天，方琴正喜洋洋地在堂前唱曲，忽有两个穿黄衣的小卒来拉她。她不肯走，小卒说："娘子不要怕，对质完了就放你回来。"

方琴被带到东岳行祠的北殿，殿上坐着个紫袍红鞓带佩鱼的人，也不知什么神灵，只听他厉声道："你是山魈，休再隐瞒。只是那些巫师道人的底细，你是如何得知的？从实招来，本神就放了你。"

方琴说："小女子也不知什么山魈，往日只是与一个美男子饮酒说笑而已。"

上面那神说："什么美男子，不过是山魈美颜有术罢了。本神不问你这没规矩的妮子，一同拘来的山魈，还不快说！"

方琴又开口，却是粗声粗语笑道："大神既知小的原形，岂不知小的本领？但一闻人肉，或酸或腥，便搜得出其行径？"

上面那神说："放肆！到了这里还敢笑！怪道世人都说山魈只要一知人姓名，就能中伤人。"

山魈说："小的生的是这个笑容儿，人笑亦笑。我自游戏，何累于人？若不是他们自找麻烦，谁耐烦揭他们的短。方家妹子，我何尝有半点伤害。"

上面那神喝道："你还敢狡辩！引逗人家闺秀淑女，天天做出个轻狂样儿，就是伤天害理。这犹可恕，最为可恶的是，知人姓名便可伤人的鬼伎俩，令人人自畏，个个胆寒，情法难容。借此方家诉状，一并严惩！"说着，提笔判道："审得山魈一族，成群结伙，搜罗人罪，造孽多端。视伤人多少，或杖脊，或杖臀，发至边地，永不放还！"

这壁厢，方家人见方琴扑倒在地，约有两个时辰，口眼皆闭。方砚忙命人抉齿灌药，施针灼艾，依旧不省人事。因见四体不冷，心口仍有一点热，料还没死，便又命人扶上床去。

过了几天，方琴渐渐苏醒，恢复如常，只是再没有了之前的欢笑。有时，呆坐在镜子前，愁眉苦脸，口里默念着：

南面而坐，北面而朝。

像忧亦忧，人笑亦笑。

2021年11月27日于奇子轩

附记

本篇素材如下——

《了凡四训》：

台州应尚书壮年习业于山中。夜鬼啸集，往往惊人，公不惧也。一夕闻鬼云："某妇以夫久客不归，翁姑逼其嫁人。明夜当缢死于此，吾得代矣。"公潜卖田，得银四两。即伪作其夫之书，寄银还家；其父母见书,以手迹不类,疑之。既而曰:"书可假,银不可假,想儿无恙。"妇遂不嫁。其子后归,夫妇相保如初。公又闻鬼语曰:"我当得代,奈此秀才坏吾事。"旁一鬼曰:"尔何不祸之?"曰:"上帝以此人心好,命作阴德尚书矣,吾何得而祸之?"……

袁枚《子不语·瓜棚下二鬼》:

海阳邑中刘氏女,夏日在瓜棚下刺绣。薄暮,家人铺蒲席招凉,女忽于座间顾影絮语。众怪其诞,呵之。乃大声曰:"唉!我岂若女耶?我为某村某妇,气忿缢死多年,欲得替人,故在此。"……

《子不语·鬼有三技过此鬼道乃穷》:

……吕笑曰:"我即高僧也。我有《往生咒》,为汝一通。"即高唱曰:"好大世界,无遮无碍。死去生来,有何替代?要走便走,岂不爽快!"鬼听毕,恍然大悟,伏地再拜,奔趋而去。

"好便似醍醐灌顶"句袭自《西游记》第三十一回。

《夷坚丙志》卷十《方氏女》:

婺州浦江方氏女,未适人,为魅所惑。每日过午,则盛饰插花就枕,移两时乃寤,必酒色著面,喜气津津然。女兄问其故,曰:"不可言,人世无此乐也。"道士百法治之,反遭困辱,或发其隐慝,曰:"汝与某家妇人往来,道行如此,安得敢治我?"或为批颊抵冠,狼狈而出。近县巫术闻之,皆莫敢至其家。扫室焚香,具为诉牒,遣仆如贵溪,告于龙虎山张天师,仆至彼之日,女在堂上,见两黄衣卒来追己,初犹不肯行,卒曰:"娘子无所苦,才对事毕即归矣。"遂随以去,凡所经途,皆平日所识,俄至东岳行祠。引入小殿下,殿正北向,主者命呼女升殿。女窃视其服,紫袍红鞾带佩鱼,全如今侍从之服,戒之曰:"汝为山魈,缴绕曲折,吾已尽知,但当直述,将释汝。"初女被祟时,实其亡叔为媒妁,是日先在庭下,瞬目招女,使勿言。女竟隐其事,但说魅情状及所与饮狎者,主者判云:"元恶及其党十人,皆杖脊远配,永不放还,而不刺面。余五六十人,亦杖臀编管,传囚决遣。"与世间不少异,又敕两卒送女还,时家人见女仆地,逾两时,口眼皆闭,抉齿灌药,施针灼艾,俱不省。但四体不冷,知其非死也,仆归云,既投状。天师判送东岳,限一时内结绝,故神速如此,自是女平安如常,逾年而嫁,则犹处子云。

《山海经·海内经》:"南方有赣巨人,人面长臂,黑身有毛,反踵,见人笑亦笑,唇蔽其面,因即逃也。"

《太平广记》卷三百二十三《广异记》:"天宝末,刘荐者为岭南判官。山行,忽遇山魈,呼为妖鬼。山魈怒曰:'刘判官,我自游戏,何累于君,乃尔骂我?'"

《太平广记》卷三百二十三引《述异记》:"土俗谓之山魈,云:'知人姓名,则能中伤人,所以勤问,正欲害人自免。'"

"生的是这个笑容儿"借袭自《西游记》第二十五回孙悟空语;"南面而坐"诸句袭自《红楼梦》第二十二回。

"青山在,绿水在"为明代民歌,冯梦龙《挂枝儿》"想部"题《泣想》,冯评曰"此篇相传已久",可知其流传甚早。《霓裳续谱》卷五、《白雪遗音》卷三亦收录,文字略有不同,俱见《明清民歌时调集》。"关关雎鸠今何在"诸句截自《白雪遗音》卷二《马头调·诗经注》。

辑2

士林清凉

海棠·松树

一

在乌台狱中，苏轼想到过死。贬谪黄州，对他来说，无异于重生。

渔翁送来江里打的鱼，樵夫送来山上挖的笋。面对纯朴乡民热情，苏轼写下了"长江绕郭知鱼美，好竹连山觉笋香。逐客不妨员外置，诗人例作水曹郎"这样欢快的诗句。

一个穿红的村姬听说苏轼在杭州当过官，挤上来问他，钱塘难道塘里都是钱吗？为什么去了的人就不回来？

有人忙把她拉开，告诉苏轼，她的相好去了杭州，再没回来。她逢人便说杭州哪有黄州好。现在，她又多了一个理由，连杭州的大官都说黄州的鱼美笋香。

二

很快，初到时的轻松，就被重重的寂寞代替。黄州地处长江边，连喝的水他都觉得有一半是从西蜀流过来的，是家乡的味道。

借住在定惠院，常常夜不能寐。一日，刚睡下，就听到轻轻的敲门声。开门看时，一位妙龄美女站在对面，泣不成声地说："苏学士，奴家住在东山，明天有人要杀我，特求学士搭救。"苏轼待要问个明白，美女却已消失。

第二天，苏轼登上院东小山。山坡上灌木丛生，一个老乡正在砍柴。不远处，有一株海棠，极为艳丽繁茂。花白而圆，如大珠累累，香色皆不凡。苏轼忙上前说："这株海棠，千万不要砍了。"

老乡见是苏轼，笑道："这也不值什么。苏爷若喜欢，就留着。"说着，还特意把树下杂草清理干净，又培了培土，海棠显得更有生机。

当天夜里，还是那位美女，款款走来道谢。她面容娇媚，白皙中透着微醉般的粉红，光彩照人。苏轼思忖，荒僻之处，如何有这般美女，必是海棠花精。还未开口问询，美女又烟一般消失了。

苏轼回到房间，沉吟良久，提笔写下：

江城地瘴蕃草木，只有名花苦幽独。
嫣然一笑竹篱间，桃李满山总粗俗。

写到"雨中有泪亦凄怆，月下无人更清淑"时，禁不住不停为自己赞叹，道是好诗妙诗得意诗。他觉得，如此动人的诗句，必是海棠精魂附于笔尖，他是不知不觉中从造物主那里窃来了灵感。他相信，自己遭贬谪到这穷乡僻壤来，恰如海棠之藏身于杂草灌木中，都是命运的安排。只是，那株有着稀世之美的海棠是从哪里来的呢？

不可能有什么人特意从千里之外的西蜀移植过来。那么，是鸟儿衔来种子，种子得了日月精华、雨露滋润，然后发芽长大的吧？

苏轼想起了一个记忆深处的邻家小妹，名字也叫海棠。四十年了，不知谁把她的长发盘起，谁给她做的嫁衣？

三

家眷的到来，让苏轼倍感欣慰，但负担也更重了。他如今只是八品的团练副使，俸禄微薄，不足以养家。春天的黄州，淫雨绵绵，茅屋如同渔舟，里外皆湿。空庖煮寒菜，破灶烧湿苇，生活异常艰难。为了省吃俭用，他不得不把钱均分出许多份，挂在房梁上，每日只取用其一。

黄州太守钦佩苏轼，把城东一块废弃营地拨给苏轼。

苏轼率领全家开荒种地，取名为"东坡"，又搭建了几间草棚，称为"雪堂"。后来，他便以东坡之号闻名行世。有时，他也自署雪堂。我试着念过几声"苏雪堂"，不知为什么好像与苏轼有些不搭。

苏轼在雪堂周围种了柳、竹、梅、桃等，但他还是觉得缺点什么。直到有一天，他又梦见了那株海棠。

于是，东坡高处，多了一株海棠。

四

春天到了，海棠花盛开。苏轼欢喜极了，白天看不够，半夜想

起来,还点着蜡烛去仔细端详。有诗为证:

> 东风袅袅泛崇光,香雾霏霏月转廊。
> 只恐夜深花睡去,更烧高烛照红妆。

看着看着,仿佛真有一位美女从花枝上下来了。苏轼便与她说说笑笑。

那天夜里,风雨交加,苏轼躺在床上,好像听见海棠花被风雨打落在泥泞中。他不由得感叹,时间都去哪了?年年欲惜春,春去不容惜,鬓角的白发又平添了许多。

五

朝云是苏轼新纳的爱妾,见他魂不守舍,便说:"相公,你是不是被花妖魅住了?你那么胆小,怕蛇,连床都不敢下,还总拉着人家讲鬼故事。要不,我们种一株松树镇镇妖吧?你不是说过人皆种榆柳,我独种松柏吗?"

苏轼笑道:"朝云果然知我。我是最会种松的。小时候啊,我种过几万株呢!"

朝云说:"几万株?你的算术是跟蹴鞠、相扑师傅学的吧?"

苏轼说:"你有所不知,种松树不是一棵一棵地种。冬天,扫雪收松子。春天播洒下去,就一片一片地长出来了。"

朝云说:"是了,是了,去年我收的几颗银杏果子,有几粒掉在窗下，昨天我还看到发芽了呢。今年我们就捡些松子来种吧！"

苏轼说："松树大者不易移植成活，小者老夫又不能待，播种更不知要等到几时。我们去山里连泥带土挖一棵不大不小的来。"

不久，海棠边上，又多了一棵年轻的松树。

六

春天，海棠花枝招展，松树的墨绿仿佛也透着一种鲜亮；冬天，海棠绿叶凋零，松针却依然苍翠。一个婉约柔媚，如小鸟依人；一个豪放大气，似将军挺立。有人借问苏轼家何处，牧童就遥指海棠边、松树下。

苏轼还为雪堂题了一副对联：

郁郁苍髯真道友，丝丝红蕚是乡人。

他念给朝云听，朝云说："什么又蓝又红、又油又香的。"

苏轼笑道："苍髯，松也。红蕚，海棠也。"

那日，苏轼坐在桌前写《论语说》，至《子罕》篇"岁寒，然后知松柏之后凋也"处，抬头望了一眼窗外的松树，奋笔写道：世人皆知松柏之后凋，不知松柏成材实为不易。予少年日，尝种松树于东冈。初种时，其根仅一寸，琐细如插秧。二年黄茅下，一一攒麦芒。三年出蓬艾，尚需防牛羊踏食。十余年后，方有龙蛇之姿。故知草木如名节，久而后成。松柏之后凋，实出于微弱时养成之一段天然精神。

《论语说》是苏轼的自主科研项目，未列入什么丛书文库，久已失传，今人辑本无此一段。但我可以负责任地说，上面的话十之八九确为苏轼所说。

七

终于要走了。

黄州的父老乡亲欢聚一堂，为苏轼饯行。苏轼不能饮，抿了几口，便有些醉意。

一个歌妓上来献歌，执红牙板，唱苏轼的《南乡子》：

佳节若为酬，
但把清尊断送秋。
万事到头都是梦，休休。
明日黄花蝶也愁。

苏轼觉得这个歌妓很面熟，就说："你好像一个人。"

歌妓笑道："不像人，难不成像鬼？"

苏轼说："非也，我是说你像我刚来时见过的海棠花仙。"

歌妓说："学士真会夸人。哪里有什么海棠花仙？既蒙学士错爱，还请题诗一首。"

有人告诉他，她就是那个情人去了杭州的村姬。她要攒钱去杭州找她的相好。有了苏学士的题诗，定会身价倍增。

苏轼提笔便写：

东坡五载黄州住,何事无言赠美姬?

这时,又有人来敬酒,苏轼和他们说笑。歌妓急了,催促道:"学士先给我题诗。"

苏轼回过头来,补上两句:

却似城南杜工部,海棠虽好不吟诗。

众人齐声喝彩。

朝云却道:"相公来也海棠,去也海棠,偏于海棠忒多情。"

八

船渐渐驶离河岸,苏轼兀自眺望着东坡上的海棠和松树。

朝云说:"青松学士陪着海棠仙子,不会孤单的。"

苏轼说:"吾道亦不孤。"

朝云笑道:"说人话。"

苏轼说:"你就是我的海棠。"

2017 年 5 月 1 日

附记

本篇主要串联、化用苏轼黄州诗文而成,兼取相关笔记,聊助想象,所涉作品依次如下——

《初到黄州》:"自笑平生为口忙,老来事业转荒唐。长江绕郭知鱼美,好竹连山觉笋香。逐客不妨员外置,诗人例作水曹郎。只惭无补丝毫事,尚费官家压酒囊。"

《壮陶阁书画录》叙周韶落籍事后,尚有苏轼跋云:"元丰四年秋日,过季常寓斋,留饮。座中红裙,盖村姬也,向余问钱塘事……"(兹据孔凡礼《三苏年谱》)

《与范子丰》:"临皋亭下不数十步,便是大江,其半是峨眉雪水,吾饮食沐浴皆取焉,何必归乡哉!"

《记游定惠院》:"黄州定惠院东小山上,有海棠一株,特繁茂。每岁盛开,必携客置酒,已五醉其下矣。今年复与参寥师及二三子访焉,则园已易主,主虽市井人,然以予故,稍加培治。山上多老枳木,性瘦韧,筋脉呈露,如老人项颈。花白而圆,如大珠累累,香色皆不凡。此木不为人所喜,稍稍伐去,以予故,亦得不伐……"

《寓居定惠院之东杂花满山有海棠一株土人不知贵也》:"江城地瘴蕃草木,只有名花苦幽独。嫣然一笑竹篱间,桃李漫山总粗俗。也知造物有深意,故遣佳人在空谷。自然富贵出天姿,不待金盘荐华屋。朱唇得酒晕生脸,翠袖卷纱红映肉。林深雾暗晓光迟,日暖风轻春睡足。雨中有泪亦凄怆,月下无人更清淑。先生食饱无一事,散步逍遥自扪腹。不问人家与僧舍,拄杖敲门看修竹。忽逢绝艳照衰朽,叹息无言揩病目。陋邦何处得此花,无乃好事移西蜀。寸根千里不易致,衔子飞来定鸿鹄。天涯流落俱可念,为饮一樽歌此曲。明朝酒醒还独来,雪落纷纷哪忍触。"(《王直方诗话》载:"东坡谪黄州,居于定惠院之东,杂花满山,而独有海棠一株,土人不知贵。东坡为作长篇,平生喜为人写,盖人间刊石者,自有五六本,云:吾平生最得意诗也。"朱弁《风月堂诗话》载:"东坡尝自咏海棠诗,至'雨中有泪亦凄怆,月下无人更清淑'之句,谓人曰:'此两句乃吾向造化窟中夺来也。'")

《答秦太虚书》:"初到黄,廪入既绝,人口不少,私甚忧之,但痛自节俭,日用不得过百五十。每月朔便取四千五百钱,断为三十块,挂屋梁上。平旦,用画叉挑取一块,即藏去叉,仍以大竹筒别贮用不尽者,以待宾客,此贾耘老法也。"

《海棠》："东风嫋嫋泛崇光，香雾霏霏月转廊。只恐夜深花睡去，更烧高烛照红妆。"

《子由自南都来陈三日而别》："……畏蛇不下榻，睡足吾无求……"

《寒食帖》："自我来黄州，已过三寒食。年年欲惜春，春去不容惜。今年又苦雨，两月秋萧瑟。卧闻海棠花，泥污燕支雪。暗中偷负去，夜半真有力，何殊病少年，病起头已白。""春江欲入户，雨势来不已。小屋如渔舟，蒙蒙水云里。空庖煮寒菜，破灶烧湿苇。那知是寒食，但见乌衔纸。君门深九重，坟墓在万里。也拟哭途穷，死灰吹不起。"

陈继儒《岩栖幽事》："种树之法，莫妙于东坡。曰：大者不能活，小者老夫又不能待，惟择中材而多带土砧者为佳。"

《三月二十日开园三首之三》："郁郁苍髯真道友，丝丝红鬓是乡人。何时翠竹江村路，送我柴门月色新。"（苍髯，松也。红鬓，海棠也）

《滕县时同年西园》："人皆种榆柳，坐待十亩阴。我独种松柏，守此一寸心……"

《予少年颇知种松，手植数万株，皆中梁柱矣。都梁山中见杜舆秀才，求学其法，戏赠二首》之二："君方扫雪收松子，我已开榛得茯苓。为问何如插杨柳，明年飞絮作浮萍。"

《戏作种松》："我昔少年日，种松满东冈。初移一寸根，琐细如插秧。二年黄茅下，一一攒麦芒。三年出蓬艾，满山散牛羊。不见十余年，想作龙蛇长……"

《晚香堂苏帖》："台榭如富贵，时至则有。草木如名节，久而后成。东坡书于雪堂。"（兹据孔凡礼《三苏年谱》）

周煇《清波杂志》卷五："东坡在黄冈，每用官妓侑觞。群姬持纸乞歌词，不违其意而予之。有李琦者，独未蒙赐。一日，有请，坡乘醉书'东坡五载黄州往，何事无言赠李琦'。后句未续，移时乃以'却似城南杜工部，海棠虽好不吟诗'足之，奖饰乃出诸人右。其人自此声价增重，殆类子美诗中黄四娘。"（此事流传颇广，各书记载小有差异）

天 砚

一

丫鬟秀岚对程夫人说:"夫人管管小二,都十二岁了,还整天和一帮熊孩子掏土挖洞。家里那么多砚台不用,随便挖出块石头,却说掘到宝贝了,什么里外都是小星星,什么敲起来有响声。哪块石头敲了不响?老爷也夸说是天砚,是文字之祥,太惯着他了。"

程夫人笑道:"他高兴挖,就让他挖吧。左不过比别的孩子多挖几年,也没见谁老了还挖的。"

秀岚噘着嘴说:"他是高兴了,满身泥土的衣服却太难洗。"

这时,外面传来苏轼的声音:"秀岚,晚上还做赪尾鱼哈,再摘些新鲜的春菜,雨天的香荠、青蒿太好吃了。"

程夫人又笑道:"你看,让他听去了吧,又折腾你。"

二

一日,秀岚正在熨衣服,忽然脚下的地陷了下去,差一点掉进几尺深的坑中。幸亏她扶住案头,才没有摔倒。

程夫人听到秀岚的叫喊,从里间出来,只见坑中有一块乌木板,秀岚揭开木板,露出一个陶瓮,不由得叫起来:"瓮里有宝贝!"

苏轼听到动静,也跑过来看,兴奋地喊道:"妈妈你听,里面好像有响动,一定是谁埋的财宝要出世了!"说着就要跳进坑里挖。

程夫人连忙拉住道:"赶紧埋上。不是我们的东西,动不得!"

三

程夫人的侄子程之问听说此事,就去劝姑姑:"古人说得好,饶君且恁埋藏却,煞有人曾做主来。不管谁埋的,姑姑发现了,就是姑姑的。姑姑若不愁钱,就让侄儿挖。挖出来,少不得还凭姑姑做主,分我一点辛苦费就行了。"

程夫人说:"你听错了,并没有这事。纵有,里面也未必会如你所愿。"

程之问说:"姑姑娘家大富,不在乎钱。可是将来两个哥儿应试,也需用钱。姑姑也该替他们想想。"

程夫人说:"他们的前程,须自己努力。家财有余,不一定是福。搞不好,倒让孩子们不思进取。"

程之问见话不投机,便不多说。

四

不久,苏家从城中搬出去了。

程之问忙去找房东，租下了这所房子。当夜就在里面挖，挖出了一丈多深的大坑，也没找到陶瓮。他筋疲力尽地坐在坑中，觉得自己真是被坑了，说不定姑姑早就挖了，只是不说。要不就是丫鬟背着姑姑挖了。再不然就是房东收房后，挖了再租。哪里还轮得到自己？平白折了一年的房租。他越想越恼，气病了一个月。

程夫人听到此事，对苏轼说："如果你挖，你就是之问。"

苏轼说："不挖，如何知道有没有？"

程夫人说："可是，你先要想明白，你确实需要你挖的东西吗？"

五

十几年后，苏轼出任凤翔签判。扶风开元寺有很多古画，他经常独自骑马去看，有时一看就是一整天。

寺中老僧对苏轼说："学士气度不凡，一看就是高人。贫道有一方，能以朱砂化淡金为精金，可惜一直未遇可传之人。今见学士，正可传者。"

苏轼说："我不需要金子。虽得之，也没啥子用。"

老僧说："正因为学士不好此术，才是可传之人。"说着，就像很多被学问憋坏的老师终于遇到个得意门生一样，不由分说、如数家珍、滔滔不绝地向苏轼介绍起他的化金方。

陈希亮知府听说此事，对苏轼说："这个和尚怠懒，我知其有此方，求而不与，你却不求而得。不如把方子给我吧。"

苏轼虽然有些顾虑，但陈希亮是前辈上司，脾气很大，平日因公事没少和他顶撞，不想为这点小事再得罪，只得告诉了他。

六

其实，因为身体不强健，小病不断，苏轼对养生炼丹之术更感兴趣。

妻子王弗对他的阳丹阴炼、阴丹阳炼之类做法很不以为然，对苏轼说："都说你聪明，为什么有时候傻起来像个瓜娃子？真有什么人给你丹砂，你敢服用吗？"

苏轼想了想说："固不敢服。"

王弗又问："既不敢服，又何必炼？"

苏轼说："好多事都是不知道为什么要干的。"

有一天雪后，房前古柳旁，只有一块一尺见方的地上没有积雪。天晴时，忽然又拱起一个几寸高的土包。苏轼想起刚来时听到的一个传说，有个士兵，在不远处的东岳真君观松树下，看到树根有个洞被补塞住了，便用长矛捅了捅，忽见一团火焰般的东西从补塞处蹿出，又钻进土里。观中老道得知，捶胸顿足说："那是我藏丹砂的地方，已三十年了啊。"改日再挖，却怎么也找不到了，老道为此怅恨成疾而死。苏轼猜想，老道的丹砂说不定就窜到了古柳旁，因为热度高，所以上面才没有雪。想到这里，就要动手挖。

王弗在小轩窗前正梳妆，见苏轼满屋子找挖掘工具，便淡淡地说："要是老夫人还在，肯定不让挖。"

一句话让苏轼又想起母亲当年的教导，静下心来，深感惭愧，便打消了挖的念头。

七

苏轼贬官黄州,被安置在定惠院东的一处老房子住。搬进去时,朝云说:"相公还记得吗?江南人搬家,喜欢做盘游饭,把鱼肉猪内脏之类的埋在饭中,让丫鬟用筷子挖出来,叫作掘得窖子。我今天也做一个这样的饭。"

苏轼笑道:"原来你还是个小财迷啊!我想起一个小故事,从前有人盗墓,竭尽力气,才挖通了墓穴,只见一人裸坐其中,对盗贼说:'你没听说这是首阳山?我乃伯夷,穷得叮当响,焉有物邪?'盗贼失望而去。又去另一座山挖,刚挖了一半,前日裸衣男子又拍他的背说:'别挖了,别挖了!这是舍弟的墓!黄州这穷乡僻壤的破房子,焉有物邪?'"

朝云说:"你几时也这样扫兴了?都说吃东坡肉,难不成是把你吃了?不过讨个吉利罢了,哪里真要掘藏?只怕还是你心里俗念未断,倒说我财迷。"

苏轼被说得哑口无言,朝云又道:"掘藏事小,快跟我一起向灶神祷告:自入是宅,大小维康!掘藏致富,福禄无疆!"

八

一日,老友陈慥来拜访,苏轼从竹筒里倒出些零钱,让家人去买酒肉。陈慥见状说道:"子瞻也到了和我一样环堵萧然的地步啊,此境不易处呢!都说少年去游荡,中年想掘藏,老来做和尚,难道人生在世,必要有一段掘藏之想?"

苏轼说:"说到掘藏,日前听到一个小故事……"

朝云正上来递茶,笑道:"原说学士一肚皮不合时宜,没想到学士还有一肚皮刨坟盗墓的黑段子。"

苏轼说:"这个故事太好了!以前没舍得给你讲,今日你托陈公的福,也顺便听听。话说有三人上山采药,挖到了一堆钱。天色已晚,他们商议,先取一二千,买些酒肉吃,天亮再接着挖。一人下山去买,另两人却打起了鬼主意,准备等那人买酒肉回来,就杀了他,一宗财宝两人分。而买酒的那人也想独占钱财,先在酒中下了毒。他一回来,那两人就把他杀了,然后喝酒庆贺,也都中毒而死。"

朝云说:"有什么稀奇,无非是利欲熏心,害人害己。"

陈慥说:"朝云解得切。只是这个故事有些不可信,既然三人都死了,外人如何得知原委?"

苏轼说:"姑妄言之,何必当真。掘藏这种意外之财,不想也罢。要发财,还有更简捷的法子。听说令尊在洛阳的园宅,十分壮丽。不知是否用了当初我转告陈老前辈的化金方,才如此富足?"

陈慥说:"唉,哪有什么园宅?老爷子丢官后回到洛阳,那里房价太高,而且都说洛中地内多宿藏,无论买房租房,凡是没被挖过的,按惯例还要加一笔掘钱。老爷子因没钱买房子,就指望化金方,翻来覆去地试,手指都戳烂了,也没搞出金子来。家母还说这是谁编的缺德方子。"

苏轼听了,连连叹息,觉得老僧不传陈希亮自有道理。

九

因人多房窄,苏轼忙于另建新居,不便外出。适逢新年,他给陈慥写信,约上元节一聚,才写了"新岁未获展庆,祝颂无穷,稍晴起居何如"几句,砚中就没墨了。这块破砚不太好用,磨半天也不出墨。他不由得又想起那块天砚,就问朝云。

朝云说:"你黑了它多少回,谁知道它躲到哪去了?天砚既然是挖到的,你有本事再去挖呀。你不是说你那天砚像条浅碧色的鱼吗?长江鱼美,也许还能挖到块锦鲤一样的石头呢,我也好跟着相公转运。"

苏轼说了声"调皮",就自己去墙角杂物堆中乱翻,终于在一个旧书箱的底下找到了。他抚摸着天砚,依稀有一种温莹的感觉。

朝云看着满地零乱的杂物,说:"相公灰扑扑的,倒像掘了多大的藏一样。"

苏轼说:"一天到晚掘藏,你何尝知道掘藏的道理?"

朝云说:"有什么不知的?无非是想着天上掉炊饼的美事呗。相公考进士、做官,哪一件不是在掘藏呢?只是有时掘着了,有时大失所望,有时倒被蛇咬了。"

苏轼听了,心中一动,暗想,朝云说得竟不错。闺阁中果然历历有人,这些女子的行止见识,皆出于自己之上,何我堂堂须眉,诚不若彼裙钗哉？于是，一边研墨，一边默祷：

自入东坡，大小维康！婵娟与共，地久天长！

2018年12月24日于奇子轩

附记

本篇素材出于苏轼、苏辙笔下的有——
《天石砚铭（并序）》：

轼年十二时，于所居纱縠行宅隙地中，与群儿凿地为戏。得异石，如鱼，肤温莹，作浅碧色。表里皆细银星，扣之铿然。试以为砚，甚发墨，顾无贮水处。先君曰："是天砚也，有砚之德，而不足于形耳。"因以赐轼，曰："是文字之祥也。"轼宝而用之……元丰二年秋七月，予得罪下狱，家属流离，书籍散乱。明年至黄州，求砚不复得，以为失之矣。七年七月，舟行至当涂，发书笥，忽复见之。甚喜……

《记先夫人不发宿藏》：

先夫人僦居于眉之纱縠行。一日，二婢子熨帛，足陷于地。视之，深数尺，有一瓮，覆以乌木板。夫人命以土塞之，瓮中有物，如人咳声，凡一年而已。人以为有宿藏物，欲出也。夫人之侄之问闻之，欲发焉，会吾迁居，之问遂僦此宅，掘丈余，不见瓮所在。其后吾官于岐下，所居古柳下，雪，方尺不积雪，晴，地坟起数寸。吾疑是古人藏丹药处，欲发之。亡妻崇德君曰："使先姑在，必不发也。"吾愧而止。（此事又见《东坡志林·先夫人不许发藏》，首句有别）

《陈公弼传》:"公于轼之先君子,为丈人行。而轼官于凤翔,实从公二年。方是时,年少气盛,愚不更事,屡与公争议,至形于言色,已而悔之……陈公弼面目严冷,语言确讱,好面折人。"(又据《王大年哀词》"太守陈公弼驭下严甚,威震旁郡,僚吏不敢仰视")

《与王定国书》:"近有人惠丹砂少许,光彩甚奇,固不敢服……"

《答秦太虚书》:"初到黄,廪入既绝,人口不少,私甚忧之。但痛自节俭,日用不得过百五十,每月朔便取四千五百钱,断为三十块,挂屋梁上,平旦用画叉挑取一块,即藏去叉。仍以大竹筒别贮用不尽者,以待宾客。"

《仇池笔记》卷下《盘游饭谷董羹》:"江南人好作盘游饭,鲊脯脍炙无不有,埋在饭中,里谚曰'掘得窖子'。"

《方山子传》:"呼余宿其家。环堵萧然……而其家在洛阳,园宅壮丽与公侯等;河北有田,岁得帛千匹,亦足以富乐。皆弃不取,独来穷山中……"

《答任师中家汉公》:"常呼赤脚婢,雨中撷园蔬。"

《到颍未几公帑已竭斋厨索然戏作数句》:"尚有赤脚婢,能烹赪尾鱼。"

《春菜》:"烂蒸香荠白鱼肥,碎点青蒿凉饼滑。"

《次韵孔毅甫久旱已而甚雨三首》:"我生无田食破砚,尔来砚枯磨不出。"

《新岁展庆帖》:"轼启:新岁未获展庆,祝颂无穷,稍晴起居何如……"

苏辙《龙川略志》:

予兄子瞻尝从事扶风,开元寺多古画,而子瞻少好画,往往匹马入寺,循壁终日。有一老僧出揖之,曰:"小院在近,能一相访否?"子瞻欣然从之。僧曰:"贫道平生好药术,有一方,能以朱砂化淡金为精金。老僧当传人,而患无可传者,知公可传,故欲一见。"子瞻曰:"吾不好此术,虽得之,将不能为。"僧曰:"此方知而不可为,公若不为,正当传矣。"是时,陈希亮少卿守扶风,平生溺于黄白,尝于此僧求方,而僧不与。子瞻曰:"陈卿求而不与,吾不求而得,何也?"僧曰:"贫道非不悦陈卿,畏其得方不能不为耳。贫道昔尝以方授人矣,有为之即死者,有遭丧者,有失官者,故不敢轻以授人。"即出一卷书,曰:"此中皆名方,其一则化金方也。公必不肯轻作,但勿轻以授人。如陈卿,慎勿传也。"……后偶见陈卿,语及此僧,遽应之曰:"近得其方矣。"陈卿惊曰:"君何由得之?"子瞻具道僧不欲轻传人之意,不以方示之。陈固请不已,不得已与之……后谪居黄州,陈公子愭在黄,子瞻问曰:"少卿昔竟尝为此法否?"愭曰:"吾父既失官至洛阳,无以买宅,遂大作此。"然竟病背痈而没,乃知僧言诚不妄也。

除苏轼兄弟作品,兼取其他材料——
司马光《武阳县君程氏墓志铭》:

夫人姓程氏,眉山大理寺丞文应之女。生十八年归苏氏。程氏富而苏氏极贫……或谓夫人曰:"父母非乏于财,以父母之爱,若求之,宜无不应者,何为甘此蔬粝?独不可以一发言乎!"夫人曰:"然。以我求于父母,诚无不可。万一使人谓吾夫为求于人以活其妻子者,将若之何?"卒不求。……始夫人视其家财既有余,乃叹曰:"是岂所谓福哉!不已,且愚吾子孙。"

《东坡养生集》卷二:

祥符东封,有扈驾军士,昼卧东岳真君观古松下,见松根去地尺余,有补塞处,偶以所执兵攻刺之。塞者动,有物如流火,自塞下出,径走入地中。军士以语观中人,有老道士拊膺曰:"吾藏丹砂于是,三十年矣。"方卜日取之,因掘地数丈不复见,道士怅慨成疾,竟死。

阳丹阴炼、阴丹阳炼事见《东坡志林》。
佚名《嘉莲燕语》:

吴俗迁居,预作饭米,下置猪脏共煮之。及进宅,使婢以箸掘之,名曰掘藏,阖门上下俱与酒饭及脏,谓之散藏,欢会竟日。后人复命婢临掘向灶祝曰:"自入是宅,大小维康;掘藏致富,福禄无疆。"掘藏先祭灶神然后食。

王明清《挥麈余话》卷二：

　　东坡先生出帅定武，黄门以书荐士，往谒之。东坡一见云："某记得一小话子。昔有人发冢，极费力，方透其穴，一人裸坐其中，语盗曰：'公岂不闻此山号首阳，我乃伯夷，焉有物邪？'盗慊然而去。又往它山，钁治方半，忽见前日裸衣男子，从后捌其背曰：'勿开，勿开！此乃舍弟墓也！'"

张知甫《可书·三道人》："天宝山有三道人，采药，忽得瘗钱，而日已晚，三人者议先取一二千沽酒市脯，待旦而发。遂令一道人往。二人潜谋，俟沽酒归，杀之，庶只作两分。沽酒者又有心置毒酒食中，诛二道人而独取之。既携酒食示二人次，二人者忽举斧杀之，投于绝涧。二人喜而酌酒以食，遂中毒药而俱死。"

沈括《梦溪笔谈》卷二十："洛中地内多宿藏，凡置第宅未经掘者，例出掘钱。"

张端义《贵耳集》引古语："饶君且恁埋藏却，煞有人曾作主来。"

晚清史襄哉《中华谚海》："少年去游荡，中年想掘藏，老来做和尚。"

真　迹

一

　　文徵明精于书画，尤长于鉴别，所以吴中许多人都想得到他的书画，或者拿书画来请他鉴定。

二

　　何良俊回乡时，兵部尚书聂豹知道他是文徵明的忘年交，便叮嘱道："北京可买到衡山的书画，但大多不是真迹。你回苏州，务必代我求衡山一幅画。"

　　何良俊到了苏州，首先就去拜见文徵明，二人相谈甚欢。何良俊提起聂豹求画事，文徵明立刻变色道："此人没理！一向不曾说起要画。如今做兵部尚书，便来讨画。"

　　何良俊道："双江讨老先生的真迹，也是仰慕的意思。"

　　文徵明道："他哪里辨得出真假？不过是要作个风雅样子罢了。米元章在真州，曾拜访蔡攸于舟中，蔡攸拿出一卷王右军的真迹给他看。元章惊叹不已，想用别的画跟蔡攸换。蔡攸舍不得，元章说：

'公若不见从,某不复生,现在就投此江死给你看!'说着就大叫大嚷地抓住船舷,要往下跳。蔡攸不得不给了他。这个才是真心想要的意思。聂豹子会为什么跳江吗?"

何良俊道:"要老先生一幅字,老先生就要他跳江,难怪双江还托阳湖求情,阳湖说'此老我不惹他',老先生果然不好惹,算我没说。不过,蔡攸和老先生恐怕都被姓米的瞒过了,我猜他跳江也是假作样子。这个故事有趣,可入《语林》。此书的序,还望老先生不要推辞哟。"

文徵明笑道:"这个可以有。"

三

一日,何良俊去文府赏画,有人提着一小竹篮点心,请文徵明鉴定一幅苏轼字画。

文徵明展开条幅,图中是一块奇石,上有苏轼诗,题作《予昔作〈壶中九华诗〉,其后八年,复过湖口,则石已为好事者取去,乃和前韵以自解云》:

江边阵马走千峰,问讯方知冀北空,
尤物已随清梦断,真形犹在画图中。
归来晚岁同元亮,却扫何人伴敬通,
赖有铜盆修石供,仇池玉色自玲珑。

文徵明一向喜欢苏轼的作品，经常抄写苏轼诗赋或为苏轼书画写题跋。他记得苏轼《壶中九华诗》前小序记载，湖口李正臣有一块精美的九峰石，他想用百金买下来，与心爱的仇池石配对。无奈当时正要南迁，失之交臂，留下遗憾。

因为欣赏过不少苏轼的真迹，文徵明断定这是赝品。不过，因见那诗画主人，衣衫破旧，面色憔悴，文徵明不忍说破，便道："这诗确实是苏轼写的，画面墨色清润，风格也极是雅致。"

那人听说是苏轼写的，再四央求文徵明在上面题字。文徵明拗他不过，提笔写道："壶中九华诗和前韵，苏长公作也。奇石玲珑，亦饶有古风，颇足嘉赏。衡山识。"

那人如获至宝，乐不可支地去了。

何良俊道："老先生，此诗画果然是真迹吗？"

文徵明道："我只说那原诗是苏轼写的，画有古风，并没说是苏轼的墨宝。凡买书画者，都是家境盈实的人家。此人贫而卖物，甚至可能等米下锅。若因我说是伪作，卖不出去，一家都可能无以为生啊。我欲取一时之名，而使人举家受困，我何忍焉？"

何良俊道："老先生真厚道人。"

文徵明道："柘湖又有所不知。我看那字画，想那当初作伪的人，也是个有见识的。东坡那么多诗，他却有眼光挑中了这首不那么有名的。'尤物已随清梦断，真形犹在画图中'，实在是极妙的句子。尤物为实，却已梦断。画图是虚，真形犹在。世上真假虚实，都在一念之中。"

四

何良俊知道文徵明喜欢听小曲、听《水浒》评话，那日在寓所请文徵明和几个朋友听曲。

文徵明先到何家，对何良俊说有件天大的趣事告诉他："上次我说聂尚书辨不出真假，你好像还有些不信。还记得那幅'尤物已随清梦断，真形犹在画图中'的字画吗？这个花豹子竟花大价钱买下了。他托人捎信来说，既求我的画不得，那上面又有我题字，看在东坡的面子，请我无论如何在后面再写一篇跋。你说好笑不好笑。只是我无从下笔啊。写了，这伪作愈发真了。不写，又怕他找卖画人的麻烦。"

何良俊说："写不写都不是，不如文公另送他一幅字吧。双江也无非还是想求先生一幅字画的意思。"

文徵明道："有理，有理。我就将昨日所作册页抽一页给他，也省得他纠缠不休。"

这时，其他客人都到了。何良俊命歌女上来唱曲，歌女款启朱唇，轻舒莺舌，唱了一支《挂枝儿》：

> 来也罢，去也罢，不来也罢。
> 此一计，也不是你的常法。
> 真不真，假不假，虚将名挂。
> 不相交，不烦恼，越相交，越情寡。
> 着甚么来由也，我把真心儿换你的假。

一曲听罢，有一位客人姗姗来迟。

何良俊问道："老兄为何来晚了？要罚，要罚！"

那人答道："因衡山公邀饮，叙谈了许久，耽误了何公这边，恕罪，恕罪！"

那人显然不认识文徵明。众人见他扯谎，都忍着笑，想看后面的好戏。

文徵明不动声色地站起来，一边说："老张病不堪坐，请辞。"一边向那人作揖留坐。

其他人送文徵明到门口，笑道："不识衡山真面目，只缘老张告辞了。"

文徵明悄悄地对大家说："此君也许别有缘故，不便明说，休要取笑，免得他觉得是一辈子丢脸的事。"说完，哼着"真不真，假不假，虚将名挂"，去了。

五

那日，何良俊去文徵明家取《语林》的序。

二人正在闲聊，家人来报，有一金陵客人派人送礼上门。文徵明并不认得那金陵客人，打开帖子，才知道是来人送错了。

原来，文徵明有个得意门生叫朱子朗，模仿文徵明的字画很逼真。因为求字画的人多，一些一般的应酬之作，文徵明就让朱子朗来画。金陵客人知道文徵明的画不易得，便派人送礼给朱子朗，求他仿作一幅文徵明的字画，那仆人却将礼物误送到文府。文徵明笑着收下这些礼物，对他说："我画真衡山，聊当假子朗，可以吗？"

待那仆人离去，何良俊道："便宜了他！老先生啊，只是一百年后，恐无人识得真衡山。"

文徵明道："何需一百年。你看看这个。这是聂豹前日寄来的一封信，大骂我不该送假字画戏弄他。柘湖，你评评理。那个册页是我当着你的面装起来交给他家仆人，他竟说是假的。岂有此理！"

何良俊道："也许真的是假的。"

文徵明道："此话怎讲？"

何良俊道："假如他家仆人把那字昧下了，买了幅子朗的字掉包，双江可能看到的确实是假的。"

文徵明道："怪道《水浒》中有个王江假冒宋江，有个李逵又有个李鬼。哈哈，是真是假，由他去罢。"

六

……

主持人说："生死文书签过了吧？那么，是否要打开专家的鉴定意见？如果打开，鉴定为真迹的话，恭喜您拥有一件价值连城的珍宝；如果专家意见认定是赝品伪作，我们就要当场把它送进碎纸机。请藏宝人做出最后的决定，退还是不退？"

藏宝人道："……我撤回藏品！"

"退？您不想知道它究竟是不是苏轼的真迹？还有文徵明题跋、聂豹印章是不是真的？"

"我当然想知道。但是,不过,那个……现场的专家是真的吗?他们真的有水平做这一鉴定吗?谁给他们做鉴定?他们发过几篇C刊的专业论文?还有……"

主持人连忙打圆场道:"您是不是还要说,我上的可能是一个假电视台?碰到了一位假主持人?这节目没法做了。好吧,尤物未随鉴定断,真迹犹在你心中。您就留着这件藏品吧。"

……

2017年2月3日立春试笔于奇子轩

附记

何良俊与文徵明过从甚密,《四友斋丛说》多载文氏轶事,如卷十五·史十一:

> 衡山先生于辞受界限极严。人但见其有里巷小人持饼饵一箸来索书者,欣然纳之。遂以为可浼,尝闻唐王曾以黄金数笏,遣一承奉赍捧来苏,求衡山作画。先生坚拒不纳,竟不见其使。书不肯启封,此承奉逡巡数日而去。
>
> 余受官归。双江先生遣一兵官护送而南,托寄衡山与王阳湖二公书,且嘱之曰:"汝归道苏,当为我求衡山一画。汝自作一长歌题其上,寄我可也。"余至苏,首见衡山,致双江之书,坐语欢甚。后及双江求画一事,衡山即变色言曰:"此人没理,一向不曾说起要画。如今做兵部尚书,便来讨画。"意甚不怿。衡山于士夫中与阳湖最厚,后见阳湖道双江拳拳之意,且托其一怂恿。阳湖摇手云:"此老我不惹他。"遂不复敢言,竟负双江之托矣。
>
> 衡山精于书画,尤长于鉴别。凡吴中收藏书画之家,有以书画求先

生鉴定者，虽赝物，先生必曰：此真迹也。人问其故，先生曰："凡买书画者必有余之家。此人贫而卖物，或待此以举火。若因我一言而不成，必举家受困矣。我欲取一时之名，而使人举家受困，我何忍焉？"同时有假先生之画求先生题款者，先生即随手书与之，略无难色。则先生虽不假位势，而吴人赖以全活者甚众。故先生年至九十而聪明强健如少壮人。方与人书墓志，甫半篇，投笔而逝。无痛苦，无恐怖，此与尸解者何异，孰谓佛家果报无验耶？

卷十八·杂纪：

余造衡山，常径至其书室中，亦每坐必竟日。常以早饭后即往，先生问曾吃早饭未，余对以虽曾吃过，老先生未吃，当陪老先生再吃些。……最喜童子唱曲，有曲则竟日亦不厌倦。至晡复进一面饭，余即告退。闻点灯时尚吃粥二瓯。余在苏州住，数日必三四往，往必竟日，每日如此，不失尺寸。

卷二十六·诗三：

衡山最喜评校书画。余每见，必挟所藏以往。先生披览尽日，先生亦尽出所蓄。常自入书房中捧四卷而出，展过复捧而入更换四卷，虽数反不倦……

另外，《何氏语林》之《惑溺》三十载：

米元章在真州，尝谒蔡攸于舟中，攸出右军王略帖示之。元章惊叹，求以他画易之。攸有难色，元章曰："公若不见从，某不复生，即投此江死矣。"因大呼据船舷欲堕，攸遂与之。

本篇主要依据上述记载编撰，同时兼采其他相关笔记，如明姚士麟《见只编》卷下：

　　文衡山先生尝赴人饮。一客后至，未曾识衡山者。主人问曰："君何后至？"客曰："为衡山邀饮久之，故稽君召耳。"众皆忍笑。文正色而起，口称："老张病不堪坐，请辞。"揖客留坐。众起至门，文密告诸君曰："慎勿道破姓名，令此君一生无地着面孔也。"

　　明钱希言《戏瑕》卷一："……文待诏诸公暇日，喜听人说宋江……"明周晖《金陵琐事》卷二《画谈》：

　　朱朗，字子朗，文徵仲得意门人。徵仲应酬之作多出于子朗手。金陵一人，客寓苏州，遣童子送礼于子朗，求徵仲赝本。童子误送徵仲宅中，致主人之意云云。徵仲笑而受之曰："我画真衡山，聊当假子朗可乎？"一时传以为笑。

　　另据周道振、张月尊《文徵明年谱》，文徵明屡为苏轼作品写题跋等。是谱又据王世贞《弇州山人四部稿》卷八十三《文先生传》称"先生书画遍海内外，往往真不能当赝十二"，故其作真伪往往有争议，文徵明曾孙文震孟亦感叹"当世咸知先公书足珍，而独苦赝本繁多，未易辨析……乃知天下有真必有赝，赝可乱真，则亦真者之咎，非独书学然也"。

扯　平

一

　　翰林学士吴俨，家巨富，因拒绝权宦刘瑾索贿，遭刘瑾矫旨攻击"帏幕不修"，也就是家庭生活作风有问题，被迫退休。

　　吴俨有吴沧州、吴霸州两个儿子，性情各不相同，吴俨与沧州更谈得来些。他对沧州说："家中薄有资产，你虽好学，却不必出去做官。如今翰林学士，也不过是个闲职。当初，唐太宗曾起文学馆，以杜如晦、房玄龄等十八人为学士，命阎立本绘《十八学士图》，最见轶群之材得遇圣明不世出之主的兴盛景象。故多效仿之作，无非寄托士人期盼躬逢明君、辅弼王权之意。可惜本朝初立，便杀戮功臣，使国家元气顿失。如今权奸当道，士人一发萎靡了。'十八学士图'也渐渐偏于琴棋书画的文人雅兴，少了唐人的恢宏气度。"

　　吴俨谢世后，二子分家析产。沧州好风雅，多得了些文玩字画，霸州则多要了几处田产房屋。

　　书房依旧挂着吴俨手书的对联：

　　　　鉴藻要知颠末在

丹青只论古今非

吴沧州每日在书房里吟诗写字,把玩古董,却也怡然自得。

一日,吴沧州翻阅聚宝堂书画清单,见有唐人《十八学士》袖轴一卷,想起父亲生前议论,很想瞻仰这一前世珍品。

二

聚宝堂老板开出了令人咋舌的高价。吴沧州说太贵,老板说:"哪里贵了?十八学士,个个都是响当当的人物。平均了算,一人摊不上几个钱。"

吴沧州说:"依你这算法,当初画家画二十八、三十八学士,岂不更值钱?"

老板说:"谁让他不画呢?《清明上河图》贵,贵在哪里?不就因为上面人多嘛!"

吴沧州并非吝惜银子,但听不得老板这一派俗论,就没买他的画。

三

许是聚宝堂老板为自高其价放的风,吴沧州想买"十八学士图"的消息传开了。有个朋友的朋友找到吴沧州,说他祖上传下一幅宋人的《十八学士图卷》,有许多名家题跋,价值不在聚宝堂的之下。

吴沧州一看，引首、拖尾果有不少题跋，他最喜陆游所题"东征归来脱金甲，天策开府延豪英。琴书闲暇永清昼，簪履光彩明华星"，当即买下，并折简广邀名士来开赏画雅集。

画卷展开，一个即将入闱的秀才便说："万幸，万幸！昨日小弟去千佛寺抽签，签上写的就是'风恬浪静好行舟，高歌鼓舞乐悠悠；四皓八仙齐畅饮，十八学士登瀛洲'，和尚说是功名大吉，小弟还有些疑虑。今日复见十八学士，便是不中，也是高兴的。"

众人附和道："吉兆连连，一定高中！只是富贵之日，别忘了孝敬沧老购画之资。"

吴沧州说："钱是小事，这样的真迹，流传数百年，足发思古之幽情，才是真的高兴。况且仅以五百金购得，岂不便宜？"

众人道："便宜，便宜！每个学士不到三十两，哪里寻来？"

吴沧州听他们谈画，说的都是功名富贵，又与聚宝堂老板一种算钱法，便不言语了。

众人出来，转过巷口，见有人持一幅《十八学士图卷》来卖，恰与吴沧州家的一样，要价只有吴沧州所购的百分之一。

众人又一番说笑，并不去对吴沧州说破。说破了恐以后就没雅集了。

四

再说吴霸州，富贵不减沧州，开了许多店铺，家里堆满了各种财物，一向看不惯兄长散漫使钱，整日让一群呆名士耍弄了。名士们自然也瞧不起他。

吴霸州有些愤愤不平，心想左不过是些褪色字画、破损书页，哪里就高了他低了我？他找到聚宝堂老板，问："那张什么十几个学士的图真的要一千两银子吗？"

老板说："恕不二价。"

吴霸州拿出一大包银子，对老板说："这九百九十九两，是买画的钱。"又拿了一块明晃晃的银子道："这一块比一两还多些，算是另外奉送的一碟菜钱。"

老板一拍书案道："霸兄真霸气！成交！"

五

吴霸州买下《十八学士》袖轴后，办酒席宴请兄长和素日鄙薄自己的名士。

名士中有清高的说："何必相与那种俗人。"又有人说："他俗自俗，酒却不俗，会会又何妨。"众人连说高论通论，一齐来到霸府。

酒过一巡，吴霸州提起书画，众人不免嗤笑。一个道："我昨日听过一个笑话，一俗汉造一精室，室中罗列古玩书画，无一不备。客至，问曰：'此中若有不相称者，幸指教，当去之。'客曰：'件件俱精，只有一物可去。'主人问：'是何物？'客曰：'就是足下。'"

吴霸州知是取笑他，倒也不恼。待众人笑过，他从内室取出袖轴来，说："俗汉今日添了一幅画，请诸位过目。"

《十八学士》袖轴渐次展开，众名士惊呆了，挤上来细看，但见十八学士,个个神采奕奕,端的非沧府赝品所能比。

吴沧州也不由得惊叹道:"吾弟今日方可与素之鄙俗扯平。"

吴霸州将袖轴卷起,缓缓说道:"这却不是扯平的法子。俗汉刚起了个园子,里面有许多亭台楼阁要题匾额对联。明日哪位题得一处,《十八学士》就由他看一个时辰。"

六

众名士从霸府出来,议论纷纷。一个说:"正是好汉无好妻,赖汉娶美妻。偏这等俗人能霸占尤物。"另一个说:"我是不会去给他捧场,没得折了自己的名头。"又一个说:"他请我们题词,却也不是什么见不得人的事。他搭台,我们唱戏。百年之后,谁晓得他吴霸州是什么东西?倒是各位的才情可借花园流芳百世。"

次日,众名士不论随和不随和的,齐聚霸府新园,各逞其才,匾额对联一时都有了。

吴霸州说:"诸位尽兴,我却还有个主意。诸位看这画上,除了十八学士,还有美人弹琴唱曲。本城青楼也多有歌妓,个个标致,你等何不一一品鉴。如今茶花正盛,选出十八学士茶花,岂不比古画更加风流?"

众人朗声喝彩道:"原来令兄雅得那样俗,霸老却俗得这样雅。今日真将雅俗扯平了。"

吴霸州笑道:"瞎扯,瞎扯!"

七

选花大会,热闹非凡,也难细表。

众人都道吴霸州破费了,独有一人道:"他何尝破费了?这些青楼都是他开的,艳姬佳丽,一经品题,生意必然红火。他才是又搭台,又唱戏,我们不过是跑龙套而已。"另一人接着说:"管他谁搭台谁唱戏,我们不花一个铜板,酒也吃了,诗也作了,又得亲近群芳,还要怎的?我劝霸老将此次品花酬唱刻个集子,他也答应了。日后若有人论起你我的诗酒风流来,倒少不得先要表彰霸老的功德呢。"

八

吴霸州的园林取名"平园",后来成了当地文物保护单位和四星级景区。旅游局长嫌"扯平"之义太俗,便让秘书在起草景点介绍的铜牌时,写上"平园"取意于平安、平静。园中又有十八株山茶花,号称十八学士茶花,花开时节,更是游人照相必取之景。唯《十八学士》袖轴早不知所终,园中销售的是一种近人所绘的瓷板画。

2017 年 8 月 29 日于奇子轩

附记

本篇素材出自明郎瑛《七修类稿》卷四十四《十八学士卷》:

宜兴吴尚书俨,家巨富,至尚书益甚。其子沧州,酷好书画,购藏名笔颇多。一友家有宋官所藏唐人《十八学士》袖轴一卷,每欲得之,其家非千金不售。吴之弟富亦匹兄,惟粟帛是积,清士常鄙之。其弟一日语画主曰:"《十八学士》果欲千金耶?"主曰:"然。"遂如数易之。而后置酒宴兄与其素鄙己者,酒半,故意谈画,众复嗤焉,然后出所易以玩。其兄惊且叹曰:"今日方可与素之鄙俗扯平。"吴下至今传为笑柄。

吴俨致仕事见《明史纪事本末》卷四十三《刘瑾用事》:"(正德)三年春正月,刘瑾令朝觐官,每布政司纳银二万两。考察朝觐官,既上奏,翰林学士吴俨家故富,刘瑾尝有所求,俨不与,御史杨南金者,都御史刘宇廷挞之,不堪辱,养病去,瑾矫旨缀奏尾,曰:'学士俨,帏幕不修,其致仕。御史南金,无病欺诈,其为民。'"

吴俨联语截自《吴文肃摘稿》卷一《次石田观画韵》:"锦标玉轴家家重,任耳人多任目稀。鉴藻要知颠末在,丹青只论古今非。山居幽寂柴门迥,溪渚萧条野鹜飞。忽忆平南渡江日,仓黄七帖尚藏衣。"

陆游题跋截自《剑南诗稿》卷一《题十八学士图》:"隋日昏瞳东南倾,雷塘风吹草木腥。平时但忌黑色儿,不知乃有虮须生。晋阳龙飞云瀚瀚,关洛万里即日平。东征归来脱金甲,天策开府延豪英。琴书闲暇永清昼,簪履光彩明华星。高参伊吕列佐命,下者才气犹峥嵘……"

《玉皇大帝灵签》俗间广为流行,产生时代不详。签诗"风恬浪静好行舟,高歌鼓舞乐悠悠;四皓八仙齐畅饮,十八学士登瀛洲"即其第二首。

撷入本篇的还有詹景凤《东图玄览编》卷二所载文徵明事:"太史(文徵明)曾买沈启南一山水幅悬中堂,予(顾汝和)适至,称真。太史曰:'岂啻真而已,得意笔也。顷以八百文购得,岂不便宜。'时予念欲从太史乞去,太史不忍割。既辞出,至专诸巷,则有人持一幅来鬻,如太史所买者。予以钱七百购得之。及问,鬻与太史亦此人也。"

笑话径用《笑林广记》之《讥刺部·相称》:"一俗汉造一精室,室中罗列古玩书画,无一不备。客至,问曰:'此中若有不相称者,幸指教,当去之。'客曰:'件件俱精,只有一物可去。'主人问:'是何物?'客曰:'就是足下。'"

鸡　鸣

一

汪中十四岁进书店当学徒，就养成了看书的习惯，每天用功到深夜。

那日入睡未久，忽听得隔壁人家养的几十只公鸡打鸣，此起彼伏，令他心头一阵阵发紧。

他想起小时候祖母讲的故事，龙本来没有犄角，为了参加生肖比赛，从公鸡那里骗去犄角，赢得满堂喝彩。从此，公鸡每日一大早便仰天高喊："龙哥哥！还我的角！"

他问祖母："公鸡已有大红鸡冠了，再顶一对犄角，不累吗？"

祖母说："既要人前显贵，就要吃苦受累。"

他又问："可是公鸡要犄角有什么用？"

祖母说："用不用有时不重要。公鸡有翅膀，却飞不起来，要翅膀也没用。人都是羡慕别人有自己没有的东西。"

他说："奶奶，说鸡，你怎么说人了？"

祖母说："万物都一样。"

想着想着，他的睡意没有了。

他恨不得叫:"隔壁的,还我的觉!"

二

汪中去找隔壁的理论:"你家的公鸡吵得人睡不安生!该杀!"

隔壁的说:"我家公鸡吃你家大米了?读书人当闻鸡起舞,如何睡懒觉?"

汪中又说:"你为什么光养公鸡不养母鸡?分明存心吵人。"

隔壁的说:"谁说我没养过母鸡?只是我家公鸡不喜欢母鸡,把母鸡赶跑了,又想母鸡,所以一大早出来叫唤。"

汪中听出他在指桑骂槐,气呼呼地扭头走了。

身后,又传来一阵公鸡打鸣。

三

婚后不久,汪中就与妻子孙氏发生争吵。起因是孙氏称赞袁枚写诗话表彰女诗人,为闺阁扬眉吐气,而汪中素来瞧不起袁枚空谈性灵。

汪中患有怔忡之症,遵医嘱早上出去散步。那日回来,见孙氏在梳妆台前,左手梳头,右手却拿着笔写什么。他从后面抢过来看,只见写着:

人意好如秋后叶,一回相见一回疏。

汪中一把扯了，说："什么破诗！一回相见一回梳，有完没完？辰时已过，还不做早饭？"

孙氏也恼了，说："你才一回相见一回输。你扯我的诗，我就扯你的稿！"说着，冲向书房，拿起一本书稿就扯。

汪中慌忙扑上去，未完成的《六儒颂》已被扯破。他大怒道："你个泼妇，不懂学问！"

孙氏丝毫不让，说："你个腐儒，岂知性灵！"

汪中说："经学才是读书人安身立命之所。"

孙氏说："后世流传的定是袁子才的好诗佳句，不是你的呆学问。"

汪中听到孙氏拿袁枚把自己比下去，气得说不出话，直捂胸口。

汪中休了孙氏。他说孙氏是悍妻，什么勃谿、乞火、蒸梨等等讲了一大套，邻居们听不懂，就说汪中是怀疑孙氏不守妇道，给原先认识的一个才子写诗。

四

其实，汪中不只看不上袁枚，他觉得很多大家硕儒，都名不符实。年轻气盛时，他常在书院门口，拦着山长问些刁难的问题，答不上来，便笑骂人家滥竽充数，翰林院编修蒋士铨都曾让他问得张口结舌。有人说他好骂，他却说，要得我骂也不容易。

一日，有人携诗书来请他评定。

汪中翻了翻，说："扬州只三位通人，余皆不通。你嘛，不在不通之列。"

那人喜不自禁道："多承谬奖！"

汪中说："何奖不谬？何谬不奖？我本未奖，何谬之有？你再读三十年书，可望不通矣。"

那人恼了，说："你如此怼人，良心不会痛？你若真有学问，怎么不中了去？咋不上天呢？不过一老明经，谁稀罕你的草芥学问！"

汪中呵斥道："你以为你是什么精英？给草芥学人磨墨都不配！"说着便操起砚台，就泼向那人说："我今日权当少写三页书，给你开开蒙！"

那人躲闪不及，被泼了一身墨，边逃边骂："狂生，狂生！难怪翁方纲大学士说你是名教之罪人，要褫去你的生员衣顶。"

见说翁方纲，汪中呵呵了几声。

五

更令汪中气不过的是那些富商大贾、市井小民，全不把圣人之道放在眼里。见他有钱就买些碑帖古籍，都叫他呆子。

那日，一队人抬着财神、文昌像从他家门前经过，又吹喇叭又放爆竹，一阵喧嚣。汪中平日最看不惯这些杂祀淫祭，便出去拦阻："你们拜这些木偶土像，倒不如把钱捐了修泰伯祠。"

领头的说："呆子！我们拜我们的神，知府老爷都赞助了，你管不着！"

汪中说："读书人奉的是天地君亲师，移风易俗，天经地义！"

领头的说："得罪了财神，该你一世受穷！得罪了文昌，连举人也没得中！"

汪中一时激动，叫喊着："君子固穷，不失天地正气！"冲上去便将神像推倒。

领头的高喊："打腐儒！"众人待要动手，有人拦阻道："汪先生有怔忡之疾，不要跟他一般见识。闹出人命来，不是小事。"

旁边又一人道："他一个呆子，偏住在这热闹地界扫大家的兴，好歹将他撵出扬州。我明日在他家隔壁养一万只大公鸡，不信他不走。"

六

汪中搬到左卫街后，焦循来看他，问道："汪先生，听说为了争论学术，你曾经和章学诚几乎动了刀，何以对宵小之徒却退避三舍？"

汪中说："将这些小人送官不难，然用昆吾刀切豆腐，殊为无味，倒不如走了干净。"

焦循道："先生有所不知，那些人是打听得你怕鸡鸣，故意用这个法子把你撵走，好买下你的房子，拆了盖客栈赚钱。"

汪中听了，恍然大悟，又觉得无可奈何。

焦循说："先生既换了地方，不如索性出去散散心。先生的学问是大的，可惜困于一地。如今朝廷正修《四库全书》，先生若参加此种大项目，必有助于先生之学的传播。"

汪中说："人到中年，学问渐渐荒疏。对一己之学，已然不很在意。天知道平生所著之书能不能传之后世？就算传了，对我又有什么好处？连顾亭林先生的书，书店里都找不到了，也没人愿意翻刻。多少名家经典如此，何况吾辈？所以，著书立说是件很不靠谱的事。"

焦循说："先生有些变了啊！"

汪中说："也不尽然。一向觉得算术才是绝学，值得用力。奈何一数数，心脏就扑扑地跳。"

七

因好奇能否看到什么珍本秘籍，汪中还是应聘参与检校《四库全书》。

《四库全书》是盛世修书大业，但汪中检校了几种就打不起精神来了。面对成堆的书籍，只觉得古人纵有著述流传，不能以精灵相晤对，终究是件憾事。又想到自己殚精竭虑写出几本书，混入书堆中，不知有谁会看呢？

一日，检校至《艺文类聚》卷九十一《鸟部中·鸡》所引《幽明录》：

晋兖州刺史沛国宋处宗，尝买得一长鸣鸡，爱养甚至，恒笼着窗间，鸡遂作人语，与处宗谈论，极有言智，终日不辍，处宗因此言巧大进。

他眼前恍恍惚惚出现了一只头上长了对犄角的威猛公鸡，大大咧咧地走过来，在他耳边不停聒噪，一时间感到胁下痒痒的，仿佛也有双翅生出，竟变作了一只公鸡。

汪中走的那一夜，有人说听到了公鸡打鸣。

八

温馨提示（不做学问的可无视本节）：

汪中常说，身无两翼，不能翱翔九霄，实为人生一憾。如果他只有此一愿望，来生变成大鹏的概率在十之四五。但如果一点好学之心念念不忘，鸡窗夜静开书卷，愿侬此日生双翼，两个愿望叠加，变成公鸡的概率倒在十之六七了，并可能从此过上晏睡早起、亢奋好斗、好像谁都欠了它犄角一样的生活。

您是愿意飞啊，是愿意飞啊，还是愿意飞啊？

新年到了，许个愿吧。记住了，一个哈！

2017 年 12 月 24 日于广州旅次

附记

本篇素材依次如下——

焦循《忆书》卷六："汪容甫先生居玉井巷内，邻人数侮之，知先生恶鸡声，故畜雄鸡以诮之，且时发不孙之言。先生乃于左卫街别赁一屋避之。余是年假于寿宁之家，去其赁屋不远，遂数往来。余问：'何以避？'曰：'邻人，小人也。送官甚难，然用昆吾刀切豆腐，殊为无味，故避之耳。'偶因横逆之来，忆及此。"

易宗夔《新世说》卷二《言语》："汪容甫博学能文，语言怪诞，尝言生平有三憾：一憾造物生人，必衣食而始生，生又不百年而即死；二憾身无两翼，不能翱翔九霄，足无四蹄，不能驰骋千里；三憾古人但有著述流传，不能以精灵相晤对。又有三畏：一畏雷电，二畏鸡鸣，三畏妇人诟谇声。"

《清稗类钞》著述类《儒林外史》：

  容甫初妻孙氏，工吟咏，尝有句云："人意好如秋后叶，一回相见一回疏。"最为容甫所不怿。一日晨出，忽潜回房，时孙方梳头，容甫出不意，自其后抱之。孙骇问曰："是何人，敢尔相戏？"容甫遽怒曰："岂尚有他人敢如此乎？"即以此为罪，出之，自是遂为时论所薄。

汪中《述学》卷四补遗《自序》："孝标悍妻在室，家道辀轲。余受诈兴公，勃谿累岁。里烦言于乞火，家构衅于蒸梨，踽踽东西，终成沟水。"

江藩《汉学师承记》卷七《汪中》：

  君性情伉直，不信释老、阴阳、神怪之说……每谓人曰："如文昌，天神也，……世俗必求其人以实之，岂不大愚乎！"……见人邀福祠祷者，辄骂不休，聆者掩耳疾走，而君益自喜。于时流不轻许可，有盛名于世者，必肆讥弹。人或规之，则曰："吾所骂者，皆非不知古今者，惟恐荡乱苗耳。若方苞、袁枚辈，岂屑屑骂之哉！"

洪亮吉《更生斋文甲集》卷四《又书三友人遗事》：

  （汪中）肄业安定书院，每一山长至，辄挟经史疑难数事请质，或不能对，即大笑出。沈编修志祖、蒋编修士铨，皆为所窘。沈君本年老，后数日即卒，人遂以为中致之，共目之曰"狂生，狂生！"……中众中语曰："扬州一府，通者三人，不通者三人。"通者，高邮王念孙、宝应刘台拱与中是也；不通者，即指吏部等。适有荐绅里居者，因盛服访中，兼乞针砭。中大言曰："汝不在不通之列。"其人喜过望。中徐曰："汝再读三十年书，可以望不通矣。"

翁方纲《复初斋文集》卷十五《书墨子》："有生员汪中者，则公然为'墨子'撰序，自言能治'墨子'，且敢言孟子之言'兼爱无父'为诬墨子，此则又名教之罪人，又无疑也。……今见汪中治墨子之言，则当时褫其生员衣顶，固法所宜矣！"

洪亮吉《续怀人诗十二首》之《章进士学诚》云："未妨障麓留钱癖，竟欲持刀抵舌锋"，下注："君与汪明经中议论不合，几至挥刃"。

汪中《致刘端临书之五》："比年以来，于学问之道，最为荒落。古所谓家贫亲老、妻子软弱者，中正其人也。中年以后，务蓄聚以娱老则可耳。著书以传后，果可必乎？即可必矣，又于我何益乎？即如顾亭林者，其《音学五书》，求之江浙之市，已不可得。而其版之漫漶也已甚，足下度有人能覆刻以传后乎？况其他又非意所及乎？不宁惟是，《世本》至唐犹存，《战国策》至宋几亡，而《尚书》十六篇，《逸礼》三十九篇，其出于孔壁、淹中者，亦同归于尽。经典且然，况在后人之著作乎？中固悲其不足恃也。"

有关汪中事迹，田汉云点校《新编汪中集》附录多有辑录，间有不实之词，汪子喜孙曾力辨其诬。江藩撰、漆永祥笺释《汉学师承记》卷七《汪中》考证颇详。

清　凉

一

　　清凉山是城西极幽静的所在。山不高大，也无名胜，没有秦淮河的艳俗、奢靡、喧闹，引得一些文人流连。

　　朱卉一生漂泊，备极艰辛，心灰意冷，落脚南京，对清凉山格外喜欢，视为归宿。他用邵雍诗句"眼前无冗长，心下有清凉"给草舍写了副对联，又在山下为自己预备了一个生圹。

二

　　朱卉虽无功名，但能诗善画，故得与一时名流交往。立秋前，暑热未退，他招好友来清凉山扫叶楼雅集。

　　朋友中，吴敬梓的诙谐、袁枚的清通，他最为叹服。他对二人说："你们同年被荐举博学鸿词科，都是高人。"

　　吴敬梓当年并未赴廷试，淡淡地说："我那个不算数。自忖不合时宜，没去自取其辱。"

　　袁枚呵呵了两声。朱卉想，袁枚试而落选，可能不愿旧话重提。

便向袁枚介绍吴敬梓时说:"敬梓是文章大好人大怪,后来索性乡试也不应,科、岁也不考,整日价逍遥自在,也不知做些什么事。"

吴敬梓说:"有什么可做的?只为八股取士这个法不好,一代文人有厄。"

袁枚却说:"我辈身逢盛世,非有大怪僻、大妄诞,当不受文人之厄。"

朱卉见二人仍不同调,又拿话岔开:"敬梓其实本不像我这样精穷,只是性豪宕,喜助人……"

没等朱卉说完,袁枚说:"我前天还写信给程晋芳,劝他不要高谈心性,不事生产,性喜泛施,有求必应,搞得自己狼狈不堪。"

朱卉说:"世界真小。原来袁先生也认识程晋芳。晋芳倒是特别推重敬梓。"

吴敬梓说:"这倒不须说。晋芳是做经学的,那才是人生立命处。不要说时文不值一提,就是会吟几句诗,也算不得什么。"

袁枚道:"晚生年来穷究史书,静观世事,于安身立命之道,也略觉有进。古往今来,文人以读书传名为第一计,时文、经学、诗歌,无不可以传名。听说吴先生写小说,将来竟以稗说传,也是美事。"

朱卉笑道:"这果然说得快畅!"

三

扫叶楼雅集是朱卉召集的,因吴敬梓、袁枚言谈龃龉,他颇感歉疚遗憾。雅集散后，他对吴敬梓说："敬梓兄，袁枚其实并无恶意。听说有些考据家攻击他浮薄无学，他每每反唇相讥，才变得尖刻了。"

吴敬梓说："我不认为他有恶意，倒觉得他谈吐率性，有几分可爱。"

朱卉说："是的，是的。他曾用唐人'钱塘苏小是乡亲'句刻了一枚私印，听说有个尚书过金陵，要他的诗册，他竟盖了这枚印，被尚书苛责。他开始还道歉，谁知尚书没完没了。他便一本正经地说：'公以为此印不合规矩吧？在今日观，自然公官一品，苏小小是卑贱的。只怕百年以后，人但知有苏小小，不复知有公也。'那尚书素以理学自居，坚称'人皆好名，我独不好名'，袁枚又说'人之所以异于禽兽者，以其好名也'，说得一座大笑，尚书无言以对。"

吴敬梓也笑道："袁枚俗在好名，不俗也在好名。"

朱卉说："儒林中不可无此等人，他能否入得了先生的外史？"

吴敬梓说："外史就要结稿了，朝夕与儒林人物混，我也有些闷了，倒不如最近结识了些市井奇人有趣。"

四

其实，袁枚早就知道吴敬梓，没有登门拜访，有一个说不出口的原因，那就是吴敬梓号文木，书斋名为文木山房。他听到这个名号的第一反应是"文""木"二字可看作"枚"字的拆开。虽然"枚"字原本从木从攴，但"攴"旁习惯上都写成"攵"，俗称"反文"。金陵人本喜解字，习以为俗。他自己也在《子不语》中，记述了几个"斤、车/斩""木、目/相"的拆字故事，所以对此比较敏感。"枚"字被分解，多少令他有点异样感觉。

不过，那天说话有点耿直，却不是为这个，而是因另一件更令他不爽的事。

袁枚任江宁知县时，判过一个案子。有个松江女子沈宛玉，嫁给淮北富商，因与丈夫不合，私行脱逃。山阳令行文请协助缉拿、审理。袁枚发现她竟能作诗，便有心通融。山阳令说："判离婚是不行的。但才女嫁俗商，到底不般配，可不追究其背逃之罪，放她回去算了。"没想到沈宛玉回了娘家，又跑到南京来，不知了下落。淮北、松江两边的人都指责他处置不当。

近来，袁枚听说吴敬梓收留了沈宛玉，写信请朱卉去讯明颠末，吴敬梓却说并没有这事。袁枚认为吴敬梓不肯说实话，又听说他将此事写进了小说，颇感不快。袁枚没有看到传说中的《儒林外史》，担心吴敬梓胡编乱造，有损他的名声。

袁枚希望有机会当面向吴敬梓求证一下。

五

虽然都住在南京，见面的机会并不像想象的容易。

袁枚要找吴敬梓时，他也许去了外地；而袁枚更是经常出游。两人都在南京时，又可能风雨雷电骄阳似火。就算天时地利凑合，难免各有头疼脑热，比如袁枚就无秋不病。直到吴敬梓客死扬州，两人缘悭分浅，竟没再见过。

吴敬梓离世后，移灵南京，葬在了清凉山。

朱卉想到袁枚对吴敬梓可能还有误会，问宁楷如何解释。宁楷既与吴敬梓关系亲密，又师事袁枚，便说："这好办，请袁先生到清凉山下新开的茶肆来喝茶。我自有道理。"

众人落座后，袁枚说："海内儒者，又弱一个，人何以堪！诸位既是吴敬梓的朋友，可知他是否藏匿了松江女子？后来那女子又去了哪里？"

宁楷道："一会儿先生便知端详。"

正说着，老板娘端了一盒软香糕出来说："各位贵客都是吴先生的朋友，这盒茶点是送给各位的，敬请笑纳。"

宁楷问袁枚："认识她吗？"

袁枚觉得有些眼熟，仿佛就是沈宛玉。因沈宛玉长得并不出众，当时只关注了才情，没在意容貌，记不真切。

宁楷笑道："先生不必狐疑，她就是沈宛玉。当日被判回家，因娘家兄弟冷眼，也怕富家再找麻烦，就又跑出来。她从富家脱逃时，曾将些金银器皿、真珠首饰卷走，变卖了银子，在清凉山开茶肆为生。吴敬梓没与先生明说，是怕知道的人多，对她不好。不过，她被吴敬梓写进了小说，可以流芳百世了。"

袁枚想，这就是了。如此看来，吴敬梓倒是有心人，便微笑道："听说吴敬梓写小说，把朋友都写进去了，多有讥刺。敬梓，敬梓，敬而远之。我平素与他交往少，也有避其锋芒的意思。诗人如牛毛，传者如麟角。即便如此，我也不想在小说中传名，千秋万世自有知我者。"

宁楷说："这却有趣得紧。吴敬梓写小说，多写人的不是，想进他小说的人大概很少。先生写诗话，多写人的佳处，欲跻身诗话的人如过江之鲫。诗稗有别，于此可见一斑。"

六

不久，朱卉也去世了，葬到他早先预备的清凉山墓地，袁枚为之题写了"清诗人朱草衣先生之墓"。

那日，宁楷到随园拜见袁枚。说起朱卉，他问："人称朱卉为'朱破楼'，因他《谒孝陵》诗中有句'夕阳僧打破楼钟'，大家都说好。我看到此句也有作'破楼僧打钟夕阳'的，先生觉得怎样更好？"

袁枚说："别的不论，诗却难定一尊。若不拘格律，'楼破夕阳僧打钟''打钟破楼夕阳僧''夕阳楼破僧打钟'等等，句句皆通。只可惜一个老诗人，单凭一句破诗留名。"

宁楷点头道："是啊！朱老前辈早年孜孜以求，没承想晚景凄凉，死后寂寞。我听他感慨过，他的诗集将来可能汩没于洪涛巨浪中，令人唏嘘。所以，吴敬梓感叹诸臣生不能入于玉堂，死何妨悬于金马，在《儒林外史》最后写了一个'幽榜'，表彰失意人才，以抒其沉冤抑塞之气。"

袁枚说："他真如此写了？我原说过文人以读书传名为第一计，但若死不罢休，又没意思了。我的《子不语》里有个杨宾的故事，书法精妙，年六十时，病死而苏，说'近日玉帝制《紫清烟语》一部，缮写者少,天上书府召试善书法的人,我也被唤赴试。如果我中试,恐怕就不能复生了。'三天后,果然闻得空中有鸾鹤之声,他忧伤地说:'我不能学王僧虔,以秃笔自累,致损其生。'遂瞑目而逝。有人问天府书家的排名,他说:'索靖一等第一人,右军一等第十人。'这也是个幽榜,在这样的幽榜上站名排序,倒不如藏拙而生的好。"

宁楷说:"先生的《子不语》可与吴敬梓的《儒林外史》对看。"

袁枚道:"看这些恐怕扫兴。我们还是去清凉山走走吧。"

七

二人出了园门,一径踅到清凉山来,上到山顶便是一个八角亭子。袁枚心情舒畅,不禁朗诵道:

子才子,顾而长,梦束笔万枝,为桴浮大江,从此文思日汪洋……天为安排看花处,清凉山色连小仓……一笑不中用,两鬓含轻霜,不如自家娱乐敲宫商……发言要教玉皇笑,摇笔能使风雷忙。出世天马来西极,入山麒麟下大荒。生如此人不传后,定知此意非穹苍……

宁楷听到这一串豪言壮语,心想,狂放随性,我只服袁先生。袁先生仕虽不显,而备林泉之清福,享文章之盛名,本朝恐无人能及。也许还是他说得对,《儒林外史》最后请旌沉抑之人才,以昭圣治、以光泉壤的描写,实在没有什么意思。

◇ 辑二 士林清凉 ◇

忽然起了一阵怪风，刮得树木都飕飕地响，让人觉得有些清凉。

2018 年 7 月 28 日于奇子轩

附记

据考证，吴敬梓与袁枚至少在 1748 至 1754 年间，同在南京，交游多有重叠，但二人关系却不明不白，为清代文学一大疑案。本篇据目前所知若干文献，稍加想象，略施附会，以见其中瓜葛，人物、本事、言语，则多有出处，兹依节次撮要如下——

第一节起有关朱卉事，嘉庆《江宁府志》卷四十二《流寓传》："朱卉，字草衣……性喜吟咏，……所历半天下。中岁侨居上元始婚，卒无子，晚依一女以终。自营生圹清凉山下。……袁太史枚题其墓曰：'清诗人朱草衣之墓。'……尝作《谒孝陵》诗，有'秋草人锄荒苑地，夕阳僧打破楼钟'之句。人亦称'朱破楼'云。"

吴敬梓《文木山房集》有数首诗词与朱卉有关。袁枚《随园诗话》也数次提及朱卉，并予好评，其诗集中也多有与朱卉交往之作。

第二节，吴敬梓语摘自《儒林外史》等，袁枚语多出于其《答鱼门》(见《小仓山房尺牍》卷二)。

第三节，《随园诗话》卷一："余戏刻一私印，用唐人'钱塘苏小是乡亲'之句。某尚书过金陵，索余诗册。余一时率意用之。尚书大加苛责。余初犹逊谢，既而责之不休，余正色曰：'公以为此印不伦耶？在今日观，自然公官一品，苏小贱矣。诚恐百年以后，人但知有苏小，不复知有公也。'一座靴然。"

《小仓山房尺牍》卷六《与似村》："……世兄寄我诗笺小印，有'诗名心未忘'五字，我贴壁间，有某官素好谈理学者见之，栩栩然曰：'人皆好名，我独不好名。'我应声曰：'人之所以异于禽兽者，以其好名也！'其人惭沮而去。"(此事又见《随园诗话》卷十四)

第四、五节，关于沈琼枝原型，前人揭示为袁枚《随园诗话》卷四所述松江女张宛玉,今人郑志良则认为系"茸城女子"沈珠树,也有人相信吴敬梓乃将张宛玉、沈珠树融为一体。对此,井玉贵先生有文辨之甚详。本篇写作时,即参阅了井文,写作时仍捏合张、沈。袁枚托朱卉"讯明颠末"语见其《与朱草衣》,乃某次雅集后打听另一事,亦随手牵而就之。"无秋不病""海内儒者又弱一个""牛毛麟角"云云,见其《答程鱼门书》(《小仓山房文集》卷十八),唯所弱者指程延祚。"千秋万世"句出《随园老人遗嘱》。

关于拆字,陈师道《后山谈丛》卷三载"金陵人喜解字,习以为俗,曰'同田为富''分贝为贫''大坐为奃'"。袁枚《子不语》中涉及拆字的作品有《斤车大道》《木撑入眼》《张文和公》等五六篇之多。

第六节,《子不语》卷二《紫清烟语》:

  苏州杨大瓢讳宾者,工书法,年六十时,病死而苏,曰:"天上书府唤我赴试耳。近日玉帝制《紫清烟语》一部,缮写者少,故召试诸善书人。我未知中式否。如中式,则不能复生矣。"越三日,空中有鸾鹤之声,杨愀然曰:"吾不能学王僧虔,以秃笔自累,以损其生。"瞑目而逝。或问天府书家姓名,曰:"索靖一等第一人,右军一等第十人。"

朱卉"汩没于洪涛巨浪"语见王应奎《柳南文钞》所收《草衣山人诗集序》引朱卉尺牍。

第七节,袁枚诗题为《子才子歌示庄念农》,见《小仓山房文集》卷十五。袁"仕虽不显"云云,参见《清史稿·文苑·袁枚传》。

有关清凉山描写,间用《儒林外史》句意。

十相具足

一

彭几从小就对范仲淹极为仰慕,有一次看到范仲淹画像,仿佛看见真人,惊喜再拜道:"新昌布衣彭几,幸获拜谒。"他长久凝视画像,又掏出镜子与自己对比,觉得大体相似,只可惜自己耳中少了几根毫毛。心想年纪再大些,一定能十相具足。

彭几非常喜欢范仲淹的《唐狄梁公碑》:

> 天地闭,孰将辟焉?日月蚀,孰将廓焉?大厦仆,孰将起焉?神器坠,孰将举焉?岩岩乎克当其任者,唯梁公之伟欤!……

他印象中,历史上再也找不出别的能这样夸人的人和被夸的人。所以,后来有一次看到狄仁杰像,也慌忙整一整衣巾,口里念叨着"有宋进士彭几谨拜谒",恭恭敬敬拜了四拜。又找来一个剃头匠,指着狄仁杰的画像说:"你把我的眉毛后面剃了,眉尾照梁国公样子,修一条线连入鬓角。"

回到家，家人被他的怪模样惊得不住大笑。他怒道："笑什么笑？有奇德者，必有奇形。见贤思齐，就当表里如一。我初见范文正公像，恨无耳毫。今见狄梁公像，不敢不剃眉。耳朵里长毛，是天生的。修眉毛，是人力可为之事。君子修人事以应天，你们这帮没见识的，笑什么笑！"

二

建功立业，首在用兵。所以，彭几好读兵书，喜论军事。

曾布任枢密使时，彭几去拜谒，极言官军不可用，最好用士人。曾布也是这样想的，因此对彭几颇为赞赏，但又说："用人有时不难，难在边地干旱，行师顿营，每患乏水。你若能想个法子使士卒无望梅止渴之虞，便功盖曹孟德。"

从枢密院出来，彭几兴奋不已，对朋友大讲枢密使交办之事。经过兴国寺，知道寺中的分茶甚美，还拉朋友进去边喝边聊。

彭几问和尚："宝寺的茶为何这等好喝？"

和尚说："不是茶好，是水好。本寺最大功德，就是打的一口好井。"

彭几一听打井，来了精神，便问和尚："宝寺打井，有无秘诀，可否传授？"

和尚说："天赐甘泉，并无秘诀。"

彭几知是不情愿，也不勉强，问："能否带我们瞻仰一下宝井。"

和尚说："这个使得。施主这边请。"

彭几仔细观看方位、井深，无心再喝茶，就要回去打井。他让小厮取钱付账，小厮说："小的该死，没想老爷要喝茶，忘了带钱。"

朋友见状，对彭几说："你不是说好你带上我，你也带上钱。我是两手空空，如今兵计将安出？"

彭几捋须良久，向朋友递了个眼色，抓起衣帽就从后门跑出去，跑到二相公庙，才敢回头，气喘吁吁地说："编虎须，撩虎头，差一点落入虎口。"

朋友笑道："你这算什么兵法？"

彭几说："三十六计，走为上计。但不足为外人道也。"

三

彭几回到借住的太清宫，每日观察环境，看准位置，就命人掘井。挖来挖去，都不见水。换一块地方挖，还是没水。整个太清宫周围，他挖的孔穴，星罗棋布。

太清宫道士登楼，举头望明月，低头看地面，一片淡白，疑是寒霜，却又有无数黑点，便皱着眉头说："四周如何有这许多孔穴？好似一个败龟壳。"小僮告诉他是彭几打的井，道士笑道："彭先生有些顽皮！"

彭几听了，十分气恼，又去兴国寺打听，和尚笑而不语。

有人告诉彭几，这是佛道斗法。太清宫道士早就垂涎兴国寺和尚开茶肆赚钱，和尚却借彭几之手，捉弄道观。

四

彭几开井不成，很不开心，那日街上散步，见一人在叫卖仙鹤。彭几看那两只白鹤，果然气宇轩昂，便买了回来，每日观鹤，越发觉得白鹤十相具足，定非凡品，便念诵刘禹锡的诗：

寂寞一双鹤，主人在西京。故巢吴苑树，深院洛阳城。
徐引竹间步，远含云外情。谁怜好风月，邻舍夜吹笙。

一日有客来访，彭几指着鹤夸耀道："舍下这鹤是仙禽！凡禽都是卵生，此禽却是胎生的。"

一语未了，一个蓬头赤足的小厮走了进来，望着他道："那只翅膀掉毛的鹤昨晚上下了一个蛋，像梨那么大。"

彭几一听，面红耳赤，怒斥小厮："滚你娘的蛋！竟敢诽谤仙鹤！"

正说着，却见另一只鹤伏在了地上，彭几有些奇怪，拿手杖敲打地面。只见白鹤惊起，翻身亮翅，身下也有一个蛋，却比梨还小些。彭几见状，叹息道："这年头，鹤亦败道，我被刘禹锡佳句所误。从今以后，除佛、老子、孔子之语，任谁说的，我都要勘验一番。"

客人出来后说："彭先生是太自信了，可惜没把《相鹤经》读熟。"

五

那日,彭几去拜访郭太尉,太尉邀他一同游园,问道:"听说渊材会好几国的语言,是真的吗?"

彭几说:"也是,也是!——哦,这就是番语'是'的意思,晚生搞不明白番人为何'是'前还要加一个'也'字。其实,听外国人说话,只看他表情,便能猜出七八分意思来。晚生不久前还从一个天竺人学得了禁蛇的妙方,所说咒语,连蛇都听得懂,但发号令,它就像小孩子一样规矩。"

郭太尉说:"太好了!前日有小厮说园中竟看到了蛇,吓得舍眷不敢游园,夜夜惊梦。渊材可施其术!"

正说着,只见一条蛇从路边草丛蹿出,昂首来奔,彭几慌忙念起咒语,郭太尉听不明白,蛇竟也不理会,口吐信子,依旧一伸一缩地向前冲来。彭几见咒语不灵,心中胆怯,转身就逃,跑得满脸是汗,冠巾掉了也不敢捡,颤抖着说:"这是太尉府上的宅神!不听令,不可禁。"

郭太尉哈哈大笑,说:"也是,也是!"

六

开井、禁蛇不成,彭几闷在家中写了部乐书献给朝廷。他让侄子写跋,郑重地说:"你当秉笔直书,不可以叔侄就溢美。"

几天后,侄子带了跋来。正好有几个朋友在,彭几接过跋文就朗声念道："渊材在布衣有经纶志，善谈兵，晓大乐，文章盖其余事……"一边读，一边对众人笑道："这个嘛，虽然，有点那个，却也是实情。"又接着念道："……独开井、禁蛇，非其所长。"

彭几一下子把跋文摔在桌上，对侄子怒道："你看人家司马迁，以郦食其所为事事奇，唯独劝高祖封立六国后代是一失，但他在本传中著人之美，并不提及，只在《留侯世家》叙张良反对此策，才带出其事，意在为郦生遮掩。饶是如此，还有人说子房所谓'八不可'为一派胡言，其文可省可合。你何必偏说开井、禁蛇这些事？"

众人见彭几一本正经，忙劝道："人生难免尴尬。开井、禁蛇这等事，着实不算什么，但不知渊材以为最大的遗憾是什么？"

彭几说："我平生所恨者，只有五件。"

众人问哪五件，彭几闭目不言，过了片刻说："我的话不入时听，恐怕你们不当回事儿。"

众人力请其说，彭几才说："第一恨鲥鱼多骨，第二恨金橘太酸，第三恨莼菜性冷，第四恨海棠无香，第五恨曾子固不能作诗。"

众人听了，放声大笑，彭几瞪眼道："你们果然不把我的说法当回事儿！"

其中一人说："非也，非也。曾子固其实诗也不错，只怕将来有人会换作恨渊材不擅开井、禁蛇，或者说恨红楼美梦不完。"

另一人说："你怎么又哪壶不开提哪壶。这五恨说，倒是渊材的传世妙语呢。人生在世，千言万语，都是废话。一语得传，何恨之有？"

七

彭几在京师十余年，结交了许多权贵。而他新昌家人，却穷到有时连粥都喝不上。他父亲托村里教书先生写信叫他回来，信上写"汝到家，吾倒悬解矣"。

彭几于是骑了一头驴南归，小厮背着布袋跟在后面。也不知走了多久，总算回到了家乡。亲戚邻居见他的布袋鼓鼓囊囊，都猜："里面必是金银珠宝。"

彭老爹说："亲旧听说你回来，都很期待，说你虽然没当什么大官，但在京师十几年，肯定有不少积蓄，必能使父母妻儿脱冻馁之厄。你那布袋中到底有什么宝贝，赶紧拿出来给大家看看。"

彭几欢喜地说："要说宝贝，真是宝贝！我简直富可敌国，你们擦亮眼睛看好了。"说着，他小心翼翼地解开布袋，一一取出，有李廷珪墨一丸，文与可墨竹一幅，欧公《五代史》草稿厚厚一沓。

彭老爹看了，失望地问："就这些？教书先生那里也有。"

彭几说："他那些算什么？你老人家将天比地。千年以后，这都是无价之宝。"

彭老爹气恼地说："千年以后的宝贝管什么用？能吃还是能喝？"

教书先生听说此事，呵呵了一声，对彭老爹说："既是错唤回来，只应仍赶出去。"

八

春天到了,篱边海棠盛开,彭几常凑过去闻,总没闻到香味。他想,这海棠姹紫嫣红,称得上十相具足,如何就没香味呢?听说天下独昌州海棠有香,思量新昌也有个"昌"字,或许可以移植来试试,却舍不得卖掉那几样宝贝当盘缠,无法远行。心里郁闷,便拿出镜子痴痴地看,耳中的毫毛依旧没有长出来,想到家人的冷淡,遂提笔写道:

吾每欲行古道,而不见知于人。所谓伤古人之不见,嗟吾道之难行也。

这话传到教书先生耳里,对一个游学的笑道:"彭家呆子太怪诞!莫非见晋王克用,就要剔目;遇娄相师德,更须折足?"

游学的说:"我倒见过范仲淹的像,并无耳毫,想是他看的版画错印了几道线。还有狄仁杰,眉目入鬓,只怕也是画匠画走了样。这种呆子,既要学狄青,就该在他脸上刺青;要学孙膑,就打下他半截来。"

教书先生道:"世上多少荒唐,都从做表面文章起。"

2018 年 9 月 27 日于奇子轩

附记

本篇素材依次如下——
彭乘《墨客挥犀》卷二:

◇ 辑二 士林清凉 ◇

彭渊材初见范文正公画像,惊喜再拜。前磬折,称新昌布衣彭几,幸获拜谒。既罢,熟视曰:"有奇德者,必有奇形。"乃引镜自照,又抚其须曰:"大略似之矣,但只无耳毫数茎耳。年大当十相具足也。"又至庐山太平观,见狄梁公像,眉目入鬓。又前再拜,赞曰:"有宋进士彭几谨拜谒。"又熟视久之,呼刀镊者使剃其眉尾,令作卓枝入鬓之状。家人辈望见惊笑。渊材笑曰:"何笑!吾前见范文正公,恨无耳毫。今见狄梁公,不敢不剃眉。何笑之乎?耳毫未至,天也。剃眉,人也。君子修人事以应天,奈何儿女子以为笑乎?吾每欲行古道,而不见知于人。所谓伤古人之不见,嗟吾道之难行也。"

彭乘《续墨客挥犀》卷一:

渊材迂阔多怪,尝畜两鹤,客至,指以夸曰:"此仙禽也,凡禽卵生,此禽胎生。"语未卒,园丁报曰:"此鹤夜产一卵,大如梨。"渊材面发赤,诃曰:"敢谤鹤耶!"卒去。鹤辄两展其胫伏地,渊材讶之,以杖惊使起,忽诞一卵。渊材咨嗟曰:"鹤亦败道,吾乃为刘禹锡《佳话》所误,自今除佛、老子、孔子之语,余皆勘验。"余曰:"渊材自信之力,然读《相鹤经》未熟耳。"又曰:"吾平生无所恨,所恨者五事耳。"人问其故,渊材敛目不言,久之曰:"吾论不入时听,恐汝曹轻易之。"问者力请其说,乃答曰:"第一恨鲥鱼多骨,第二恨金橘多酸,第三恨莼菜性冷,第四恨海棠无香,第五恨曾子固不能作诗。"闻者大笑,而渊材瞠目曰:"诸子果轻易吾论也!"

《墨客挥犀》卷二:

绍圣初,曾子宣在西府,渊材往谒之。论边事极言官军不可用,用士人为良。子宣喜之。既罢,与余过兴国寺,和尚食素,分茶甚美。将毕,问奴杨照取钱,奴曰:"忘持钱来,奈何?"渊材色窘。余戏曰:"兵法计将安出?"渊材以手捋须良久,目余,趋,自后门出,若将便旋然。

181

余迫之,渊材以手挈帽,搴衣走如飞。余与奴杨照过二相公庙,渊材乃敢回顾,喘立,面无人色,曰:"编虎须,撩虎头,几不免虎口哉!"余又戏曰:"在兵法何计?"渊材曰:"三十六计,走为上计。"

《墨客挥犀》卷六:

渊材好谈兵,晓太乐,通知诸国音语。尝诧曰:"行师顿营,每患乏水。近闻开井法甚妙。"时馆太清宫,于是日相其地而掘之,无水,又迁掘数处。观之四旁,遭其掘凿,孔穴棋布。道士月夜登楼之际,颦额曰:"吾观为败龟壳乎?何四望孔穴之多也。"渊材不怪。又尝从郭太尉游园,咤曰:"吾比传禁蛇方甚妙,但咒语耳,而蛇听约束,如使稚子。"俄有蛇甚猛,太尉呼曰:"渊材可施其术!"蛇举首来奔,渊材无所施其术,反走汗流,脱其冠巾曰:"此太尉宅神!不可禁也。"太尉为之一笑。尝献乐书,得协律郎,使余跋其书曰:"子落笔当公,不可以叔侄故溢美也。"余曰:"渊材在布衣有经纶志,善谈兵,晓太乐,文章盖其余事。独禁蛇、开井,非其所长。"渊材观之怒曰:"司马子长以郦生所为事事奇,独说高祖封六国为失,故于本传不言者,著人之美为完传也;又于子房传载之者,不欲隐实也。奈何言禁蛇、开井乎!"闻者绝倒。

惠洪《冷斋夜话》卷八:

渊材游京师贵人之门十余年,贵人皆前席。其家在筠之新昌,其贫至馆粥不给,父以书召其归,曰:"汝到家,吾倒悬解矣。"渊材于是南归,跨一驴,以一颗挟以布橐,橐、颗背斜绊其腋。一邑聚观,亲旧相庆三日,议曰:"布橐中必金珠也。"予雅知其迂阔,疑之,乃问亲旧,闻渊材还,相庆曰:'君官爵虽未入手,必使父母妻儿脱冻馁之厄。橐中所有,可早出以观之。"渊材喜见眉须,曰:"吾富可敌国也,汝可拭目以观。"乃开橐,有李廷珪墨一丸,文与可竹一枝,欧公《五代史》草稿一巨编,余无所有。

惠洪《冷斋夜话》卷九："……渊材曰：'天下海棠无香，昌州海棠独香，非佳郡乎！'"

冯梦龙《古今笑史》怪诞部二《剃眉》（彭渊材初见范文正公画像）条附评语：

《笑林》评曰："见晋王克用，即当剔目；遇娄相师德，更须折足矣！"子犹曰："此等人，宜黥其面强学狄青，卸其膝使学孙膑。"或问其故，曰："这花脸如何行得通？"

冯梦龙《古今笑史》癖嗜部九《好古》（彭渊材游京师十余年）条附评语："杨茂谦曰：'既是错唤回来，只应仍赶出去。'"

◇ 请君出瓮 ◇

鸿　蒙

一

　　许长云早就知道，读书人有四大愿望：戴它一顶帽，讨它一个小，起它一个号，刻它一部稿。

　　如今考了十几回，戴纱帽的指望越来越渺茫。

　　没有纱帽，讨小也不可能。老婆说："纱帽都挣不到一顶，哪有闲钱给你讨小？家里还有两个赔钱货，少不得要准备两份嫁妆，何处去寻？"

　　原以为"起它一个号"最容易，后来发现也不简单。他前前后后想了十几个号，什么桃源洞天主人、西门哭笑生、梅岭山樵、葫芦提居士……究竟用哪个却拿不准。

　　再就是"刻它一部稿"了。几十年来，他诌过百十首诗，给邻居家的老人写过传记寿序之类的，加在一起，刻一部稿也够了。但穷乡僻壤，豆腐坊倒有三家，书坊不见一个。所以一摞书稿正如古人传记中所常见的，一直"藏于家"。每念及此，他便叹息道："一事无成，四大皆空！"

二

一日，有个书贩到学堂来。许长云拿出文稿说："这一本是我生平所作的诗文，虽没有什么好，却是一生相与的人都在上面。我舍不得湮没了，有幸遇着个后来的才人替我流传了，我也知足了！"

书贩翻了几页撂在一旁，随手从箱中捡出一本，指着目录说："你看，人家写的都是《呈相国某大人》《怀督学李大人》《黄公子偕游燕豆湖分韵兼呈令兄通政》，其余某太守、某司马、某明府、某少尹，不一而足。你这稿子中，顶天不过是县丞、秀才，再不就些给邻舍小学生的赠序、隔壁老太太的祭文，谁要看？"

许长云素有平生足迹不及天下，又不得当世奇功伟烈的感叹，只好说："礼失求诸野，市井有奇人，芸芸众生也可以见风俗。"

书贩见他执拗，又因喝了他一碗粗茶，便说："先生是个博古通今的，何不写小说？如今最好销的是这种书。没有功名，竟以稗说传，有什么不好？写得精彩，送到金陵书坊去，还可以卖大钱呢。你看这本《西游记》的序上，就说了是书坊购稿刻印的。白花花的稿费，拿在手里有分量，别在腰间往下坠，就是夜里关上门看着也开眼顺气，岂不比荒江野老没来由无结果的伤春悲秋、感时议政强百倍？"

许长云听了，心里一动，暗想女儿嫁妆或许可以从这里来，便要买本小说作样子。《西游记》太贵，买不起。书贩翻出本《四游记》说："这个便宜，一本书让你游遍东西南北。"

三

许长云看《四游记》看得不知东西,无论南北。

老婆说:"大女儿就要出嫁了,你整日魂不守舍的,一点不操心。到底怎样办嫁妆?"

许长云说:"怎样办,不过尽我所有罢了。"

老婆说:"尽你所有?你有什么?难不成还要把我当初的陪嫁妆奁搭上?"

许长云有两个女儿,大女儿叫如花,小女儿叫似玉。东凑西凑,好歹给如花打点了些嫁妆首饰嫁出去了,似玉却满脸不高兴。

许长云也知其意,说:"不用担心穷。你当我小说是白看的?待我提起这支笔来,写得飕飕的响,你又何愁没有嫁妆,到时比如花还要风光些。"

四

许长云不知写什么好,就到庙里去求签,抽得了姜太公垂钓,上面写着:

> 君今庚甲未亨通,且向江头作钓翁。
> 玉兔重生应发迹,万人头上逞英雄。

老和尚恭喜道:"许先生大器晚成,来年必中。"

许长云说:"我这签不是为功名求的。"

当下谢过老和尚出来。心想,神的意思是要写姜太公的故事了。他老人家的故事无人不晓,起承转合都是一个白胡子老头手里头拄着根白拐棒棍,恐怕没人爱看。忽又想起一首宋诗:

美人美人美如此,倾城倾国良有以。
周惑褒姒烽火起,纣惑妲己贤人死。

殷纣之亡,妲己端端是祸胎,倒不如用这个狐狸精来破题儿。一想到狐狸精,便来了精神,急急地赶回家,在大门上贴了副对联,上联是诸神回避;下联是百无禁忌;横批是姜太公在此。又对老婆说:"我如今要开始封神了,不要扰我。似玉的嫁妆必定有了。"

老婆说:"封你个头啊!装神弄鬼的。你要封,封的也是穷神病神瞎鼓捣神。"

五

许长云不理会老婆的絮叨。教书之余,就写小说。写了两三年,笔墨纸张,费了无数。

老婆说:"你今天说姜太公,明天又说妲己,我看你是被狐狸精迷了魂。老不正经的。"

许长云说:"什么叫老不正经?姜太公八十岁尚在渭水钓鱼,遇了周文王以后,拜为尚父。文王崩,武王立,又被封为军师,佐武王伐商，定了周家八百年基业，封于齐国。又教其子丁公治齐，自己留相周朝，直活到一百二十岁方死。你说他八十岁一个老渔翁，谁知日后还有许多事业。我写完此书，还不上五十岁，比他还早。你须耐心等去，好日子正长哩！"

老婆说："你休得攀今吊古！姜太公钓鱼，胸中自有才学。你如今读这几句死书，便读到一百岁，只是这个嘴脸，有甚出息？晦气做了你老婆！可怜似玉年纪一年大似一年，莫非也要等到如姜太公八十岁遇文王才出门，那不等做老婆婆了？"

六

似玉到底没等到像样的嫁妆，草草嫁了人。

许长云对女婿说："你不要嫌嫁妆薄，待我的小说出版了，润笔都给你。"

女婿说："小婿知道老丈人把钱都买了破纸，实不曾指望你那点什么润笔。听说你写姜太公把皇上烧死了，这样犯上的书，也敢写？不要连累我们就烧头香了。"

许长云说："孟子说，贼仁者谓之贼，贼义者谓之残。残贼之人谓之一夫。闻诛一夫纣矣，未闻弑君也。纣王得罪了天地鬼神，自焚适为业报。况且，他到底也是封了神的，星名天喜。"

女婿说："神也是你可以封的？胡写乱写，小心天王老爷把你封到那鸦雀不到的幽僻之处，随风化了，自此再不得托生为人。"

许长云知道女婿是气话，虽然没大没小的，并不计较，却也不免有些惶恐，就在纣王自焚描写后，加了一首诗曰：

须知世运逢真主，却笑昏聩如阿痴。

今日还归民社去，从来天意岂容私。

又补写了武王觉心中不忍，下令对纣王骸骨以礼安葬以全人臣之道。

七

三年后，那个书贩又来了。

许长云高兴地拿出《姜太公演义》给他看。

书贩翻了几页，就从箱中取出一本书道："你且看看这本如何？"

许长云接过一看，书名是《封神榜》，翻开里面，竟和自己所写的仿佛如花与似玉长得一般模样。

书贩说："现在写小说的人多，你不去书店查查有没有重样的就下笔，可不枉费了三年工夫？"

许长云十分不爽地说："我并没有抄他。"

书贩见他沮丧，又因喝了他的一碗粗茶，便开导道："我看你劈头就写狐狸精，也是晓得人情嗜欲的。可惜后面多是民之所欲、天必从之的大道理。大道理你在学堂里讲可以，哪个看小说的要看？我卖书多年，知道世人最喜欢的就是艳情书，你倒不如就着狐狸精竭力发挥，将其惑乱君心、淫纵无度之事比方得天花乱坠，岂不大奇？我这里有一本可以作样子。"说着，从四书五经下面掏出一本来，递与许长云道："你买本看看，照着写。就是有些重样，也有人买你的书。"

八

许长云没买书贩推销的书，也不敢写那种书。但自写小说以来，觉得小说因文生事，只是顺着笔性去，削高补低都由我，比作八股代圣贤立言容易多了，少不得还在这上面打算。

许长云想，西周以下的演义，既然都被人写了去。不如追根溯源，从盘古开天辟地写起，演成黄帝战蚩尤事，而以九天元女兵法经纬其间，又不妨把伯禹治水、周穆王八骏巡行等事也编进去，再用《山海经》《穆天子传》所记助其波澜，博采古书以附益之，亦可为小说大观。

于是，他重又抖擞精神，铺纸蘸墨，边写边念：

开辟鸿蒙，谁为英雄？都只为俺生蛋中。趁着这天地合，气未分，万物萌，运斤成风……

小外孙在旁边听了，问："外公，鸿蒙是什么？"

许长云用手在空中画了一个圆，对他说："就是一个圈、一个零、一个蛋、一个瓜，你说是什么就是什么。"

小外孙跳跃着说:"我说什么都没有,就是个空。"

许长云听了,大喜过望,搂过小外孙说:"对,对,对!就是一个空。外公终于有个号了,叫作空空道人!"

2019年6月26日于奇子轩

附记

本篇素材见梁章钜《归田琐记》卷七《封神传》——

吾乡林樾亭先生言:"昔有士人罄家所有嫁其长女者,次女有怨色,士人慰之曰:'无忧贫也。'乃因《尚书·武成篇》'惟尔有神,尚克相予'语演为《封神传》,以稿授女。后其婿梓行之,竟大获利"云云……

梁章钜《浪迹续谈》卷六《封神传》另载:"……忆吾乡林樾亭先生,尝与余谈《封神传》一书,是前明一名宿所撰,意欲与《西游记》《水浒传》鼎立而三……我少时尝欲仿此书,演成黄帝战蚩尤事,而以九天元女兵法经纬其间,继欲演伯禹治水事,而以《山海经》所记助其波澜,又欲演周穆王八骏巡行事,而以《穆天子传》所书作为质干,再各博采古书以附益之,亦可为小说大观,惜老而无及矣。"(中华书局校点本《浪迹丛谈续谈三谈》第348页)

篇中照例有一些对话袭自古小说及前人文章,与姜太公有关的如《警世通言·老门生三世报恩》中有:"姜太公八十岁还在渭水钓鱼,遇了周文王,以后车载之,拜为师尚父……日子正长哩!"《拍案惊奇·通闺闼坚心灯火》中有"女儿年纪一年大似一年,万一如姜太公八十岁才遇文王,那女儿不等做老婆婆了?"《喻世明言·金玉奴棒打薄情郎》中买臣道:"姜太公八十岁尚在渭水钓鱼……我五十岁上发迹,比甘罗虽迟,比那两个还早,你须耐心等去。"其妻道:"你休得攀今吊古……晦气做了你老婆!"以上诸语,撮要化入本篇。"须知世运逢真主"诗改自《封神演义》第九十八回。"民之所欲,天必从之"出自《尚书正义·泰誓上》。"美人美人美如此"诗出自宋汪元量《余将南归燕赵诸公子携妓把酒饯别醉中作把酒听歌行》。"妲己端端是祸胎"句见元王冕《读史》。

另外,许长云不得奇功伟烈之叹出自归有光《与王子敬书》;"这一本是我生平所作的诗文"的话头借自《儒林外史》;"写得飕飕的响"出自《西湖二集·吴越王再世索江山》;"鸦雀不到的幽僻之处"云云,是贾宝玉僻论;"因文生事"云云,是金圣叹名言;"开辟鸿蒙"用《红楼梦曲》糅合盘古神话。诸如此类,不一一注明。

咿唔咕哔

一

许长云经常勉励学生："古语道得好：'书中自有黄金屋，书中自有千钟粟，书中自有颜如玉。'而今甚么是书？就是我们读的这些文章选本圣贤书了。人生世上，除了举业，就没有第二件可以出头。"

开始，学生还听他的，时间长了，就有几个不长进的在背后议论他：读了一辈子书，女儿的嫁妆都备不齐，还说什么荣宗耀祖，显亲扬名。于是，学堂里就闹开了。

二

孟德邻就在许先生的学堂里念书，念不进去，开口闭口都是俚语粗话，总被先生斥责。他气不过，索性退了学，仍旧跟着长辈做起世代经商的本业。

孟德邻的祖父曾经援例纳资，买了官做。虽未臻显秩，而门庭炫耀，居然世家。所以，孟德邻便对人说："我家黄金屋、千钟粟，不向破书本中咿唔咕哔得来。读书写字，点灯费油，看得两眼昏花，哪里比得上打算盘经营，转眼就能赚得盆满钵满。只有这颜如玉嘛，却不是勉强能得到的，还要有缘分。"

众人知道，他老婆毕氏长得难看，就都随声附和。

孟德邻老婆听说，与他大闹了一场。碍于老婆娘家是中堂大人远亲，孟德邻不敢十分得罪。

三

孟德邻在家里待着不开心，就对老婆说要去京城找中堂，也学祖父，买个官做。

谁知出门仓促，没看黄历，到了济宁，就听说暴雨将道路淹没，无法前行，困在了旅店。

夜里，忽听得窗外有人吟诗：

读尽诗书费尽心，
几年博得一青衿……

咿唔再四，没有下句。

时值下弦，凉月如银，孟德邻从窗隙向外看去，只见一男子身曲如弓，衣皂布袍，以手作推敲状，好像画中贾岛驴背遇昌黎的样子，他不禁失笑。那男子兀自在推敲，突然闪过一个壮硕的身影，大喝一声：

若教只此寻常句,

何必连宵费苦吟。

吟诗男子闻言,倏忽不见。那身影也跳过墙头,消失在夜色中。孟德邻不知是鬼是人,惊恐得钻进被子里。

四

天亮以后,孟德邻将昨晚所见告诉店主。

店主笑道:"这是隔壁原来的老王,叫王骨董。五十入庠,没多久就死了。活的时候,喜欢吟诗,死后犹未除结习。给他烧纸,也打不住。这倒好了,大侠一声吼,从此堵了他的嘴。"

孟德邻问:"大侠是谁?"

店主说:"客官有所不知。那位大侠叫颜鸣皋,是广东梅州人,自幼豪隽,原来也喜读书,经常说:'丈夫功名,当于诗书中求之。一朝发迹,释褐登朝。由他途进者,虽位极人臣,奚取焉!'后来有一个相士对他说:'观子骨相魁梧,他日当以长枪大剑,策名麟阁,亦大丈夫所为,安事毛锥?何必咿唔呫哔,暗中摸索,望朱衣一点首哉!'所以,他就焚弃所读书,学习骑射,走了武科的路,京城刘大人极是器重,召他一起去治水,还听说朝廷要派他去镇守福建台澎,端的是'拳头上立得人,胳膊上走得马'的好汉。"

孟德邻说:"你这话有许多我听不懂,想必他是命该富贵,又走对了路吧。"

店主说:"正是这个意思。"

五

好容易挨到洪水退去,孟德邻风尘仆仆来到京城。

中堂大人势位隆赫,孟德邻不敢贸然去见,找到毕家亲戚引荐。毕家的人说:"前些天发大洪水,下面的官员参中堂贪污了朝廷治河款,致使河堤溃塌。皇上着他戴罪赔修,中堂正为此犯愁,你若能为中堂补些亏空,见面倒也不难。只是你言语不讲究,恐怕冒犯了中堂。"

孟德邻递过些银子,说:"少不得请你老人家教导一二,我一定记得牢牢的。"

毕家人就教给他几句颂扬及寒暄的话,嘱咐他务必背熟了。

六

中堂看过仆人递上的礼单,答应接见孟德邻,淡淡地说:"姻弟正值壮年,若得筮仕,展新猷,布雅化,老夫本当与有荣矣。不过,目今朝廷降诏,正要沙汰冗官滥吏,这些……"说着,用手指弹了弹礼单,接着道:"恐怕难以玉成。"

中堂的话孟德邻完全没听明白,只听到一个"难"字,急得脸红脖子粗,汗淫淫下,局促不安地说:"久仰大人老奸巨猾,为朝野所畏,想必……"

中堂一听，勃然大怒道："胡言乱语，信口开河！"便拂袖而去。

陪他来的毕家人脸上也挂不住，气咻咻地说："要你背熟记牢我的话，你却胡咝些什么？"

孟德邻懊恼地说："我说的原不是我发明的。这几天在府上住着，总听说中堂老爷老奸巨猾之类的话，一着急就脱口而出了，难不成不是好话？"

毕家人冷笑道："好话？宋徽宗的鹰，赵子昂的马，才是好画儿，你见过吗？"

七

孟德邻没买到官，财礼送到了中堂府，却也要不回来，只得沮丧地离开京城。

回去的路上，又住在来时住过的旅店。

夜里，正没情绪，忽又听到窗外有人吟诗：

垂青无眼原知命，
坦白居心好对天。
扫尽咿唔呫哔苦，
而今快乐过从前。

孟德邻觉得耳熟，估计就是来时遇见的那个鬼，其他的听不太懂，只最后一句，他是明白的，不由得感叹：若是想通了，纵做鬼也幸福的事，还是有的。自己到底还是吃了没文化不会说话的亏。

八

孟德邻回家后，虽不说书中有什么金玉之类的话，却把上了年纪的许先生请到家里来教小儿子读书。

那日，孟德邻害了些风寒，睡在床上，不想吃东西，小儿子进来问安，说："父亲大人尊体违和，望安心珍摄，明日定然复元如初。"

孟德邻见小儿子已能讲他听不懂的话，料定是好话，就问他了些功课学得如何的话。躺在床上，听着小儿子咿唔不绝地背书，孟德邻觉得心花开了，分明难过也好过，分明哪里疼也不疼了。

孟德邻让仆人给许先生送去些赏银。

2019年7月28日长春旅次

附记

本篇素材见俞蛟《梦厂杂著》卷四《孟德邻传》：

浙人孟德邻，先世业商贾，至祖父，遂援例纳赀登仕版。虽未臻显秩，而门庭炫耀，居然世家。每向人曰："余家黄金屋、千钟粟，不向章句中咿唔咕哔得来，足征黄卷青灯，徒事辛苦，不如持筹握算，扑满缿筒，计日可待。所猝难得者，颜如玉耳。"盖其妻毕氏貌陋，故云。娶期年，生子芸儿，因产致疾，数月夭殂……

同书卷八《王骨董》：

　　槜李陆生，农家子，读书不成，退而学贾。有同乡宦北平，携货物就之。至济宁，前途河决，不得进，休于旅店。夜分，闻窗外吟曰："读尽诗书费尽心，几年博得一青衿。"呷唔再四不就，生亦睡去。次晚，梦中闻复吟前句。时值下弦，凉月如银，从窗隙觑之，有男子身曲如弓，衣皂布袍，左手持烟管，长尺余，右手作推敲势，不啻贾岛驴背遇昌黎时也。生不禁失笑，应声曰："若教只此寻常句，何必连宵费苦吟。"倏忽不见，知为鬼物，因大怖，以被蒙首。至晓，述于主人，主人笑曰："此余邻人王骨董也。茅屋三楹，即其旧居，五十入庠，未几而卒。生时好吟哦，死后犹未除结习。且鄙俚若此，诚可笑耳。"

同书卷三《颜鸣皋传》：

　　颜鸣皋，广东梅州人，自幼豪隽，喜读书。常谓："丈夫功名，当于诗书中求之。一朝发迹，释褐登朝。由他途进者，虽位极人臣，奚取焉！"时有相士，谓："颜君他日当以长枪大剑，策名麟阁，安事毛锥？"颜笑其妄，而攻苦益力。会其父母相继殂谢，苦块之余，年三十矣。急于进取，乘禫服未终应试，补学官弟子。为乡人告讦，被斥。或谓之曰："相士之言验矣！观子骨相魁梧，他日为朝廷寄阃外之任，折冲御侮，亦大丈夫所为，何必咿唔咕哔，暗中摸索，望朱衣一点首哉！"于是颜君焚弃其所读书，习骑射。越岁，即能穿札超乘，一试冠军，遂登武科。

此传后叙颜鸣皋曾被荐举于主司刘文正先生，后仕至福建台澎镇，深得刘文正赏识。刘文正即刘统勋，史书颇赞其治河等政绩。

同书卷二《国初某中堂》：

　　国初，某中堂势位隆赫。有张姓者，以商贾起家，积赀巨万，为人鄙俚不文，拙于言语，百计夤缘，将登仕籍，与中堂之从弟缔为婚姻。

因谓曰:"余与若既为儿女联姻,则若兄亦忝在姻末,而从未识面,上游寅好知之,殊减颜色。倘得引之一谒,拜君之惠良多。"弟曰:"谒见殊易易,虑君语言获戾耳。"张曰:"君盍教之,当默记不忘。"因授以颂扬及寒暄数语,令复之无讹,遂为先容。越日,进见,中堂曰:"壮年筮仕,展新猷,布雅化,老夫与有荣矣。"张面赤,汗淫淫下,躨蹋而对曰:"久仰大人老奸巨猾,为朝野所畏。"中堂大怒,拂袖入。从者挥之,垂头丧气而出。人谓张之拙于语言固也,而中堂之老奸巨猾,诚然不谬。张殆闻之已稔,故仓卒间信口出耳。

以上诸篇,多见"呷唔咕哗"一词,遂牵合为一篇。"呷唔"现写作"咿唔";"咕哗",后泛指诵读。另外,"垂青无眼原知命"诗借自清周在镐《六十自遣》。"而今甚么是书""分明难过也好过"等语,化用《儒林外史》马二先生劝学语。"宋徽宗的鹰"云云出自《红楼梦》。

混沌灯

一

北厢官黄汝能的儿子黄远清，看上去傻傻的。不愿读书倒也平常，十六岁了还不知男女之事，没有人愿和他家谈婚论嫁。

黄汝能忧心忡忡，专门请了老儒陈先生来开导远清。

陈先生起初还准备从《千字文》教起，没承想第一句"天地玄黄"被他念成了"天地姓黄"，又接着说"我也姓黄"，就再不往下念了。

陈先生实在教不下去，黄汝能也没办法，便说："先生年纪大了，闲着也是闲着，全当是哄他耍耍吧。"还把酬金加了二两。

陈先生无功受禄，过意不去，就说："鄙乡有一风俗，小孩愚钝，家里就做个混沌灯，挂在桌旁。每天开一孔，七天下来，无论多么蠢笨，也可觉悟。只是《庄子》上说，人皆有七窍，以视听食息，混沌独无有，被人尝试凿之，凿至七日，混沌竟死了。所以一般人家也不敢轻用此法。"

黄汝能低头想了半晌，说："犬子已然如此，行不得的也要行，难不成一辈子就这样憨憨的。"

二

　　黄汝能让人按陈先生说的，用竹子编制了一个灯球，里面安置上烛台，外面糊了黑纸，只在上面留了个点蜡烛的小孔。

　　夜里点灯前，黄汝能心想着，一个普通的灯球，如何就能灵验？少不得要敬拜神明，却又不知该拜何方神圣。

　　陈先生说："原没听说过有什么智慧之神。既然典故出在《庄子》中，拜南华真君总不会错。"

　　于是，黄汝能便跟着陈先生默念了几句：

　　　　知其愚者，非大愚也；知其惑者，非大惑也。大惑者，终身不解；大愚者，终身不灵……

　　随后，点亮了灯球，又小心翼翼地在黑纸灯罩上戳了一个洞。

三

　　第二天，远清醒来，竟主动说要与陈先生对对子。

　　陈先生有些纳罕，说："如此甚好！就从两三个字的对起吧。"

　　远清说："两三个字的不值得对，要对起码对两个字再加三个字的。"

　　陈先生试着说："鹭宿沙头月。"

　　远清应声道："鸦翻树杪风。"

陈先生说："浓霜雁阵寒。"

远清又不假思索地答道："残月鸡声晓。"

陈先生连忙去对黄汝能说："了不得了，南华真君显灵了！"

黄汝能听了，大喜过望，当晚又在灯上戳了一个洞。

四

接下来两三天，远清每天都坐在窗前冥思苦想，有如神助一般，写出了十几首诗。

黄汝能拿来看，大多与巫山神女事有关，只见一页写着：

曲屏谁画小潇湘，
雁落秋风蓼半黄。
云澹雨疏孤屿远。
会令清梦到高唐。

黄汝能觉得奇怪，家中并没有什么潇湘画屏，远清这诗句有些蹊跷。他想起有个下属也有一子，聪颖能诗，后来竟为作诗呕心沥血而死。那下属后来懊恼地说："诗者，死也。不是李杜那样的谪仙诗圣，写诗是折寿的勾当。"

黄汝能不免有些担心，不知该不该再替远清开窍，只得又去问陈先生。

陈先生看了诗却咋舌称奇道："这诗非同寻常！老相公看，其中竟含有令郎的名字黄远清，必非偶然。智能固不可以人工求之，但神道不诬，若前功尽弃，委实可惜。"

五

戳到第五个洞时，远清又写了一首更加绮丽香艳的诗：

云想衣裳花想容，
可怜对面隔千重。
何时拟约同携手，
直上巫山十二峰。

黄汝能看了"可怜对面隔千重"，悄悄地问他："你莫不是暗中与邻舍家女孩有私情，才如此胡思乱想？我现做着厢官，专门调理诉讼纠纷，你若背人干了什么伤风败俗之事，恐怕会拖累我。"

远清说："绝无此事。"

当日吃饭时，远清忽然跑到屋外篱笆边，引首凝睇，仿佛有所期待，又没有什么人出现。

远清母亲把他拉回来，不停地问他什么缘故。他答道："不相干的，只是偶然有一个念头。"

转眼间，远清又到篱笆边远眺，如痴如醉。

六

只剩最后一窍，黄汝能不免又有些胆怯犹豫。他问陈先生："指望犬子开窍，谁曾想只开了最不紧要的诗歌一窍。"

陈先生说："老相公不是最操心令郎不解风情吗，现在他写的一手好情诗，可见情窦已开。只是情不知所起，一往而深，犹待灵性贯通，才能彻底摆脱痴顽。"

黄汝能听了，下定决心试一试。为防万一，特命老仆夜里在远清卧室外守候。

黄汝能战战兢兢地戳破第七个洞。

七

因为通宵过候，老仆有些倦怠，打了一阵瞌睡，醒来时，从门缝中窥见远清已不在床上，慌忙破门而入，却见远清站立窗桌上，一动不动，凝视远方。

老仆凑过去一看，便大叫："不好了，少爷没气了……"

黄汝能后来在桌上看到一页纸，上面颠来倒去的，只有两句诗：

只有心情思神女，
更无佳梦到黄粱。

陈先生感慨说："天可怜见！真是佳句，可惜只此一联。想来他因为凑不成全篇,才引颈眺望。令郎痴迷的,正所谓诗和远方。天可怜见!"

八

邻居听说是陈先生主张混沌灯法,害死了黄远清,就要报官,告他以妖术魇人。陈先生吓得逃回了老家。

闲极无聊时,陈先生思前想后,提笔将混沌子故事编成小说:

……原来天生人为万物之灵,凡山川日月之精秀,只钟于女儿,须眉男子不过是些混沌渣滓而已,行止见识皆出于女儿之下。久而久之,便生出了混沌子、精秀女两个精怪。

那日,混沌子、精秀女又争闹不息。

混沌子把精秀女骂道:"你这精秀怪,张其罗而穴其隧,所以迷眩缠陷天下者也,为何又来斫破我本来囫囵窍?"

那精秀女也骂道:"你这愚蠢物,一窍不通,不悔自家无见识,却将丑语诋他人。"

混沌子道:"你驰神耗精,聪明何用?"

精秀女道:"你幽昧昏暗,懵懂何知?"

混沌子道:"我难得糊涂,一任春秋来往,被你开发得知来知往,不得消停。"

精秀女道:"我通今博古,色色都知道,强过你蒙蔽得瘖寐晨昏，整日发呆。"

　　混沌子道："似我朴素浑坚，乃入道之质，比你浇漓成性，天真丧而寿算亏，岂能长生不老？"

　　精秀女道："似我灵通虚应，乃察理之姿，比你鲁钝痴呆，颖悟少而智识昏，怎能参玄了道？"

　　混沌子道："你自夸伶俐，岂不知嘴乖的也有一宗可嫌的，倒不如不说话的好。"

　　精秀女道："你表面圆活，终究不过是一个鸡卵，正所谓笨蛋是也。"

　　混沌子大怒起来，骂道："你虽不笨，却是坏蛋。"

　　精秀女暴躁起来，骂道："你虽不坏，谁人夸过好蛋。"

　　……

　　越写越缠绕，陈先生把笔一丢，叹了口气道："罢，罢，罢！上智下愚不移，还是圣人说得分明。"

　　陈先生有点后悔当初对黄汝能说了混沌灯的事。

2021 年 5 月 31 日于奇子轩

附记

　　本篇素材如下——
　　《夷坚甲志》卷十八《黄氏少子》：

黄汝能，徽州黟人，绍兴十七年为临安北厢官。少子年十七矣，生平不能诗。忽如有物凭依，作诗十数篇，飘飘然有神仙之志，多喜道巫山神女事。汝能群从中，尝有一少年子，亦如是以死，心以为虑。密谕之曰："汝得非于居民家有染著，致妄思若此乎？吾官于斯，苟有一事，则累我矣。"子谢曰："无之。"它日与父母对食，径往篱畔，引首凝睇，若望焉而未至者。母追之还，坚扣其故。答曰："适有所念耳，无它也。"自是神观如痴，日甚一日。汝能欲令其甥挈以还乡，而甥待试成，均未遽去。乃闭之一室，戒数仆昼夜环视之。连夕稍息，守者微假寐，已失其处。则跪膝于窗下，以衣带自绞死矣。

《夷坚乙志》卷三《混沌灯》：

会稽陆农师左丞少子宝，居无锡县，招老儒陈先生诲诸子。幼子甫六岁，敏慧夙成，才入学，即白先生乞为对偶，以两字三字命之。笑曰："不足为也。"益至五字乃可，试书曰："鹭宿沙头月。"应声曰："鸦翻树杪风。"又令对"浓霜雁阵寒"，答曰："残月鸡声晓。"每出语辄惊人，而了不置思，父母皆喜，谓儿长大当可继左丞。明年正月八日，令其仆买大竹作灯毬，漫以黑纸，挂于几案之侧。人问何物，曰："此名混沌灯，明日穴其一窍，如是凡七日，至十五日而七窍成。"儿是夕亦卒。所谓日凿一窍，七日而混沌死，异哉！

《聊斋志异·小翠》："王太常……生一子名元丰，绝痴，十六岁不能知牝牡，因而乡党无与为婚。王忧之。"

"混沌"寓言见《庄子·内篇·应帝王》。

第八节"混沌子"事改编自《东游记》第十八回，其间插入少量《红楼梦》语。

篇中诸诗，亦引自古稗，"曲屏谁画小潇湘"出《夷坚乙志》卷三《陈述古女诗》；"云想衣裳花想容"出《鼓掌绝尘》第二十七回；"只有心情思神女"出《西湖二集》第十二卷。

仙鹤下蛋

一

彭渊材将屋后的荒地修葺成一个花园，凿池盖亭，栽花锄草，精心打理，乐此不疲。

看看又是深秋，那日他正在读书，忽听老仆叫道："先生，园中不知飞来一只什么鸟。"

彭渊材出去看时，只见一只硕大的鸟，顶丹胫碧，毛羽莹洁，颈纤而修，身耸而正，悠然自得地在松树下剔翎。他兴奋地说："这是鹤！是仙鹤！正是栽下梧桐树，自有凤凰来。没想到小园刚修好，就招来了仙鹤。"

彭渊材兴致上来，便将小园命名为仙鹤园。

二

彭渊材之所以兴奋是有原因的。听老仆说过，他出生之前，他母亲梦见了一只大鸟扑入怀中，他父亲问："什么大鸟？"

他母亲说："梦里的事，哪里说得清。"

他父亲追问道:"这须不比平常,关乎吾儿前程。你再仔细想想,到底是什么样的鸟?"

他母亲说:"也许是只鸡。每天喂的那只大白鸡,说不定就是它入梦了。"

他父亲"嘻"了一声道:"怎么会是鸡?那也值得一梦?"

他母亲说:"再不然就是凤凰。床架上画了只凤凰,每晚夜里上床都能看见。"

他父亲说:"凤凰倒也说得过,但我问过大夫,他说八成是儿子。若是凤凰,岂不是女儿了?"

他母亲被纠缠不过,说:"你说什么就是什么吧。"

他父亲说:"我猜啊,白毛有翅,必是只仙鹤。"

于是,邻舍们都知道彭夫人生产前,梦见了一只仙鹤。传到几十里外,更有说彭家村有个女人生了只仙鹤的。

三

彭父认定渊材与仙鹤有缘,从小教他读书,除了四书,还让他把浮邱伯的《相鹤经》背得烂熟:

鹤者,阳鸟也,而游于阴,因金气、依火精以自养。金数九,火数七,六十三年小变,百六十年大变,千六百年形定。生三年顶赤,七年飞薄云汉,又七年夜十二时鸣,六十年大毛落,茸毛生,乃洁白如雪,泥水不能污,百六年雌雄相视而孕，一千六百年饮而不食，胎化产，为仙人之骐骥也……

村里一位致仕的尚书见彭渊材器宇不凡，有一日随口说了句："汗血名驹，起足已存千里志。"

彭渊材应声答道："圆吭仙鹤，抬头便彻九皋声。"

老尚书觉得孺子可教，便把小女儿许配给了他。

彭渊材那时少不更事，记得鹤是"雌雄相视而孕"，从不敢正视老尚书的千金。

后来，彭渊材在京师漂了十余年，虽结交了许多贵人，到底没有自己挣得功名。

老尚书后来想，彭家当日总把鹤挂在嘴边，渊材以仙鹤对名驹，其实也算不得什么，倒不如劝亲家把他叫回来。

四

其实，彭渊材也想回去，他修建花园，并不是为了长住，而是听了西府茶楼辛掌柜的建议。

彭渊材收到老父催他回去的信，心想除了收藏的欧阳修《五代史》草稿一部、文与可墨竹一幅这些东西，根本没什么可以应付老父信中所说的"汝到家，解吾倒悬，使父母妻儿脱冻馁之厄"的。他以为房子或许还可以卖几两银子，但辛掌柜说："你这老屋能值几何？地方又偏，除非是带个小花园的，方有那班附庸风雅的愿意掏些钱买了小住。"

彭渊材这才修了个花园。花园本来也没有什么出奇的,仙鹤从天而降,却大不一样了。辛掌柜说:"这哪里是白鹤,分明白的是银,红的是宝,你的老屋转眼便能卖出大价钱了。"

彭渊材说:"我倒不在乎银子,仙鹤光临,蓬荜生辉,我竟舍不得卖了。"

那日,彭渊材又到园中散步,只见仙鹤在芭蕉下睡着了,忽然有些担心,万一仙鹤待得闷了,从来处来,到去处去,此地空余仙鹤园,岂不竹篮打水一场空。他决定择日办一个仙鹤会,为老屋小园造造声势。

五

请柬发出去后,彭渊材吩咐老仆人每天务必给仙鹤吃得饱饱的,要让仙鹤觉得这里就是物外仙乡。

仙鹤会前两天,彭渊材又在抄写《相鹤经》:

> ……夫声闻于天,故顶赤,食于水,故喙长,轻于前,故毛丰而肉疏,修颈以纳新,故天寿不可量。所以体无青黄二色,土木之气内养,故不表于外也。是以行必依洲渚,止不集林木,盖羽族之清崇也……

忽听老仆人在外叫道:"先生,仙鹤昨天晚上下了一个蛋。"

彭渊材出来骂道:"胡说!鹤是仙禽。只有家禽凡鸟才是卵生。仙鹤与人一样,是胎生的。"骂着,随老仆到园中,果见山石后,草丛中,有一个梨样大的蛋。他说:"这必是隔壁老汪家那只不长进的鹅跑来下的。"

老仆说:"鹅蛋小的见过,比这要白净,恐怕还是鹤下的。"

彭渊材急红了脸,呵斥道:"大胆!越发信嘴儿胡叱起来了!竟敢毁谤仙鹤!"

六

仙鹤会那日,彭渊材早早地和老仆人一起,把仙鹤的羽毛梳洗得干干净净,仙鹤果然显得分外精神。

众人来到时,为了不惊扰仙鹤,就坐在几丈外的小亭中一边喝茶饮酒,一边观赏听曲。一个歌女唱道:

> 瘦仙人,穷活计。不养丹砂,不肯参同契。两顿家餐三觉睡。闭着门儿,不管人闲事。
>
> 又经年,知几岁。老屋穿空,幸有天遮蔽。不饮香醑常似醉。白鹤飞来,笑我颠颠地。

一个客人夸道:"好个'白鹤飞来,笑我颠颠地'!渊材兄若扶杖站立仙鹤旁,端的就是一幅绝好的松鹤高士图。"

另一个客人赞道:"'惟我清闲无一事,独随野鹤步苍苔',某也觉得渊材兄举止言谈，近来越发超然如野鹤闲云了。"

正说笑着，却见仙鹤展开小腿，慢慢伏在地下，许久不动，众人都感到惊讶，彭渊材操起手杖投过去。仙鹤戛然一声惊起，一个白花花的大蛋滚落在草丛间。

七

众人见仙鹤下蛋，更加讶异，一个客人说道："渊材兄，《相鹤经》不是说仙鹤是胎生吗？只怕这还是只寻常野鹤。"

另一个客人说："野鹤也是鹤，我却想起一个典故来。当日丁晋公为相时，声称是化鹤的丁令威之裔，又好言仙鹤，人称'鹤相'。寇莱公判陕府，一日，坐山亭中，有几十只乌鸦飞鸣而过，莱公笑道：'要是丁谓看见，一定说这是黑鹤。'今日我等所见，总强过乌鸦。"

又一个客人说："渊材常说平生有五恨，恨什么鲥鱼多骨、金橘太酸、海棠无香之类的，如今可补一恨，恨仙鹤下蛋。"

彭渊材听了众人戏笑，十分懊恼，气咻咻地说："凡鸟偏从末世来，如今风气不好，鹤亦败道！"

众人纷纷劝道："渊材兄不必太沮丧，什么是生？什么是道？原本说不清。""峨嵋山道观有一副楹联写得好：'胎生卵生湿生化生，生生不已；天道地道人道鬼道，道道无穷。'""无非都是生，有生即有道。"

八

彭渊材好歹在野鹤飞走前，卖掉了仙鹤园，回到老家，时常感叹：

鹤今何在兮？而我瞿瞿为此行！

老尚书见彭渊材垂头丧气，全无当年风流潇洒、谈吐有致的神采，便说："人必清于鹤而后可以相鹤矣，似你脸上一团愁闷气色，如何得与仙鹤结缘？"

老仆人知彭渊材满腹委屈，不敢分辩，私下里问他："先生看了那么多书，色色都知道，怎么就不知道鹤也会下蛋？"

彭渊材叹了口气说："我是为刘禹锡所误。他曾经养了两只鹤，因故送人，过了很久，又见到鹤时，那鹤竟然与他对过眼神，好像还认得一样。他便说那鹤处处符合《相鹤经》，又有白乐天作证，如何不信？看来从今以后，除了佛、老子、孔子的话，都不能轻信的，必要一一勘验。"

老仆说："先生如何知道佛、老子、孔子的话就一定对？"

彭渊材听了，心下一惊，只不作声。

2021 年 8 月 20 日于奇子轩

附记

本篇素材如下——

渊材养鹤事及"五恨"语,参见本书《十相俱足》篇附记所引《续墨客挥犀》。

《冷斋夜话》卷八:

> 渊材游京师贵人之门十余年,贵人皆前席。其家在筠之新昌,其贫至馈粥不给,父以书召其归,曰:"汝到家,吾倒悬解矣。"渊材于是南归,跨一驴,以一黥挟以布橐,橐、黥背斜绊其腋。一邑聚观,亲旧相庆三日,议曰:"布橐中必金珠也。"予雅知其迂阔,疑之,乃问亲旧,闻渊材还,相庆曰:"君官爵虽未入手,必使父母妻儿脱冻馁之厄。橐中所有,可早出以观之。"渊材喜见眉须,曰:"吾富可敌国也,汝可拭目以观。"乃开橐,有李廷珪墨一丸,文与可竹一枝,欧公《五代史》草稿一巨编,余无所有。

清裘君弘《西江诗话》卷三云:"……《夜话》前云吾叔渊材,后二则云刘渊材……彭与刘一人乎?二人乎?俱不可知。姑阙之,以俟博览之君子。"

宋魏泰《东轩笔录》卷二:

> 丁晋公为玉清昭应宫使,每遇醮祭,即奏有仙鹤盘舞于殿庑之上。及记真宗东封事,亦言宿奉高官之夕,有仙鹤飞于宫上。及升中展事,而仙鹤迎舞前导者,塞望不知其数。又天书每降,必奏有仙鹤前导。是时莱公判陕府,一日,坐山亭中,有乌鸦数十,飞鸣而过,莱公笑顾属僚曰:"使丁谓见之,当目为玄鹤矣。"又以其令威之裔,而好言仙鹤,故但呼为"鹤相"。

拙作所写其他情事,笔记野史往往也有类似记载,如金埴《不下带编》卷三载高邮夏翁建宅垂成,倏有仙鹤排空,下集于庭。举室惊奇。翁数之则一十有八,适符瀛洲学士之数,即命名曰"十八鹤草堂"。

梦鹤而生事，如杜甫《八哀诗·故右仆射相国张九龄》中有"相国生南纪……仙鹤下人间"句，《钱注杜诗》卷七在"仙鹤"下称："九龄家传：九龄母梦九鹤自天而下，飞集于庭，遂生九龄。"又据刘禹锡《鹤叹》小引曰："友人白乐天，去年罢吴郡，挈双鹤雏以归，余相遇于扬子津，闲玩终日，翔舞调态，一符相书，信华亭之尤物也。今年春，乐天为秘书监，不以鹤随，置之洛阳第。一旦，予入门，问讯其家人，鹤轩然来睨，如记相识，徘徊俯仰，似含情顾慕填膺而不能言者，因以作《鹤叹》以赠乐天。"

文句亦兼有所据。《相鹤经》版本甚多，本篇所引据《王文公文集》卷三十三《杂著》。名驹、仙鹤之对出自梁章钜《巧对录》卷四试对择婿；"瘦仙人"为朱敦儒所作《苏幕遮》；"惟我清闲无一事"一联，出自钱泳《履园丛话》丛话二十；峨嵋山道观联出自《子不语》卷七《仙鹤扛车》；"鹤今何在兮"二句出自《东周列国志》第二十三回；"顶丹胫碧"数句及"人必清于鹤而后可以相鹤矣"出自宋林洪《山家清事·相鹤诀》。如此等等，不一而足。

辑 3

君臣际会

龙袍在地

辛巳登极（1521）

十五岁的兴王朱厚熜被人从安陆接到京城当皇上。若不是武宗没有子嗣，又是单传，这皇帝是轮不到他来当的。

一切来得太突然，做龙袍的工匠连朱厚熜的身高尺寸都不清楚。首辅杨廷和说，就照着先皇的样子做。

登极时，朱厚熜第一次穿上龙袍，觉得有点长，耸耸肩，提提腰，龙袍上的纹饰还是显得没展开。左看看，拖着地。右瞧瞧，还是拖着地。走两步，不是踩了前襟，就是踩了后裾。他感到十分别扭。

礼部尚书毛澄在一旁说："陛下用'嘉靖'的年号，当知《尚书》'嘉靖殷邦'后，还有'至于小大，无时或怨'二句。龙袍大一点，还望不必介意。"

朱厚熜知道那两句的本意是指大小臣民皆无怨愤，也知道毛澄是主张他应用年号"绍治"以上承武宗一派的，他不过倚老卖老，借机说句风凉话。念其迎立有功，朱厚熜没有发作。

一个宫女看见龙袍又大又长，口无遮拦地说："皇帝的新衣好像不是皇帝的耶。"

听了这话，起初还无所谓的朱厚熜，登时大为光火。他本来就避忌很多。为了以继位皇帝的身份而不是皇子的身份进京，还与老臣们闹了一阵子别扭。皇帝的宝座能不能坐稳，心里并没底。一怒之下，便命人把宫女拉出去勒死了——朱厚熜不想在他的好日子见血。

杨廷和连忙上来劝解道："陛下息怒。龙袍阔大，正所谓垂衣裳而天下治也。"

朱厚熜觉得杨廷和比毛澄乖巧多了，他所引的《周易》里赞美黄帝尧舜伟业的话，竟如此应景。他听了龙颜大悦，立刻踌躇满志起来。龙袍穿了四十年后，他还拿这句话策试过天下贡士。

不过，至少有两三年的时间，也就是直到大礼议摆平了杨廷和、毛澄这些自以为耿直的老臣之前，朱厚熜总感到仿佛有人在耳边说"皇帝的新衣好像不是皇帝的"。

壬寅宫变（1542）

杨金英进宫时，有个老太监认定她是二十年前的一个宫女投胎转世，说那个宫女像她一样，嘴角边也有一个浅浅的痣。当年只因讲错了一句话，就被皇上下令勒死了，被拖出去时，不停地叫着，"我要回宫，勒死他"。老太监的嗓子眼儿细，声音又有些沙哑颤抖，听他学说"我要回宫，勒死他"，杨金英不由得打了个寒战，向四周看了看。

　　在宫里待得时间长了，杨金英更觉得害怕，尤其怕见皇上。皇上经常因些鸡毛蒜皮的小事责罚宫女。近来，为了成仙求长生，更逼着宫女们每天天不亮就去御花园中采露水。

　　那天，杨金英着了风寒，身子不舒服，起来晚了点。加上夜里刮风，蕉叶上根本没有露水。她偷偷端了碗泉水送上去，没承想皇上一喝便觉不对，问明是杨金英所为，大骂她欺心诳上，幸好这时陶真人来献"固本精元汤"的方子，她才躲过一劫。但杨金英知道，明天皇上想起此事，定然饶不了她。

　　当晚，杨金英约了十几个和她一样又恨又怕的宫女要干一件大事。正是：说开星月无光彩，道破江山水倒流。

　　原来乾清宫的暖阁共有九间房，每房各有三张床。一般人是不知道皇上当晚会睡在哪张床的，但这却瞒不过每日要侍候皇上宽衣的宫女们。因为宫女每天半夜三更都要起来收露水，巡夜的侍卫没有过问她们，她们竟一起闯进暖阁，有的扑上去，骑在皇上身上，不让他扭动；有的用黄绫布勒住皇上的脖子，使劲拉扯；杨金英则在一边指挥着，一连不停地叫着"勒死他，勒死他"……

　　如果朱厚熜被勒死了，应该就没有了万历以后明朝那些事儿，多半也没有了"留头不留发，留发不留头"的大清朝，没有了《红楼梦》和一言不合就几挥老拳的红学，没有了新人文小品小说，总之，没有了您希望有或不希望有的一切。当然，如您所知，这些一样不少地都有。天可怜见！只是杨金英等没了性命。

乙丑察脉（1565）

壬寅宫变后，朱厚熜每到夜里，总觉得乾清宫里有女鬼嘤嘤的哭声，还有"勒死他，勒死他"的喊声。有一次，不知被什么东西挂住了龙袍，更令他惊出一身冷汗。他不敢在这里住下去了，便搬到西苑去住，而且从此几乎不再上朝，一意玄修，祈求长生，身体却一天天地不如从前，看上去几乎弱不胜衣。

有一天，朱厚熜召太医院使徐伟来永寿宫察脉。他坐在小榻上，龙袍拖着地，比以前显得更肥大。

徐伟远远地伸出手，却够不着皇上的手腕。

朱厚熜问："你为什么不靠近点？"

徐伟答道："皇上龙袍在地上，臣不敢进。"

朱厚熜撸起袖子，伸出胳膊让徐伟把脉。

诊毕，朱厚熜说要大大赏赐徐伟。

徐伟经常来给皇上诊疗，每次都提心吊胆的，这次不过循例说了些吉祥话，仍旧用的是人参之类补药，他不知道皇上为什么今天要特别赏赐。

过了几天，有一个大臣告诉他，皇上亲笔写了一道诏书，升太医院使徐伟为通政使司右通政，仍掌本院事，并说："徐伟说龙袍在地上，可见他的忠爱之心。在地上，是人。在地下，就是鬼了。"

徐伟如梦初醒，想到当时若是脱口而出说"皇上龙袍在地下"，自己可能已是地下之鬼了，又喜又惧，有如再生。

那天，小孙子玩耍时，把他的医书从书案上碰了一地。书僮说："小公子，别淘气，看把老爷的书都搞到地下了。"

徐伟一拍书案，大吼道："是，地，上！以后只许说——地上！再说地下，仔细你的皮！"

尾　声

世宗听说过《西游记》热闹，闷时节好看。所以，早在永陵营建时，他就准备了一部鲁王府刻印的《西游记》。但是，这里比想象的要闷上一万倍，《西游记》看了几遍便不管用了。更糟糕的是，进地宫没多久，里面就渗满了水。此后他一直在水里泡着。他知道唐僧的父亲，还有乌鸡国国王都在水里泡过，后来又都还了阳。他原先也这样期待过。可是，没多久，身上的龙袍就泡烂了。他想，没了龙袍，谁还会相信自己是皇上？

不知从什么时候起，离他的陵寝几里地，时不时传来这样的吆喝声：

"定陵到了，里面有皇冠……有龙袍……"

"十块钱，照张相。穿龙袍，当皇上。"

"小样，你以为你穿上龙袍我就不认识你了。"

"水货！"

……

他完全不明白这些话是什么意思，更不明白为什么在这些话后面总跟着一阵阵的笑声。

2017 年 3 月 1 日

附记

　　余与诸生自 2011 年 3 月 9 日开读《万历野获编》，逐卷讨论，历时六年，终于读毕。为纪念此一读书会，特以卷二《触忌》条为主，结合同卷《西内》《代祀》条及卷十八《宫婢肆逆》条和《世宗实录》中的记载，敷衍嘉靖皇帝前中后期心态。事虽多出于野史，然亦有正史实录所不及处。

　　《万历野获编》卷二《触忌》：

　　　　古来人主多拘避忌，而我朝世宗更甚。当辛巳登极，御袍偶长，上屡俯而视之，意殊不怿。首揆杨新都进曰："此陛下垂衣裳而天下治。"天颜顿怡。

　　　　晚年，在西苑召太医院使徐伟察脉，上坐小榻，衮衣曳地，伟避不前。上问故，伟答曰："皇上龙袍在地上，臣不敢进。"上始引衣出腕。诊毕，手诏在直阁臣曰："伟顷呼地上，具见忠爱。地上人也，地下鬼也。"伟至是始悟，喜惧若再生。……

　　《万历野获编》卷十八《宫婢肆逆》：

　　　　嘉靖壬寅年，宫婢相结行弑，用绳系上喉，翻布塞上口，以数人踞上腹绞之，已垂绝矣。幸诸婢不谙绾结之法，绳股缓不收，户外闻咯咯声，孝烈皇后率众入解之，立缚诸行弑者赴法。时上乍苏，未省人事，一时处分，尽出孝烈，其中不无平日所憎，乘机滥入者。……

　　　　刑部等衙门奏，奉圣旨："这群逆宫婢杨金英等，并王氏，各朋谋害弑朕于卧所，凶恶悖乱，好生悖逆天道，死有余辜。你们既打问明白，不分首从，便都拿去，依律凌迟处死。剉尸枭首，示众尽法。各该族属，不限籍之同异，逐一查出，着锦衣卫拿送法司，依律处决，财产抄没交官。艾芙蓉系姊拦阻，免究。钦此。钦遵。嘉靖二十一年十月二十日。"……

《万历野获编》卷二《西内》："世宗自己亥幸承天后，以至壬寅遭宫婢之变，益厌大内，不欲居。或云逆婢杨金英辈正法后，不无冤死者，因而为厉，以故上益决计他徙。宫掖事秘，莫知果否。上既迁西苑，号永寿宫，不复视朝，惟日夕事斋醮……"

《万历野获编》卷二《代祀》："盖代祀天地自癸巳始，至甲午后，遂不视朝。己亥幸承天还，途中火灾，上仅以身免，因归功神佑。壬寅宫婢之变，益以为事玄之效，陶仲文日重矣。"

《大明世宗肃皇帝实录》卷之五百七：

嘉靖四十一年三月
己亥　策试天下贡士，制曰："朕惟自昔帝王莫圣于尧舜，史称尧舜垂衣裳而天下治矣，然当其时，下民犹咨浑水为灾，有苗弗率，则犹有未尽治平者，岂二帝固弗之恤欤，抑其臣任之于下而上可以无为，不然何以垂衣而治也？……"

《大明世宗肃皇帝实录》卷五百四十三：

嘉靖四十四年二月
丙子　上疾有瘳，诏升太医院使徐伟为通政使司右通政，仍掌本院事。

《大明世宗肃皇帝实录》卷五百四十九：

嘉靖四十四年八月
壬辰　升掌太医院通政使司右通政徐伟为通政使，仍掌院事。

瓜 乡

一

洪武五年夏六月，应天府句容县民张谷宾家菜园子结出并蒂瓜的事，很快传遍了十里八乡。

吴知县听说了，带领两个衙役，赶到张家村。

吴知县对张谷宾说："你发了！"

张谷宾忙说："老爷您发了，你们全家都发了！"

吴知县笑道："不错，不错！我们全县都发了！刚出了个皇帝，又结出了并蒂瓜。我们不发谁发？——你这瓜呀！从现在起就不姓张了，改姓朱了。"

衙役在一旁嚷道："普天之下，莫非王土。王土结瓜，莫非王瓜。"

他们小心翼翼地连藤带叶地剪下那对并蒂瓜，又恭恭敬敬放进早就预备好的一个大红木匣子里，扬长而去。

二

朱元璋请宋濂来喝下午茶，说："正午陶凯带着一帮人来奏事，朕开始想早朝之事已办，他们又来找什么茬？后来才知道，是朕之祖乡句容献来并蒂瓜。他们归德于朕，朕不敢当之。但灵贶之臻，不可不昭示天下，使万民知世运所在。"

宋濂说："正是，正是！想当年汉安帝元初三年，有瓜异本共生，时以为嘉瓜。臣一向略有怀疑，八瓜同蒂，无奈太多乎？韩愈为汴州得嘉禾嘉瓜写奏状，赞美祯祥之应，却是真真确确的。今陛下励精图治，超汉轶唐，故天赐之珍符，太平有象，正不知还有多少符瑞响应。"

朱元璋说："老宋啊，你知道得太多了，何不代朕拟一篇《嘉瓜赞》。朕将赐宴群臣，共享嘉瓜。"

宋濂说："盛宴可行，瓜却万万分不得。天下一统，岂容瓜分。况瓜之所出，本于回纥，所以叫西瓜。方今皇上命大将军统师西征，西域三十六国，同心来朝，这也正是天显叶瑞的意思吧。"

朱元璋道："偏尔等文人多事，好坏都被你们说尽。瓜既吃不得，就荐诸太庙吧。"

嘉瓜宴上，朱元璋盯着瓜反复观赏，说："真是好瓜！就是不知味道与普通的瓜有何不同？宋大学士说不能吃。不吃也罢。卿等有什么好听的，都说说吧。"

宋濂说："嘉瓜圆如合璧，奇姿分辉，绀色交润，诚为旷世之产，此固兆圣子神孙享亿万载无疆之祉！"

群臣齐声喝彩，纷纷作诗献赋。

朱元璋龙心大悦，说："民心孝顺，不可不赏。赐钱千二百。"

三

吴知县本想借并蒂瓜得到上司赏识,没想到朝廷只给张谷宾赏钱,又给了知府"才能干济"的好评。只有他上不着天,下不着地,一点好处没捞着。

那日吴知县正与小老婆饮酒解闷,朝廷派人催他下乡送御钱。他气不忿地到了张家村,却忘了张谷宾家在哪里。麦收季节,村里能干活的都下地了,只有大槐树下有几个老人小孩。一个老汉有些重听,见问"张谷宾",便道:"张胡叽吗,他家往左,再往右,又往左……"

吴知县忽左忽右、急急地带衙役送了钱,便赶回去继续与小老婆饮酒解闷。

四

张谷宾下地回来,听说洪武爷给了赏钱,就到张胡叽家去要。张胡叽醉醺醺地说:"钱换酒喝了。"

张谷宾说:"一晌午你就喝了那许多钱的酒?你到底把钱藏哪里了?"

张胡叽说:"兀那东西,是好动不喜静的,谁知去哪儿了?县太爷给我的,有本事你找县太爷要去。"说着,又甩给张谷宾一卷扯破了的黄纸,说:"这个也是县太爷给的,你稀罕就拿去。"

张谷宾展开一看,只见上面写着"嘉瓜赞……愿尔世世,家和户宁。有志子孙,封侯列公……"。越发生气,大吼道:"皇帝许我家必昌且大,你有几个脑袋,敢扯破皇帝的文章。"

张胡叭说:"我不光扯了,还拿它出恭了,你吃了我?"

张谷宾骂道:"你不得好死!"

张胡叭反骂道:"你不得好活!"

五

那天夜里,张胡叭竟死了。有人说他是醉死的,又有人说听到过张谷宾与他吵闹。吴知县派人捉了张谷宾,问他为什么要杀张胡叭。张谷宾说:"我没杀他。若不是老爷把皇帝赐给我的赏钱错送了他,我也不会去找他。"

吴知县一听大惊失色。他知道错送御钱的事若传出去,罪过非同小可。于是,厉声喝道:"并蒂瓜原是张胡叭所种,本官亲自摘取的。你的名字不是叫张观吗?又叫什么张谷宾?分明是假冒的!"

张谷宾说:"张观是名,谷宾乃字,小人还有个号……"

吴知县说:"你个种瓜的,鬼鬼祟祟地取这么多化名做什么?重重地打!"

不几日,张谷宾死在了牢房里。

吴知县说张谷宾是畏罪自杀,让衙役在衙门外展示他自缢的绳索。衙役添油加醋地说:"我亲眼见犯人偷藏了这根绳子。"

有个围观的问:"你既看到他偷藏绳子,何不缴了它?"

吴知县连忙说:"这个衙役是临时当差的,不懂规矩。"

六

张谷宾的弟弟张谷恭不服气,要去京城告御状。她娘子劝他:"官官相护,你告不赢,要治重罪的。"

张谷恭说:"哥哥种出并蒂瓜,本以为是新奇喜事,没有种瓜得豆,反给自己招祸。总须讨个说法!"

他写好诉状,又请村里的教书先生润色。

教书先生说:"县太爷摘你家的瓜,你可敢要钱?皇帝得了瓜,又写文章又赐钱,真是千古一帝,万世明君!"说着,便提笔添上几句:天生圣人,为世作则。光天之下,必无覆盆。

张谷恭到了京城,找到一个开生药铺的朋友帮忙。那人说陶尚书家的仆人常到他铺上买药,可以托他把诉状递上去。

七

不知怎的,朱元璋真的看到了那诉状。得知赐钱错送,勃然大怒。又见状纸上写了"天生圣人,为世作则。光天之下,必无覆盆"许多字,更气不打一处来。他早就怀疑有人不满新朝,专用"圣""则""光"等谐音会意字,讽刺他当过"光头"的"僧人",本是"盗贼"。遇到这些敏感词,便不由分说严厉处治。他传旨大理寺,将吴知县、张谷恭等一干人都诛了,张家妻小也一概谪戍崇山。

那日宴席上,乐府照例演唱进膳曲《太清歌》:

祥麦嘉瓜臻瑞，仰荷尧舜主，爱育群黎，感天意五风十雨。秋报春祈遍尔德，劝农桑，日用衣食。嘉宾和乐开筵地，红云捧雕盘珍味。山呼万岁福无疆，日升川至。

朱元璋听着，却有些莫名的腻味，对宋濂说："怎么老是瓜呀瓜的，就没点新鲜的？昨日宫里找到了西王母赐汉武帝的蟠桃之核，你再作一篇《蟠桃核赋》。"

八

后来，有个姓黄的甘州人来当知县，说："吴知县摸了一手好牌，却打得稀烂。什么嘉瓜，我看他就是一个大傻瓜。"——据说"傻瓜"一词，即由此流传开来。

黄知县给张家村里送来一块匾，写着"瓜乡"两个字。又对张家后人说："嘉瓜张氏，是御赐的金字招牌，何不重整瓜田，再兴祖业，将来必定瓜瓞绵绵。"

张家后人说："先祖遗言，永不种瓜。如今我家只墙边篱下种些苦瓜炒菜下饭。便是蒂，终究是苦上加苦，也无人欢喜的。"

黄知县觉得这家人上不得台盘，强扭的瓜不甜，倒也不十分勉强。

黄知县在任三年，年年劝农种瓜，一到开花结瓜时，便带了衙役钻瓜田，撩藤拨叶地看有没有并蒂瓜，总没找到。

有人给黄知县出了个主意，用糯米浆子把两个瓜连蒂粘在一起，可以做成并蒂瓜的样子。不知他是否试过，也难妄拟。

虽然张家村再没种出过并蒂瓜，群众却养成了吃瓜的习惯。夏日黄昏，就聚在村口的老槐树下，一边吃瓜闲聊，一边听小孩儿唱道：

句容蛮，句容蛮，提到句容就胆寒。并蒂的瓜儿大又圆，献瓜的哥哥叫张观。阳间皇帝朱洪武，一不高兴连锅端。

2017年5月30日端午

附记

本篇素材见明黄瑜《双槐岁钞》卷一《嘉瓜祥异》：

洪武五年夏六月，应天府句容县民张谷宾家园产瑞瓜，同蒂骈实，以献。高皇帝喜曰："灵贶之臻也。"宴赉之御制《嘉瓜赞》，祝其世生公侯。人以为张氏致此，必昌且大。

居无何，邑人有与其弟谷恭同姓名者，坐事自经死，有司掩捕其弟以塞责，谷宾走诉阙下，或戒之曰："诉之且得重罪。"不听，诉之，并就执。谷恭恸曰："我被诬有司，命也。兄何为者？"谷宾曰："吾赴弟之难，奚悔焉？"卒俱死，籍其家，人伤冤之。谷宾妻胡氏与其三子伯逵、伯安、伯启，皆谪戍崇山。伯逵寻调赤水，卒。伯安留其弟养母，躬往继戍焉。既去，而母亦卒，人益伤之。伯安有子谏，后登进士，擢御史，人以为理复其常。然流离颠顿，亦已甚矣。瑞瓜致异，乃至于此。

由是观之，人家兴衰，固不系乎草木以为灾祥也。

此事又见明姚福《青溪暇笔》卷上:"洪武五年,嘉瓜并蒂产于句容张观之圃。群臣上进,太祖自作赞,不以祥瑞自居。群臣亦多为赞,以咏其美。未几张氏兄弟坐事,骈斩于市,子侄充军者数人。然则瑞乎妖乎,识者当知之。然今张氏族颇大,天下称为'嘉瓜张氏'。有名谏者,仕至顺天府尹,终太仆卿。"

明沈德符《万历野获编》补遗卷四《并蒂瓜》:

史云洪武五年,句容民献二瓜,俱同蒂。礼部尚书陶凯奏曰:"句容上祖乡,连蒂之瑞,独见于此。"上曰:"草木之瑞,如嘉禾并穗,连理合欢,两歧之麦,同蒂之瓜皆是。以归德于朕,朕不德不敢当。且草木之祥,亦惟其土之人应之,于朕何预?但赐其民钱一千二百而已。"史不著其民姓名,按其民为张观,产瓜未几,兄弟坐事并斩于市。太祖之卓识不必言,更似有先知之哲焉,意者同蒂即骈戮之象欤?……

弘治《句容县志》卷六人物类、卷七制词类亦分载"嘉瓜张氏"事迹及相关诗文。其他书籍亦多有记载。

《大明太祖高皇帝实录》卷之七十四(同样记载又见《明太祖宝训》卷一):

洪武五年六月　癸卯

句容县民献嘉瓜二,同蒂而生。上御武楼,中书省臣率百官以进,礼部尚书陶凯奏曰:"陛下临御,同蒂之瓜产于句容。句容,陛下祖乡,实为祯祥。盖由圣德和同,国家协庆,故双瓜连蒂之瑞独于此以彰。陛下保民爱物之仁,非偶然者。"上曰:"草木之瑞,如嘉禾并莲、合欢连理、两歧之麦、同蒂之瓜,皆是也。卿等以此归德于朕,朕否德不敢当之。纵使朕有德,天必不以一物之祯祥示之。苟有微过,必垂象以谴告,使我克谨其身,保民不至于祸殃。且草木之祥,生于其土,亦惟其土之人应之,于朕何预?若尽天地间时和岁丰,乃王者之祯。故王祯不在于微物。"遂为赞。赐其民钱千二百。

朱元璋《嘉瓜赞》(见《高皇帝御制文集》卷十六及弘治《句容县志》):

洪武五年六月,朕居武楼,漏刻时,当正午,内使来报,诸衙门官奏事,忽中书都府台官俱至,想早朝之事已办,此来必匡吾以治道。良久,礼部尚书陶凯捧二瓜诣前,初止知有瓜,不分何如。尚书奏言:"瓜生同蒂。"既闻甚奇之,试问前代所以。群臣历言前代数帝皆有之,称曰:"祯祥。今陛下临御之时,瓜生同蒂,产于句容,况句容帝之祖乡,其祯祥不言可知矣。"此群臣美言如是。

……故咏诗以赞曰:

上苍鉴临,地祇符同。知我良民,朝夕劝农。天气下降,地气上升。黄泉沃壤,相合成形。同蒂双产,出自句容。民不自食,炙背来庭。青云颜采,有若翠琼。剖而饮浆,过楚食萍。民心孝顺,朕何有能。拙述数句,表民来诚。愿尔世世,家和户宁。有志子孙,封侯列公。虽千万世,休忘劝农。

宋濂《嘉瓜颂》:

洪武五年夏六月,嘉瓜生于句容张观之园,双实同蒂,圆如合璧,奇姿分辉,绀色交润,诚为旷世之产。壬寅,京尹臣遇林函以素匦,图其形于上,移文仪曹请以奏闻。癸卯,尚书臣凯等奉瓜以献。时上御武楼,中书右丞相臣广洋、左丞臣庸、同知大都督府事臣英、御史中丞臣宁、翰林学士臣濂咸侍左右,天颜怡愉,重瞳屡回,良久,乃言曰:"徵之往牒,其事云何?"丞相奏言:"汉元和中,嘉瓜生于郡国。唐汴州亦献嘉瓜。祯祥之应,有自来矣。陛下励精图治,超汉轶唐,故天赐之珍符,太平有象,实见于兹。"上谦让弗居,俄以灵贶之臻,复不可不承。乃诏内臣置诸乾清宫,翌日甲辰,荐诸太庙。

臣濂退而思之,夫瓜瓞之属也,其蔓远引,其叶阜蕃,诸传有之,神瓜合形,表绵绵之庆,此固兆圣子神孙享亿万载无疆之祉。况瓜之所出,本于回纥,中国讨而获之,故名为西。方今皇上命大将军统师西征,甘肃、西凉诸郡俱下,而瓜沙已入职方,行见西域三十六国,同心来朝,骈肩入贡,天显叶瑞,其又不在于兹乎?然而异亩同颖,周公作《归禾》之篇;三秀合图,班氏有《灵芝》之歌。矧此嘉植,含滋发馨,昭宣我神应,焜煌我王度,宁可喑默而遂已乎?顾臣驽劣,不足以美盛德之形容,谨上其事,愿宣付史馆,以备实录,复系之以颂。

宋濂《奉制撰蟠桃核赋》:"洪武乙卯夏五月丁丑,上御端门,召翰林词臣,出示巨桃半核,盖元内库所藏物也。其长五寸,广四寸七分,前刻西王母赐汉武桃及宣和殿十字,涂以金,中绘龟鹤云气之象,后镌庚子年甲申月丁酉日记,其字如前之数,亦以金饰之。所谓庚子,实宣和二年,字颇疑祐陵所书。既奉旨撰赋,垂诫方来……"(《宋濂全集》第580-582页。按,此事可参读许东海《宋濂〈蟠桃核赋〉之仙道书写及其明初史学意涵》一文)

《明史》卷六十三志第三十九《进膳曲》:"其二,《太清歌》:祥麦嘉瓜臻瑞,仰荷尧舜主,爱育群黎,感天意五风十雨。秋报春祈遍尔德,劝农桑,日用衣食。嘉宾和乐开筵地,红云捧雕盘珍味。山呼万岁福无疆,日升川至。"

篇中其他描写,亦间有所本,如"光天之下"案,据徐祯卿《翦胜野闻》载:"太祖多疑,每虑人侮己,杭州儒学教授徐一夔曾作贺表上,其词有云'光天之下',又云'天生圣人,为世作则'。帝览之,大怒曰:'腐儒乃如是侮我耶?光者僧也,以我尝从释也,光则摩发之谓矣。则字近贼,罪坐不敬。'命收斩之。礼臣大惧,因请曰:'愚蒙不知忌讳,乞降表式。'帝因自为式布天下。"(《国朝典故》卷三。另,赵翼《廿二史札记·明初文字之祸》,曾据《闲中今古录》摘引此案。今人陈学霖《明太祖文字狱案考疑》对此及其他明太祖文字狱案有所辨诬)

句容民谣:"句容蛮,句容蛮,提到句容就胆寒,小小的神仙张邋遢,大大的状元李春芳,阳间皇帝朱洪武,阴间皇帝张祠山。"此为网上检得,据称为二十世纪八十年代民间文艺工作者收集到的民谣,未详出处。

清黎士宏《托素斋诗文集》附一卷《仁恕堂笔记》:"甘州人谓不慧子曰'瓜子'。"

至于嘉瓜记载，史不绝书，如《后汉书》志第十四："安帝元初三年，有瓜异本共生，八瓜同蒂，时以为嘉瓜……"

《宋书》卷二十九志十九符瑞下："汉章帝元和中，嘉瓜生郡国。"

韩愈《奏汴州得嘉禾嘉瓜状》："右，谨按《符瑞图》：'王者德至于地，则嘉禾生。'伏惟皇帝陛下，道合天地，恩沾动植；迩无不协，远无不宾；神人以和，风雨咸若。前件嘉禾等，或两根并植，一穗连房，或延蔓敷荣，异实共蒂。既叶和同之庆，又标丰稔之祥。感自皇恩，微茎何极于造化；亲逢嘉瑞，小臣喜遇于休明。无任。"

后世诗文中，也屡见"嘉瓜"，如程本立《巽隐集》卷四《嘉瓜说》、归有光《归先生文集》卷二十五《嘉瓜图赞》、刘嵩《槎翁诗集》卷三《题张京尹所献嘉瓜图歌》等。

一生三世

一

刘节说:"如何能回到从前?"

绳金寺的和尚说:"轮回只是向来世,不能退后。"

刘节说:"为何不能退后?"

和尚说:"人都有许多从前,今天便是明天的从前,你要回到哪个从前?"

二

从前,刘节爱上了一个叫荷花的女孩。新建不久的绳金塔下,有家叫"一湖荷花"的茶肆,荷花是老板的女儿。

刘节很喜欢这家茶肆,能将一湖荷花沏作荷花茶一壶。夏日,淡绿清爽的茶水上漂着瓣粉红的荷花,看着就沁人心脾;没有荷花的季节,茶肆也会用收藏的干荷叶煮水,茶中同样洋溢着幽幽的荷香。

那日,刘节又去喝荷花茶,茶博士去山里进茶了。上茶的是个女孩儿,细看那女孩儿,生得:

色，色。易迷，难拆。隐深闺，藏柳陌。嫩脸映桃红，香肌晕玉白。

　　她就是荷花。

　　刘节越发喜欢去茶肆喝茶了。但荷花并不常上茶，只在后面烹茶、做点心。刘节特意选了个能看到后厨的位子，一边喝茶，一边不时向里面张望。

　　荷花也知道他在看，有时还回过身来，若有若无地朝他微微一笑。每当这时，刘节就感到心甜意洽，端起茶盅，喝上一口世上最美的茶。

三

　　三月里的小雨淅沥沥沥下个不停。这日，茶肆里没什么茶客，又是荷花来上茶。刘节喝完一杯，就叫荷花续茶，连叫了几次。荷花笑道："岂不闻'一杯为品，二杯即是解渴的蠢物，三杯便是饮牛饮骡了'。你都喝了一壶，成什么？"

　　刘节鼓起勇气说："荷花，荷花，I love you！"刘节当然说的不是这种莺歌鹂诗，他想说的是那个意思。只因羞涩，口齿含糊，便如说鸟语一般，荷花却也明白了。

　　荷花说："这话你别跟我说呀！你去跟你爷娘说，你爷娘跟媒人说，媒人跟我爷娘说。你别跟我说呀！"

　　刘节说："只要你答应，我就去跟我爷娘说，让我爷娘跟媒人说，媒人来和你爷娘说。"

荷花点点头。刘节又喝了一口世上最美的茶。

四

还是从前，唐主李璟被周、宋逼不过，升洪州为南昌府，建立南都。他立李煜为太子监国，留守金陵，自己准备去南昌。

唐主特别钟爱太宁公主，一日，对大臣们说："我只有这一个女儿，姿仪性识特异于人。卿等为择佳婿，须年少、美风仪、有才学、门第高者。"

有个大臣说："臣去洪州规划建宫殿，见过郡参谋刘节，年方弱冠，风骨秀美，博学有文，祖上做过侍郎，也算名门大户，可以充选。"

唐主听了大喜，心想正待迁都南昌，刘节恰在那里做官，岂非天意，也是用得着的人，即传旨召唤刘节。

五

刘节听说唐主要招自己为驸马，大惊失色。他心里只有荷花，但君命不敢不从，只得随朝官至金陵觐见，相机行事。

唐主见刘节一表人才，十分高兴。当即就命安排婚事，拜他为驸马都尉。

刘节一时慌了，不知如何是好。当不得太宁公主白富美贵，比荷花的柔顺娴静，别有一种妩媚端庄。他想，既来之，则安之，不顺其自然，又能怎样呢？只是夜夜宴饮，酒足饭饱后，有时想起荷花茶来，心中不免惆怅，便低声吟唱唐主的《摊破浣溪沙》：

菡萏香销翠叶残，西风愁起绿波间。还与韶光共憔悴，不堪看。

细雨梦回鸡塞远，小楼吹彻玉笙寒。多少泪珠何限恨，倚栏干。

公主问道："菡萏是什么？"
刘节道："就是荷花。听说横塘的荷花开得正好，我们去看吧。"

六

横塘日暮，刘节和公主划着小船，误入藕花深处。公主采花时，不小心落水，刘节连忙伸手去拉，也掉进水中。等仆从赶来，公主已随花仙而去。

唐主悲悼不胜，觉得这一切都是刘节的错，怒冲冲地说："朕再不想看见那个姓刘的了！"并下旨尽削其官，遣还洪州，不准带走任何东西。

其实，在刘节与公主结婚后，唐主就知道了刘节在南昌已有定亲之议，而刘节之父，竟是他所厌恶的刘崇俊。唐主曾升濠州为定远军，授刘崇俊为节度使。不久，寿州刺史死了，刘崇俊厚赂权贵，企图兼领寿州。唐主假作不解其意，只当是他想改任寿州，便传旨令其移镇，却另派楚州刺史驰入濠州代之，打破了刘崇俊独占两地的梦想。唐主觉得有其父必有其子，刘节也是个一心二用、见风使舵的人。

刘节被逐出驸马府第时，垂头丧气，触目如失。那些良田甲第，珍宝奇玩，登时化为乌有，好似做了一场春梦。梦醒了，又无法与荷花情事接续起来，那仿佛是更遥远的前世之前世。

七

绳金塔下那家店铺还在，只是"一湖荷花"的招牌变成了"春江水暖"。刘节心想，这名字倒也雅，就走进去看个究竟。

店小二迎上来问："客官用点什么？"

刘节道："荷花茶。"

店小二说："荷花茶？哦，客官原是这里的老主顾啊！不过，原来的茶肆早就关张了，听说是老板的女儿嫁了个外乡人，跟着享福去了。本店是随国主从金陵迁来的，专营鸭类菜肴，有板鸭、盐水鸭、鸭油饼、鸭血粉丝汤，特别是本店秘制的金陵烤鸭，吃了没有不夸的。"

刘节这才明白，招牌上的"春江水暖"隐含的是一个"鸭"字，但在金陵，他早已吃腻了鸭子，听着小二鸭啊鸭个不休，他仿佛掉进了鸭塘，变成了一只鸭子，和许许多多鸭子一起扑腾，鸭塘的水混浊不堪……

过了许久，他方睁开眼睛，说："我要荷花——茶！"

……

八

再后来，南唐亡了，刘节也老了。

有时，他还会去那家店里坐坐。

店里来了个讲史的，会说五代史，一日说到南唐后主李煜与大周后情深意长，欢悦无限，可惜大周后红颜薄命，染病身亡。大周后香消玉殒前，后主又和妻妹小周后两情相悦，恣意爱怜，却被宋祖以卧榻之侧岂容他人酣睡为由，灭了南唐。后主丧国失位，朝夕以泪洗面，与小周后也不得善终，说到哀艳凄惋处，便引后主诗为证：

秾丽今何在，飘零事已空。
沉沉无问处，千载谢东风。

举座方自扼腕叹息，他却一拍惊堂木喝道："后主若随同中主，迁都我们南昌，南唐可能就不会被大宋灭了，也不必做什么'往事知多少''故国不堪回首月明中'的伤心句了！"于是，众人复为南昌终未能作为国都、成就复兴伟业而感慨万千。

刘节边听边想，算起来，后主还是自己的小舅子，他大约比自己更想回到从前吧！可是，哪里能够呢？

2017 年 7 月 29 日于奇子轩

附记

本篇素材出自《渑水燕谈录》卷六：

丁朱崖当政日，置宴私第，忽语于众曰："尝闻江南国主钟爱一女，一日，谕大臣曰：'吾止一女，姿仪性识特异于人。卿等为择佳婿，须年少、美风仪、有才学、门第高者。'或曰：'洪州刘生为郡参谋，年方弱冠，风骨秀美，大门尝任贰卿，博学有文，可以充选。'国主亟令召至，见之，大喜。寻尚主，拜驸马都尉。鸣珂锵玉，出入禁闼。良田甲第，珍宝奇玩，豪华富贵，冠于一时。未几，主告殂，国主悲悼不胜，曰：'吾将不复见刘生。'削其官，一物不与，遣还洪州。生恍疑梦觉，触目如失。"丁笑曰："某他日不失作刘参谋也。"席中莫不失色。未几，有海上之行，籍其家，孑然南去。何先兆之著也。

陆游《南唐书》卷十五："刘崇俊，字德修，楚州山阳人，祖全，以功臣为濠州刺史，有威名。全卒，子仁规继其任，为政苛虐，及卒，崇俊继之，尽反仁规之政，人怀其惠，数年，渐专恣不法，多畜不逞，使过淮剽掠，获美女良马以自奉。元宗升濠州为定远军，因拜崇俊节度使，以其子节尚太宁公主，然元宗亦恶其为人。会寿州姚景卒，崇俊厚赂权贵，求兼领寿州。元宗乃阳若不解其意，命移镇寿州，而遣楚州刺史刘彦贞驰入濠州代之。崇俊自悼失计，颇革心循法度。未几得疾，卒，年四十，赠太尉，谥曰威。"（马令《南唐书》卷十一也提到刘崇俊"其子节尚元宗女太宁公主"）

状荷花美貌句节自《闹樊楼多情周胜仙》（《定山三怪》有类似诗句，可知为说话艺人形容少女的套词），饮茶三杯论出自《红楼梦》妙玉。

绳金塔、寺为南昌名胜，始建于唐天祐年间（公元 904-907 年）。

细思恐极

一

江致平做论卷点检官时，曾因主考程试纰缪，受牵连被罚铜十斤。此后，一直谨小慎微。

这次主试，自然也有打招呼的，他只是虚以应付。但其中有一个是座师之子，却令他着实为难。江致平在他的试卷末尾作了记号，颠来倒去看了两遍，都觉得泛学杂览，不成体统。终不免念及旧情，最后还是把他名次提前一位，将另一个看上去清通些的卷子压了下去。

这样的考试，本来就有一些在可上可下之间，全凭试官的判断，其实难说绝对公道。他没有特别的不安。

二

十年过去了，江致平偶然在邸报上一篇奏章中看到，座师之子在湖州知府任上因贪污被弹劾，贬至雷州。他隐隐地觉得有些后悔，当初若不把他提上来，他或许还可以在家里过太平日子，也不至于让座师老而无依。奏章中又提到他不学无术，夤缘得中，这更使江致平有些惊恐。如果有人追究，天知道会发生什么事。于是，他上书称病，请求致仕。

三

春天，江致平回到了家乡。

孔太极先生依然健朗。他精通相术，江致平出仕前就喜欢听他谈古论今说未来，回来后就找他聊天。

孔先生说："我算到了开头，却没算到结尾。我原以为你能做到尚书的。"

江致平说："太极公相得是极准的。是我不争气，辞任而归。"

孔先生说："这就是了。算得着命，算不着行。这年头，相越来越没准头了。倒不如我们居家过活，日出而作，日落而息，年复一年，周而复始，用不着算命。"

四

那日，江致平又与孔先生在一处喝茶闲话。孔先生忽然说："前日晤谈，我便觉你面色不对，这几日越发昏暗。你莫不是做了什么损阴德的事？竟活不过一年了。"

江致平一向心气平和，回来后，更是扫地怕伤蝼蚁命，爱惜飞蛾纱罩灯，忽闻此言，不免惊讶，说："我哪会做那等事？"

孔先生说："你再仔细思想。"

江致平想了想，便说："自省无他恶，唯早年为试官时，曾因私情，将座师之子提高一等。只此一件，或略失公道。"

孔先生说："是了，是了。君以一己好恶，而私天爵以授人，恐怕冒犯了神灵。可惜，可惜。"

正说话时，外面传来沙哑的歌声：

我本通又通，几时粗又粗？
将我否又否，可怜觚不觚。

江致平说："他唱的，也不知是圣人那个觚不觚，还是孤独那个孤不孤，又好似哭不哭，听之令人凄惶。"

孔先生说："此人叫蔡退之，当年才学是极高的。入闱前，也曾找我看相，我料他必中，没想到屡战屡败，人也考疯癫了，每日只唱这首歌。当初有人说只消他怕的人来打他一个嘴巴就好，岂知他并非一时痰涌上来，迷了心窍，而是郁闷所积，倒枉吃了许多巴掌。"

江致平听到这些，犹觉伤情，孔先生就告退了。

五

夏去秋来，江致平觉得头重脚轻，精神不济。他扶杖找到孔先生家，孔先生见他竟像换了一个人，连忙让座。

江致平说："老爹啊，我想不通啊。世人作恶比我有过之无不及的，成千上万，为何都没事，偏我要折寿？"

孔先生说:"别人不得而知。单说你吧,不只是处事不公,你再仔细思想,你当初提拔之人又做了多少伤天害理之事?"

江致平说:"他自作孽,他遭报应,如何带累我?"

孔先生说:"他受他的报应。可是,如果你不提携他,他如何有机会做那些事?到底你也是有过的。他作的恶越多,只怕你受的罚也越重呢。"

这时,窗外又传来沙哑的歌声:

我本通又通,几时粗又粗?……

孔先生又接着说:"况且,你提携了不当之人,便阻了另一个人的路,这又是一层罪过。就如这个蔡退之,苦读二十载,家里穷得精光,说不定当初也是被谁私心压下,才不得进身。如今老婆跟人跑了,孩子掉井里淹死了,人不成人,鬼不成鬼。你说那一扬一抑之间,又会连带上多少人?"

江致平听了这一番话,越思越想,恐惧之极。

六

一日,江致平在村口遇到蔡退之,只见他一身蓝缕,面黄肌瘦,胡须花白,披头散发。蔡退之好像认识江致平似的,朝他嘿嘿地笑。这笑却令江致平打了个寒战,他甚至有点怀疑当年自己压下的是不是眼前这个疯子。

江致平恍恍惚惚地走着,路过一口井,竟不由得俯身向井中看了看,担心里面会不会有小孩在扑腾。

七

深秋的夜,已有了寒意。

江致平早已萌生了一个想法,去探望一下座师之子。他想搞明白他究竟有多大过失,竟让自己也寝食难安。他知道和老妻说,必定不放他去。于是,夜里一人偷偷出去了。

一路上跋山涉水,也不消细说。及至赶到雷州,问明所在,推开院门,却见座师之子伏身柴堆后,惊叫:"老师救我!"

江致平正待上前,早有一只吊睛白额锦毛大虫扑向座师之子。一阵子凄厉的尖叫后,又见那虎从柴堆后探出头来,脸扭来扭去,渐渐变作了蔡退之枯黄的面庞,嘴边仿佛有一丝丝的红滴下来,笑嘻嘻地唱:

……将我否又否,可怜觚不觚。

江致平一个激灵,从噩梦中醒来。

八

那年冬天格外冷,江致平去世了。

办后事时，江致平妻子看到孔先生来了，冲上去一把扯住，又哭又喊道："都是你吓的，一天到晚让先夫仔细思想，搞得他越想越怕。好端端一个人，生生被你吓死了。你还我人来！"

前来吊唁的方乡绅、袁老爹，一个连忙上前劝住江夫人，一个对孔先生说："太极公啊！什么事经得起仔细思想？摸摸胸口，谁又敢说没做过一件后怕的事？晚上不过洗洗睡了，想那么多自己吓自己干嘛？"

孔先生满脸悲戚，竟露出些许不易察觉的恐惧。

2017 年 9 月 29 日于奇子轩

附记

本篇素材取自《夷坚丁志》卷三：

江致平与能相老翁善，翁忽告之曰："君何为作损阴德事？不一年死矣。"江，吉人也。应曰："吾安得有此？"翁曰："试思之。"江曰："自省无他恶，但昔年为试官时，置一亲旧在高等，其实有私焉。独此事耳。"翁曰："是也。君以一己好恶，而私天爵以授人，其不免矣。"未几而卒。呜呼！世人之过倍江公万万者比肩立，可不惧哉。

江致平事又见《宋会要辑稿·选举四》：

二十六日，臣僚言："唐开祖程试纰缪，主司校考不精，宜有薄罚，未见施行。臣窃谓程文经圣览，亲摘见其疵病，而有司失考之罪，隐忍不行。则陛下之所不见，上下诞谩以相庇覆者，岂可胜言哉！伏望睿慈详酌，正主司差失之罚。"诏："唐开祖经义稍齐整，《孟子》义云'即水以观性,离水以观性'近佛语,又非是,策殊不工。知举蔡巍、同知举慕容彦逢、《易》义卷点检试卷官江天一、同知举宇文粹中、论卷点检官江致平、同知举张溁、策卷点检试卷官段拂、参详官胡伸各罚铜十斤。其唐开祖今后不得与学官试官差遣。"

又据《宋会要辑稿·选举一二》载,诸科举人对义,评判标准分三等,即通降为粗,粗降为否;《宋会要辑·选举三二》另有考试分五等的,文理俱高者为第一等,文理俱通者为第二等,文通理粗或文粗理通为第三等,仍分上下。文理俱粗者为第四等,亦分上下。不及格者为第五等;又有分七等的,即优、稍优、堪、稍堪平、稍低、次低、下次。本篇蔡退之歌乃据通、粗、否三等虚拟。

草　诏

一

自从岳父晏殊罢相，出知颍州，花园就很少打理。加上去冬以来，四个多月没下雨雪，花草更显得萎靡不振。昨日收到岳父的信，说很想念小园香径独徘徊的时光。杨察一早起来，便叫上小厮一起给花草浇水。心想，气候太反常，这样下去，今年必定成灾。

二

仁宗在御花园散步，也在想同样的问题。他是个好皇帝，心里装着全国的老百姓。他对杨察说："近日亢旱，祷雨不应。成汤时大旱，汤王祷于桑林，以六事自责，天遂降大雨。朕也当痛自咎责，诏求民间疾苦。卿为朕起草罪己诏，以应天命。"

杨察起草过不少诏令，但从没写过罪己诏，一时拿不准仁宗的意思，不知如何下笔，便说："陛下仁慈，万民景仰，何过之有？天道无常，臣民不知节制，才是招灾致祸之由。"

仁宗说："天道岂容质疑？百姓更当体恤。唯有下罪己诏，更革各种弊政，方可使人心悦，天意回。卿休得多虑，明日即带诏令来天章阁见朕。"

三

散朝之后，杨察一脸愁云。

吴翰林打趣说："隐甫兄文笔矫健，代天子立言，是名垂青史的勾当，想必正殚精竭虑打腹稿。不过，皇上是用来歌颂的，不是用来骂的。小心自讨没趣，就要学你老丈人整日感叹无可奈何花落去了。"

杨察知道是吴翰林平素就嫉妒他草诏颇受仁宗器重，此时却没心思和他斗嘴。况且，他也说出了自己的疑惧。

吴翰林又道："我听说过盛文肃老前辈的一个故事。当日也因久旱不雨，当朝命他即席草拟罪己诏，以减少进本往复的麻烦。文肃前辈说：'我太胖了，不能趴在地上写字，乞赐一小桌子。'皇上马上令人去找小桌子。小桌子送来时，诏已完成。当朝看过，嘉其敏速，又极合圣意，一个字都没改。有人说，文肃前辈作文其实没那么敏捷，要小桌子，不过是拖延时间，以便构思。真是善用其短啊！隐甫兄仪表堂堂，这样的拖延却是不要的。"说完，哈哈大笑。

杨察心想，果真是看热闹的不嫌事儿大，这小人恐怕巴不得事儿更大。

四

回到家，杨察叫来弟弟杨寘商量。

杨寘本是豪爽之人，听罢也觉为难，皱着眉说："当朝虽然圣明，却也是个极讲究的人。在位二十几年，竟换了六个年号，不就是在两个字上纠结，以曲尽己意吗？没得让后世学生记不清。当初，我的状元帽子险些被王安石那头倔驴夺了去，合该他不走时运，在卷子中写什么'孺子其朋'，没大没小的，惹得当朝说'此语忌，不可魁天下'，我的到底是我的，也可见圣上是个忌讳颇深的主。最冤的还是你那老泰山同叔公，只因受命给李宸妃撰神道碑铭，没敢提及皇上实为李妃所生，好端端罢了相。伴暴君如伴猛虎，伴仁君便如伴笑面虎，一样大意不得。"

杨察说："叫你来是商量如何措辞的，扯这些没用的做什么？"

杨寘说："历史的经验值得注意！别以为圣上让你起草罪己诏，就真的是要罪己。"说着，他指着杨察的草稿道："'朕为人子孙而不能保守宗庙，为人父母而不能安全井邑'，如此悖逆的话你也敢写？我就提醒你两点，这头一条，皇帝可以自黑，但不能抹黑。第二条是皇帝罪己也是扬己。你想想，天下大旱，轮得上你我之辈罪己吗？大过独揽，才见出天子声口。"

杨察说："你这都从哪儿学来这些俚言鄙语？"

杨寘说："别管哪儿学的，话糙理不糙。"

五

杨察虽然觉得杨寘言语轻佻,但他提到历史的经验值得注意,却十分在理,便到书房翻书,想查查前代帝王是如何罪己的。

看到《论语·尧曰》章,杨察差点被"朕躬有罪,无以万方;万方有罪,罪在朕躬""百姓有过,在予一人"的话亮瞎了眼。不过,他晓得,圣人书上什么话都有,每人领会不一样,有时并不作数。

他又在史书中找,发现历代帝王罪己诏多达百余份。风来了,雨来了,雷公背着鼓来了,只要来的不是时候,皇帝就可能下罪己诏。什么日食、彗星、天旱、地震、蝗虫等等,也都是下罪己诏的原因。有的罪己诏上的话极其严厉,如果当真,那些皇帝简直就该遭雷劈。与他们相比,杨察觉得当今圣上简直太英明了,禁不住提笔写道:

……吾皇恭己无为,宽仁明圣,四海雍熙,八荒平静,士农乐业,文武忠良。自三代以降,跨唐越汉,未有若今之盛者……

六

仁宗看了杨察的稿子,不满地说:"你这些歌功颂德的话,好似从说话人讲史的颂圣套语抄来,哪里有反躬自省的意思?罪己不至则感人不深,遑论至诚格天?"

本来，仁宗让学士草诏，从不作修改。但杨察这次拟的罪己诏，与他的本意相去太远，少不得口授亲改，定稿时又要杨察念一遍：

朕临御以来，于今二纪。夙夜祗惧，不敢康宁。庶冀治平，以至嘉靖。自去岁冬末，时雪已愆。今春大旱，赤地千里。百姓失业，无所告劳。朕思灾变之来，不由他致。盖朕不敏于德，不明于政。号令弗信，听纳失中。俾兹眚祥，下逮黎庶。天威震动，以戒朕躬。大惧不能承宗庙之灵，负社稷之重。苦心焦思，惶悸失图。是用屈己谢愆，归诚上叩。不御正殿，不举常珍。外求直言，以答大谴。冀高穹之降鉴，悯下民之无辜。与其降疾于人，不若移灾于朕。庶用感格，以底休成。自今月十九日后，只御崇政殿。仍减常膳，应中外文武臣僚。并许实封言当世切务。三事大夫，其叶心交儆，辅予不逮。

杨察读毕，小心翼翼地说："不搞宴会，节制饮食，上行下效，臣民自当遵守。但'朕不敏于德，不明于政''与其降疾于人，不若移灾于朕'这些话，言之太过，知之者谓圣上心忧，不知者恐因此产生妄议亵渎之念。"

仁宗说："不如此不足以平神愤。朕已不吝改过，即将此诏颁行。"

七

　　仁君明主自贬如此，引来议论纷纷。吴翰林说，他告诫过杨察，杨察必是对晏殊贬官不满，借草诏诬蔑圣上，罪不容赦。

　　这事惊动了还在颍州的晏殊，他给杨察寄来白居易的《贺雨》诗。原来唐元和三年冬迄翌年春，持续大旱，宪宗罪己求雨，天果降甘霖，白居易作诗颂圣，诗曰：

　　皇帝嗣宝历，元和三年冬。自冬及春暮，不雨旱爞爞。上心念下民，惧岁成灾凶。遂下罪己诏，殷勤告万邦。帝曰予一人，继天承祖宗。忧勤不遑宁，夙夜心忡忡。……顺人人心悦，先天天意从。诏下才七日，和气生冲融。凝为悠悠云，散作习习风。昼夜三日雨，凄凄复蒙蒙。万心春熙熙，百谷青芃芃。人变愁为喜，岁易俭为丰。乃知王者心，忧乐与众同。……蹈舞呼万岁，列贺明庭中。小臣诚愚陋，职忝金銮宫。稽首再三拜，一言献天聪。君以明为圣，臣以直为忠。敢贺有其始，亦愿有其终。

　　杨察反复诵读，明白岳父意在提醒。自己既参与草诏，自不可辜负圣上苦心，也不能耽误自家前程，遂作五言古诗《甘霖》，有"微臣本愚陋，协力济苍生"句，以表输诚效忠之心。

　　仁宗罪己诏颁布后，究竟有没有下雨，史无明载，也难妄拟。

八

那日，杨察应召入对，力陈财政主张，因与时议圣见略有不合，颇费口舌，回来便觉精神疲惫。

夜里梦见路过吴翰林府前，心里发虚，猜度吴家的狗，何以看自己两眼呢？又梦见与岳父对饮，庭下奏乐伴唱的，转眼竟变作纸人。还梦见小时候母亲教他念书时，稍有失误，便受一顿暴打。

不知不觉，又来至天章阁，只见仁宗正在看奏章，神情严肃，恰似母亲当年看他的作业，心中阴影渐渐弥漫。听着纸页翻动，窸窸窣窣，仿佛风雨之声，就哼唱起晏殊的《采桑子》：

……无端一夜狂风雨，暗落繁枝。蝶怨莺悲。满眼春愁说向谁。

他再没起来。

人们都说他"用神太竭"，也就是想多了。

附记

范镇《东斋记事》载："仁宗时，书诏未尝改易。庆历七年春旱，杨亿甫草诏，既进，上以罪己之词未至，改云：'乃自去冬时雪不降，今春太旱，赤地千里，天威震动，以戒朕躬。兹用屈己下贤，归诚上叩，冀高穹之降监，悯下民之无辜，与其降疾于人，不若移灾于朕。自今避殿减膳，许中外实封言事。'"

此事又见陈鹄《耆旧续闻》卷五所引《金坡遗事》："庆历七年春旱，杨察隐甫草诏,既进,上以罪己之词未至,改云:'乃自去冬,时雪不降,今春大旱,赤地千里,天威震动,以戒朕躬。兹用屈己谢愆,归诚上叩。冀高穹之降监,悯下民之无辜。与其降戾于人,不若移灾于朕。自今避殿减膳,中外实封言事。'"

朱弁《曲洧旧闻》卷一另有记载:

> 盛文肃在翰苑日,昭陵尝召入,面谕:"近日亢旱,祷雨不应,朕当痛自咎责,诏求民间疾苦。卿只就此草诏,庶几可以商量,不欲进本往复也。"文肃奏曰:"臣体肥,不能伏地作字,乞赐一平面子。"上从之,遽传旨下有司,而平面子至,则诏已成矣。上览之,嘉其如所欲而敏速,更不易一字。或曰:文肃属文思迟,乞平面子,盖亦善用其短也。

按,杨亿1020年已故,不可能替仁宗草诏。草诏者为杨察,至少时间上相合("杨亿甫"也可能即"杨隐甫"之误),唯不可能见载于钱惟演的《金坡遗事》。而《曲洧旧闻》所载,又别有趣味。盛文肃丰肌大腹,亦见于《归田录》《东都事略》等,本篇即参酌发挥。

宋仁宗此次罪己诏见《宋大诏令集》卷第一百五十三《政事六·儆灾三》:

> 大旱责躬避殿减膳许中外言事诏庆历七年三月癸巳
> 朕临御以来,于今二纪。夙夜祗惧,不敢康宁。庶洽治平,以至嘉靖。自去岁冬末,时雪已愆。今春大旱,赤地千里。百姓失业,无所告劳。朕思灾变之来,不由他致,盖朕不敏于德,不明于政,号令弗信。听纳失中,俾兹眚祥。下逮黎庶,天威震动,以戒朕躬。大惧不能承宗庙之灵,负社稷之重。苦心焦思,惶悸失图。是用屈己谢愆,归诚上叩。不御正殿,不举常珍。外求直言,以答大谴。冀高穹之降鉴,悯下民之无辜。与其降疾于人,不若移灾于朕。庶用感格,以底休成。自今月十九日后,只御崇政殿,仍减常膳。应中外文武臣僚,并许实封言当世切务。三事大夫,其叶心交儆,辅予不逮。

篇中其他情节，还参阅了如下相关史料。

《宋史·杨察传》："杨察，字隐甫……晏殊执政，以妻父嫌，换龙图阁待制。母忧去职，服除，复为知制诰，拜翰林学士……察美风仪……敏于属文，其为制诰，初若不用意；及稿成，皆典雅致有体，当世称之。遇事明决，勤于吏职，虽多益喜不厌。痈方作，犹入对，商画财利，归而大顿，人以为用神太竭云。"

《宋史·晏殊传》："……孙甫、蔡襄上言：'宸妃生圣躬为天下主，而殊尝被诏志宸妃墓，没而不言。'……坐是，降工部尚书、知颍州……富弼、杨察，皆其婿也。"（按，欧阳修《文忠集》卷二十二《晏公神道碑铭》："……女六人，长适户部侍郎、同中书门下平章事富弼，次适礼部侍郎、三司使杨察。"）

《续资治通鉴》卷五十六："……帝每命学士草诏，未尝有所增损。至是杨察当笔，既进诏草，以为未尽罪己之意，令更为此诏。"

《宋人轶事汇编》卷十八："陈筦窗初入馆，史相极倾慕……辛卯火灾，陈立道卓草罪己诏有云：'朕为人子孙而不能保守宗庙，为人父母而不能安全井邑。'史恶其太直不用，至三具稿不付出……"（按，此事晚于仁宗朝，连类及之而已）

魏泰《东轩笔录》卷十五："杨察侍郎谪信州，及召还……察即席赋诗……其诗曰：'……他年为舜牧，协力济苍生。'"

杨寘事见《默记》卷下：

庆历二年，御试进士，时晏元献为枢密使。杨察，晏婿也，时自知制诰，避亲，勾当三班院。察之弟寘，时就试毕，负魁天下望。未放榜间，将先宣示两府，上十人卷子。寘因以赋求察问晏公己之高下焉。晏公明日入对，见寘之赋，已考定第四人，出以语察。察密以报寘。而寘试罢，与酒徒饮酒肆，闻之，以手击案叹曰："不知那个卫子夺吾状元矣！"不久唱名，再三考定第一人卷子进御。赋中有"孺子其朋"之言，不怿曰："此语忌，不可魁天下。"即王荆公卷子。第二人卷子即王珪，以故事，有官人不为状元；令取第三人，即殿中丞韩绛；遂取第四人卷子进呈，上欣然曰："若杨寘，可矣。"复以第一人为第四人。寘方以鄙语骂时,不知自为第一人也……

同上书又载:"杨宣懿察之母甚贤。能文,而教之以义,小不中程,辄扑之。察省试《房心为明堂赋》榜,登科第二人。报者至,其母睡未起,闻之大怒,转面向壁曰:'此儿辱我如此,乃为人所压,若二郎及第,待不教人压却。'及察归,亦久不与语。寘果魁天下。"(按,杨寘早逝,本篇为其延寿数年)

吴曾《能改斋漫录》卷十八:"(晏元献公薨)次年,公婿杨侍郎察,梦与公对饮,七行而罢。杨公起,视庭下奏乐人拥从,皆纸人也。寤而告其夫人,因曰:'我必弃世。'未几果薨。"

对宋仁宗,历来不乏赞美,篇中随意捏合,如张邦基《墨庄漫录》卷二载包拯称赞仁宗朝人丁兴旺:"自三代以降,跨唐越汉,未有若今之盛者。"清无名氏《东坡诗话》小说:"宋朝全盛之时,仁宗天子御极之世。这一代君王,恭己无为,宽仁明圣,四海雍熙,八荒平静,士农乐业,文武忠良……"

第八节叙吴家狗出自《狂人日记》。

不晓天

一

"城里人真会玩!"管家一边将燃烧殆尽的蜡烛换上新蜡烛,一边嘟囔着:"要在我们乡下,这时节,梦都做了八个。"

宋祁仍在大厅里与众宾客饮酒听曲,他说:"外面因我《玉楼春》中'红杏枝头春意闹'一句称我为'红杏尚书',倒不如用其中另一句叫我'浮生长恨欢娱少尚书'。良宵苦短,我命仆人用幕布遮住窗户,留住时光。诸位可以夜以继日,尽情享乐。这唤作'不晓天'。"

众客齐声道:"好个不晓天!若无'持酒劝斜阳'的情怀,哪得'花间留晚照'的乐趣。"

这时,一歌妓摇摇摆摆上来唱《浪淘沙近》:

> 少年不管,流光如箭,因循不觉韶光换。至如今,始惜月满、花满、酒满。

又不知过了多久,众客起身告辞,仆人拉开幕布,已是日上三竿。

二

宋祁的兄长宋庠虽位至宰相,却保持着刻苦读书的习惯,即使上元夜,也捧着本《周易》读。听说宋祁通宵达旦狂饮,传口信道:"烧灯夜宴,穷极奢侈,不知记得当年上元夜同在州学内吃腌菜嘎巴儿的情景?"

宋祁回话道:"寄语相公,不知当年吃腌菜嘎巴儿是为甚底?那时家境贫寒,过冬至节竟要靠先人剑鞘上裹的一两银换吃的,幸而兄所谓'冬至吃剑鞘,年节当吃剑'乃一时戏语,如今又何必自苦?"

宋庠说不过宋祁,只得回书提醒:"过于张狂,容易招忌。曾有人荐吾兄弟,皇上说'大者可,小者每上殿来,廷臣无一人称是'。吾非自夸,弟于同僚态度过于轻慢。你不说别人好,别人也不会说你好!"

宋祁一向口无遮拦,自忖得罪人事小,皇上若信以为真,却非同小可,心中难免有些忐忑。

三

那日,皇上召见,开口便问:"听说你张帘狂欢不晓天,却又为何一声肠断绣帘中?"

肠断绣帘句出自他的《鹧鸪天》,宋祁听了,惊出一身冷汗。

原来,前些天经过繁台街,恰逢皇家车队经过,忽见车上有人掀帘叫道:"小宋耶!"宋祁英采秀发,上街时常有人指指点点,他已习以为常。但宫女呼唤,却非同一般。回来便写了一首《鹧鸪天》,结尾化用了李商隐的无题诗"刘郎已恨蓬山远,更隔蓬山一万重"。

想到此事竟被皇上知道了,他极为惶惧,恨不得找个地缝逃出去。

皇上笑道:"蓬山不远!"便让人传出那个宫女,说:"她是你的了。"

宋祁连忙说:"臣不敢!臣该死!"

皇上说:"爱卿不必紧张!当年太祖说人生驹过隙尔,不如多积金、市田宅,以遗子孙。歌儿舞女,以终天年。朕正欲效太祖故事。益州是重地,朕有意派你去那里。有人在朕耳边嘀咕'益俗奢侈,宋喜游宴,恐非所宜',朕却以为,那里没有京中纷扰,你到那里正可以加快编《唐书》。修史自娱,两全其美。"

四

益州果然是两全其美之地。

宋祁每日宴罢盥漱,便让人大开寝门,放下帘幕,点燃大蜡烛,在媵婢环侍下,和墨伸纸,推敲史实。大雪天,更加添一层帘幕,点燃两根大蜡烛,仆从又各持一烛灯,两侧分别摆放一个巨大的炭火盆,诸姬围绕,他才磨墨濡毫,提笔书写。远远望去,简直像神仙一般。

宋祁得意地问诸姬:"你们都是从大户人家出来的,可曾看过之前主人如此享受？"众姬都说："确实没有。"其中一姬问原来那个宫女说："我听说宫里嫌蜡烛有烟气，夜里悬一个斗大的夜明珠挂在梁上，照得一屋都亮，可是有的吗？"那宫女道："珠子虽然有，却没见拿了做蜡烛的。"

宋祁不好与宫里乱比，就对来自太尉家的小妾说："你家太尉当此天气，是怎样过的？"

那妾答道："他呀，在炉火边摆设酒席，安排乐队艺人演出，又是歌舞，又是杂剧，左不过一通大醉而已。只是不像您这样，还写东西。"

宋祁听了，搁笔大笑说："这也很不错啊！"连忙让人撤去笔砚，呼酒命歌，酣饮达旦。

有位清客听说此事，赞叹道："撰正史，得恩宠，占尽文人风光。此老一生享用，令人妒煞！"

五

虽然尽享荣华，但在给唐代人物作传时，宋祁却不时有些伤怀。无数豪杰名士，一生事业，不过变作纸上千百余字，让他深感生命不过昙花一现。岁不我与，人生如寄，那些特立独行的人更让他刮目相看。为此，他在《新唐书》中增设《卓行传》，表彰言行不俗的人。比如司空图在《旧唐书》入的是《文苑传》，宋祁将其移入《卓行传》，因为他特别欣赏司空图做的这件事：

……豫为冢棺，遇胜日，引客坐圹中赋诗，酌酒裴回。客或难之，图曰："君何不广邪？生死一致，吾宁暂游此中哉！"……

写这几句时，宋祁想到的是自己张幕设帘，其实并不能真正增时延岁。夜长则昼短，只不过是拆东补西而已。倒是司空图预制坟墓棺枢，在那里面饮酒赋诗，才是参透生死之举。所以，他又特意将《旧唐书》中司空图所说"幽显一致"，径直改为"生死一致"。

宋祁对同为史臣的吴兢也很钦佩，写他的传格外用心，但改了几稿，总有些不满意。直到改写至隐士白履忠传时，他才明白是为什么：

……吴兢，其里人也。谓曰："子素贫，不沾斗米匹帛，虽得五品亦何益？"履忠曰："往契丹入寇，家取排门夫，吾以读书，县为免。今终身高卧，宽徭役，岂易得哉！"

白履忠自是高人，但吴兢之问，却仿佛当日他反问兄长宋庠的话。原来吴兢有着和自己一样的想法啊。

六

益州司录沈士龙上书宋祁，力言差役之重，入不敷出，请减饮宴。宋祁觉得扫兴，声称："奉旨修史，事关国体。展张排场，方能彰显气度，私家野史，正不能有此。"

沈士龙知蜀人已不能阻止宋祁，又无法摆平各项赋税支出，便提出因病辞职，宋祁又不许。沈士龙只好偷偷将衣冠放于本厅，带着母亲私自离职而去。

过关卡时，沈士龙没有通行文书，但他向关吏解释原委，关吏怜而义之，放其过关。宋祁派人去追，到底没有追上。

沈士龙走后，手下无得力人勾当，州衙经费日渐捉襟见肘，连大蜡烛都买不到了。

在一灯如豆的微弱光芒下写书，宋祁怎么也打不起精神来。他开始怀念京师，觉得自己理应官至中书省或枢密院了，闷上心来，便吟："碧云自有三年信，明月长为两地愁。"

七

初冬的一日，宋祁半夜起来解手，不曾戴得帽子，着风吹了，头悬眼胀，浑身皮骨皆疼。他意识到死亡似乎并不是遥远的事了，便挣扎着起来立遗嘱，对后事一一安排。回首平生，想得到的和没想得到的，都得到了，年寿不永，可能还是得到的多了些。因此，他嘱咐后事一定要唯简唯俭。

他儿子宽慰道："父亲何必略有些病就起这个意念，想是修史过于劳累，何不换个事做做，整理一下自己的文集。"

宋祁道："我正要说这事呢。我学不名家，文章仅及中人，不足垂后。"

他儿子说:"父亲写了那么多诗,光是在蜀地的《猥稿》,就有三百首……"

宋祁咳了一声道:"多又如何?唐人写了几万首诗,将来有三百首流传人口就不得了。我生平语言无过人者,尔等慎无妄为我编缀作集。"

一个人时,他想起当日那首《浪淘沙近》,已记不完整了,只反复念着:"……日斜歌阕将分散……水远……天远……人远……"

八

宋祁故去后,他儿子在案头发现一首诗:

> 三尺银檠次第燃,欢娱未了散青烟。
> 愿教化作光明藏,照彻黄泉不晓天。

因为诗上没有署名,他不敢确认是父亲的创作,或是从何处抄来的。但他还是按照诗的意思,在宋祁墓中放了两根粗大的蜡烛,又将父亲生前所写的一段铭文刻石放了进去。铭曰:

> 生非吾生,死非吾死,吾亦妄吾,要明吾理。

2018 年 4 月 27 日于奇子轩

附记

本篇素材依次如下——

王奕清《历代词话》卷四引《古今词话》:"宋景文过子野家,将命者曰:尚书欲见'云破月来花弄影'郎中。子野内应曰:得非'红杏枝头春意闹'尚书耶?"

蒋一葵《尧山堂外纪》卷四十六:"小宋好客,会宾于广厦中,外设重幕,内列宝炬,百味具备,歌舞俳优相继,观者忘疲,但觉更漏差长,席罢已二宿矣,名曰'不晓天'。"(此书传载甚广,多谓出《老学庵笔记》,查中华校点本,未见此条)

钱世昭《钱氏私志》:

宋相郊居政府,上元夜,在书院内读《周易》,闻其弟学士祁点华灯,拥歌妓,醉饮达旦。翌日,谕所亲,令诮让,云:"相公寄语学士,闻昨夜烧灯夜燕,穷极奢侈,不知记得某年上元同在某州州学内吃齑煮饭时否?"学士笑曰:"却须寄语相公,不知某年同某处吃齑煮饭是为甚底?"

王得臣《麈史》卷中:

(宋元宪与仲氏景文居贫)冬至,召同人饮,元宪谓客曰:"至节无以为具,独有先人剑鞘上裹银得一两,粗以办节。"乃笑曰:"冬至吃剑鞘,年节当吃剑耳。"

朱弁《曲洧旧闻》卷一:"或有荐宋莒公兄弟可大用,昭陵曰:'大者可,小者每上殿来,则廷臣更无一人是者。'"

范镇《东斋记事》卷三:"(蔡君谟)云:……景文公则英采秀发……"

《唐宋诸贤绝妙词选》卷三:

子京过繁台街，逢内家车子，中有搴帘者曰："小宋也。"子京归，遂作《鹧鸪天》一词，曰："画毂雕鞍狭路逢，一声肠断绣帘中。身无彩凤双飞翼，心有灵犀一点通。金作屋，玉为笼，车如流水马游龙。刘郎已恨蓬山远，更隔蓬山一万重。"都下传唱，达于禁中。仁宗知之，问："内人第几车子何人呼小宋？"有内人自陈："顷侍御宴，见宣翰林学士，左右内臣曰：'小宋也。'时在车子中偶见之，呼一声耳。"上召子京，从容语及，子京惶惧无地。上笑曰："蓬山不远。"因以内人赐之。

魏泰《东轩笔录》卷十三：

……仁宗曰："益州重地，谁可守者？"二相未对，仁宗曰："知定州宋祁，其人也。"陈恭公曰："益俗奢侈，宋喜游宴。恐非所宜。"仁宗曰："至如刁约荒饮无度，犹在馆，宋祁有何不可知益州也？"……

《东轩笔录》卷十五："(宋子京祁)晚年知成都府，带《唐书》于本任刊修。每宴罢，盥漱毕开寝门，垂帘，燃二椽烛，媵婢夹侍，和墨伸纸，远近观皆知尚书修《唐书》矣，望之如神仙焉。"

朱弁《曲洧旧闻》卷六：

宋子京修《唐书》。尝一日逢大雪，添帘幕，燃椽烛一，秉烛二，左右炽炭两巨炉。诸姬环侍，方磨墨濡毫，以澄心堂纸草某人传未成，顾诸姬曰："汝辈俱曾在人家，曾见主人如此否？可谓清矣。"皆曰："实无有也。"其间一人来自宗子家，子京曰："汝太尉遇此天气，亦复何如？"对曰："只是拥炉，命歌舞，间以杂剧，引满大醉而已。如何比得内翰？"子京点头曰："也自不恶。"乃阁笔掩卷，起索酒饮之，几达晨。

王铚《默记》卷中：

小说载江南大将获李后主宠姬者，见灯辄闭目云："烟气！"易以蜡烛,亦闭目云:"烟气愈甚!"曰:"然则宫中未尝点烛耶?"云:"宫中本阁每至夜,则悬大宝珠,光照一室,如日中也。"

篇中姬妾有关悬珠照明的对话,袭自《儒林外史》第五十三回。

王铚《默记》卷下:"颍人沈士龙,字景通,高节独行,过于古人,尤工于诗。庆历登科,既改官,以秘书丞为益州司录。会宋子京为帅,惟事宴饮,沉湎日夜,衙前陪费多自经。景通上书子京,力言差役之害,请减饮宴。子京不听。又于本路转运使赵抃阅道,不行。乞解官寻医,又不许。遂挂衣冠置本厅,载其母去官。子京遣人追之,不回。过关无以为验,景通言其情于关吏,怜而义之,听其过关……"

《新唐书》卷一百九十四《卓行》:"(司空图)豫为冢棺,遇胜日,引客坐圹中赋诗,酌酒裴回。客或难之,图曰:'君何不广邪?生死一致,吾宁暂游此中哉!'"

《文献通考》卷一百九十二《经籍考》十九:"平园周氏曰:景文之于唐史,删烦为简,变今以古,用功既至,尤宜不苟也。如《吴兢》一传,具稿不知其几。"

《新唐书》卷一百九十六《白履忠传》:

吴兢,其里人也。谓曰:"子素贫,不沾斗米匹帛,虽得五品亦何益?"履忠曰:"往契丹入寇,家取排门夫,吾以读书,县为免。今终身高卧,宽徭役,岂易得哉!"

李献民《云斋广录》卷二:"祁守蜀日,尝有诗三百首,名曰《猥稿》。其初有诗云:'碧云漫有三年信,明月空为两地愁。'后竟不入两地,愁愤而薨,人以为诗谶。"

宋祁《宋景文公笔记》之《治戒》:"吾殁后,称家之有亡以治丧敛……惟简惟俭……吾学不名家,文章仅及中人,不足垂后……吾生平语言无过人者,慎无妄编缀作集。"

同上书之《右铭》:"生非吾生,死非吾死,吾亦妄吾,要明吾理。"

另外，篇中清客语出自王士禛《花草蒙拾》："蓬山不远，小宋何幸，得此奇遇。丽竖燃椽烛，远山磨隃糜，此老一生享用，令人妒煞。"宋祁感冒参照了《西游记》第八十一回唐僧生病描写。"三尺银檠"诗袭自唐寅《〈绮疏遗恨〉之灯檠》，原诗为："三尺银檠隔帐燃，欢愉未了散姻缘。愿教化作光明藏，照彻黄泉不晓天。"

春帖子

一

每年元旦前,翰林院词臣都会为皇帝、皇后、贵妃等题写春帖子,贺岁迎新,以见太平景象。

那年,因温成皇后薨逝未久,词臣未进献春帖子,仁宗皇帝有点不爽。王珪、范仲淹等人,闻之惶骇,仓卒又作不成。欧阳修缓缓说:"某有一首,但写进本时偶然忘了。"说着,自录其诗曰:

忽闻海上有仙山,烟锁楼台日月闲。
花下玉容长不老,只应春色胜人间。

这篇春帖子化悲戚为欢乐,仁宗看了十分高兴。

王珪拍着欧阳修的背说:"前辈的辞章真是含香丸子啊!可以生津悦颜,补虚辟邪。"

欧阳修笑道:"含香丸须比不得兄诗满是金玉珠璧,如至宝丹。"

范仲淹在一旁悄声打趣道:"二位开起了生药铺啊,琳琅满目,皆是滋阴助阳的春药。"

二

京城十月,朝天门内外店铺就开始竞相销售新历、门神、桃符、春帖子等节庆商品。

"气候三阳始,勾萌万物新——欧阳大学士新簇簇的春帖子!雷声初发号,天下已知春——欧阳大学士新簇簇的春帖子!"

店家起劲地吆喝着。其实,这几句是欧阳修前几年为皇帝阁写的,不知什么时候从宫中流出。

一个青年对店家说:"给我一张欧阳修的春帖子,不是你手上那张,我要那张'朝云'的。"

店家边收钱边递帖子说:"相公好眼力!是来考进士的吧?大学士保佑你高中。"

青年接过春帖子,边走边念:

朝云蔼蔼弄春晖,万木欣欣暖尚微。
造化未尝私一物,各随妍丑自芳菲。

三

春节过后,欧阳修知贡举。锁院才几日,试官们便倍感寂寞。特别是元宵灯节,外面热闹非凡,院中却格外冷清。

王珪说:"我们寂寞犹可,场上诸生殚精竭虑,奋笔疾书,各位以为如何比方才恰当?"

梅尧臣说:"万蚁战时春昼永。"

欧阳修说:"下笔春蚕食叶声。"

王珪说:"毕竟都是过来人,比方得真切!"

梅尧臣又说:"可惜英雄入彀中,猢狲进布袋,从此言语如鹦鹉,便著金笼密锁关啊。"

王珪说:"是啊,这正是欧阳前辈所谓'画眉锁向金笼听,不及林间自在啼'。"

欧阳修说:"所以,今番我等选人,那种刻意学舌的应不予拔擢,庶几文风可以少变。"

及至放榜,时所推誉,皆不在选。众考生大为不满,纠集在一起,声称考官们把他们当蚕蚁、猢狲、禽鸟看,太伤自尊,又耽于酬唱,不认真判卷。

欧阳修觉得吟诗酬唱,就如说话一般,什么也不会耽误,只有人说鸟语、鸟学人声才会耽误工夫。但他不想辩白,他知道,考生都是跟着考试的指挥棒转的,明年情况可能就不一样了。

四

令欧阳修欣慰的是,这一榜他录取了苏轼等一批有真才实学的人。

苏轼来拜访座师时,拿出那张年前买的春帖子。

欧阳修笑道:"原来你是喜欢朝云的啊!"

苏轼说:"春帖子多半是人云亦云的吉祥话,老师却写出了自家性格。"

欧阳修说:"笼中鸟啼,当不得真!前些日我在街上听得儿童唱:'岁晏乡村嫁娶忙,宜春帖子逗春光。灯前姊妹私相语,守岁今年是洞房。'语虽鄙俚,却是本色春帖子。将来你入了翰林,少不得也要说些套话。但为己之作,不可拘以常格。我已老了,自当避让。斯文一脉,寄托在你们身上。"

苏轼说:"老师年富力强,如何说避让的话?"

欧阳修说:"我平生名节已为后生描画尽,唯有早退,以全晚节。人生都有退场的一刻,何必等到招人烦被驱逐的时候?"

苏轼想起不久前听到过的一个八卦。欧阳修小时候,有个僧人给他相面,说他"耳白于面,名满天下;唇不着齿,无事得谤"。他偷偷地看了一眼欧阳修的耳朵,果然比脸显得白,却不敢细看他是不是唇不着齿,也不敢问是否无事得谤。

五

又是一年新春到。欧阳修早早地准备好了春帖子词。

仁宗皇帝在宫中闲行,抬头观赏御阁帖子,读着欢喜,便问是何人所作,跟随的人说都是欧阳修的手笔。只见一篇帖子写着:

阳进升君子,阴消退小人。

圣君南面治，布政法新春。

仁宗低诵数遍，面色凝重地问："这也是欧阳修写的？"

一个老臣凑过去看，不由一惊，心想欧阳修也太狂悖了，竟在春帖子上写什么君子小人，难怪龙颜不悦，便说："除了他还有谁会如此扫兴？记得庆历中，西师未解，晏元献为枢密使，正好遇到大雪，在西园摆酒赏雪。欧阳修竟然不给主人面子，写诗说什么'须怜铁甲冷彻骨，四十余万屯边兵'，惹得元献公不高兴，说当年韩愈就很会随和，参加裴度宴会，但云'园林穷胜事，钟鼓乐清时'，不曾像欧阳修这样胡吣。"

仁宗说："这话却有些过了。欧阳修举笔不忘规谏，才真是侍从之臣啊！"

老臣见错会了皇帝的意思，忙改口道："是，是，除了他还有谁能如此尽职。"

六

欧阳修在春帖子中写升君子、退小人，确实是他从政以来一直有的想法。尤其近年来，一些对他怀有敌意的人，或给他家投祭文咒他早死，或在男女之事上对他百般诬蔑，手段低下卑污，让他感到这届小人真不行。加上身体渐渐不如从前，便萌生了退意。他知道，离致仕年龄还早，无法完全摆脱官场。为生计考虑，也不能这样做。所以，他就上奏乞差知洪州。

一次，王珪在下朝时对欧阳修说："前辈一遍遍乞差知洪州，都八回了。虽然皇帝的不允诏是我代拟的，但其中'自嗜独高之风'，却是皇帝原话。若得罪了圣上，非同小可。每次写到最后一句'所乞宜不允'，又好似我拂了前辈的意。实在不当人子！南昌到底有什么好，令前辈念念不忘？"

欧阳修笑道："本朝的事，向来只说一遍是做不成的。至于洪州，我曾有一诗单道它的好处：为爱江西物物佳，作诗常向北人夸。青林霜日换枫叶，白水秋风吹稻花。酿酒烹鸡留醉客，鸣鸡织苎遍山家……"

王珪说："听起来与我们舒州有些相似呢，前辈的诗竟勾起了我的乡思。"

欧阳修说："只怕将来也有人批答你个'所乞宜不允'。"

七

欧阳修因乞出洪州屡被驳回，转而恳请出知他郡。几次三番，神宗终于同意他出知亳州。

赴亳州途中，欧阳修特意在颍州稍作停留。当日的撷芳亭还在，亲手种植的黄杨树已然高大挺拔。

欧阳修坐在亭中饮茶，无意中听到有一老一少两个人正议论自己。

少的问老的："总听人说欧阳修，他到底是个怎样的人？"老的说："以前也就是一书生，后来参与过大政。"少的接着问："他的文章好吗?"老的说:"也得。"少的又问:"'也得'究竟是如何?"老的说:"'也得'就是'也得'。欧阳修曾说观人题(wēi)壁(xìn),便可知其文章。那里有他的题壁,你自去体会其文章。"

那少的走到壁前,仔细辨认已有些斑驳的诗句,一字一顿地念道:

柳絮已将春去远,海棠应恨我来迟。

少的念完,说:"我晓得了,人生赢家也会有失意之事。也得也是也不得。"

老的说:"孺子可教也。"

欧阳修听了,忽然有些感慨。尽管自己曾位高权重,修史著书,但在世人口中,不过"也得"而已。也得也是也不得,虽然有点"秀才刺",却颇在理,"刷"他不得。

八

欧阳修将以往在朝中的见闻整理成一册《归田录》,以备闲居之览。没想到,书未定稿,消息已传到京城,神宗马上命人来索阅。

《归田录》中有不少涉及本朝帝王重臣的内容,欧阳修担心犯忌,赶紧删去一些条目。又觉得删节后,文字太少,不像一本书,就补上了些张仆射饮食过人、尤嗜肥猪肉等戏笑段子,以充满卷帙,而旧本也不敢留存。

那日，欧阳修正在处理旧本时，家人报道苏轼来访。

原来苏轼赴任杭州，特意绕道颍州拜访老师。

苏轼对欧阳修说："老师明哲保身，急流勇退，眉宇秀发如春峦，比过去更显得精神了。"

欧阳修笑道："你果然会了。"

苏轼问："会了什么？"

欧阳修说："会了你该会的。"

苏轼说："老师不要误会，我是认真的。贺下不贺上，此天下通语。老师释位归田，发于至情，正如大热远行，虽未到家，得清凉馆舍，一解衣漱濯，已足乐矣。"

欧阳修说："这倒是知我之言！十载荣华贪国宠，一生忧患损天真。我日梦南归，视居官如桎梏之思脱。如今虽不得回江西，却也略遂归去之趣。"

九

在一个虫声唧唧的夜晚，欧阳修做了一个梦，梦中变成了一只八哥鸟，飞在树上，意甚快悦。飞来飞去时，他闻到了一股淡淡的幽香，好像是吉州金橘的甘甜，又好像是洪州双井白芽的清爽。

醒来后，他从旧作《定风波》摘了两句，预备来年当自家的春帖子：

为问去年春甚处，虚度。

今岁春来须爱惜,难得。

2019 年 1 月 27 日于奇子轩

附记

本篇各节本事材料如下:

一、朱弁《曲洧旧闻》卷七:"欧公与王禹玉、范忠文同在禁林。故事,进春帖子,自皇后贵妃以下诸阁皆有。是时温成薨未久,词臣阙而不进。仁宗语近侍,词臣观望,温成独无有,色甚不怿,诸公闻之惶骇,禹玉、忠文仓卒作不成。公徐云:'某有一首,但写进本时偶忘之耳。'乃取小红笺,自录其诗云:'忽闻海上有仙山,烟锁楼台日月间,花下玉容长不老,只应春色胜人间。'既进,上大喜。禹玉拊公背曰:'君文章真是含香丸子也。'"(另,此春帖子《冷斋夜话》等记为欧阳修经营,王珪口占)

陈师道《后山诗话》:"王岐公诗喜用金玉珠璧,以为富贵,而其兄谓之至宝丹。"

二、周密《乾淳岁时记》:"都下自十月以来,朝天门内外竞售锦装新历、诸般大小门神、桃符、钟馗、狻猊、虎头及金彩缕花、春帖、幡胜之类,为市甚盛。"

欧阳修春帖子词俱见《欧阳修全集》"内制集"卷一。

三、欧阳修《归田录》卷二:"嘉祐二年,余与端明韩子华、翰长王禹玉、侍读范景仁、龙图梅公仪同知礼部贡举,辟梅圣俞为小试官,凡锁院五十日,六人者相与唱和……"

叶梦得《石林诗话》卷三:"至和、嘉祐间,场屋举子为文尚奇涩,读或不能成句。欧阳文忠公力欲革其弊,既知贡举,凡文涉雕刻者,皆黜之。时范景仁、王禹玉、梅公仪、韩子华同事,而梅圣俞为参详官,未引试前,唱酬诗极多。文忠'无哗战士衔枚勇,下笔春蚕食叶声',最为警策。圣俞有'万蚁战时春昼永,五星明处夜堂深',亦为诸公所称。及放榜,平时有声,如刘辉辈，皆不预选，士论颇汹汹。未几，诗传，遂哄哄然，以为主司耽于唱酬，不暇详考校。且言以五星自比，而待吾曹为蚕蚁，因造为丑语。"

梅尧臣"猢狲入布袋"语见欧阳修《归田录》卷二。"言语如鹦鹉"二句出自梅氏《上元从主人登尚书省东楼》。

四、《类苑》引《倦游杂录》："欧阳文忠在蔡州屡乞致仕。门人生蔡承禧因间言曰：'公德望为朝廷所重，且未及引年，岂容遽去？'答曰：'某平生名节为后生描画尽，惟有速退以全节，岂可更俟驱逐乎？'"

《东坡志林》卷三：

欧阳文忠公尝语："少时有僧相我：'耳白于面，名满天下；唇不着齿，无事得谤。'其言颇验。"耳白于面，则众所共见，唇不着齿，余亦不敢问公，不知其何如也。

五、欧阳发《先公事迹》：

先公在翰林，尝草《春帖子词》。一日，仁宗因闲行，举首见御阁帖子，读而爱之，问何人作，左右以公对。即悉取皇后、夫人诸阁中者阅之，见其篇篇有意，叹曰："举笔不忘规谏，真侍从之臣也！"……（先公每述仁宗恩遇，多言此事，云内官梁实为先公说。……）

孔平仲《孔氏谈苑》卷四：

庆历中，西师未解，晏元献为枢密使。会大雪，置酒西园，欧阳永叔赋诗云："须怜铁甲冷彻骨，四十余万屯边兵。"晏曰："昔韩愈亦能作言语，赴裴度会，但云'园林穷胜事，钟鼓乐清时'，不曾如此合闹。"

六、欧阳修集中有《乞洪州札子》七篇，多以身体为由陈乞。而王珪《华阳集》中则有《翰林学士欧阳修乞洪州不允诏》《赐欧阳修乞退表不允批答》等，"自嗜独高之风"句即见于《赐欧阳修再乞退表不允断来章批答》。王安石集中也有此种文件。"为爱江西物物佳"句出自欧阳修《寄题沙溪宝锡院》。

七、惠洪《冷斋夜话》卷十：

（谢无逸）闲居，多从衲子游，不喜对书生。一日，有一贡士来谒，坐定，曰："每欲问无逸一事，辄忘之。尝闻人言欧阳修者，果何如人？"无逸熟视久之，曰："旧亦一书生，后甚显达，尝参大政。"又问："能文章否？"无逸曰："也得。"……

沈括《梦溪笔谈》卷十四："欧阳文忠尝言曰：'观人题壁，而可知其文章。'"

"秀才刺，试官刷"事，见《梦溪笔谈》卷九。

八、王明清《挥麈后录》卷一："欧阳公《归田录》初成未出，而序先传，神宗见之，遽命中使宣取。时公已致仕在颍州，以其间所记述有未欲广者，因尽删去之。又恶其太少，则杂记戏笑不急之事，以充满其卷帙，既缮写进入，而旧本亦不敢存。"

《东坡志林》卷二："贺下不贺上，此天下通语。士人历官一任，得外无官谤，中无所愧于心，释肩而去，如大热远行，虽未到家，得清凉馆舍，一解衣漱濯，已足乐矣……余出入文忠门最久，故见其欲释位归田，可谓切矣。他人或苟以藉口，公发于至情，如饥者之念食也，顾势有未可者耳……"

"明哲保身"句见苏轼《贺欧阳少师致仕启》，"眉宇秀发如春峦"出自苏轼《欧阳晦夫惠琴枕》诗。

"日梦南归"句见欧阳修嘉祐四年《与王懿敏公仲仪》，"十载荣华贪国宠"句见其《再至汝阴三绝》。

九、孔平仲《孔氏谈苑》卷三："永叔梦为鸲鹆，飞在树上，意甚快悦，闻榆荚香特异。"

吉州金橘、洪州双井白芽皆为欧阳修在《归田录》中所表彰。

太平有象

一

成祖久有迁都北京的想法，朝廷上下也多附和说北京足以控四夷、制天下，诚帝王万世之都。

一日，翰林院儒臣齐世阳进奏称暹罗要进贡十头大象，应提升锦衣卫驯象所规格，恭迎瑞兽，精心驯养，以备迁都庆典时，昭示太平有象。

陈谔大声道："营建北京，花费已经很大，庆典不宜铺张。"

齐世阳说："你一个刑科给事中，岂容妄议庆典？"

陈谔说："没有钱，虚装声势，无异于猪鼻子插葱——装象！"

成祖对瑞应之说并不真信，但继位之后，各地屡现祥瑞，廷臣纷纷进呈《神龟颂》《麒麟赞》《河清赋》等，臣民迅速认可了他代天行命的正统地位，他觉得这也未必不是好事。所以，他特别喜欢《白象赋》，赋中写道：

……伟形体之弘博，屹髴髴兮其若陵。运修鼻以妙用，吐冰桂之刚贞……振高足以于迈，出南溟之天涯。顾夷獠而长辞，遵大路于中华。不疾而速，千里欻忽……随驿使而进趋，仰天颜其咫尺。拜跽俛伏，舞蹈悦怿，何幸庞野之资，膺此遭逢之极也……又引重与致远，明柱直而袪害。誓永殚乎尺寸，奉圣皇于万岁。

前些天听说白象老病而死，不免遗憾，如今暹罗又要进贡大象，正合他的心意。没想到陈谔却来扫兴，加上他说话有广东口音，听不明白，便不耐烦地说："聒噪，聒噪！你说话为什么如此大声？"

陈谔说："不好意思，微臣是天生的大嗓门。"

成祖说："天生的？饿你几天就不喧哗了。"

二

过了几天，成祖又召集大臣商议迁都事。齐世阳说："大象就要起程了。朝廷到底如何接应？还请圣上明示。"

只听有人嚷道："一天到晚都是大象，翰林院冇事做了吗？"

成祖一听广东口音，就知道是那个刑科给事中，说："让你饿了几天，怎么还这么大声音？你是不是偷吃了？以后就叫你大声秀才吧！"

陈谔说："谢皇上赐名！可惜如今唯唯诺诺者多，高声直言者少。"

齐世阳说："真是狗嘴里吐不出象牙，竟敢诬蔑众臣。"

陈谔说："你以为你吐的冰桂之刚贞？"

成祖一听又争吵起来，不满地说："聒噪，聒噪！着锦衣卫把陈谔埋到奉天门外，只露其首。七日不死，再赦出还职。"

三

七天以后，成祖想起陈谔，就让人去看。听说陈谔居然没死，暗自称奇，下令还其职。

修《永乐大典》时，齐世阳看过里面所收的《西游记平话》，知道孙行者被埋了五百年还活着。但陈谔不是神猴，活埋土里，只露脑袋，怎么能到第七天还不死？于是，他去锦衣卫打听原委。

奉命监督其事的内侍阮巨队告诉齐世阳，陈谔被埋前，对锦衣卫的人叹息说："没想到今日死于大瓮之中！"锦衣卫不明白陈谔为什么这样说。陈谔骂道："扑街啦你！死蠢！这都唔知？朝廷埋人都是放在瓮里，令其速死。"锦衣卫的人气不过，就找来一口瓮，把陈谔按进去，再把他埋了。陈谔竟得以在瓮中屈伸，不致气闷而死。

齐世阳将此事禀报成祖，说陈谔欺上诳下，必须严惩。

靖难之役，杀戮无数，成祖不想再随意用极刑。况且陈谔虽有些刁蛮，却也不像是个逆臣。他对齐世阳笑道："你不是说象舍破败不堪了吗，就罚他去修象舍吧。"

四

依惯例，修象舍必须由受罚者出钱雇人来修。陈谔没有什么积蓄，只好亲自操作。

那日，成祖路过象舍，见一个满脸灰尘的人正在干活，颇为勤谨，就问是谁。

陈谔见是皇帝，连忙下跪道："微臣遵旨修象舍，因无力雇工，只得自己干。"

成祖说："哦，是你啊。你的声音好像变小了嘛。"

第二天，成祖传旨："海外番夷入贡者，皆用民力接运，有妨其农事。着陈谔赴云南接象进京。"

齐世阳问成祖："陈谔数次得罪圣上，为何还委以重任？"

成祖笑道："让反对的人去做他反对的事，就没有反对者了。"

五

陈谔南下，正好碰到太监阮巨队奉命到广东征虎豹。

阮巨队请陈谔喝酒，酒过三巡，他对陈谔说："你大难不死，果然有后福。这接运大象之事，可是一件美差。暹罗象体大身壮，一日所饲谷，当农夫数口之家一日之食。大象既是夷人进贡的，你可以向他们要饲料钱。一路之上，各地官员自然也要出些饲料钱。到京中交差时，还可以报销些饲料钱。里外里就是三笔进项。大象在途中少不得也有死的，又可省下些饲料。出了京城就是金山银山，比不得你修象舍还要自己搭钱出力。"

陈谔心想，真是贪心不足蛇吞象啊，必须教训他一番，就笑道："听说你并不是真阉者，还娶了妾。"

阮巨队说:"绝无此事,不信你去各房查看。"

陈谔走进一间内室,见墙边排放着七八个罐子,料定其中必是金银珠宝,却佯问里面为何物。

阮巨队说:"不过是虎骨虎鞭酒,可以祛寒壮阳。此地就兴这个。"

陈谔笑道:"上次你埋我七日,我就害了关节炎,正用得着这种酒。我要了。也算赔偿。"

阮巨队恳求道:"是皇上要埋你,不是我。好歹给我留一半啊。"

陈谔索得几罐金银珠宝,未知用于何处,也难妄拟。

六

陈谔接到大象,与番使一同北归。成祖觉得他办事得力,便提拔他为顺天府尹,为迁都做最后准备。他对陈谔说:"大象是你从南边接回来的,北地天寒,物性有别,府尹公务之余,可去演象所指导驯象。"

六月六日,京师大象去城外水边沐浴。洗象每年唯此一次,众象因相交感,牝仰牡俯,一切如人,把河道搞得腥秽不堪,也吸引了无数好奇的人看热闹。

大象极重隐私,讨厌人观看,遇到偷窥者必要追逐触死才肯罢休。有不怕死的就早早爬上茂树浓荫之中,俯首密窥大象成其好事拢共分几步,看完了还不屑地说:"大象又脏又臭,又笨又邪,凭什么成了朝廷的吉祥物?"

那日，太子也出来与民同乐，却因人山人海，什么也没看见，正有些懊恼，他坐的车又与正在巡视的陈谔的坐驾相撞，就撩开车厢帷帘斥责陈谔的驾车者。

陈谔见状，下车向着聚拢过来的百姓吼道："散开，散开！有什么好看的。大象乃物中之至灵者，当今圣上即将迁都龙兴之地，正要大象昭示太平，惊扰瑞兽，就是冒犯天威。"

一个百姓说："老爷说话忒大声！我们只是看热闹怕事大的小百姓。"

陈谔继续吼道："怕事大就在家待着，出来凑什么热闹。还不躐尸趄路，滚回去！"

太子觉得陈谔虽是向着百姓吼，却像是对自己叫嚣，就到父皇那里告状。成祖说："陈府尹是我父母官，虽然说话声音大，但忠良耿直，将来你治国也要靠这样的人。"

七

永乐十九年元旦，终于到了迁都大典举行的日子。

教坊奏唱《殿前欢·仰大明之曲》：

凤苑御筵开，黄花映玉阶。鹿鸣天保歌三代，古调新裁，奉君王万寿杯。日月明，乾坤大，看年年秋报赛。太平有象，元首明哉。

唱到"太平有象"时，群象列队出场，引来一片欢呼。

成祖说："只可惜这次进贡的大象中，没有白象。"

陈谔说："前几天，臣见有白乌乳于庭树，已收罗好了，正拟献上。"

成祖笑道："这就对了！大家高兴时，就不要唱反调。白乌送来后，朕自有金币赏赐。"

说话间，群象整整齐齐地向成祖曲前腿作跪拜状，全场顿时欢声雷动。

不知是因为受到欢呼声的惊吓，还是因为跪的姿势不舒服，一只大象缓缓站起，似乎要席地而坐，庞大的身躯却轰然翻倒，扑起一团灰尘，其他大象随之纷纷起身，向四下里跑开。象奴连忙冲上去驱赶大象，也有跌倒的，也有尖叫的，场面混乱不堪。

齐世阳一边护驾撤离，一边说："天地清宁，华夷绥靖，大象也欣喜若狂了！"

成祖说："翰林中，就属你最会说话！"

八

后来，陈谔到底因不知忌讳，树敌过多，被排挤到了外地。

仁宗初登极，召见天下恩贡生，群象规规矩矩排列于殿陛两墀及阙门外。而因朝仪久不讲，诸士子又都想看看皇帝长得什么样儿，却乱作一团，甚至越次挤入大官重臣位置。仁宗很不高兴，说："这些读书人，为何明经威仪，连群象都不如！"

退朝后,仁宗问左右:"那个大声官人到哪里去了?"

齐世阳上前说:"此人销声匿迹久矣,早已不知去向。"

仁宗叹了一声道:"太平有象却无人,也是枉然。"

2019年3月27日于奇子轩

附记

本篇主人公陈谔《明史》卷一百六十二有传:"陈谔,字克忠,番禺人。永乐中,以乡举入太学,授刑科给事中。遇事刚果,弹劾无所避。每奏事,大声如钟。帝令饿之数日,奏对如故。曰:'是天性也。'每见,呼为'大声秀才'。尝言事忤旨,命坎瘗奉天门,露其首。七日不死,赦出还职。已,复忤旨,罚修象房。贫不能雇役,躬自操作。适驾至,问为谁。谔匍匐前,具道所以。帝怜之,命复官。历任顺天府尹,政尚严鸷。执政忌之,出为湖广按察使。改山西,坐事落职。仁宗即位,遇赦当还故官。帝以谔前在湖广颇撼楚王细故,谪海盐知县。迁荆王长史,为王府所厌苦。宣德三年迁镇江同知。致仕归,卒。"

另外,《国朝献征录》卷七十五雷礼《顺天府尹陈谔传》亦载陈谔"大声""令饿""坎瘗""修象房"诸事,又载其:"十一年奉使云南……十六年六月擢顺天府尹,政尚严察,颇有张赵风。尝出行误冲皇太子驾,太子诉于上。上曰:'陈府尹是我父母官。'竟不问,其优假如此。既而执政者忌之,出为湖广按察副使……改山西,坐事落职,洪熙改元遇赦,应复,上曰:'谔,小人也,不宜以玷方面。'贬海盐知县。上一日问左右:'大声官人何在?宜置转导,使人得闻过。'乃授荆府长史,多所匡益。上赐以'忠良鲠直'四字,示宠异焉。宣德三年,与王不协,迁镇江府同知。致仕归,正统九年卒于家。论曰:陈公以犯颜敢谏,屡濒于死,赖文皇仁皇之明,踬而复奋,然竟龃龉坎壈其身。"同书卷八三黄佐《镇江府同知陈谔传》载:"己亥四月癸巳,有白鸟乳于庭树,谔以献上,喜赐金币。廷臣称贺。"

◇ 辑三 君臣际会 ◇

明清说部也多录陈谔故事，本篇所据如下——
《涌幢小品》卷十三《中官祈哀》：

> 佥事陈谔，字克忠，诙谐。正统初，有中官阮巨队奉命来广征虎豹，谔从阮饮，求虎皮以归。明日草奏，言："阮多用肥壮者宴客，徒贡瘠虎，使毙诸涂。"阮大恐。置酒谢，谔酣谓阮曰："闻子非阉者，近娶妾。然否？"阮请阅诸室。谔见群罐，知为金珠，佯问何物。曰："酒也。"谔笑曰："吾来正索此。"遂令人扛去。阮哀祈，得留其半。广人至今传为谈谑。谔，永乐戊子举人。初为给事中，奏事，声震朝宁。上令饿数日，奏对如前。上曰："是天生也"，呼为"大声秀才"。忤上，命为坎瘗之。谲瘗者云："吾今夕乃为大瓮所苦。"请其故，则骂曰："叱嗟！汝不知耶？朝廷瘗人，当如瓮，可令速死。"瘗者从之，遂得屈伸，凡七日不死。释还故官。谔性刚直，屡仆屡起。历卿寺、佥事、知县、长史、同知。以寿终。

《埋忧集》续集卷二叙坎瘗事稍委曲：

> ……谔性诙谐，当被瘗时，叹息谓其人曰："吾不意今日乃死于大瓮！"人问其故，曰："咄嗟而不知耶？朝廷瘗人当以瓮，令速死耳。"瘗者如其言，遂得屈伸不死。盖瘗人者，以土掩至胸前，即气闷欲绝。若仅露其首，必有刻不可耐者，乌能至七日而不死乎？

《夜航船》卷六《忠良鲠直》、《坚瓠八集》卷四《陈谔诙谐》等亦载陈谔事。篇中有关浴象描写，参见《万历野获编》卷二十四："六月六日本非令节……京师象只皆用其日洗于郭外之水滨，一年惟此一度，因相感，牝仰牡俯，一切如人，……腥秽因之涨腻，居人他处远汲，必旬日而始澄澈。又憎人见之，遇者必触死乃已。间有黠者预升茂树浓阴之中，俯首密窥，始得其情状如此……象性最警……真物中之至灵者……穆宗初登极，天下恩贡陛见，朝仪久不讲，诸士子欲瞻天表，必越次入大像之位，上玉色不怡，朝退欲行谴责,赖华亭公婉解之而止。时谓明经威仪,曾群象之不若。象初至京,传闻先于射所演习,故谓之演象所。"(后复叙锦衣卫自有驯象所,专管象奴及象只。特命锦衣指挥一员提督之,凡大朝会役象甚多,及驾辇驮宝皆用之……篇中移穆宗事为仁宗)

其他涉象叙述,间有所本,如《白象赋》借用的是杨士奇的应制之作,见《东里文集》卷二十四。《殿前欢》曲,见《明史》卷六十三。余继登《典故纪闻》卷六载成祖语"计象一日所饲谷,当农夫数口之家一日之食",又载海外番夷入贡者,其方物皆用民力接运,成祖曰"番人入贡者不绝,皆役民接运,岂不妨其农事",皆化入篇中。另外,"北京足以控四夷"云云,见《太宗实录》卷一百一十五;"天地清宁,华夷绥靖"句出自成祖迁都诏,见《太宗实录》卷一百一十八。

三 笑

屡承年轻笑友提醒，微笑表情符号实为鄙视等义，不可乱用。莞尔成哂，不啻打着微笑反微笑，有失笑道。故欲从笑史上发掘中国好微笑，以示其原生态动人之状。不意于《坚瓠集》读到一明代国家级微笑话，后果之严重，更甚于鄙视。始信不苟言笑，殊非浪言。遂敷演成篇，又拟连类及之，仿九歌而作九笑，至三笑已不可收拾，乃敛容正色，不复输欢录笑，且不敢以聊博一噱为期。

一、微笑

马皇后对赵太监说："这次皇上出行，有什么事吗？"

赵太监说："皇上轻车简从，只是体察民情，没有特别之事。只是有一天，皇上见一民妇喂猪，始终面带微笑，还对着猪叫肥肥。"

马皇后说："皇上到底是因为民妇微笑，还是因为猪微笑？"

赵太监说："圣意难测，着实拿不准。按说宫女不少，个个标致，皇上岂能看上民妇？但那妇人体健貌美，倒也别具风韵。皇帝示以微笑，并非无由。"

马皇后说："喂猪妇？皇帝如何会有恁般重口味？"

赵太监说:"不要看得这货色脏,只要用些胰子,咯吱咯吱遍身洗一洗,也好得很哩!"

马皇后说:"好没正经!罢了,既是圣情所悦,着人把那民妇找来。若是有丈夫的,多赏些金帛,没个不答应的。"

过了些天,朱元璋正用膳,觉得上菜的女子有些眼熟,说:"这个女人好像在哪里见过的。"

马皇后说:"好记性!这就是前日皇上在街上盯着看的喂猪西施。妾听说皇上朝人微笑,就招进来服侍。"

朱元璋微笑道:"错了,错了。我是见她喂豕,忽然领悟了古人造字之意。家字从宝盖头从豕,正所谓无豕不成家。如今天下甫定,有国才有家,心有所感,故此发笑。原不是为女人。"

马皇后说:"这是怎么话说的。只道皇上喜欢,竟拆散了人家的家。"

朱元璋说:"少不得多给些赏赐,让她回去吧。"

马皇后说:"这是自然。早就说你长了副苦瓜脸,笑起来也是苦笑。如今当了皇上,没事别乱笑。让人胡猜事小,致人冤苦事大。"

果然,赵太监对马皇后说:"送不回去了。那女人的丈夫有些牛心左性。听说朝廷征召他女人,十分不愿意。知县下令把他抓了起来,竟死在狱中。"

马皇后有些惨然地说:"这事是我做得不好了。那里的人知道是为皇上要这女人吗?"

赵太监说:"那倒不知。招她来时,只说她猪喂得好,要她替御猪监正堂管事打副手。"

马皇后说:"只有御马监,几时又有御猪监?"

赵太监说:"虽然自古讳名不讳姓,但娘娘在上,奴才不敢说那个监。再说,小民哪里知道朝廷都养了些什么畜生?"

马皇后道:"这是什么话!"

赵太监忙说:"奴才该死!"

赵太监走后,马皇后心想,怪道皇帝近来说"豕"不说"猪"了,八成也是觉得猪朱同音别扭。又想,自己倒像是御猪监的正堂管事,不禁微微一笑,骂了句:"这个大猪蹄子!"

二、大笑

韩侂胄花巨资对御赐南园进行整修。工程告竣,要杨万里作记,杨万里说:"官可弃,记不可作!"

韩侂胄又写信叫陆游作记。陆游知趣,很快寄了《南园记》来。他命人刻碑立在园中。

那日,韩侂胄带人游园赏碑。南园天造地设,极湖山之美,说不得多少亭台楼阁,富丽堂皇。转过一个山坡,却隐隐露出一带黄泥筑就墙,墙头上皆稻茎掩护。里面数楹茅屋,外面却是桑、榆、槿、柘,各色树稚新条,随其曲折,编就两溜青篱。篱外山坡之下,有一土井,旁有桔槔辘轳之属。下面分畦列亩,佳蔬菜花,漫然无际。韩侂胄说:"这里唤作'归耕之庄',简直是一派农家乐景象,只可惜还少些'狗吠深巷中，鸡鸣桑树颠'的意趣。"

一面说，一面走，忽闻庄那边传来鸡犬声。韩侂胄和众人回过头看，原来是临安知府兼工部侍郎赵师睪，正抱头趴在草木丛中学鸡犬叫。韩侂胄见状，哈哈大笑道："没想到你还是个被官家耽误的象声艺人，这一鸣叫未免勾引起我归农之意。"

周总管说："太师莫说这话。罢黜伪学逆党，得罪许多读书人。一旦失了权柄，恐遭其口诛笔伐。"

韩侂胄满不在乎地说："酸丁能成什么气候？大宋朝最不缺的就是读书人。杨万里不作记，有陆游。陆游不写，还有辛弃疾可用。"

周总管说："我看陆游的记文，赞美园林是虚，撺掇太师抗金是实。"

韩侂胄知道抗金对朝廷江山、对自家地位都很重要，甚至拿出了二十万两银子充作军费，没想到仍以失败告终。皇帝埋怨他轻启战端，使南北生灵枉罹凶害，而群臣更趁机攻击他专权。韩侂胄竟为之鬓须俱白，困闷莫知所以。

韩侂胄爱姬"满头花"生日时，他想借此排遣烦恼，便大摆宴席，皇帝特命教坊司优伶演出助兴。

只见三个优伶，自报姓名为樊迟、樊哙、樊恼。旁边一人作揖问："迟，谁与你取名？"樊迟答道："夫子所取。"那人拜道："圣门之高弟也。"又问樊哙："你的名字是谁取的？"樊哙说："汉高祖所命。"那人也拜道："真汉家之名将也。"接下来问樊恼："你是谁命名的。"樊恼说："樊恼是自取的。"

韩侂胄已喝得醉醺醺,大笑道:"这厮说得不错,烦恼从来都是自取的。我若不安内攘外,只在南园逍遥,如何有这许多烦恼?"众宾客也都随之大笑。

正说笑间,周总管递上来一张小纸片,上面写着:"闻外间有警,不佳,乞关合门免朝。"

韩侂胄笑犹未了,看了纸条,揉作一团,丢在一边,说:"这汉又来胡说!人世难得开口笑。小的们将烛火续上,痛饮则个。"

次日早朝前,周总管再次提醒韩侂胄,已探得礼部侍郎史弥远、杨皇后等密谋除掉他,暂不上朝为好。他厉声道:"谁敢?谁敢?"坐车而去。正是:

猪羊走入屠户家,一步步来寻死路。

车刚到六部桥,韩侂胄便被一帮军人拦下,为首的喝道:"有旨,太师罢平章事,日下出国门。"韩侂胄大叫道:"有旨,我为何不知?"那些人哪里理会他,将他从轿中拽出,押至玉津园,推到一道夹墙内。

韩侂胄奋力挣扎,太阳穴上被乱槌打个正着,却似做了一个全堂水陆的道场,磬儿、钹儿、铙儿一齐响,转眼又仿佛变成了成千上百的鸡鸣狗吠。他抱头缩在地上乱吼狂叫,初时还似狗吠,不一会便像鸡鸣一般,渐渐没了声息。可怜韩侂胄一世豪杰,死于非命,一干同党,也尽遭诛杀贬窜。太学诸生有诗叹曰:

堪笑明庭鸳鹭，甘作村庄犬鸡。

一日冰山失势，汤烝镬煮刀刲。

韩侂胄死后，朝廷迫于压力，将其首级送到金国，又答应增岁币为三十万，犒师银三百万两。

金主大笑着对左右说："宋人外强中干，又自毁长城，可笑之极！要地不如要钱。我等见好就收，没钱时再来。"

三、窃笑

章惇的父亲章俞七十岁生日宴会，有人送来一筐柑子，味道甜美，核也饱满。

章俞对家仆说："留下这核，改日我自到园里去种。"

席间的人听了，交头接耳，窃笑不已。

章俞说："诸位窃笑，无非觉得老朽年纪大了，恐怕等不到树大结果那一天。岂不知柳宗元贬官柳州，手种黄柑两百株，并不一定指望柑树开花喷雪，垂珠摘实，却说道'若教坐待成林日，滋味还堪养老夫'，何等乐观！"

章惇在旁插话说："我那冤家对头老苏也是如此，朝廷贬他到惠州，听说他在那里安家盖房，到处找果树种，不像谪居，倒像有几百年的熬煎。他也晓得树太大难活，太小则老人不能待，当酌中者。但还是种了柑子，并在上梁文中写'共笑先生垂白发，舍南亲种两株柑'。六十多岁的人了，明知望不到结果，依然兴高采烈，种树写诗，着实通达。这种人可以怼他，可以折腾他，却不可笑他。"

众人都说："领教，领教！"

章惇没想到自己也有失势的一天，而苏轼却受诏北返中原。

章惇之子章援要去拜访老师苏轼。章惇说："这家伙还不知怎么窃笑呢。"

章援说："苏老先生不是这样的人。"说着，拿出一封苏轼的信，章惇接过来看，只见上面写着：

> 某与丞相定交四十余年，虽中间出处稍异，交情固无所增损也。闻其高年，寄迹海隅，此怀可知。但以往者，更说何益，惟论其未然者而已。主上至仁至信，草木豚鱼所知也。建中靖国之意，可恃以安。又海康风土不甚恶，寒热皆适中。舶到时，四方物多有，若昆仲先于闽客、广舟准备，备家常要用药百千去，自治之余，亦可以及邻里乡党。

章惇看了，沉吟良久，对章援说："我做商州令时，苏轼在凤翔府当节度判官，那时我们相处不错，常一同出游。我曾因他前怕悬崖不敢登，后惧猛虎往后撤，窃笑其不如我。如今看来，还是我不如他。该他笑我。"

章俞种的柑树终于长大结果了。他至少吃过十年的柑子才去世，临终前，对章惇说："当年窃笑辈，一个个先我而去，我倒又吃了十年饱柑,很知足了,如今该去会会那些性急的笑笑生了。"说完,含笑而逝。

章惇让人摘了一盘柑子作供品,放在父亲遗像前,对章援说:"永远不要取笑老年种柑树的人。"

2019年5月27日于奇子轩

附记

本篇各节素材分别如下——

一、褚人获《坚瓠集》己集卷四《家字从豕》:

高皇微行,见一民妇饲猪。上微笑,内竖误以上悦此妇。及入宫,孝慈问驾所经,内竖述其事。孝慈以金帛赐其夫,取妇侍上。上屡目之曰:"此妇似曾见之。"孝慈曰:"即前日某街饲猪者,妾以圣情所悦,故令入侍。"上笑曰:"误矣!我见此妇饲猪,因悟古人制字之意。'家'字从宀、从豕,言无豕不成家也,不觉有契于心,故笑,非为此妇也。"厚赐遣归。

二、罗大经《鹤林玉露》乙编卷三《村庄鸡犬》:

韩平原作南园于吴山之上,其中有所谓村庄者,竹篱茅舍,宛然田家气象。平原尝游其间,甚喜曰:"撰得绝似,但欠鸡鸣犬吠耳。"既出庄游他所,忽闻庄中鸡犬声,令人视之,乃府尹所为也。平原大笑,益亲爱之。太学诸生有诗曰:"堪笑明庭鸳鹭,甘作村庄犬鸡。一日冰山失势,汤燖镬煮刀刲。"

按,《齐东野语》称"平原身僇之后,众恶归焉。杂记所载,赵师睪犬吠,乃郑斗所造，以报挞武学生之愤"，《四朝闻见录》也有类似说法。

南园记事，《宋史》卷四百三十三《杨万里传》载："杨万里为人刚而偏……韩侂胄用事，欲网罗四方知名士相羽翼，尝筑南园。属万里为之记，许以掖垣。万里曰：'官可弃，记不可作也。'侂胄恚，改命他人。"陆游《南园记》载："庆元三年二月丙午，慈福有旨，以别园赐今少师平原郡王韩公。其地实武林之东麓，而西湖之水汇于其下，天造地设，极湖山之美。公既受命，乃以禄赐之余，葺为南园，因其自然，辅以雅趣……其潴水艺稻为'囷场'，为牧羊牛、畜雁鹜之地，曰'归耕之庄'……游老病谢事，居山阴泽中，公以手书来示曰：'子为我作南园记。'游窃伏思：公之门，才杰所聚也，而顾以属游者，岂谓其愚且老，又已挂冠而去，则庶几其无谀词，无侈言，而足以道公之志欤？此游所以承公之命而不辞也。"

叶绍翁《四朝闻见录》戊集《优伶戏语》：

韩侂胄用兵既败，为之须鬓俱白，困闷莫知所为。优伶因上赐侂胄宴，设樊迟、樊哙，旁有一人曰樊恼。又设一人揖问："迟，谁与你取名？"对以"夫子所取"。则拜之曰："是圣门之高弟也。"又揖问哙曰："尔谁名汝？"对曰："汉高祖所命。"则拜曰："真汉家之名将也。"又揖恼云："谁名汝？"对以"樊恼自取"。

《齐东野语》卷三《诛韩本末》：

（杨后与史弥远谋杀韩侂胄，王居安、张镃皆与议）时开禧三年十一月二日。侂胄爱姬三夫人号满头花者生辰，张镃素与之通家，至是，移庖侂胄府，酣饮至五鼓。其夕，周筠闻其事，以覆帖告变。时侂胄已被酒，视之曰："这汉又来胡说！"于烛上焚之。初三日，将早朝，筠复白其事，侂胄叱之曰："谁敢，谁敢！"遂升车而去。甫至六部桥，忽声喏道旁者，问为何人，……曰："有旨，太师罢平章事，日下出国门。"曰："有旨，吾何为不知？"语未竟，夏挺、王斌等以健卒百余人拥其轿以出，至玉津园夹墙内，挝杀之。

《癸辛杂识》载韩平原被诛之夕，干办府事周筠以片纸入投云："闻外间有警，不佳，乞关合门免朝。"韩怒曰："谁敢如此！"至再三，皆不从。

关于韩侂胄，《宋史》卷四百七十四本传载：

……朱熹奏其奸，侂胄怒，使优人峨冠阔袖象大儒，戏于上前，熹遂去……或劝侂胄立盖世功名以自固者，于是恢复之议兴……已而金人渡淮……侂胄输家财二十万以助军……自兵兴以来，蜀口、汉、淮之民死于兵戈者，不可胜计，公私之力大屈，而侂胄意犹未已，中外忧惧。礼部侍郎史弥远，时兼资善堂翊善，谋诛侂胄，议甚秘，皇子荣王入奏，杨皇后亦从中力请，乃得密旨……御笔云："韩侂胄久任国柄，轻启兵端，使南北生灵枉罹凶害，可罢平章军国事，与在外宫观……"侂胄入朝，(夏)震呵止于途，拥至玉津园侧殛杀之……先一日，周筠谓侂胄，事将不善……寻报侂胄已押出……嘉定元年，金人求函侂胄首，乃命临安府斫侂胄棺，取其首遗之……侂胄死，宁宗谕大臣曰："恢复岂非美事，但不量力尔。"

三、何薳《春渚纪闻》卷一《种柑二事》："东坡先生《惠州白鹤峰上梁文》云：'自笑先生今白发，道傍亲种两株柑。'时先生六十三岁也，意谓不十年不著子，恐不能待也。章申公父银青公俞，年七十集宾亲为庆会。有饷柑者，味甘而实极瑰大，既食之，即令收核种之后圃，坐人窃笑盖七八也。后公食柑十年而终。"(按，此书所引苏轼上梁文中诗句与苏集有别，兹据文集引用。另外，苏集卷八十四《与程天侔》提到"白鹤峰新居成，当从天侔求数色果木，太大则难活，太小则老人不能待，当酌中者")

曾慥《高斋漫录》：

苏子瞻任凤翔府节度判官，章子厚为商州令……二人相得欢甚。同游南山诸寺……抵仙游潭，下临绝壁万仞，岸甚狭，横木架桥。子厚推子瞻过潭书壁，子瞻不敢过。子厚平步以过，用索系树，蹑之上下，神色不动，以漆墨濡笔，大书石壁上曰："章惇、苏轼来游。"子瞻拊其背曰："子厚必能杀人。"子厚曰："何也？"子瞻曰："能自拚命者，能杀人也。"子厚大笑。

陈鹄《耆旧续闻》卷四：

> 子厚为商州推官，时子瞻为凤翔幕佥，因差试官开院，同途小饮山寺。闻报有虎者，二人酒狂，因勒马同往观之。去虎数十步外，马惊不敢前。子瞻曰："马犹如此，着甚来由。"乃转去。子厚独鞭马向前去，曰："我自有道理。"既近，取铜沙罗于石上擪响，虎即惊窜。归谓子瞻曰："子定不如我。"

苏轼《与章致平》："某与丞相定交四十余年，虽中间出处稍异，交情固无所增损也。闻其高年，寄迹海隅，此怀可知。但以往者，更说何益，惟论其未然者而已。主上至仁至信，草木豚鱼所知也。建中靖国之意，可恃以安。又海康风土不甚恶，寒热皆适中。舶到时，四方物多有，若昆仲先于闽客、广舟准备，备家常要用药百千去，自治之余，亦可以及邻里乡党。"

"若教坐待成林日，滋味还堪养老夫"出自柳宗元《柳州城西北隅种柑树》。篇中另有多处翻用旧小说成句，如"咯吱咯吱遍身洗一洗"袭自鲁迅《肥皂》；"归耕之庄"描写袭自《红楼梦》大观园稻香村；"水陆道场"袭自鲁智深拳打镇关西；"倒像有几百年的熬煎"为《红楼梦》中红玉语；"吃了十年饱柑"袭自孙悟空"吃了七次饱桃"计年法。

扯 淡

一

刘基心里有个秘密。

许多年前的一天，他与几个朋友在西湖边饮酒，忽见西北角上，云色异常，映耀山水。众人都说是祥瑞之气，当分韵赋诗庆贺。刘基已然微醺，高声道："此非一般祥瑞，乃真天子出世！王气应在金陵。不出十年，我当辅之，兄辈宜识之。"众人也有胆怯的，也有量小的，齐声说："狂悖，放肆！这样的话也敢说，不要连累我等遭灭族大祸。"说完都跑了，刘基大呼门人法兰、克福、沈与点等继续上酒，放歌极醉而罢。

第二天，他途经西北，却见是一座在建的祠堂被焚。心中疑惑，莫非昨日醉中所见异云，不过是此处火光冲天？

废墟边，一个年轻画工在抱头痛哭，祠堂起火时，他师傅正在梁上干活，不幸遇难。刘基见他可怜，便让他跟自己走。

后来，听到有人说他会观象、识王气，他便唯唯而已。他知道，这个传说已不属于他自己，而属于大明朝，属于新天子。听多了，有时也会在心里说一句：扯淡！

二

刘基的扯淡感觉在朱元璋执意营建中都时更强烈了。原只说王气应在金陵,谁知还要散至凤阳,他对朱元璋说:"凤阳虽帝乡,然非置都之地。"

马皇后也劝朱元璋:"天下由你自定,都城殿廷营建取决于刘先生。"

于是,一边建中都,一边建南京,兴师动众,消耗巨大。

一天,朱元璋问刘基:"今天下已平,要让百姓休养生息,到底该如何做?"

刘基说:"生息之道在于宽仁。"

朱元璋说:"胡元不就是以宽而失的吗?我之疆宇,比中国前王所统之地不少,非猛不可,非严不治。只有歹人才恶严法,喜宽容,谤骂国家,扇惑非非。"

刘基说:"宽仁并非不讲法度……"

没容刘基说完,朱元璋又说:"不施实惠,而概言宽仁,没什么好处。以朕观之,宽仁必当让老百姓富裕起来,不节用则民财竭,不省役则民力困,不明教化则民不知礼义,不禁贪暴则民无以遂其生。这样却说'宽仁',是徒有其名,老百姓得不到实惠。"

刘基听了竟哑口无言,暗自称奇,一个草莽英雄,才几日就能把治国之策说得头头是道,宽严两头堵,果然是王侯将相宁有种乎。不过,都城营建,征调各地人力物力,所谓节用、省役,终不过扯淡而已。

三

金陵城墙已成规模，朱元璋前去视察，对随行的刘基说："金陵城全赖老先生选址，功莫大焉！"

其实，刘基早就知道，他勘定位置后，朱元璋嫌其逼近湖中，夜里偷偷命人将已打下的桩子向后挪动。当时，他说："如此固好，但后世恐不免迁都啊！"

此刻，刘基一言不发，只是歪着头看城砖上的字，只见一块上是"烧砖人夫谈荣五"，又一块上是"作匠刘眞"，等等，不由得感慨道："民可筑城，亦可倾城。史书却看不见这些百姓的名字！"

朱元璋知道刘基对拔桩移址还有不满，便指着城墙道："老先生看这城墙，高大巍峨，固若金汤，谁能逾越？我万子万孙，绝无迁都之虞。"

这时，有几只燕子在天上翻飞。

刘基说："陛下看那些燕子。"

只见几只燕子轻巧地掠过城墙而去。

四

看过城墙，刘基又随朱元璋去视察太学。

太学同样建得气势恢宏，朱元璋感慨道："我这辈子最可惜的就是没进过学堂读书。天下有福儿郎，应得居此。"

忽然，朱元璋看到屋角处有蜘蛛布网，厉声咄道："哪方怪物！

我才建屋,岂容你辈占据?"话刚出口,屋角的蜘蛛竟顺着丝线逃走了。

刘基说:"太学出现蜘蛛也算吉兆,曾闻有以'螃蟹浑身甲胄'求对的,有人对的是'蜘蛛满腹经纶',难得恰切呢。"

朱元璋笑道:"老先生满腹经纶,莫非是蜘蛛变的?"

马皇后在一旁说:"老先生的好话,到皇上口里就变味了。"

五

正说笑间,忽听外面有人叫道:"告太平!"

朱元璋说:"必是周颠仙。"

刘基在南昌做官时就见过周颠,对朱元璋说:"此人满口胡柴,尽是扯淡。"

朱元璋却觉得周颠仙颠三倒四的话中,大有玄机。早年有一回,他以手画地成圈,指着朱元璋说:"你打破一桶,再做一桶。"朱元璋听了,认为是指他推翻元朝,重建一统江山,十分高兴。所以,朱元璋要人传他进来,又说再一起去看看宫殿。

刘基说:"上位,我肚内不舒坦,恕不能去。"

周颠从裙腰间取出三寸许菖蒲一茎,对刘基说:"细嚼,饮水,腹无痛。"

刘基见他旧裙腌臜,不屑地说:"你在外面乱吃东西,难免经常腹痛,留着自用吧。"说罢扭头就走。

朱元璋说:"刘老先生,别的都好,就是有些峻隘。"

周颠说:"他长得却像婆娘。"然后就用南昌方音唱道:

世上什么动得人心,

只有胭脂胚粉动得婆娘嫂里人。

朱元璋问:"你这俚言俗曲几个意思?"
周颠说:"你只这般,你只这般。"说罢也扭头就走。
朱元璋冲着他的背影追问:"这般是哪般?"

六

次日,刘基家里来了个画工,他不停地摸着脖子说:"吓死小的了,几乎没命。"

这个画工就是刘基西湖边带出来的。因为建宫殿,需要画工,刘基荐他去当差。

画工对刘基说:"昨天收工前,小的还在宫殿的梁上作画,听见皇帝、皇后进来,躲闪不及,只好缩在柱后。却听皇后赞叹宫殿高大壮观,皇帝也高兴地说:'胡做乱做,做出如许事业!'忽然抬头发现小的在上,连忙叫人把小的拖出去斩了。幸好皇后仁慈,摸着耳朵示意,小的就假作耳聋,凭他们怎么叫唤,只是不应。皇帝又命几个如狼似虎的随从把小的摘下,连吼带问,确认小的是聋子,才饶小的不死。"

刘基说:"算你聪明又命大!听了不该听的,万一泄露天机,该当死罪。以后切记不但要装聋，更要作哑，才是小民的生存之道。只怕皇帝醒悟，还要派人缉拿你。我这里你也是不能待了，赶紧逃了吧。"说着，吩咐家人给画工准备几十个烧饼带着路上当干粮。

七

画工刚走，就见一个衣衫褴褛的汉子走上来说："好大胆，竟敢私放朝廷正要缉拿的人。"

刘基吓了一跳，忙问："你，你，是什么人？"

那人笑道："嘿嘿，经过大阵仗的，一般也唬的这个调儿。老先生放心，在下张三丰，从来多一事不如少一事，更不做伤天害理的举报事。"

刘基施礼道："原来是前辈！皇帝也正要找你呢。"

张三丰笑道："我自在这里，他自不见哩。"

刘基问道："有个编话本的说你是南宋末年的人，看着却不像一百多岁了。"

张三丰说："话本都是扯淡。"

刘基说："岂只话本扯淡，适才我闷向窗前观通鉴，古今世事多参遍，才从字缝里看出字来，满本都写着两个字'扯淡'。"

张三丰说："哈，哈，哈，好一个扯淡的世界也！我见世间扯淡人，我也跟着去扯淡。"

刘基说："好，好，好，早晨扯淡直到晚，天明起来又扯淡。"

张三丰说："自从三皇五帝起，算来也是净扯淡。"

刘基说："孔子三千徒弟子，算来也是净扯淡。"

……

二人你一句我一句地正扯着，家人过来说："老先生醒了？烧饼刚烤得，要不要尝一块新鲜出炉的？"

八

吃过烧饼，刘基想起梦中扯淡正在兴头上，心有所感，便提笔作诗：

忆昔盘古初开天地时……天帝憨其劳逸不调生病患，申命守以两鬼，名曰结璘与郁仪。郁仪手捉三足老鸦脚，脚踏火轮蟠九螭。咀嚼五色若木英，身上五色光陆离……结璘坐在广寒桂树根，漱咽桂露芬香菲。啖服白兔所捣之灵药，跳上蟾蜍背脊骑……天帝怜两鬼，暂放两鬼人间娱。一鬼乘白狗，走向织女黄姑矶……一鬼乘白豕，从以青羊青兔赤鼠儿。便从阁道出西清，入少微，浴咸池……

写到痛快淋漓处，刘基又让家人给他一块烧饼吃，吃罢接着写道：

……两鬼自从天上别，别后道路阻隔，不得相闻知……相思人间五十年，未抵天上五十炊……忽然宇宙变差异，六月落雪冰天逵……不意天帝错怪恚……急诏飞天神王与我捉此两鬼拘囚之，勿使在人寰做出妖怪奇……搜到九万九千九百九十九仞幽谷底，捉住两鬼，眼睛光活如琉璃。养在银丝铁栅内，衣以文采食以麇。莫教突出笼络外，踏折地轴倾天维。两鬼亦自相顾笑，但得不寒不馁长乐无忧悲。自可等待天帝息怒解猜惑，依旧天上作伴同游戏。

写罢诗，刘基掷笔叹道："我也该回去了。"

朱元璋接到刘基的请辞表，召他进宫说："先生苦心数载，疲劳万状，方今天下太平，君臣正好共乐富贵，何故推辞？"刘基说："臣基犬马微躯，身有暗病，乞放还田里，以尽天年，真是微臣侥幸，伏惟圣情俞允。"朱元璋见他说得一本正经，只得答应，临了又说："你那篇《二鬼》鬼话连篇，扯什么淡？我问了几个人，都说不省得。有什么话，何不像我这般直直地说。"

刘基有些惊讶，又有些害怕，由着性子涂抹的诗，朱元璋怎么看到了？

九

刘基在家乡住着，没有人打扰，倒也自在。

一日，朝廷来人，送来朱元璋的手书，上面说：自那日呵斥蜘蛛，太学再未见过蜘蛛，可见虫子也知规矩，可恨如今生徒却都怀着异心，全不务学，好生坏事。卿家处万峰之中，必有真乐。我那忧烦，何可当也。末了，又写道：

  即今天象迭见，且天鸣已及八载，日中黑子又见三年。今秋天鸣震动，日中黑子，或二，或三，或一，日日有之，更不知灾祸自何年月日至？卿山中或有深知历数者，知休咎者，与之共论封来。

刘基自言自语道："少不得还要扯一回淡！"便提笔写道：

  ……霜雪之后，必有阳春。毕竟有收还有散，放宽些子又何妨……

写毕，封好，又将草稿一把火烧了。
看着跳动的火苗，忽然想到当日王气之焰，不由得拍案道："再不来了！"

2019 年 9 月 22 日于奇子轩

附记

  本篇素材如下——
  黄纪善《诚意伯刘公行状》：

尝游西湖，有异云起西北，光映湖水中。时鲁道原、宇文公谅诸同游者，皆以为庆云，将分韵赋诗，公独徒饮不顾，乃大言曰："此天子气也，应在金陵，十年后有王者起其下，我当辅之。"时杭城犹全盛，诸老大骇，以为狂，且曰："欲累我族灭乎？"悉去之。公独呼门人沈与点置酒亭上，放歌极醉而罢……上命归乡里，公奏曰："凤阳虽帝乡，然非置都之地。"

朱元璋《赐刘基书》："皇帝手书付诚意伯刘基：……我之疆宇，比之中国前王所统之地不少也。奈何胡元以宽而失，朕收平中国，非猛不可。然歹人恶严法，喜宽容，谤骂国家，扇惑非非，莫能治。即今天象迭见，且天鸣已及八载，日中黑子又见三年。今秋天鸣震动，日中黑子，或二，或三，或一，日日有之，更不知灾祸自何年月日至？卿山中或有深知历数者，知休咎者，与之共论，封来……卿年高，家处万峰之中，必有真乐……"

余继登《皇明典故纪闻》卷一：

太祖谓刘基曰："今天下已平，思所以生息之道，何如？"基对曰："生息之道，在于宽仁。"太祖曰："不施实惠，而概言宽仁，亦无益耳。以朕观之，宽仁必当阜民之财，而息民之力。不节用则民财竭，不省役则民力困，不明教化则民不知礼义，不禁贪暴则民无以遂其生。如是而曰'宽仁'，是徒有其名，而民不被其泽也。"

张瀚《松窗梦语》卷五：

太祖高皇帝定鼎金陵，将筑宫室于钟山之阳，召刘诚意定址。诚意度地置桩，太祖归语太后。太后曰："天下由汝自定，营建殿廷何取决于刘也！"乃夜往置桩所，皆更置之。明旦复召刘观，刘已知非故处，乃云："如此固好，但后世不免迁都耳。"

褚人获《坚瓠集》己集卷四：

高皇建都金陵,命刘诚意相地,筑前湖为正殿基。业已植桩水中,上嫌其逼,少徙于后,诚意见之默然。上问之,对曰:"如此亦好,但后不免迁都之举。"时金陵城告完,高皇与诚意视之,曰:"城高若此,谁能逾之?"诚意曰:"除非燕子能飞入耳!"其意盖谓燕王也……

陆粲《庚巳编》卷一:

相传高皇帝时,初起太学,上临视之,顾学制宏丽,圣情甚悦。行至广业堂前,偶发一言云:"天下有福儿郎,应得居此。"迄今百四十年来,学生居此堂者,往往占魁选,跻位通贵,他所不及也。又诸堂中都无蜘蛛,云上来时,见蛛布网屋隅,曰:"我才建屋,尔辄据之耶?"顾叱之出,语讫而蛛遁,从兹遂绝。

"蜘蛛满腹经纶"之对为李东阳所对,见焦竑《玉堂丛语》卷七。

张岱《快园道古》卷一:"南京宫殿成,太祖与高后往视,见轮奂嵯峨,辄叹曰:'胡做乱做,做出如许事业!'仰视,见有画工在上,自悔失言,呼下欲除之。高后示画工以意,自摸其耳,画工遂假作耳聋,屡呼不应。太祖使人摘下,问是耳聋,遂赦之。"

《明史》卷一百二十八《刘基传》:"帝尝手书问天象,基条答甚悉而焚其草。大要言霜雪之后,必有阳春……"

以上材料,多见于俞美玉编《刘基研究资料汇编》,间有径取原书者。

此外,"众人也有胆怯的,也有量小的"参用王文禄《龙兴慈记》中刘基对王冕、贾铭的评价;周颠事参见朱元璋《御制周颠仙人传》;刘基"上位"句,见《刘仲景遇恩录》;朱元璋"基峻隘"语见李绍文《皇明世说新语》卷四;刘基女相,俞樾《茶香室三钞》卷十一有辨析;张三丰事见《明史》卷二百九十九《方伎》"张三丰……以其不饰边幅,又号张邋遢……太祖故闻其名,洪武二十四年遣使觅之不得"。金庸小说称其为南宋末年的人;刘基与张三丰聚谈见清嵇永仁所编杂剧《刘国师教习扯淡歌》,"好一个扯淡的世界也"句即出此剧,"闷向窗前观通鉴"等诗句,亦见此剧,而初见于明代托名李贽所编《山中一夕话》卷七；篇中"自从三皇五帝起……""孔子三千徒弟子……"等，也都为《扯淡歌》原句，这些诗句对封建时代权威、圣贤、经典及一切堂而皇之的历史加以戏谑，在元散曲中屡见不鲜，是其精彩之处，也是其广为流传的原因；"我自在这里"在《英烈传》中原为周颠语；刘基辞官与朱元璋对话，亦借用了《英烈传》描写；朱元璋"不省得""直直地说"语，出其《大诰武臣序》；斥生徒怀异心语，见其《训太学生敕谕》；"我那忧烦"语截自其《与曹国公手书》；"毕竟有收还有散"二句出自徐祯卿《翦胜野闻》；"再不来了"见明代扯淡碑。如此等等，无烦一一指实。

君臣会

君臣相得，小说家传而奇之，每以人杰如龙虎、时势有风云、因缘成际遇为佳话，而检读野史，不尽人意者亦复不少。兹取数篇，略加点化，三致叹焉。

一、傻儿投水

宋濂是朱元璋最器重的文臣，朱标没想到父王连他也要杀。

朱标哭着对朱元璋说："人都说君臣遇合，自古为难，而保全终始尤难。父王对宋学士，也曾恩宠有加，为何到了却是这般结局？儿臣愚戆，宋学士曾亲授经书，没有别的师傅，幸父王哀矜，免其死。"

朱元璋大怒道："等你当了天子再宽恕他。"

朱标说："那时早就没有他了。"

朱元璋吼道："那时也早就没老子了。"

朱标从没见父王如此怒气冲冲，吓得转身跑出去，跳入金水河中。

侍臣见状，纷纷跳水，将朱标救起。

朱元璋看到朱标被救起，又是高兴，又是生气，说："傻儿子啊，朕杀人，与你有半个铜板的关系吗？"

说完，朱元璋看着那些救朱标的人，有的穿着衣服，有的光着膀子，便对光着膀子的说："太子都要淹死了，还等得及尔等狗奴才解衣脱鞋救援？"当即下令，凡连衣带鞋跳水者擢三级，解衣脱鞋者都杀了。

朱元璋对朱标说："朕可以不杀宋濂，可是，你看，你救了一人，却害了这么多人。"

太后死后，朱元璋十分难过，想到自己也不可能万寿无疆，更是大开杀戒。

朱标苦苦谏曰："父王诛夷过滥，恐伤天和。"

朱元璋却觉得朱标心慈手软，恐怕将来难以坐稳江山。他问监察御史白燕道："朕杀几个犯人，太子便觉得过分，卿如何看？"

白燕顿首进曰："陛下欲杀之，法之正也；今太子欲生之，心之慈也。"

朱元璋十分讨厌这种左右都有理的人，认为这种人最不可靠，下令把白燕关入天牢。白燕吓得装作疯癫，幸免一死。

第二天，朱元璋将一根棘杖放在地下，命朱标拿进来。朱标看着满是刺的棘杖有点为难。朱元璋说："你拿不了吗？我把刺头都削平磨光了再给你，难道不好吗？我现在杀的，都是该杀的。替你除掉了刁民逆臣，是你莫大的福气呢。"

朱标说："上有尧舜之君，下才有尧舜之民。"

朱元璋骂道："你怎么这么不开窍。你以为臣民会听你这种稀松软蛋的？"说着，操起坐榻就扔过去。朱标吓得往外跑，朱元璋在后面追。

侍臣跟在后面喊："陛下别追了，再追太子又要跳河了。"

散骑舍人听见里面叫喊，便在金水河边守候着。

早上出来前，他穿了件旧衣服。老婆问："你不是花五百贯做了套新衣吗，为何不穿？"

散骑舍人说："你哪里知道，近日太子总拂圣意，万一又跳河，穿新衣去救，没得糟践了那五百贯。"

一日下来，平安无事。他想，倒不如穿好衣服出来。

二、偶忘一事

朱棣对近臣说："朕好像忘了一件什么事，尔等帮朕想想，应该是什么事？"

一个说："莫不是鄱阳县民朱季友进书谤毁圣贤事，陛下还有什么谕旨？"朱棣说："尊圣崇儒确实是大问题，好像与此有点关系，但不是这事。这事朕已准李纲等请置于法。愚民若不治之，将来邪说有误后学。即遣行人押还乡里，会布政司、按察司及府县官，打一百杖，把他家抄了，所著书稿都烧毁，而且不许他再称儒教学。"

一个说："陛下听说江西民众而田少，想是在扶贫济困上有什么新举措？"朱棣说："民生确实是大问题，但也不是这事。这事朕早已亲自部署。致富关键在一个勤字,不只农夫,士工商皆当勤奋,人君更应致勤于心。朕每退朝静坐,必思今日所做几事,某事于理如何,于人情如何,若皆合宜,心则安矣。有不合宜,就是半夜,必命左右记之,天一亮就改正。要知道,一事失当,人受其弊,故不得不勤。"

众人都说:"陛下治国,纲举目张,并无遗漏。"

过了半个月,朱棣终于想起来了,原来是那日锦衣卫都指挥佥事纪纲上囚籍,朱棣在上面看到了解缙的名字,随口问道:"解缙还活着啊,朕……"

一语未了,就听当啷一声,御案上的镇纸金狮掉到了地上,朱棣捡起来,对侍臣说:"一器之微,置于危处则危,置于安处则安。天下,大器也,难道倒可以置之于危险之境吗?尤须安之,天下虽安,不可忘也。故小事必谨,小不谨而积之将至大患;小过必改,小不改而积之将至大坏,皆致危之道也。"

因为忙着讲这一通大道理,倒把想要问解缙的事忘了。

其实,朱棣本来很是赏识解缙的,他说:"世界不可一日无我,我则不可一日少解缙。"朱棣还对解缙等人说:"朕即位以来,尔等朝夕相与共事,常在左右。朕嘉尔等恭慎不懈,就是在宫中也经常提起。但凡事保初易,保终难。朕固常存于心,尔等也应谨终如始,庶几君臣保全之美。"为此,朱棣甚至专门召见赏赐了解缙等人的妻室。可是,解缙反对朱棣立次子朱高煦为太子,后来又私会太子朱高炽，触怒了朱棣，诏令锦衣卫逮捕解缙入狱。时间长了，渐渐就忘了他。

前些时候，朱棣在宫中翻阅《永乐大典》，看到一段《西游记》中魏征与唐王下棋、梦斩泾河龙故事，因魏征忽又想起解缙，想起往日君臣相得的情形，想起解缙主编大典，又想梦斩泾河龙只是一个片段，《西游记》应该整本书阅读，但这本书却不知是从哪里征集来的，又到哪里去了，想必解缙是知道。恰好在囚籍名录中看见解缙在册，就想把解缙召进来叙叙旧，也问问《西游记》的下落，却被镇纸掉地打断了。

于是，他又招纪纲来问。

不承想因朱棣一句"解缙还活着"，纪纲错会了圣意，竟用酒将解缙灌醉，而后拖到积雪中活埋了。解缙临死前，纪纲问他有什么话说，解缙道："皇上曾对我说：'敢为之臣易求，敢言之臣难得。敢为者强于己，敢言者强于君。若使进言者无所畏，听言者无所忤，天下何患不治？'这话信不得。"

朱棣得知解缙已死，一面叹息，一面对侍臣说："那日朕若没有忘事就好了。可惜朕以一人之智，处万几之繁，岂能一一记忆不忘？一一处置不误？拾遗补过，近侍之职。自今以后，不管什么杂事，尔等都当记下来，以备顾问。"

左右都说："陛下满脑子治国理政，凡事都能讲出一大套道理，难免忘事。"

三、钓得蛤蟆

朱厚照南巡时,曾经住在杨一清府,他对杨一清说:"爱卿做过吏部尚书,有识人之明,如今虽然致仕了,但朝廷的事还得操点心。地方若有贤达才士,不妨举荐。"

杨一清说:"科举正路外,另开仕进之途,恐坏了规矩。"

朱厚照说:"这又何妨。朕曾听说太祖曾微行里市间,在酒坊遇国子监一监生,与之对席,知其为重庆人,太祖帝因属词曰:'千里为重,重水重山重庆府。'生应声曰:'一人成大,大邦大国大明君。'后来太祖命除为按察使。朕若得遇此等精英,一可为朝廷网罗人才,二来也可塞此行天下浪传朕游采美色的不好名头。"

杨一清说:"微臣有一个新来的门客,前日知陛下要来,微臣说陛下欲广见闻,是自取其劳,他却说我主若不出来,如何知道民情?不了解民情,如何治理国家?所以上古帝王,也有五年巡狩之制。这话好像别有见识。明日唤他上来听差,陛下亲自检验是否中用吧。"

朱厚照听了有些高兴,他知道出来私访,说好的不多,难得此间倒有赞许的人,说不定是可用之人。

第二天,朱厚照又到杨府,杨一清却生病了,只得吩咐手下人侍候汤饭。

朱厚照见侍候者长得气宇还算轩昂,不太像凡夫俗子,便问其姓名。

那人道:"小人实是杨府门客,贱姓余,名鹏。"

朱厚照说:"鹏字好啊,朕赐你一字曰万里。"

余鹏慌忙跪下,连声说:"谢陛下赐字。"

朱厚照说:"朕的字不是白赐的,你需作一首诗来看看。"

余鹏说:"小人诗思迟钝,请赐题,小人到后面去从容构思。"

朱厚照笑道:"我考秀才,正欲面试。饭后,朕要去南园钓鱼,你即以鱼为题作诗一首。"

余鹏冥思苦想半天,提笔写道:

赵普本为开国臣,
君臣鱼水更何人。
难得雪夜相逢意,
美味尤堪佐酒巡。

朱厚照接过看了,点头赞道:"君臣鱼水,立意颇高,只是王鏊大学士先得你心,仿佛写过类似的诗句。"

余鹏听了,把脸一红。自己听老师的话,不曾究心诗歌,情急之下,竟把前日看的前辈诗错写出来了。

朱厚照在池边钓了一个时辰,都不见鱼儿上钩,便说:"杨一清家水至清,无鱼。"

正说着,却见鱼漂浮动,鱼竿摇晃,朱厚照兴奋地叫了声"鱼儿上钩了",便使劲向上一挥竿,却不是鱼,而是一只大蛤蟆在钩上挣扎，不由得龙颜大笑。

余鹏虽然没有伴驾随游，但回去后即自刻了一枚"御赐万里之章"的印章，把家里的书都盖了个遍，闲了拿给后生看，又喜讲些"赵伯升茶肆遇仁宗""史弘肇龙虎君臣会"古话。

2020年9月8日于奇子轩

附记

本篇各节素材依次如下——

一、徐祯卿《翦胜野闻》：

（宋濂）十三年失朝，帝召其子中书舍人璲、殿廷仪礼司序班慎问之，对曰："不幸有旦暮之忧，惟陛下哀矜，裁其罪谴。"帝微使人廉之，则无恙。下璲、慎狱，诏御史就诛濂，没入其家。先是，濂尝授太子及亲王经书，太子于是泣泪谏曰："臣愚戆，无他师傅，幸陛下哀矜，裁其死。"帝怒曰："候汝为天子而宥之。"太子惶惧不知所出，遂赴溺，左右救得免。帝且喜且骂曰："痴儿子，我杀人，何预汝耶？"因遍录救溺者，凡衣履入水者擢三级，解衣舄者皆斩之，曰："太子溺，候汝等解衣而救之乎？"乃赦濂死而更令入谒，然怒卒未解也。会与太后食，后具斋素，帝问之故，对曰："妾闻宋先生坐罪，薄为作福佑之。"帝艴然投箸而起。濂至，帝令无相见，谪居茂州，而竟杀璲、慎。按：君臣遇合，自古为难，而保全终始尤难。我太祖之于宋学士，情义蔼然，不啻家人父子，而末路若此，非皇太后之贤，太子之谏，几于不免。在太祖似于寡恩，而学士失期不朝，其于小心翼翼之道谓何？此其智不及徐太傅远矣。

及太后崩，帝惨不乐，愈肆诛虐。太子谏曰："陛下诛夷过滥，恐伤天和。"帝默然。明日,以棘杖委于地,命太子持而进,太子难之。帝曰:"汝弗能执欤?使我运琢以遗汝,岂不美哉?今所诛者,皆天下之刑余也,除之以安汝,福莫大焉。"太子顿首曰:"上有尧舜之君,下有尧舜之民。"帝愈怒,即以所坐榻射之,太子走,帝追之……

狱有疑囚未决,太祖欲杀之,太子诤不可,御史袁凯侍,上顾谓凯曰:"朕与太子之论何如?"凯顿首进曰:"陛下欲杀之,法之正也,今太子欲生之,心之慈也。"帝以凯持两端,下凯狱……

余继登《典故纪闻》卷五:"太祖于奉天门见散骑舍人衣极鲜丽,问制用几何,曰:'五百贯。'"

二、《典故纪闻》卷六:"成祖尝谓近臣曰:'早来在宫中偶忘一事,问左右,皆不能记忆,盖沉思久而后得之。朕以一人之智,处万几之繁,岂能一一记忆不忘?一一处置不误?拾遗补过,近侍之职。自今事之丛脞者,尔等当悉记之,以备顾问。所行有未合理,亦当直谏。'"

同上卷六:"饶州鄱阳县民朱季友进书,词理谬妄,谤毁圣贤。礼部尚书李至刚、翰林院学士解缙等请置于法。成祖曰:'愚民若不治之,将来邪说有误后学。即遣行人押还乡里,会布政司、按察司及府县官,杖之一百,就其家搜检所著文字悉毁之,仍不许称儒教学。'"

同上卷六:

成祖问侍读胡广曰:"闻江西民众而田少,农家亦给足否?"对曰:"勤者可给。"成祖曰:"勤之一字,岂独农夫当尽?士工商皆当尽。至于人君,尤不可不尽。人君则当致勤于心,朕每退朝静坐,必思今日所行几事,某事于理如何,于人情如何,若皆合宜,心则安矣。有不合宜,虽中夜,必命左右记之,俟旦而改之。盖一事失当,人受其弊。故不得不勤。"

同上卷六:

◇ 辑三　君臣际会 ◇

成祖御右顺门，召翰林院学士解缙，侍读黄淮、胡广、胡俨，侍讲杨荣、杨士奇、金幼孜，谕之曰："朕即位以来，尔七人朝夕相与共事，鲜离左右。朕嘉尔等恭慎不懈，故在宫中亦屡言之。然恒情，保初易，保终难。朕固常存于心，尔等亦宜谨终如始，庶几君臣保全之美。"缙等叩首言："陛下不以臣等浅陋，过垂信任，敢不勉励图报！"成祖喜，皆赐五品公服。又曰："皇后数言欲召见尔等七人命妇，其令即赴柔仪殿见。"是日缙等之妻入见宫中，训劳备至，皆赐五品冠服及钞币表里。

同上卷六："成祖尝谓学士解缙等曰：'敢为之臣易求，敢言之臣难得。敢为者强于己，敢言者强于君。所以王魏之风世不多见。若使进言者无所畏，听言者无所忤，天下何患不治？朕与尔等皆勉之。'"

同上卷七："成祖御右顺门览奏牍，时御案有镇纸金狮，欹侧将坠，给事中趋进，移置案中。成祖顾侍臣曰：'一器之微，置于危处则危，置于安处则安。天下，大器也，独可置之于危乎？尤须安之，天下虽安，不可忘也。故小事必谨，小不谨而积之将至大患；小过必改，小不改而积之将至大坏。皆致危之道也。'"

《剪胜野闻》："太祖尝微行里市间，遇国子监监生某者入酒坊……问其乡里，对曰：'四川重庆府人也。'帝因属词曰：'千里为重，重水重山重庆府。'生应声曰：'一人成大，大邦大国大明君。'……遂命除为按察使。"

《白牡丹》第四十四回："正德仍结束衣服曰：'不知不罪，天子游采美色，名头不好。寡人后日回京，断不说起。'"

三、袁中道《游居柿录》卷三：

杨邃庵先生嗣孙杨九皋来，见杨公关中奏议。予讯杨公事，云："当武庙幸宅时，先人病。凡上汤饭，俱一仆余鹏扶送。武庙问曰：'汝何名？'曰：'余鹏。'武庙曰：'改作万里可也。'鹏后自刻印章曰'御赐万里之章'。盖此人亦非仆，乃先人门下客，不敢言客，故言仆耳。每上汤饭，俱具五十金为仪。武庙曰：'暂收下。'不下数千金，曰：'尽与杨先生作茶果资。'驻驾一挥使宅，晨则步至先人宅上，或园中钓鱼作诗，亦令先人作。先人曰：'诗思迟钝，请题，入密室构思。'武庙笑曰：'我考秀才，正欲面试。'诗成后改一字。南园钓鱼，得一大虾蟆，龙颜大笑。"

蒋一葵《尧山堂外纪》卷九十："宸濠谋逆，武宗亲征，既得凯旋，驻跸金陵，复渡江幸杨一清第，赐绝句十二首……守溪王公鏊有四绝句云：'赵普元为社稷臣，君臣鱼水更何人。难虚雪夜相过意，海错尤堪佐酒巡。'"

跪　拜

一

孙巨源在家养病时，李邦直送给他一条狗解闷。那狗全身油黑，只有四只脚是白色的，因此名唤银蹄。

银蹄很乖巧，只要孙巨源招呼它，它就会马上跑过来，对着孙巨源作跪拜状。

孙巨源知道李邦直的意思，他看中了自己的小女儿，想让他同意这门亲事。可是，李邦直与他小时是同学，当官又是同僚，虽已断弦多时，毕竟与女儿年纪悬殊，让女儿嫁给他，孙巨源觉得委屈了女儿，便对他说："你要想娶我女儿，先给老丈人跪下。"

孙巨源并非真要为难李邦直，因为料定了他是不好意思给自己下跪的。没承想李邦直送来一条狗，代为下跪。孙巨源想，这家伙让银蹄练习跪拜，不知费了多少工夫，倒也算心诚。

女儿知道李邦直求亲事，笑道："男人是不是以为没有什么事是下一个跪解决不了的？太作践自己了。女子样样不如人，却有一样好，不必到处下跪，道个万福，就是行礼了。"

孙巨源说："你何尝知道，我朝太祖曾问过赵普，拜礼为什么男子跪而女子不跪,赵普去问礼官,都说不知道。其实,古诗里早有'长跪问故夫'的句子,可见女人也是要跪的。只是到了武则天时,反了阴阳,乱了纲常,女人才拜而不跪。至于男人,敬的是天帝君亲师,都是高高在上的,岂有不拜之理?"

女儿说:"好在爹爹已经是翰林学士了,除了皇上,再不须拜别人了。"

孙巨源说:"你看着翰林学士风光,在皇帝眼中,恐怕也不过是只银蹄。"

二

女儿不知道,她的话触到了孙巨源的心病。

十四岁那年,孙巨源随做官的父亲到了登州。在东海神庙,他曾暗自祷告,乞求神灵预示他日能获得怎样的科第和爵位,夜里果然梦见神灵对他说:"汝当一举成名,位在杂学士上。"醒来后,他很高兴,只是不知道"杂学士"究竟是什么官职。问人,都说:"这可是一个大吉大利的梦啊!你小子将来一定能官至龙图阁学士。"他听了越发高兴。其实,那时连"龙图阁学士"是什么官,他也并不清楚。

后来真的当了官,以至得到了皇帝格外的眷注,少不得把当年的梦告诉人。等到做了翰林学士,朋友亲戚都来祝贺。孙巨源反而有些不爽,略带沮丧地说:"以前我说过神梦预示,莫非所谓'杂学士'就是翰林学士?如果我止步于此,那今日的任命,就宜吊不宜庆了。"

这次生病，更让他有些心灰，以为自己已经到达人生巅峰，后面的日子都是下坡路了。

三

令孙巨源喜出望外的是，病后，神宗皇帝多次派太医来诊视，他有所好转后，又特意派人来问："什么时候可以回来工作？朝廷还等着你发挥大作用。"

朋友们听说此事，纷纷来拜访，都说孙巨源回朝廷工作，必定荣登要职。孙巨源也对家人说："从前还以为这辈子在翰林院就混到头了，没想到二府指日可达，看来神灵'杂学士'的话也不可全信。"

终于等到要上朝的日子了。前一天，孙巨源对家人侍从说："我病卧床榻很久了，身子有些僵硬，恐怕不习惯行跪拜礼。你们为我铺一张茵褥，我先练习一番。"

于是，孙巨源开始在茵褥上练习起来，口里还念念有词："跪，拜，兴。跪，拜，兴……"

才练了两回，忽然觉得一阵眩晕，跌倒在地，身边的人忙去扶，已没了呼吸。

四

孙巨源练习跪拜而死的事，很快传遍了京城。

几个朋友聊起此事，都十分惋惜。刘贡父说："巨源恐怕是历史上唯一因练习跪拜而死的了，将来史书上若载其'在家习肄拜跽，偾不能兴，于是竟卒'，令人情何以堪？知道的是他忠心奉上，不知道的还不知如何讥笑。"

孙莘老说："巨源真大可不必如此拘礼的。从前朝廷还反对过跪拜礼，一般行礼，叉手即可。谁知如今跪拜得越来越多了。"

李端愿说："诸位有所不知，巨源还有一憾。上次他到寒宅小酌，我叫了个唱小曲的念奴，她弹得一手好琵琶。巨源正陶醉着，皇帝突然宣召，他原不肯去，又不敢留。到了翰林院，起草了三封制诰，犹不能忘，就写了篇《菩萨蛮》，抒发愤懑之意。第二天特意送给我看。"说着，缓声哼唱道：

楼头尚有三通鼓，何须抵死催人去。上马苦匆匆，琵琶曲未终。

回头凝望处，那更廉纤雨。漫道玉为堂，玉堂今夜长。

孙莘老说："此曲果然充满憾恨，虽然皇命难违，到底也要自己活明白些才好。"

刘贡父说："既然人生苦匆匆，何不苦中作乐？"说着，转向李端愿笑道："唱歌须是，玉人檀口，皓齿冰肤，语娇声颤，老兄虽是解歌，无奈雪鬓霜须，怎如念奴。几时让我们也看看让巨源不能忘情的是什么人。"

李端愿答应道："改日请各位屈驾到寒宅来，我再召念奴过来唱曲，一同缅怀巨源。"

五

在李端愿家，孙莘老说："那日贡父说巨源史上留名，恐因千古一跪，令老夫深有感慨。其实，巨源是极有见地的，他的进策直指当世弊事，反复论说，有根有据，皆可施行，当日韩琦读到了，赞之为今之贾谊。我等当替他搜罗，刊刻出来，使后世知其非徒跪拜而已。"

李端愿也说："巨源政论确无一词虚说。记得有一回，他看到外地有个提刑副千户要转正，考语居然也满是才干有为、英伟素著、国事克勤、齐民戴仰的话，他就当真了，上表说这类鉴定过为溢美，以失事实，主张少用套语，随事撰述。"

刘贡父听了，叹息道："巨源太谨慎，他凡有章奏，进上后都烧掉底稿，就算是他是亲近的子弟也没机会看到。如今要汇集刊行，恐非易事。"

李端愿也点头道："巨源明哲保身，是他聪明处。老王强推新法，逼走许多谏官御史，巨源因郁郁不能有所言，才力求补外，倒少了些争斗。"

刘贡父说："我也觉得巨源极会做人。我一向口无遮拦，冒犯了不少人。今日莘老也在，还望恕罪。当日我把莘老叫'大胡孙'，巨源叫'小胡孙'，巨源并不以为忤，难得随和。"

六

李端愿说:"其实,今日本来还有一个人该请,却不能够了。"

众人都知他指的是苏轼。

苏轼与孙巨源是好朋友,当日二人都因与王安石政见不合而乞外任,孙巨源又回朝任起居注知制诰,苏轼写了一首《更漏子》送他,孙巨源念给朝中朋友听,念到"新白发,旧黄金,故人恩义深""槎有信,赴秋期,使君行不归"时,禁不住落泪。没承想,苏轼回来了,是因作诗讽刺新法被捕归案,而孙巨源却不在了。

孙莘老叹了口气道:"苏轼不如巨源能收敛。听说他在湖州,还进《湖州谢上表》,说什么'陛下知其愚不适时,难以追陪新进;察其老不生事,或能牧养小民'。你想,陛下听了这话,能高兴?他若有一点巨源跪拜服软的心,必不致有今天。"

刘贡父说:"那就不是苏轼了。"

七

正说着,家人传话,念奴到了。

李端愿说:"今日诸位都说得太沉重,还是听曲吧。我昨天已派人将苏轼在润州东景楼与孙巨源相遇写的一首《采桑子》送给了念奴,请听她唱这只曲子吧。"

念奴进来,众人看她,果然生得:

云鬟轻梳蝉翼,蛾眉巧画春山。朱唇注一颗夭桃,皓齿排两行碎玉。花生媚脸,冰剪明眸;意态妖娆,精神艳冶。岂特都下之绝色,尤胜天下之名花。

念奴道过万福,便怀抱琵琶唱道:

多情多感仍多病,多景楼中。樽酒相逢,乐事回头一笑空。
停杯且听琵琶语,细捻轻拢。醉脸春融,斜照江天一抹红。

一曲唱毕,众人都道:"难怪巨源不舍,端的让人动情。可惜他二人一个在地下,一个在牢中,听不到了。"

八

众人正说着,李邦直来了,身后还跟着银蹄。

李邦直说:"知道诸位在这里缅怀巨源,特来一同追思。"

刘贡父说:"听说你和巨源女儿私下定了亲,到底还欠巨源一跪。"

李邦直说:"这正是我来的目的。昔日王粲喜欢听驴叫,在他的葬礼上,曹文帝让生前好友每人学一声驴叫,给他送行,成为千古佳话。如今巨源死于跪拜练习,我等也一起给他下个跪吧。"

孙莘老说:"你倒乖巧,既尽了礼,却又拉我们陪跪,不失自家颜面。"

李端愿说:"虽然邦直占了便宜,但给巨源跪拜一回,也算我们相交一场。"

众人都说有理,便朝着孙家的方向,齐刷刷地跪了下来。

银蹄也跟着跪拜起来。

2021年3月31日于奇子轩

附记

本篇素材如下——

《夷坚甲志》卷四《孙巨源官职》:

孙洙,字巨源,年十四,随父锡官京东。尝至登州谒东海神庙,密祷于神,欲知它日科第及爵位所至,夜梦有告之者曰:"汝当一举成名,位在杂学士上。"既觉,颇喜。然年尚幼,未识杂学士何等官,问诸人,人曰:"吉梦也。子必且为龙图阁学士。"后擢第入朝,历清近,眷注隆异,数以梦语人。元丰二年,拜翰林学士,宾客皆贺。孙愀然曰:"曩固相告矣,翰苑班冠杂学士,吾其止是乎?今日之命,宜吊不宜庆也。"才阅月,省故人城外,于坐上得疾。神宗连遣太医诊视,幸其愈,且以为执政,后果愈。上喜,使谓曰:"何日可入朝?即大用矣。"省吏闻之,络绎展谒,冠盖填门不绝。孙私语家人曰:"我指日至二府,神言何欺我哉!"临当朝,顾左右曰:"我病久,恐不堪跪起,为我设茵褥,且肄习之。"方再拜,疾复作,不能兴,遽扶掖之,已绝矣。孙公在时,尝一日锁院,宣召者至其家,则已出。数十辈踪迹之,得于李端愿太尉家。时李新纳妾,能琵琶。孙饮不肯去,而迫于宣命,不敢留。遂入院,草三制罢,复作长短句寄恨意。迟明,遣示李,其词曰:"楼头尚有三通鼓,何须抵死催人去。上马苦匆匆,琵琶曲未终。回头凝望处,那更廉纤雨。漫道玉为堂,玉堂今夜长。"或以为孙将亡时所作,非也。李益谦相之说。相之,孙公曾外孙也。

关于孙巨源病逝,马端临《文献通考》卷二百三十六经籍考六十三《孙贤良进卷》称其"暴得风缓而卒"。

《宋史·孙洙传》:

孙洙,字巨源,广陵人。……进策五十篇,指陈政体,明白剀切。韩琦读之,太息曰:"恸哭流涕,极论天下事,今之贾谊也。"……凡有章奏,辄焚其稿,虽亲子弟不得闻。王安石主新法,多逐谏官御史,洙知不可,而郁郁不能有所言,但力求补外,得知海州。……先是,百官迁叙,用一定之词,洙建言:"群臣进秩,事理各异,而同用一词;至或一门之内,数人拜恩,名体散殊,而格以一律。苟从简便,非所以畅王言、重命令也。"……元丰初,兼直学士院。澶州河平,作灵津庙,诏洙为之碑,神宗奖其文。擢翰林学士,才逾月,得疾。时参知政事阙,帝将用之,数遣中使、尚医劳问。入朝期日,洙小愈,在家习肆拜跪,偾不能兴,于是竟卒,年四十九。

百官迁叙用一定之词建言事,《续资治通鉴》卷五十八有详载。

《夷坚甲志》卷十一《李邦直梦》:

孙巨源、李邦直少时同习制科,熙宁中,孙守海州,李为通判,倅厅与郡圃接。孙季女常游圃中,李望见目送之,后每出,闻其声,辄下车便旋。邦直妻韩夫人于牖中窥见屡矣,诘其故,李以实告。一夕梦至圃,见孙女,踵之不可及。亟追之,蹑其鞋,且以花插其首,不觉惊寤。以语韩夫人,韩大恸曰:"簪花者,言定之象。鞋者,谐也。君将娶孙氏,吾死无日矣。"李曰:"思虑之极,故入于梦,宁有是。"未几韩果卒,李徐令媒者请于孙公,孙怒曰:"吾与李同砚席交,年相若,岂吾季女偶邪?"李不敢复言。已而孙还朝为翰林学士,得疾将死,客见之,孙以女未出适为言。客曰:"今日士大夫之贤,无出李邦直,何不以归之?"曰:"奈年不相匹。"客曰:"但得所归,安暇它问。"未及绸缪而孙亡,其家竟以女嫁之,后封鲁郡夫人。邦直作巨源墓志曰:"三女,长适李公彦,二在室。"盖作志时未为婿也。邦直行状,晁无咎所作,实再娶孙氏云。强行父幼安说。

《夷坚丁志》卷五《员家犬》:"……琦家养狗,黑身而白足,名为银蹄,随呼拜跪,甚可爱。"

元怀《拊掌录》:

孙巨源内翰,从刘贡父求墨,而吏送达孙莘老中丞。巨源以其求而未得,让刘。刘曰:"已尝送君矣。"已而,知莘老误留也。以其皆姓孙,而为馆职,故吏辈莫得而别焉。刘曰:"何不取其髯为别?"吏曰:"皆胡,而莫能分也。"刘曰:"既是皆胡,何不以其身之大小为别?"吏曰:"诺。"于是馆中以孙莘老为大胡孙学士,巨源为小胡孙学士。

其他词语典故,亦间有出处,如——
《宋史》卷二百四十九《王贻孙传》:

……太祖尝问赵普,拜礼何以男子跪而妇人否,普问礼官,不能对。贻孙曰:"古诗云'长跪问故夫',是妇人亦跪也。唐太后朝妇人始拜而不跪。"

《宋史·礼十九(宾礼一)·常朝仪》:"淳化三年,令有司申举十五条:常参文武官或有朝堂行私礼,跪拜,待漏行立失序……犯者夺奉一月;有司振举,拒不伏者,录奏贬降。"

第五节提刑副千户转正考语用《金瓶梅》第七十回西门庆事。
第七节念奴容貌描写袭自《柳耆卿诗酒玩江楼记》。

辑 4

疑神疑鬼

灯

《大般若波罗蜜多经》：故佛所言，如灯传照。

一

知灯将灯油续满，灯芯挑起，灯火轻微地晃动了一下，便大放光明。

十年前，他还是一个流浪儿，普明寺的老方丈把他带进了寺里。老方丈让一个僧人给他找点吃的来，那僧人说米刚下锅。流浪儿说："早知灯是火，饭熟已多时。"老方丈大喜，便给他起名知灯，后来让他做了普明寺的灯头。

因为长年盯着灯火，知灯的眼睛有点花了。

二

今天是清明，来上香火的人很多。

知灯觉得眼前少了一道淡蓝的颜色。

雨一直下着。

三

知灯到经阁去看老方丈。

老方丈现在已不是方丈了。

寺里的僧人说，老方丈是在经阁让一个狐狸精给迷倒了。

谁都没有见过那狐狸精。

老方丈每天在经阁打坐，口里不停念着："莲华、莲华……"

众僧不解其意，都说他害了心病。

老方丈见知灯来，便说："日出方知天下朗，无油哪点佛前灯。"

知灯说："去年那个女菩萨来了，就有油。"

四

去年的清明，没有雨，天是淡蓝的。

在上香的人群中，也飘过一道淡蓝。

知灯默默地站在旁边，看穿淡蓝衣裙的女施主放下一包银子，说："这个用来点长明灯。"

淡蓝色飘走了。

知灯觉得灯不够亮，上前拨灯芯，火苗也闪过一道淡蓝的光。

五

知灯见经阁有些昏暗，说："百年暗室，一灯能破。"
老方丈说："莫谩语。"
知灯推开一扇窗，光射进来，把他的影子投在壁上。
他问老方丈："两个相似时如何？"
老方丈说："一个是影。"
知灯笑道："师父歇了，影子看灯去。"

六

声音有颜色吗？
他凝视着那片熟悉的淡蓝，听见柔柔的细语："奴家去此不远，夫久外出，今夕当以一灯在林外相引。"
他的心在跳，如灯上的火苗。

七

知灯看见了那点光亮，像长明灯。
树林黑得发蓝，有一根藤绊了他的脚，又有一片叶拂了他的脸。
溪水让他感到一阵清爽，但有点凉。
灯在前面闪着，或隐或现，倏左倏右。
不知过了多久，知灯觉着那灯就在眼前，便扑上去了。

八

知灯睁开眼,发现自己躺在一株老树下。

他爬起来,四周看了看,只见林中绿油油的草地上,有很多深深浅浅的脚印。脚印围绕着老树。

他猜想自己是围着老树转了一晚上。

夜半吹灯方就枕,忽然这里已天明。他想起了老方丈念过的偈。

老方丈的话知灯总是似懂非懂,这回他觉得心里敞亮得很,像淡蓝的天。

九

知灯向老方丈讲了自己的事。

老方丈问:"你当时如何?"

知灯答道:"我当时如在灯影里行。"

老方丈说:"多生觉悟非千衲,一点分明不在灯。"

十

老方丈圆寂了,一直念着:莲,华,莲,华……声音越来越弱,如灯灭一般。

知灯不再去经阁,每日只是添香换水,点灯扫地。

闲下来,他就望着淡蓝的天。

2009 年 5 月 19 日

附记

本篇据《阅微草堂笔记》卷九第七十条改编,原文如下:

释明玉言:西山有僧,见游女踏青,偶动一念,方徙倚凝想间,有少妇忽与目成,渐相软语,云家去此不远,夫久外出,今夕当以一灯在林外相引,叮咛而别。僧如期往,果荧荧一灯,相距不半里,穿林渡涧,随之以行,终不能追及。既而或隐或现,倏左倏右,奔驰辗转,道路遂迷,困不能行,踣卧老树之下,天晓谛观,仍在故处,再视林中,则苍藓绿莎,履痕重叠,乃悟彻夜绕此树旁,如牛旋磨也。自知心动生魔,急投本师忏悔,后亦无他。又言山东一僧,恒见经阁上有艳女下窥,心知是魅,然私念魅亦良得,径往就之,则一无所睹,呼之亦不出,如是者凡百余度,遂悒悒得心疾,以至于死。临死乃自言之。此或夙世冤愆,借以索命欤?然二僧究皆自败,非魔与魅败之也。

改编中也袭用了一些《五灯会元》中的话头:

平江府泗洲用元禅师,……师曰:"祇要你歇去。"曰:"早知灯是火,饭熟已多时。"(卷十八)

韶州双峰竟钦禅师,益州人也。开堂日,云门和尚躬临证明。僧问:"如何是佛法大意?"师曰:"日出方知天下朗,无油那点佛前灯。"(卷十五)

僧问:"百年暗室,一灯能破时如何?"师曰:"莫谩语。"(卷十)

众僧夜参,侍者持灯来,影在壁上。僧见便问:"两个相似时如何?"师曰:"一个是影。"(卷十三)

江州圆通青谷真际德止禅师……一夕忽大悟，连作数偈。一曰："不因言句不因人，不因物色不因声。夜半吹灯方就枕，忽然这里已天明。"（卷十四）

穴曰："你当时如何？"曰："我当时如在灯影里行。"（卷二十）

师曰："山中逢猛兽，天上见文星。"上堂："多生觉悟非千衲，一点分明不在灯。"（卷十五）

僧问："如何是不动尊？"师曰："热鳌上猢狲。"曰："如何是千百亿化身？"师曰："添香换水，点灯扫地。"（卷十二）

◇ 辑四　疑神疑鬼 ◇

脚　步

法师因损足得病，医药不及……
——《大慈恩寺三藏法师传》

法师走过了千山万水，现在走不动了。

他一直在走，用心在走，却无法靠近那墙壁。

浩大的译经工作结束后，他自觉身力衰竭，知无常将至。对门人曰："吾来玉华本缘般若。今经事既终，吾生涯亦尽。"

贞观十九年回长安时，玄奘曾将往返时间题写在墙壁上。

墙上原有一幅灵山礼佛图，将时间写在什么位置，他很费了一番思考，在墙壁前走来走去，反复千百步。

十几年过去了，墙上的字已有些斑驳不清。

他蘸好墨汁，想再描清楚。

一步，两步，三步……

他向墙壁迈步走去，却感到双脚如铅般沉重。

他很喜欢禅院后面的山林。译经劳累时，便到山林中走走。

在去山林的小路上，有一条小沟，沟里有潺潺流水。沟虽不宽，但由于中间有一块石头，竟也浪花飞溅。昨天，在跨越小沟时，他注目良久，忽然想到经过热海时的情景。初闻"热海"地名，他有些兴奋。在冰天雪地里艰难跋涉，他渴望温暖。到了那里才知道，所谓"热海"，并不是水温有多高，而是辽阔的水面在严寒中永不封冻。即使没有大风，也洪波数丈。

一出神，他跌倒了，小腿上蹭破了一点皮。

慧立看了《大唐西域记》，对辩机说："师兄，你帮师父整理的《西域记》，为什么看不到师父？师父可是个有故事的人啊！"

"里面有师父。"

"在哪里？"

"到处是。"

慧立又去看：

……其侧精舍是如来入定之处，精舍侧有大石基，长五十步，高七尺，是如来经行之处，足所履迹皆有莲华之文……

……伽蓝垣西有一清池，周二百余步，如来尝中盥浴；次西大池，周一百八十步，如来尝中涤器；次北有池，周百五十步，如来尝中浣衣……

他发现,《大唐西域记》都是以"里"计程的,而在叙及具体场所时,却是以"步"说明其大小范围。那些地方原是师父一步一步走过的啊!

慧立想起师父说过,经过古沙河时,上无飞鸟,下无走兽,复无水草。但念观音菩萨及《般若心经》。逢诸恶鬼,奇状异类,绕人前后,虽念观音不能令去,及诵此经,发声皆散。在危获济,实所凭焉。后来迷失了方向,水袋不小心打翻了,行囊空空。只好转身向回走,行十余里自念:我先发愿,若不至天竺,终不东归一步,今何故来?宁可就西而死,岂归东而生。于是旋辔专念观音西北而进。

师父真的是有故事的人,在脚下。慧立想,这是一定要写进《法师传》的。

一步,两步,三步……

他记起当年独自去灯光城,只有一个老人肯为他引路。路上遇见五个贼人拔刃而至,问他要去哪里?问他没听说这里有贼吗?问他不怕吗?他说:"贼者,人也。今为礼佛,虽猛兽盈衢奘犹不惧,况檀越之辈是人乎?"五个贼人忽然大悟,贼也是人!遂发心与他一同去礼拜。当他到了传说中的洞窟,却什么也没看见。那个老人说,法师一直向前,走五十步跐到东壁,就可以看到了。他走了五十步,果然跐到东壁,至诚而礼百余拜,还是一无所见。于是不停地礼拜,只见东壁显现出如钵般大小的光亮,很快又消失了。接着拜礼,光亮增大,但还是转瞬即逝。他发誓若不见世尊影,终不移此地。又二百余拜,终于整个洞窟大放光明,如来宝相,清晰地出现在墙壁上。

他觉得眼前的墙壁也亮了起来。

小和尚说："师父，墨干了。"

他看了看，笔尖果然有些发硬。转身重新蘸了一下墨汁，又走向墙壁。

一步，两步，三步……

他脑海里跳动着"贞观三年四月""五万余里""一十七载"的字样。

其实，当年偷越国境，确切的时间记得并不清楚。只记得他出发前，在灵岩寺院，他以手抚摸松枝说："吾西去求佛教，汝可西长。若归，即此枝东向，使吾门人弟子知之。"他回来时，弟子告诉他，松枝真的指向了东方。

他去看那松，树枝有的向西，有的向东，也有的向南、向北。

一步，两步，三步……

他继续走向那面墙。

一只猴子闯了进来，从他手中抢去了毛笔，咬那笔头。

小和尚要去夺笔。

那猴飞跳了出去，手中兀自拿着秃头的笔竿，舞弄如棒。

见那猴一个筋斗跃过小河沟，他笑了。

2013 年 2 月 21 日

◇ 辑四 疑神疑鬼 ◇

附记

　　李冗《独异志》有如下故事：唐初，僧玄奘至西域取经，入维摩诘方丈室。及归，将书年月于壁，染翰欲书，约行数千百步，终不及墙。

　　此事未见刘荫柏《西游记研究资料》、蔡铁鹰《西游记资料汇编》收入。因觉"行数千百步，终不及墙"十分诡异，遂有想象、改编之意。

　　援入改编的其他素材还有《独异志》中的另一记载：

　　　　唐初有僧玄奘往西域取经，一去十七年。始去之日，于齐州灵岩寺院，有松一本立于庭，奘以手摩其枝曰："吾西去求佛教，汝可西长。若归，即此枝东向，使吾门人弟子知之。"及去，年年西指，约长数丈。一年忽东向指，门人弟子曰："教主归矣。"乃西迎之。奘果还归，得佛经六百部。至今众谓之"摩顶松"。

　　又有《大慈恩寺三藏法师传》中记载数条：

　　　　即莫贺延碛长八百余里。古曰沙河。上无飞鸟，下无走兽，复无水草。是时顾影唯一，心但念观音菩萨及般若心经。初，法师在蜀，见一病人，身疮臭秽，衣服破污。愍将向寺施与衣服饮食之直。病者惭愧，乃授法师此经，因常诵习。至沙河间，逢诸恶鬼，奇状异类，绕人前后，虽念观音不能令去。即诵此经，发声皆散。在危获济，实所凭焉。时行百余里，失道。觅野马泉不得。下水欲饮，袋重，失手覆之，千里行资，一朝斯罄。又失路盘，回不知所趣，乃欲东归还第四烽。行十余里，自念我先发愿，若不至天竺终不东归一步，今何故来？宁可就西而死，岂归东而生！于是旋辔，专念观音，西北而进。

　　　　出山后至一清池（清池，亦云热海。见其对凌山不冻，故得此名。其水未必温）。周千四五百里。东西长，南北狭，望之淼然。无待激风，而洪波数丈。

　　　　于是独去，至灯光城。入一伽蓝问访途路。觅人相引，无一肯者。后见一小儿，云"寺庄近彼，今送师到庄"。即与同去，到庄宿。得一老

351

人知其处所,相引而发。行数里有五贼人拔刃而至。法师即去帽现其法服。贼云:"师欲何去?"答:"欲礼拜佛影。"贼云:"师不闻此有贼耶?"答云:"贼者,人也。今为礼佛,虽猛兽盈衢,奘犹不惧,况檀越之辈是人乎?"贼遂发心随往礼拜。既至窟所,窟在石涧东壁,门向西开,窥之窈冥,一无所睹。老人云:"师直入,触东壁讫却行五十步许。正东而观影在其处。"法师入信足而前可五十步。果触东壁。依言却立。至诚而礼,百余拜一无所见。自责障累,悲号懊恼。更至心礼诵《胜鬘》等诸经、诸佛偈颂,随赞随礼,复百余拜,见东壁现如钵许大光,倏而还灭。悲喜更礼,复有钵许大光,现已还灭。益增感慕,自誓若不见世尊影,终不移此地。如是更二百余拜,遂一窟大明,见如来影皎然在壁,如开云雾,忽睹金山。

法师翻般若后,自觉身力衰竭,知无常将至。谓门人曰:"吾来玉华本缘般若。今经事既终,吾生涯亦尽。"

至九日暮间,于房后度渠。脚跌倒,胫上有少许皮破。因即寝疾。气候渐微。

茄 子

茄篮寺隐藏在群山之中,甚至邻县的人都不知道有这么个奇怪的寺庙。一开始,小淳在长途巴士上听人说起时,还以为那人没有文化,把"伽蓝"误认作了"茄篮"。但那人反复说,寺里一尊佛像前,供奉着一篮茄子。这令他十分好奇,就对女友说:"我们去看看吧!"女友本来就不喜欢吃茄子,又急着去香格拉里,很不情愿。小淳答应后面的旅行增加去一个随她任选的地方。她觉得这会很神秘,就答应了。

他们好不容易找到了茄篮寺。

茄篮寺其实很小,也有些破旧。山门上,确实写着"茄篮寺"三个大字,字迹已经有些斑驳了。

寺里只见到一个老僧人,正在大雄宝殿扫地。小淳过去问:"老师父,茄篮寺为什么叫茄篮寺?"

"你为什么是你?"老僧答道,依旧扫着地。

小淳向女友做了个鬼脸,走到功德箱前,投下了一张纸币。

"我也不知道是真是假。一切无有真,不以见于真。"老僧说:

"以前啊，有一年，山里大旱，一下子来了七八个没饭吃的孩子，到寺里乞讨。寺里小，容不下那么多孩子，方丈便把他们召集到一起，问了一个问题，青蛙和蟾蜍有什么区别。一个说：青蛙小，蟾蜍大；一个说：青蛙漂亮，蟾蜍难看；一个说：青蛙跳得远，蟾蜍蹦得近；一个说：青蛙可以吃，蟾蜍有毒（老僧说到这里时，小淳想到，青蛙只会坐井观天，癞蛤蟆却敢于幻想吃天鹅肉）……方丈忙说阿弥陀佛。这时，有一个却说：众生平等，青蛙和蟾蜍没有区别。方丈闻言，十分高兴，连说善哉善哉！后来就留下了这个孩子。方丈死后，他就成了茄篮寺的住持。"

老僧带他们来到后面的弥勒殿，左侧有一尊像，老僧说："这就是那个住持的坐化金身，大家都管他叫茄篮菩萨。你听说过鱼篮观音吧，一样的，一样的。我也不知道是真是假。若见于真者，是见尽非真。"他二人看时，只见茄篮菩萨的塑像前，放着一篮茄子，表情庄严。

老僧说："你们不知道啊，茄篮菩萨死得苦呀！他一向慈悲为怀，真是扫地恐伤蝼蚁命，爱惜飞蛾纱罩灯。有一天晚上回房睡觉，因为天黑，不小心踩到一个软软的东西，那个东西好像还发出一点响声。菩萨觉得是踩死了一只蟾蜍。那天晚上，他怎么也睡不着，又是后悔，又是自责，以为自己枉害了性命。半夜，果然听到有人来敲门觅命。我也不知道是真是假。若能自有真，离假即心真。"

小淳忽然觉得茄篮菩萨的庄严中有一点凝重、悲苦。女友有些紧张地把他往外拉。

老僧带他们转到寺后的一块菜地，说："原来这里还有一间僧房，有一年来了个读书人，住在这里用功，说是要考举人的。听说他祖上当过官，后来破落了，身上没有值钱的东西，连穿的衣裳都是住持给他的。但他有一个玉把件，总不离手。他说那是青蛙，是要蟾宫折桂、一鸣惊人的意思。寺里的火头僧嫌他总赖着不走，就说那是癞蛤蟆。他不但不恼，反而赶着向火头僧作揖道谢，说谢他吉言，他就要蟾宫折桂了。可惜他到底没考上，死后就埋在寺后面了。有人说，他死后变作了蟾蜍。那天夜里，菩萨踩死的就是他。所以，他就来索命了。我也不知道是真是假。自心不离假，无真何处真。"

老僧带他们走进菜地，一边摘茄子，一边接着说："因为住持见了鬼，心神恍惚，其他和尚也有些害怕。住持就与他们约定，第二天作法事，荐拔亡灵。第二天起来，在廊下却没看到死蟾蜍，只有一个烂茄子在地上。有人说，住持根本没有踩死蟾蜍，他踩到的只是一个茄子；也有人说，是火头晚上偷偷埋了那只死蟾蜍，又放了一个烂茄子。我也不知道是真是假。反正那个住持还是觉得自己害了性命，坐在蒲团上不停地念《度亡经》，白天还好，到了夜里，一边念，一边还用手挥着，好像是在驱走鬼魂的纠缠，又好像是在赶蚊子，念着念着，就坐化了。我也不知道是真是假。"

回到弥勒殿，老僧把新摘的一篮茄子放到菩萨像前，说："你们看，供上茄子，菩萨就笑了——要从这个角度看。"

小淳仰着头，变换了几个角度，仿佛真的看到菩萨嘴角有一丝微笑，他连忙对女友说："真的，从这角度看，他真的好像在笑呢，真的！"

女友道："我也不知道是真是假。"

出了山门，小淳对女友说："既然到此一游，留个影吧。"

老僧不会照相，他们只能互相拍照。

小淳照时，意犹未尽地举着手里开过光的茄子，叫道："茄子！"

他给女友照时，女友却板着脸。小淳说："女施主，你能不能笑一下？"

女友抱怨道："有什么可笑的？笑不出来还要笑，太假了吧？"

小淳说："刚才那师父不是一直在说，哪有什么真啊假的。说真都是真，说假全是假。你假装着说点什么，拍下来可能就像真的笑一样。"

再拍照时，女友赌气说了声："茄子——"

小淳和女友旅游归来，整理照片，发现在茄篮寺的照片，两人笑得最自然、最动人。他们把这个经验告诉大家，一传十、十传百，于是，照相时，大家都会齐声说：

茄子——

2014 年 11 月 15 日

附记

本篇依据素材如下——

陈淳《北溪字义》卷下《鬼神》:"昔有僧入房将睡,暗中误踏破一生茄,心疑为蟾蜍之属,卧中甚悔其枉害性命。到中宵,忽有叩门觅命者,僧约明日为荐拔,及天明见之,乃茄也。此只是自家心疑,便感召得游魂滞魄附会而来。"

《六祖坛经·付嘱品第十》:"吾与汝说一偈,名曰《真假动静偈》。汝等诵取此偈,与吾意同;依此修行,不失宗旨。众僧作礼,请师说偈。偈曰:一切无有真,不以见于真。若见于真者,是见尽非真。若能自有真,离假即心真。自心不离假,无真何处真?"

白　鸽

菩萨一身白衣，眉笑眼沉，
那么美丽可亲；
磕了头，我不愿走开，
慢慢靠近她的身。

——吴组缃《颂》

一

人间四月天，两个黄鹂在翠柳上鸣叫得倦了，一行白鹭也早已飞得不见了踪影，只有一对白鸽，时而在晴空盘旋，时而在树枝歇息，时而在草地上嬉戏。直到黄昏时分，它们才飞进了依山傍水、绿树环抱的小村庄。

二

江村住着一户杨姓人家，种着几亩薄田，丈夫还会画画，妻子又能绣花，靠手艺赚些活钱，养了一个漂亮的女孩儿。那女孩儿娴静端庄，虽不曾读什么书，却有一种自然的风流态度。村里的女孩儿大多像映山红一样，小脸红扑扑的。她却白白净净，如同灰喜鹊群中的一只白鸽，大家都叫她杨鸽子。

杨鸽子心地善良，有时帮村东的李婆婆穿针，有时帮村西的王婶婶择菜。大家都很喜欢她。

有一天，老二黑家的熊孩子去放牛。老二黑给了他一支黑色的牧笛，他却用黑色的牧笛去捅马蜂窝。无数马蜂飞出来，追着他，从山坡到田埂。他哭着喊着，早惊动了正在溪边洗衣的杨鸽子。杨鸽子连忙冲上去，挥舞双手驱赶马蜂，马蜂都飞回巢中。后来那熊孩子说，他看见杨鸽子好像有一千只手，把马蜂风一样赶走了。熊妈妈不停地口诵着：蚖蛇及马蜂，气毒烟火燃。念彼观音力，寻声自回去。

三

杨鸽子长到十四五岁，出落得越发美丽动人。村北财主沈老万的大少爷看中了杨鸽子。那日他喝得醉醺醺的，到杨家来提亲。

杨鸽子在家门口拦住他说："你是哪来的？"

沈少爷一脸骄狂地说："那边，那边，还有那边，全是我家的地！"

杨鸽子说："没问你家的地，问你是从哪里冒出来的。"

沈少爷说："冒出来的？莫打乡谈！喏，就是村北最大的宅子！"说着，便挥手向自家方向一指，没想到手一挥，就觉得头晕脚晃，天旋地转，一会儿指着东边的大樟树，一会儿指着西边的小昌河。

杨鸽子说："你连北都找不着，我岂能嫁你？"

村南住着一个书生，叫秦初开，也痴痴地暗恋着杨鸽子，每日拿本书在路边看，其实是在等杨鸽子经过时，好看上她一眼。杨鸽子出现了，他就唱小曲：

恰便似呖呖莺声花外啭，行一步可人怜。解舞腰肢娇又软，千般袅娜，万般旖旎，似垂柳晚风前。

杨鸽子只微微一笑，也不搭话就走。

后来，杨鸽子叫熊孩子给秦生送去一张剪纸。那剪纸剪的是一本打开的书，书页上有个美女双手高高托举着振翅欲飞的鸽子。

秦生欣喜若狂，他想，书中自有颜如玉，书中自有鸽欲飞，这定是杨鸽子的暗示，飞黄腾达之日，就是比翼双飞之时。

秦生更加发奋地读书了，每天没日没夜地念："大学之道，在明明德，杨鸽子，呃……在亲民，在止于至善……"

四

离江村不远有个天仙寺，天仙寺新建了一座大殿，尼僧张榜求良工图绘大悲千手眼菩萨像。

杨氏对妻子说:"今年收成不好,我们去天仙寺画菩萨吧。"

妻子说:"你会画山画水画花画鸟,几时会画菩萨?你知道菩萨长什么样?"

杨氏说:"菩萨就长我家鸽子样。"

妻子说:"又胡说,菩萨是男的好不好。"

杨氏说:"我听说菩萨也会变女的。说不定我画了菩萨后,大家就都觉得菩萨一定是个像我闺女一样俊俏的女子。"

五

杨氏夫妇带着杨鸽子来到天仙寺。尼僧不信杨氏会画,杨氏就画了莲花给她们看,说是菩萨足踏的莲花。尼僧答应让他试试。

杨氏对尼僧说:"我作画时,要关上殿门,七天后方能打开。"

到了第六天,尼僧们觉得里面一点动静也没有,不免有些怀疑,就打开了门。里面一个人都没有,静悄悄的。

尼僧再往里寻时,蓦地有两只白鸽上下翻飞,然后向殿外飞去。

尼僧把目光投向墙壁,大悲千手眼菩萨像的圣像已经画成,宝相庄严美丽,完全不像一般的画工画出来的。只是下方有二长臂结印手还未完成,而已画成的结印手又恰似白鸽展翅般曼妙。尼僧后悔开门早了一天,她们猜想那两只白鸽大概就是画匠夫妇所化。

尼僧想起,画匠夫妇还带了个女孩儿来,那女孩儿的模样她们也依稀记得。看菩萨的面容,仿佛就是那女孩儿的模样儿。

尼僧觉得是菩萨显灵了,连忙对着菩萨像合十。

六

菩萨显灵，在天仙寺自画其像的事立刻传开了，很多人都到天仙寺礼拜。武画工技法精妙，也来临摹。

寓居寺外的梁宽大夫不信菩萨，看了大悲千手眼菩萨的像，说跟他家的丫鬟长得一样，拜这菩萨岂不是拜他家丫鬟？

那日饭后，梁宽又到殿内闲逛，见武画工正在摹画，便问他："你也不量量算算，如何知道美人手眼大小？"

武画工说："画多了自然知道的，菩萨之面正长一尺。"

梁宽冷笑道："你在下面如何说得这般准？我这就量一下。你若说得不对，立刻滚出去。"

梁宽找来梯子，爬上去测量菩萨的面庞。他站在梯子上，心想自己的靴底大约就是一尺长，便抬起脚伸向菩萨的脸。

就在梁宽伸出脚的时候，忽听梁间一声巨响，有如雷鸣，梁宽惊得从梯子上摔下来，左手都摔断了。

在摔下来的刹那间，梁宽好像看见一只小老鼠从梁间跑过。他后来怎么也想不通，如果真的是小老鼠跑过的话，为什么会有那么大的声响？

僧人要梁宽悔过自忏。一年以后，他的左手才好了。

七

武画工把天仙寺的菩萨临摹下来后，又去别的寺庙画。从此以后，女相菩萨越传越广。

有人说，人们用"貌若天仙"夸女孩儿长得漂亮，原本并不是指一般的仙女，而是说像天仙寺菩萨一样美丽。

秦生考了探花回来，听说杨鸽子一家去天仙寺以后就不见了，便到天仙寺来找。

壁画上的菩萨对他微笑，就像当年村边小路上杨鸽子的笑。

秦生惆怅良久，朦胧中想起起初无意、后来故意读错的"大学之道，在明明的杨鸽子，在亲民，在止于至善"，难道这就是一个善果？又想杨鸽子若是观音的变相，却也"虽善无征"。想着想着，忽然有所领悟。杨鸽子送他的剪纸，美人、鸽子都是镂空的。他原不过是因空见色，由色生情，传情入色，如今正该自色悟空了。于是，竟不由得念道："善哉！善哉！"

秦生内心空空地走到寺外，抬头望去，只见一对白鸽在空中盘旋……

2017年4月3日

附记：

本篇素材出自宋张邦基《墨庄漫录》卷十记载：

襄阳天仙寺，在汉江之东津，去城十里许，正殿大壁画大悲千手眼菩萨像。

世传唐武德初，寺尼作殿，求良工图绘。有夫妇携一女子应命，期尼以扃殿门，七日乃开。至第六日，尼颇疑之，乃辟户，阒其无人。有二白鸽翻然飞去，视壁间圣像已成，相好奇特，非世工所能。独其下有二长臂结印手未足，乃二鸽飞去之应也。

郡有画工武生者，独能摹传其本。大观初，有梁宽大夫寓居寺中，心无信向，颇轻慢之。武生云："菩萨之面正长一尺。"宽以为诞，必欲自度之。乃升梯，欲以足加菩萨面，忽梁间有声如雷，宽震悸而坠，损其左手。僧教宽悔过自忏，后岁余方如旧。兹御侮于像法事者，怒其慢渎耳。

观音逐渐女相化，约自唐代始。《墨庄漫录》所述，虽未明言为女相，而未必不然。民间又有千手观音菩萨乃肖鼠者本命佛说法，不知何据，特以一小鼠照应。

熊孩子妈妈口诵经文，借自《妙法莲华经》第二十五《观世音菩萨普门品》，唯改一词以合情节。秦生所唱小曲，则掠美于《西厢记》，原曲乃张君瑞心里眼中之观音。至于杨鸽子的风流态度、观音虽善无征、因空见色云云，皆为《红楼梦》中话头。

蜘蛛惜春

一

那天是个好日子，上田村的陈文道迎娶朱秀英，下田村的王福民迎娶白玉莲。只因众人喝醉了酒，天色渐晚，两支迎亲队伍狭路相逢，互不相让，把花轿撇于路旁，打将起来，衣也扯破，灯也扑灭。随后又各自抬轿便跑，却不知都抬了对方的轿子。

两家早已等不及了，花轿入门，即刻举行婚礼。新郎、新娘本不相识，拜过天地，便入洞房，干柴烈火，俱成好事，也不消细说。

次日，两家探信，竟都不认识新娘，不免大惊。告到县衙，县令审得生米已成熟饭，两个新娘年貌相当，嫁妆也差不多，遂援笔判道：抬错花轿嫁对郎，对成错时错亦对。异嫁完婚，两全其美。已经明断，各赴良期。众轿夫饶他不过，各重责三十大板。

双方无可奈何，只得将错就错。

二

陈文道是念过书的，考不上秀才，就以教书为生，闲时喜欢看话本。一次，看了《乔太守乱点鸳鸯谱》，里面写乔太守明断"人虽兑换，十六两原只一斤；亲是交门，五百年决非错配"，想到自家婚事，心有同慨。又禁不住想，如果当初没有轿夫误抬，原配又会是怎样的人？自己又将如何？

有此一点好奇念头，陈文道趁去下田村坐馆机会，暗自打听，探得王福民家。他在门外等了看一篇话本的工夫，只见一个女子出来晾衣，生得仪态妖娆，甚是标致，他料想就是朱秀英了，便走上前，说要讨杯水喝。

乡间不比城里规矩多，朱秀英知是教书先生，就让他进去。

陈文道一边喝茶，一边饧眼偷看朱秀英，觉得她别有一种风韵，由不得想了些不该想的事。不过，他是个发乎情、止乎礼的半老实人，左不过白天作诗，晚上做梦，有心无胆，不会做什么出格的事。况且，他也不敢肯定，当初真的与朱秀英成婚了，又能怎样？十里八乡，娘子做的饭菜好像都是一个味道。

三

朱秀英从小和他姑表兄弟在一处玩耍起住时，小儿戏言，便都订下将来不娶不嫁。后来大了，仍经常眉来眼去，背地里海誓山盟。可惜表兄空读诗书，家境贫寒，朱秀英父亲做主，把她许配给了陈文道。表兄得知此事，又羞又恼，竟远走高飞，不知去向。朱秀英听了，气个倒仰，因思道："还没怎样，他先就走了，可见是个没情意的。"病了一场，到底出嫁了。没承想原本要进陈家门，却来王家做媳妇。

新婚燕尔，王福民对朱秀英倒也温存。但娶亲只三月，即出外做生意，经年在外，朱秀英一年倒有大半时间独守空房。夜深人静，免不了也会想起表兄。

其实，那日她让教书先生进来喝水，一半就是因为他穿着体态都与表兄相像。她也察觉到教书先生用异样眼光瞟自己，但见他文质彬彬，不像歹人，就你有来言我有去语地与他闲聊了一会儿。后来，听说教书先生就是她定亲的陈文道，猜不透他的来意。纳闷时，就拿起镜子看自己，理一下鬓边乱了的发。

后来，朱秀英生了个女儿，就一心在女儿身上，既不问王福民去哪里经商，表兄的模样也渐渐淡了。至于陈文道，一面之交，本不在心上。

四

白玉莲嫁到陈家，也没有什么埋怨。之前，她不认识陈文道，也没见过王福民。陈文道虽肩不能挑，手不能提，每年的馆金，尽可以糊口。她又养鸡种菜，纺纱织布，更不愁吃穿。她身子原比别的女孩子高大，嫁到陈家几年，变得更丰壮了。有时她想，嫁到别人家，也无非是这样过日子。

乡里流言传得快，有人告诉白玉莲，陈文道跑到原来定亲的人家去鬼混，她料他不敢，并不在意。那日，却听陈文道反复念着"蜘蛛也惜春归去，网着残红不放飞"，忽然猛拍桌子，大叫："好诗！好诗！"那桌子有些老朽，禁不得他用力过大，竟折了一条腿，桌面垮塌下来，一个缺盖茶壶、两个有缝茶碗都摔碎了。

白玉莲本来就看不上陈文道整日酸文假醋的，见此情形，骂道："抽什么疯！桌子垮了，用你的脊背放碗？茶壶碎了，拿你的脑壳喝水？"

陈文道兀自说："真是好诗！一个女人，字不识几个，看见蛛网飞花，就能吟出恁般佳句，我做梦都写不出。"

白玉莲一听还有女人，更气不打一处来："哪个女人？是不是下田村那个骚狐狸？"然后就"忘恩负义，伤天害理，吃着碗里，看着锅里，良心被狗吃了"，连说带骂，又叫道："不过了！"把灶上厨下的菜蔬剩饭，只管丢出来喂狗。

陈文道一时也恼了，操起折断的桌腿大吼："讨打！"

白玉莲并不退缩，顺手操起剪刀。

陈文道不屑地说："妇人家套路，你是不是要说你就死给我看？"

白玉莲也不屑地说："死给你看？想得美！我要你死给我看！"

他们谁都没死给谁看。

五

王福民久不归家，人问他："把一个波俏媳妇放在家，就不怕她跟人跑了？"他笑道："我这老婆原本就是别人的，我那八字虽合、命里却无的老婆，却不知便宜了谁。"他走州过府，赚得不多，花得不少，经常出入歌楼妓馆，比在家更要快活许多。

那日，又与几个酒肉朋友在丽春院玩耍，倚翠偎红，花浓酒艳。酒过两巡，两个歌妓，一个弹筝，一个琵琶，唱了一支小曲：

> 大人家阿嫂跟轿来，
> 翠蓝裙青袄一个好身材，
> 花花轿里个娘娘弗比得跟轿个好，
> 到弗如让个轿人拨来阿嫂抬。

王福民听了，大声喝彩道："好个翠蓝裙青袄好身材的阿嫂！比花花轿里的娘娘又中看又中吃，跟轿可惜了。这家人不会嫁女儿，我也要他家阿嫂！"说着，哈哈大笑，端起酒杯，一饮而尽。

六

二十年过去了。

白玉莲虽然体健身壮，却未生育。听说莲花庵薛姑子有秘方，又满嘴"譬如五谷，你春天不种下，到那有秋之时，怎望收成"的实在道理，就服了她的药。谁知药性不合，伤了身子，早些年就归西而去。

王福民一次在船上饮酒作乐，喝得酩酊大醉。事有凑巧，上游有一女子洗翠蓝衣裙，失手被水冲走，恰漂至王福民船边。他见翠蓝裙在眼前摇曳，竟扑向河里，不见了。

陈文道又去下田村教书的时候，见朱秀英闺女已出阁，独自生活，倒比昔日显得脂粉不施犹自美，风流还似少年才，就央一个老成的朋友去说合。

那朋友说："老兄续弦，何不找个年少水嫩的？如何对小寡妇这般钟情？"

陈文道说："我一向也有些不明不白。就说我这婚姻，到底是月老所定，还是轿夫所定？人到中年，再不疯狂就老了。蜘蛛也惜春归去，网着残红不放飞。我就是那蜘蛛，她便是那残红。若说有情，此而不用我情，我呜呼用我情？"

那朋友说："你这话越说我越不懂。难为你不忘初心。看来天道轮回，是你的命，也是她的造化。我这就去说。"

朱秀英知是陈文道提亲，就答应了。

虽然是再婚，陈文道还是雇了花轿来抬朱秀英。

朱秀英上轿时说："轿夫阿哥，我要嫁的是上田村的陈文道，莫要出错！"

2017年10月29日于上海旅次

附记

本篇素材出于清人龚炜《巢林笔谈》卷三《同夕误娶》："嘉民有同夕迎娶者，从人醉，争道，撒轿于路旁，哄急灯灭，仓皇误舁。既成礼，人众辞去，彼此不知也。翌日，两家探信，相视漠然，乃大惊。鸣县，县尹以婚已成，虽误因之；便杖责轿役而解之。已，按其人物奁资，亦两不相下云。"

另外，同书卷三《寄内诗》里"……郗选谓予中年忼俪，犹钟情乃尔？予曰：'此而不用我情，我呜呼用我情？'"与卷五《农妇佳句》载素不识字农妇佳句"蜘蛛也惜春归去，网着残红不放飞"，也撷入篇中。

朱秀英、白玉莲之形貌事迹，分别化用了《红楼梦》第七十一、七十二回对司棋的描写；丽春院袭自《金瓶梅》第十五回，薛姑子则见此书第五十回；"大人家阿嫂"出自冯梦龙编《山歌》卷五；"脂粉不施犹自美，风流还似少年才"两句抄自《西游记》第二十三回。

扫帚簪花

一

没成过精的总以为成精是千年等一回的难事，其实没那么难，它就像生命在母体里孕育，不知不觉就有了知觉。

她忘了自己原来是什么，也不知道会变成什么，一直静静地斜倚在墙角。

那里实在太安静了，安静到任何东西都想动一动，想发出点声音，也就是想成精。

她试着换了个姿势接地气。成过精的都知道，接地气对成精至关紧要。成精未遂的，多半都因为地气接得不够。这也是为什么燕雀之类比蛇鼠之类成精少的原因。

二

如果周围还有别的生命存在，成精的过程会加快。

有个书生来看房，对房东说："我只想安安静静地做个读（měi）书（nán）人（zǐ），此处不喧闹，我租了。只是离贡院有五里地,算不得考区房,一两银子如何?"

房东说:"好说,好说。房子空着也是空着。我家就在隔壁,你缺吃少用时,可以来取。"

房东走后,书生拿起扫帚打扫——刹那间,她觉得有股暖流从上自下贯通全身,这是几十年来没有的感觉。

三

夜里,书生在灯前读书。她不知道他读些什么,只觉得朗朗的读书声很好听:"……子夏之门人小子,当洒扫、应对、进退,则可矣……"

听到"洒扫",她本能地向前移动,不小心摔倒在地,叫了声"哎哟"。

书生回头,没看见什么,继续念道:"噫!言游过矣!君子之道,孰先传焉?孰后倦焉?……"

听到"言游过矣"几句,她耳边仿佛响起很久以前常听说的"盐油放锅里",还有什么"先熟""后熟"的,忍不住要笑。她好想对书生说:"什么书?别在我跟前弄鬼。趁早儿给我瞧,好多着呢。"

四

春天了,所有的生命都在萌生,她也像吸吮乳汁一样呼吸着清新的空气,感到人的形体正由里向外地生长,虽然还有些肌体纤弱,腰肢减瘦,但正是她所期盼的曾经朝夕相伴的女孩儿模样。当初,正是那女孩儿将湖边芒草收拢剪齐,裹在一根竹竿上,才有了她。

她的身体渐渐充满了活力,兴奋地跳起舞来,下面的芒草随之旋转抖动——就像后人叫作夏威夷草裙舞的那种舞。

清晨,书生总会念念有词地嘟囔"黎明即起,洒扫庭除""一屋不扫,何以扫天下",然后拿起扫帚扫地。那是她最快乐的时光,书生右手搭在她肩上,左手搂着她的腰,仿佛是和她一起跳舞——就像后人叫作交谊舞的那种舞。

为了引起书生的注意,有时,她又会故意抓一把落叶花瓣,洒在墁地的方砖上,然后对书生说:"扫一扫,扫一扫!"

她不确定书生是否听得清她说话,但只要书生看到方砖上的落叶花瓣,必会和她跳上一段舞。

五

屋后有一个荒废已久的小花园,因为没有人打理,长满了野草杂树。书生读书倦了,喜欢到花园里去锄草松土,小花园渐渐有了生气。

精怪的世界是相通的。当那株柳树迎风摇摆纤细嫩绿的枝条、那株杏树好似按捺不住地绽放出满枝浅粉的花朵时,她就料定她们也要成精了。

一个春风沉醉的晚上,也就是"世界成精日"的前夕,书生流连在柳下杏旁。

她担心书生被柳精杏妖迷惑,猛然将身旁瘸腿的书架推倒。

书生听到动静，忙回屋收拾满地书册，之后又拿起扫帚扫灰，边扫还边唱："你是个可人，你是个多情，你是个刁钻古怪鬼灵精……"

那一刻，她觉得自己不再是扫帚了。只要愿意，随时可以化身为一个女孩儿。

六

考前的一天，书生依旧读书到深夜，她也依旧默默地关注着。

两个美女风一样飘进来。一个婀娜多姿笑盈盈，一个花枝招展娇滴滴，走到书生跟前，你一句我一句地唱：

> 风流俊俏女娇娃，妖娆体态令人夸，柳眉杏眼，相衬着粉脸桃腮，糯米银牙，今年刚十八，（哎哟）今年刚十八，直等到而今没有个婆家，白日里胡打量，黑夜里常牵挂，多咱娶了咱，（哎哟）寻上个俏冤家，他喜欢我来我也喜欢他，俺两个并香肩，说上几句知心的话……

书生好似被勾了魂，起身就要随她们去小花园。

她连忙从暗处闪出，说："书生，小心！"

灯光下，书生见她衣妆雅淡，举止文静，眼前一亮，料是隔壁房东家的女孩儿。未及开口，那两个美女，一个柳眉倒竖骂道："灰头土脸小村姑，想和我们争风邀宠！"一个杏眼圆睁呵斥："蓬头垢面扫帚精,敢坏我们风流好事!"

恰在此时,房东在外敲门道:"相公,相公,送你一盒状元糕发个利市,此番必然高中!"

三女听见有人来,忽都闪去。

七

看看到了出场日期,她只盼着书生回来。忽然骤雨如倾,她推测书生必是在哪里避雨,恨不得为书生扫去满天阴雨。又想起以前听说过,有个贵公子考完了就不知下落,心里便如热油熬煎。风吹隔扇响,又仿佛书生会突然出现。不时取镜子看,自觉粗头乱发,没有柳精妩媚,也没有杏妖娇艳。

窗外传来卖花声。她开门出去,在卖花老王的花担上,挑了两朵鲜艳的花,说:"你在这里等着,我去取钱。"她记得有一次扫到过一个铜钱,但在桌下床边都没找到。

老王从中午等到傍晚,始终不见有人出来,骂骂咧咧地到隔壁问个究竟。邻居说:"这房子是我的,只有一个书生借住,三天前入闱应试去了,从没个女人。"老王不信,与几个看热闹不嫌事大的人一起破门而入,里面果然空无一人。

老王突然发现墙角一个扫帚,上面插着那两朵花,大叫:"就是它作怪了!"

众人都很惊讶,拿来刀斧,将扫帚斩断劈开。刀劈斧剁时,听到有吱吱的声音,好像女孩儿的呻吟。

◇ 辑四　疑神疑鬼 ◇

八

　　书生感到没有发挥好，出了考场便闷闷不乐。回来听说此事，更不免有些伤感。他猜考前晚上看到的那个清秀女孩儿大概就是扫帚成精变的，想她举止温柔，本自可人。若不簪花，或能免祸，后悔当时没能跟她问个明白。还有那两个绰约风流的女子，饧涩淫浪，倏忽来去，又不知是甚精怪？然而，一场春梦了无痕，他并不能确定那一切不是考前焦虑所致的幻觉。

　　雨还在下。书生想起小时候，凡遇连阴不止，母亲就会在檐下挂一个彩纸做的扫晴娘，在她手上绑一把小扫帚，说是能扫除阴霾。阳光总在风雨后，每当看着扫晴娘在微风中摇曳，小书生就觉得她是有灵性的。她若安好，便是晴天。

　　书生把扔在外面的芒草收拾起来，重新扎成一把小扫帚，又凭依稀印象，描画出那个女孩儿的模样，包在时文草稿卷成的骨架外，活脱脱就是一个扫晴娘。他将扫晴娘挂在门前，随口吟道：

　　　　卷袖褰裳手持帚，挂向阴空便摇手。
　　　　前推后却不辞劳，欲动不动谁掣肘？

　　吟到"谁掣肘"时，书生觉得嘴里倒像有几千斤重的一个橄榄。

2017年11月26日于奇子轩

附记

本篇素材取自明侯甸撰《西樵野记》卷八《扫帚精》(《续修四库全书》子部第1266册影印国家图书馆、北京大学图书馆藏明抄本)：

苏城王某，行货纸花为业。成化初，行至府庠西侧，骤雨如倾，憩一静室廊下。未几，一女子启扉而出，肌体纤弱，腰肢减瘦，而衣妆亦雅淡，谓王买花二枝。王与之，女子曰："汝姑坐候我，造面议之。"王自午至酉，望之杳然，王乃恚詈，诉诸邻，邻曰："此室向无人止矣。"王弗信，偕众排扉而入，查无人踪。视至厕中，竖一敝帚，盖数十年物，首簪二花，众愕然。出此帚斧之，呻吟有声。

按，明施显卿《古今奇闻类记》卷四改题《王卖花除扫帚怪》。

"什么书"云云袭自《红楼梦》第二十三回黛玉口吻；"你是个可人"曲原为第二十八回冯紫英所唱；状树妖之"饧涩淫浪"借用了第六十五回对尤三姐的形容；"看看到了出场日期"几句是第一百一十九回叙王夫人等盼宝玉考毕归来语；末尾"几千斤重的橄榄"则是第四十八回香菱对王维诗的夸赞。

"风流俊俏"曲节自清华广生辑《白雪遗音》卷三(《续修四库丛书》集部第1745册影印国家图书馆藏清道光八年玉庆堂刻本)。

另外，扫晴娘风俗各地均有，明刘侗、于奕正撰《帝京景物略》卷二载："……雨久，以白纸作妇人首，剪红绿纸衣之，以笤帚苗缚小帚，令携之，竿悬檐际，曰扫晴娘。"清富察敦崇《燕京岁时记》载："六月乃大雨时行之际。凡遇连阴不止者，则闺中儿女剪纸为人，悬于门左，谓之扫晴娘。"赵翼《陔余丛考》卷三十三《扫晴娘》有所考证："吴俗，久雨后，闺阁中有剪纸为女形，手持一帚，悬檐下，以祈晴，谓之扫晴娘。按元初李俊民有《扫晴妇》诗：'卷袖搴裳手持帚，挂向阴空便摇手。'其形可想见也。俊民泽州人，而所咏如此，可见北省亦有此俗，不独江南为然矣。又其序云：所以使民免于溢之患。则不独祈晴，又以之祈雨。"

顾嗣立编选《元诗选》初集卷四录李俊民《扫晴妇并序》曰：

世俗为扫晴妇者，盖假燮理之手，导阴阳之和，使民间免于溢之患也。感其事而赋之。

卷袖搴裳手持帚，挂向阴空便摇手。前推后却不辞劳，欲动不动谁掣肘。偶人相对木与土，神女但夸朝复暮。龙公不作本分事，中间多少闲云雨。见说周人忧旱母，宁知东海无冤妇。殷勤更倩封家姨，一时断送龙回首。

◇ 请君出瓮 ◇

心方注想

万物有灵，引人注想。本组四题，期于虚实之间，究理探趣。末尾狗年通关密钥，得自本家，已逾千载，验之有益无害，特为揭出，聊表新春祝福云尔。

一、花鹅

别的鹅要么是黑的，要么是白的。只有他，黑一块，白一块。白鹅、黑鹅看见他，都不爱搭理。

他曾经想改变自己，试着用嘴拔去黑毛，拔了几根就不堪忍受，关键是拔得慢长得快，白鹅根本不把他当朋友看。他还故意在污泥中打滚，用泥水掩盖白毛，可是黑鹅一下就认出了他，把他踢出了群。

只有一只小白鹅与他相好过，也被老白鹅拆散了。刚分开时，他还关注小白鹅。后来，小白鹅长大了，混在白鹅群中根本无法分辨出来。听着白鹅齐声唱着群歌：

鹅，鹅，鹅，曲项向天歌。白毛浮绿水，红掌拨清波。

他又是羡慕，又是忧伤。

一天，牧鹅少年清点群鹅，用黑白二纸做了两面旗帜，分别竖立在两侧，下令："黑鹅站在黑旗下，白鹅站在白旗下，违者死。"

群鹅听到号令，纷纷自觉站队，只有他左右为难。往左去，黑鹅向他鼓噪；往右去，白鹅朝他聒叫。他孤独地在中间徘徊，无所适从。

少年不怀好意地向他走来。他警惕，惊恐，愤怒，逃跑……张开双翅，挣扎狂奔，踉踉跄跄，跌跌撞撞，从地上跳起，掉了下来；又跳，再掉了下来。就在少年扑上来的一刹那，他终于在飞扬的尘土中腾空而起，慢慢地平衡身体，越飞越高……

盘旋时，他俯视地上整齐列队的鹅，是那般渺小，而天空又是如此辽阔。他兴奋地唱起来：

鹅，鹅，鹅，引吭自高歌。天地莽苍苍，黑白奈我何？

少年后来当了皇帝。史官说，圣上幼时即表现出号令天下的异禀。

二、玄驹

元宵灯节，他在鱼篮观音灯前第一次看到她，便意惹情牵，暗中尾随，在她家隔壁租了间房住下。

虽然只隔着一面墙，可以隐隐地听到她说笑，却无由得近。

夜里，他在床上辗转反侧，发现墙上有一丝微弱的光透过来，忙凑过去看，原来是一条缝隙。他凝神窥望，只见她正在灯下绣梅花。也不知窥望了多久，梅花由一朵两朵，直到满眼花缭乱，似有暗香来。

一天，正窥望时，从缝隙那边，一只黑褐色蚂蚁咯噔咯噔地走过来。那蚂蚁像一匹威风凛凛的骏马，铠甲般的身躯油光锃亮，三对细长的腿坚挺有力。他想，如果能骑这匹马去她那边就好了——如同蒲松龄在《阿宝》中写孙子楚自念"倘得身为鹦鹉，振翼可达女室。心方注想，身已翩然鹦鹉"，他也是心方注想，身体就渐渐缩小，小到芝麻一样时，便跃上蚂蚁背。

这是一个艰难的旅程，特别是从墙上奔向地面时，他头冲着地，死死抱住蚂蚁的腰，生怕摔下来。由于身体缩小了，世界好像放大了一万倍，奔向她的梳妆台前，更是一段漫长的距离——看官也许要问，为什么他不一穿过墙就变大？这个在下确实不知。估计他注想时，意念中的目的地是梳妆台，所以必须走完流程，不能快进。但这已经无所谓，重要的是他过来了。只是地砖连接处，仿佛一道道沟堑，好几次他从蚂蚁身上摔下来又爬上去，继续前进。他默默地唱着：

冰肌玉骨，笑嫣然、总是风尘中物。谁扫一枝，流落到、绝域高台素壁。匹马南来，千山万水，为访林间雪。

荒寒如许，可无一段明月？

终于爬上了梳妆台。她没注意到他，顺手就要把蚂蚁往地上拨。在这千钧一发之际，他从蚂蚁身上跳下来，又心方注想，我要变大！身体就慢慢复原。从渺小变伟大，实在是一个美妙的过程，他好想对她说："惊不惊喜？意不意外？"

见证奇迹发生的时候，她真是又惊又喜又意外。眼见得一个米粒大的人，一寸一寸地变大，变成了俊俏后生，她的心扑通扑通地跳。

其实，她在灯节就察觉了他的跟踪，也知道他在隔壁租了房子住。实际上，她一直在期待这一刻。

然后就有了然后。

他明白了"蚂蚁"二字为什么一边是"虫"，一边是"马"、是"义"，蚂蚁就是像马一样有情义的小虫子，他给那只蚂蚁取了个响亮的名字，叫"玄驹"。

三、飞鼠

飞鼠原先也和其他鼠类一样，在地上窜来窜去。有一天，他将前臂展开，发现自己竟有一双隐形的翅膀，扑扇了几下，居然飞了半树多高。从此，到处炫耀自己身怀飞、爬、游、跑、掘五技。他对松鼠说："不想当鸟的鼠不是好鼠。我要飞得更高，飞得更高！"仗着年轻心热，说罢就飞到崖壁上岩洞里去住。

听说有个叫荀子的两足直行怪挤兑他"能飞不能上屋，能缘不能穷木，能泅不能渡渎，能走不能绝人，能藏不能覆身"，他根本不在意。他认为两足直行怪才是世上最没品的物种：一边给他取了个寒号虫的贱名，一边又收集他的粪便当药，还美其名为"五灵脂"。

整个夏天，飞鼠都觉得自己的皮毛在阳光下熠熠生辉，色彩斑斓，他不停地叫唤："凤凰不如我！凤凰不如我！"

林子里的斑鸠、画眉没见过凤凰，不知他说些什么，都不理睬他了。况且，他们喜欢唱歌，喜欢飞翔，还要忙着在冬天到来前搭窝，没工夫听他吹嘘。

松鼠则在桃枝间跳来跳去，品尝着夏日最可口的桃子。后来乾隆皇帝还有诗赞曰：

绥山果熟踔枝尝，
五技何妨用所长。

冬天到了，飞鼠身上的毛纷纷脱落，像刚孵出的小鸡一样光秃秃的，在寒风中瑟瑟发抖，叫声也被风刮得断断续续："凤凰不如，我……"

好心的松鼠提醒他："趁地上落叶还没烂，赶紧捡些到洞里吧，天冷时钻进去也能御寒。"

飞鼠满不在乎地说："得过且过！得过且过！"

斑鸠从暖洋洋的窝中探出头来，问在旁边枝上晒太阳的画眉："他的心态为什么这么好？"

画眉说:"听鹦鹉大妈讲,他上辈子偷喝了两足直行怪炖的鸡汤,就信了'落毛凤凰不如鸡''鸡窝里飞出金凤凰'的谣言。天可怜见!"

冬天的山林,十分寂静,不时有松鼠在树枝间爬上爬下地玩耍。

四、瑞犬

太平盛世,天天都是好日子,主要矛盾已转化为广大臣民日益增长的"真的还想再活五百年"的渴望与亚健康之间的矛盾,很多人认真践行"饭后万步走,活到九千九"的信条,晚饭后散步,有时会一条道走到黑。无奈女人纳鞋底的速度比不上男人磨破鞋的速度,不少人发现与万岁爷始终差着三千双鞋的距离,便不再互相攀比所行步数,没事只在家门口走几步。

朱孺子自幼便随道士王玄真登山翻岭,采黄精服饵。几年下来,也没有成仙的感觉。玄真虽然看上去有仙风道骨,但人到中年,也有些体力不济了。有时生病,怕外人知道,只能暗自调养。师徒二人都不免焦虑起来。

一日,孺子在溪水边洗蔬菜,忽见岸侧有两只小花犬在追逐戏耍。他觉得有些奇怪,便跟随小花犬,进入了枸杞丛中。小花犬却忽然不见了。

孺子回来告诉师父,师父也觉得奇怪,和他一同去看,果然有两只小花犬在那里欢蹦乱跳。他们悄悄走近,小花犬又钻进了枸杞丛中。

玄真和孺子便在杂树草丛中挖，挖到两块枸杞根，坚硬如石，形状则好似小花犬。

他们将枸杞根洗干净，带回来煮。三天三夜，孺子续柴添火，不离灶侧，渐渐闻到了一股清香，尝了一口汤汁，甘美无比，忍不住一勺接一勺地舀出来喝。等到看见汤将尽根已烂，才想起应请师父一起来吃。

玄真来时，孺子觉得身轻体畅，飘然欲飞，竟升云而去。

看到孺子冉冉升起，玄真大为惊异。讲了半生神仙术，在几乎产生信仰危机时，却亲眼目睹了腾空成仙，幸甚至哉！他知道这是各自的仙缘，并不怪罪孺子先喝了汤。见锅里还有些枸杞根，就捞出来吃，舌尖感到一丝酸甜，仿佛唤起了小时候那戴着芙蓉花的小女孩递给他的那枚桃子的滋味。他想，这大约就是在返老还童了，他甚至好像听到了筋骨皮肤逆生长发出的细微声响。

后来，玄真隐于山中。采药打猎的人，有时还见过他。问他为什么总是这么年轻，他就说吃了枸杞根。

众人在山上到处挖枸杞根，口含、磨粉、煮水、炖汤、清蒸，各种吃法，总不见效。又进山去问玄真，他说：一般的枸杞根可能不灵，需得小花犬显形的才行。实在没有，采枸杞子泡水喝，一样能养肝明目去油腻。

有好事者推算出孺子见花犬是狗年，便料定狗年小花犬再次显形的可能性很大。至少在狗年用保温杯泡枸杞喝，比其他年份更有效。后人有诗单道此事：

◇ 辑四　疑神疑鬼 ◇

枝繁本是仙人杖，

根老新成瑞犬形。

上品功能甘露味，

还知一勺可延龄。

2018 年 1 月 28 日于奇子轩

附记

本篇各节素材依次如下：

一、陈敬则《明廷杂记》(《明兴杂记》) 之《立令》："我太祖幼时，尝见群鹅游于庭，戏以青白二纸旗，左右竖立，命之曰：'青者立青旗下，白者立白旗下，违者死。'群鹅应声如命而往，独一花鹅不知所适，往来于青白之间，上杀而食之。"

二、元伊世珍《琅嬛记》："昔有一士人与邻女有情。一日饮于女家，惟隔一壁，而无由得近。其人醉，隐几卧，梦乘一玄驹入壁隙中。隙不加广，身与驹亦不减小，遂至女前，下驹与女欢。久之，女送至隙，复乘驹而出。觉甚异之，视壁孔中，有一大蚁在焉。故名蚁曰'玄驹'，见《贾子说林》。"(《四库全书总目提要》：《琅嬛记》三卷，旧本题元伊世珍撰，……钱希言《戏瑕》以为明桑怿所伪托，其必有所据矣。)

刘辰翁《酹江月·北客用坡韵改赋访梅》："冰肌玉骨，笑嫣然、总是风尘中物。谁扫一枝，流落到、绝域高台素壁。匹马南来，千山万水，为访林间雪。渊明爱菊，不知谁是花杰。"(为贴合情景，后二句改作"荒寒如许，可无一段明月")

三、陶宗仪《南村辍耕录》卷十五《寒号虫》："五台山有鸟，名寒号虫，四足，有肉翅，不能飞。其粪即五灵脂。当盛暑时，文采绚烂，乃自鸣曰：'凤凰不如我。'比至深冬严寒之际，毛羽脱落，索然如鷇雏，遂自鸣曰：'得过且过。'嗟夫！世之人中无所守者，率不甘湛涪乡里，必振拔自豪。求尺寸名,诧九族侪类,则便志满意得,出肆入扬,以为天下无复我加矣。及乎稍遇贬抑,遽若丧家之狗,垂首帖耳,摇尾乞怜,惟恐人不我恤,视寒号虫何异哉?可哀已!"

乾隆《题钱选〈桃枝松鼠图〉》:"绥山果熟踔枝尝,五技何妨用所长。自是托身远穹窒,不须老吏畏张汤。"

四、《太平广记》卷二十四《朱孺子》:"朱孺子,永嘉安国人也。幼而事道士王玄真,居大箬岩。深慕仙道,常登山岭,采黄精服饵。一日,就溪濯蔬,忽见岸侧有二小花犬相趁。孺子异之,乃寻逐入枸杞丛下。归语玄真,讶之。遂与孺子俱往伺之,复见二犬戏跃,逼之,又入枸杞下。玄真与孺子共寻掘,乃得二枸杞根,形状如花犬,坚若石。洗挈归以煮之。而孺子益薪看火,三日昼夜,不离灶侧。试尝汁味,取吃不已。及见根烂,告玄真来共取,始食之。俄顷而孺子忽飞升在前峰上。玄真惊异久之。孺子谢别玄真,升云而去。到今俗呼其峰为童子峰。玄真后饵其根尽。不知年寿,亦隐于岩之西陶山。有采捕者,时或见之。"(出《续神仙传》)

刘禹锡《楚州开元寺北院枸杞临井繁茂可观群贤赋诗因以继和》:"僧房药树依寒井,井有香泉树有灵。翠黛叶生笼石甃,殷红子熟照铜瓶。枝繁本是仙人杖,根老新成瑞犬形。上品功能甘露味,还知一勺可延龄。"

◇ 辑四 疑神疑鬼 ◇

疑神疑鬼

暑天日长，宜读志怪。阳光普照，妖鬼潜迹。虽驰想于幻域，殊无恐惧。兹撷取三篇，略加敷衍，以成将信将疑之凉趣。

一、墨不成字

河西的天湛蓝如洗，辽阔得有些空虚，偶尔飘来一朵白云，会让人产生触手可及的幻觉。

季广琛在河西游荡了很久。一路关卡甚多，每过一处都被守卫问你是谁、从哪里来、到哪里去，不胜其烦。这日正不知往哪里去，闷闷地在旅舍睡着了。

不知几时，他觉得异香扑鼻，氤氲满室。远远地似有车马喧阗之声，空中管弦金石音乐迭奏。须臾，一辆华丽的云车自空中缓缓而降，跟着数十随从。

车中下来一个美女，明艳绝代，光彩溢目，季广琛眼前为之一亮，立刻笑眯眯地迎上前去。

美女问："你是谁？从哪里来，要到哪里去？"

季广琛一听又是这些问题，美女好像变成了守卫，不由恼了，大吼道："何方妖孽？我没问你，你倒先问！"

他把自己吼醒了，睁眼一看，美女仿佛还在眼前，心想，这样空旷的地方，哪来的美女？必定是鬼怪，于是拔剑刺去。

美女惊愕地斥责道："我看你寂寞，好意来找你谈人生聊前程，为何突然如此恶狠狠？"转身即命等候在外的随从驾车而去。

季广琛追到门外，只见一团白云飘去，天空依旧蓝得耀眼。

季广琛找到店家，说："你这店里有鬼！"

店家说："你没睡醒？大白天哪来的鬼？"

他说："我刚才明明看见一个美女，一拔剑，忽然不见了，不是鬼是什么？"

店家说："她长什么样？"

他说："没见过的美，说不出的艳。"

店家说："那必是河西女郎神。我开店二十年，从没见过女郎神。她找你做什么？"

他说："没做什么。只说要谈人生聊前程。"

店家说："这就奇了。我们这里找女郎神的都是治病求子的，从没个谈人生的。女郎神找你谈这个，你竟疑神为鬼，拔剑相向，前程恐怕玄了。"

季广琛听说，不由得恐慌起来。打听到女郎神庙的所在，买了些酒肉去祭拜，乞求女郎神宽恕。

女郎神庙虽不高大，却十分庄严。一阵轻风，卷起帐幔，现出女郎神圣像，但见她高坐上方，容貌端丽，初看时面带微笑，仔细打量，又有一种威严。

季广琛想，女郎神既是要聊前程，何不题一首励志诗于其壁上？于是挥毫便写：

男儿何不带吴钩，
收取关山五十州。
请君暂上凌烟阁，
若个书生万户侯？

奇怪的是，他刚写完，转眼字就不见了，好像有一只看不见的手，将他的字随写随抹。又写一遍，还是墨不成字。

第二天晚上，梦见女郎神面带怒色道："你何尝知道自己想要的，不过剿袭陈词滥调，没得污了我的墙壁！兼以疑心太重，难成大事，终身遣君不得封邑！"

二、余香未泯

汪小溟住在山东客栈。晚上在庭院赏月，吟道：

"日居月诸，照临下土……"

忽然有个甜美的声音打断道："秀才睁眼说瞎话，此时哪有太阳？况且，堂堂须眉，为何吟此弃妇诗？"

汪小溟看时，眼前站着个娇媚可人的美女。

有心赏月的人，情商大都能转朱阁低绮户地运行自如。他想，在文艺闺秀面前，说话不可造次，需先起个兴为好，便说："今晚的月色是真真的好！"

美女说："月有阴晴圆缺，何如风和日丽！有首歌叫太阳出来喜洋洋，几曾听人唱过月亮出来喜洋洋？"

他觉得美女出语不俗，便转用比语道："姑娘好像辰时的太阳！东方之日兮，彼姝者子，在我室兮。"

美女笑道："你的《诗经》是唱《挂枝儿》的教的吗？满脑子古味情话，如何去应考？比兴之后，想说什么，不如平铺直叙了吧。"

汪小溟见说得入港，也笑道："正要用赋法了，请里面说端详。"

二人携手入室，深情蜜态，恩爱万状，也难细表。

天快亮时，阳光美女要走。

汪小溟说："我们还会见面吗？"

阳光美女说："妾家就在邻近，丈夫经常外出。院墙有缺口可逾，过隙即来。"

汪小溟又问她的芳名。

阳光美女说："败节淫奔，何必相告。你不嫌弃，就是好日月。"

于是，每月阳光美女都会来两三次，二人情好甚笃。

如此过了半年，汪小溟要去京城了。他说："我出来原是要考学的。学没考成，盘缠已尽，不能总住店。有几个商人朋友邀我同去京城，帮着算账。随人作计，无可奈何。我想多不过一年之期，仍旧回此，永奉欢笑。"

阳光美女不觉惊叹道："早知有今日，没想到这么快就到了。数月之好，止于此矣。郎宜自爱，勉图后福。我再不能服侍左右了。"

◇ 辑四 疑神疑鬼 ◇

汪小溟闻言，满怀凄恻，禁不住号哭起来。

阳光美女忽嘻笑道："没想到你如此情痴，这样会相思致疾的。实话告诉你吧，我是鬼，来找替代的。"

汪小溟大惊失色道："既如此，你为什么没让我做替死鬼？"

阳光美女停了片刻，缓缓说："凡与鬼相好的，没有不得重病的。唯我相爱之深，所以每次来过之后，总要等你阳气复元，方肯再来。有剥有复，乃得无恙。像你这样痴情的，如果遇到别的鬼，纵恣冶荡，在《夷坚志》中，你活不过第二页。感君义重，后宜自慎，也不要再想我了。"

汪小溟兀自不信："你怎么证明你是鬼？"

阳光美女说："你妈是你妈需要证明吗？鬼就是鬼！还记得当初我说太阳出来喜洋洋吗？那是因为鬼都渴望像人一样看到太阳。"说完，她就散发吐舌，长啸而去。

汪小溟震慄失魂，直到太阳出来才缓过神来。

从此，他对美女都抱有一丝怀疑，不敢接近，谈恋爱也绝不走待月西厢下的套路。

偶尔，他也怀疑是不是书读多了限制了自己的想象力。遥思阳光美女在日，交合之状，盟誓之言，历历有据，绝非虚幻之境。她离开时显露出的怪模样，会不会是为了怕自己伤心故意做出来的举动？

阳光美女究竟真的是鬼，还是出于好心，他无法确认他以为他以为的就是他以为的。

不过，每到月圆之际，他心里就会响起太阳（月亮）出来喜洋洋的歌声，仿佛阳光美女余香未泯，芳容如在目前，便不由自主地吟诵道：

……乃如之人兮，逝不古处？胡能有定？宁不我顾。

三、风入帘开

赵谦出外做幕，说好一年便回，没想到快五年了，音信全无。从外面回来的人，有说他在外另娶重婚的，也有说他已客死异乡的，但又都称是听人说的，不是准信。

赵谦走之前，曾对王氏说："娘子耐心度日。地方轻薄子弟不少，你又生得美貌，莫在门前窥瞰，招风揽火。"王氏是个本分女人，谨守夫训，侍奉公婆，安静度日。只是丈夫迟迟不归，难免忧虑。

那天，去村东小溪洗衣，有个小伙在溪那边唱：

冷清清。独自在房儿中睡觉。猛听得是谁人把我门敲。想是我负心的冤家来到。慌忙披衣起。罗裙拴着腰。急急的开门也。呸。又是……

唱到"又是"时，他故意把后面的词改为一连串流里流气的"哼哼哼"。

王氏知道他不怀好意，也不拿正眼瞧他，急忙洗完衣服就回家。

……

酷暑天气，王氏躺在床上，不免思念丈夫。

月色朦胧，碧纱窗外摇竹影，宛如一幅水墨画。

她耳边响起一个熟悉的声音："你叫绿云，我叫明玕，都是竹子，正当一处生一处长。"明玕是他本家表哥，擅长绘画，又说："你看，我给你画了一幅竹影图。"她端详着画，说："这画还没有题目。"明玕说："岂能无题。"提笔写上了"何可一日无此君"几个字。

王氏睁眼看时，画上并没有那几个字。再看，原来那画是窗帘上的竹影。她觉得有一丝凉意从窗外透进来。

王氏出嫁后不久，就听说明玕在竹林边画竹时，被一条竹叶青咬了一口，当夜就死了。她心想："难道是我依然容貌美丽，招此邪魔？"第二天起来，她故意不梳洗，蓬头垢面的，还换上件破旧的衣服。

夜里，依旧很热，她睡不着，盯着窗帘看了许久。帘子轻轻拂动，她迷迷糊糊地合上了眼。

忽然，明玕从身后闪出，一把将她搂住。王氏说："明玕，我已结婚，是别人的人了。"明玕笑嘻嘻地说："何可一日无此君！"说着就把她放在床上。就在明玕扑上来时，王氏发觉他的脸变得有些不认得了，定睛一看，竟是村东那个"哼哼哼"。王氏又羞又怕，拼命地推开他。挣扎中，醒了过来，原来还是梦。

王氏向窗户看去，一丝风吹得纱帘晃动。忽然，帘子上出现了一个人头，越变越大，好像在向里面窥探，她吓得惊叫一声："有鬼！"

那个黑影忽地不见了。

王氏猜测自己一再做怪梦，定是触犯了什么鬼怪，以致茶饭不香，形容消瘦。她对婆婆说："丈夫外出后，我大门不出，二门不迈，没想到却被鬼戏弄。"

婆婆道："哪有什么鬼？想是你的疑心生了什么暗鬼。"

王氏叹气道："与其疑而生，不若疑而死。免得外人说我不守妇道。"

婆婆道："快别胡说什么生呀死的，也没人说你什么，明日请个郎中来瞧瞧是正经。"

……

夜里，王氏又盯着窗帘看。也不知是几更天了，风入帘开，好像有一个黑乎乎的东西要钻进来。她怕叫起来，鬼又跑了，便壮起胆子，蹑手蹑脚地走到窗边，猛地撩开帘子，似乎有个黑影闪过，却没看真切。只见竹叶间，有一轮皎月。

……

王氏将帘子扯下，团成长绳，做了个圈套，套在脖子上……

2018 年 8 月 26 日于奇子轩

附记

本篇各节素材如下——

◇ 辑四 疑神疑鬼 ◇

一、《广异记》卷五《季广琛》：

  河西有女郎神。季广琛少时，曾游河西，憩于旅舍。昼寝，梦见云车，从者数十人，从空而下，称是女郎姊妹二人来诣。广琛初甚忻悦，及觉开目，窃见仿佛尤在。琛疑是妖，于腰下取剑刃之。神乃骂曰："久好相就，能忍恶心！"遂去。广琛说向主人，主人曰："此是女郎神也。"琛乃自往市酒脯作祭，将谢前日之过，神终不悦也。于是琛乃题诗于其壁上，墨不成字。后夕，又梦女郎神来，尤怒曰："终身遣君不得封邑也。"

"男儿何不带吴钩"诗借用的是李贺《南园十三首》其五。
神女下降描写参照了《二刻拍案惊奇·叠居奇程客得助》等。
二、清朱海《妄妄录》卷八：

  徽人汪小溟茂才福昌言：于山东旅馆门前玩月，忽遇一妇，姣媚可人。挑以微词，即入舍昵就。订其后会，自云："家在邻近，夫常外出，有墙缺可逾，遇隙即来。"诘其姓名邦族，乃曰："败节淫奔，何必相告。"每月两三至，情好甚笃。如是半年，将赴都门，与妇话别，怊怅随人作计，后会无期，不胜凄恻。妇忽嬉笑曰："君如此情痴，必相思致疾。今当实告，我鬼之待替也。凡与鬼狎，无不病瘵，唯我相爱之深，故必俟君阳复，方肯再来。有剥有复，乃得无恙。使遇他鬼，纵恣冶荡，早入枯鱼之肆矣。感君义重，后宜自慎，亦勿思我。"语讫，散发吐舌，长啸而去。为之震慄失魂，以此心疑，不敢稍近冶容。然每一念及，觉馀香未泯，芳容如在目前，不禁惘惘。

汪小溟所吟"日居月诸"为《诗·邶风·日月》首段，"东方之日兮"诸句出自《诗·齐风·东方之日》。
  汪与美女相好情感，也参照了《二刻拍案惊奇·叠居奇程客得助》描写。
  三、《清史稿》卷五百一十一："赵谦妻王，威县人，当暑，谦出，王独寝，风入牖帘开，若有窥者，王忿不欲生。舅姑及谦曲喻之，终不释。曰：'与其疑而生，不若疑而死。'遂自经。"

刘向撰、汪道昆增辑《列女传》卷九《坚正节妇》："唐郑廉妻李氏，年十七，嫁廉。廉未逾年死。夜梦一男子求为妻，初不许，后数数梦之。李自疑形貌所召也，即截发，麻衣，不薰饰，垢面尘肤，自是不梦。刺史白大威钦其操，号坚正节妇，表旌门阀，所居曰节妇里。"（吕坤《闺范》卷三《妇人之道》题《李氏憾梦》）

赵谦规训"娘子耐心度日"云云，袭自《喻世明言·蒋兴哥重会珍珠衫》。

小伙唱曲借用冯梦龙编《挂枝儿》"私部"—《错认》，末句原为："……呸。又是妹妹的孤老。"

魂无所依

一

长清寺的圆觉和尚道行高洁，十几岁出家，至今已六十余年。这日，连极熟的《金刚经》，念到"不可以身相得见如来"，怎么也想不起下面的"何以故"来。他对徒弟说："我要走了。"徒弟以为是说回房休息，没想到他竟圆寂了。

圆觉不知道自己圆寂了，魂灵飘向桃花江南岸。他的老家在那边。老家早已没有亲故，彩霞妹也早听说不在人世了。

此身行作稽山土，犹吊遗踪一泫然。

他的思绪与魂灵一样迷茫。

二

田公子听说表妹将要出嫁，一片遐思遐爱之心在胸中涌动，骑马沿桃花江奔向魂牵梦萦的邻村。小厮提醒他，冲动是夜叉。他心想，就是牛头马面也顾不得了。一路狂奔，耳边仿佛响起了几百年后才有的歌：

想你想你想你想你

最后一次想你

突然，马被什么东西绊了一下，他从马上猛地摔出去，重重地撞在石头上。

在头着地的那一刹那，他的魂灵好似满天焰火迸放出来，又如气从皮球中逸出，飘向空中。

此时，圆觉的魂灵恰好飘过此处，正好与躺在江岸的田公子躯体翕然而合。

圆觉逐渐苏醒，腿不给力，小厮忙上去扶。圆觉说："谢谢你扶老年人！我不会说是你撞的，也不会让你赔医药费。"小厮听他说得蹊跷，料是公子摔晕了头，就把他抱上马，牵回家去。

田公子的飞魂散魄也重新聚集，因找不到自己的躯体，被风吹得忽忽悠悠、飘飘漾漾。

三

小厮把圆觉带回家，圆觉说："这是哪里？我是和尚，为什么到这里了！"

家人都以为是田公子摔糊涂了，纷纷提过去的事，帮他回忆。

一个说："你记得彩虹姐在你的笔袋上绣的蟾宫折桂四个字吗？"一个说："你记得彩虹姐说不读书的公子哥是杉木大刀吗？"又一个说："你记得彩虹姐养的画眉会说真真国鸟语吗？"

圆觉说:"什么彩虹姐?我只记得有个彩霞妹。"

众人说:"哪来的彩霞妹?只有彩虹姐。你若与彩虹姐成了亲,家中赤的是金,白的是银,圆的是珠,光的是宝,没有会计都数不清。"

圆觉见说不明白,也不自申解,但闭目不再说话了。

夜深人静时,他忽然想起了《金刚经》上那句忘了的话是"……何以故?如来所说身相即非身相"。他不想把自己当成田公子,更不想做会计,便悄悄起身,拖着伤腿,连夜回长清寺。

四

大凡魂不附体时,会自动被近处可以寄托的东西所吸引,也许是一株树,也许是一朵花。当然,最具吸引力的还是人体。田公子的魂灵也不知在空中飘了多久,来到了长清寺,与停灵禅房的圆觉遗体合在一起。

他试着抬了抬胳膊,又睁开眼睛,长吁了一口气,早惊呆了一旁的小徒弟。

小徒弟慌忙叫道:"师父醒了!方丈又活了!"

屋里立刻拥进许多和尚,都不停地念佛。

田公子说:"这是哪里?我是田公子,为什么到这里了!"

小徒弟说:"师父睡了两天,睡迷糊了。什么田公子,你是我们的开寺宗师!"

五

这时，圆觉回到了长清寺。

借着月光，他推着寺门，推不开，又敲。里面的人正围着田公子，没听见。圆觉推敲了好一阵子。

总算有个扫地僧来开门，见是陌生人，问他做什么。

圆觉说："我是方丈。如何不认得了？"

扫地僧说："奇了怪了，里面现有个真方丈偏说自己不是方丈，你一大俗人，却自称方丈。要假冒方丈，也走点心，先找把修脚刀将头发剃了再来。"

圆觉说："我不是假冒的。我还知道你上月扫地捡到一个荷包没还给女施主受了罚。"

扫地僧一听提起自己受罚事，气不打一处来，嚷道："走，走，走！你这种俗人就该扫地出门。"说着，将山门呼地一关，任凭圆觉怎样推敲，只是不开。

六

田公子被众和尚师父长师父短地闹乏了，见说不明白，也不自申解，但闭目不再说话了。待大家都睡了，便悄悄起身，直奔表妹家。

姑姑家老伙计不由分说地骂道："一树梨花压海棠，好歹有梨花。你头上一根毛没有，只剩老眉咔嚓眼儿的，还这么不正经儿。

要假冒公子，也走点心，先把一脸褶子熨平了再来。"

田公子被骂得垂头丧气。他知道，自己现在这个样子，表妹也一定不相认。好在表妹家是小户人家，房舍不大，他便如以前一样，在表妹的窗下轻轻敲了三下，然后百般解释："……你还记得吗？四年前，你到我家住。那日，我站着翻列国志小说，你过来说，'我的哥哥看书怎么没座'，就给我端来椅子。我恰好看到越王、范蠡用西施设美人计，你又问我什么是美人计。我说'你就是一个计'。你当时只是笑，笑得我魂灵儿飞上了天地说，'你若设计，便是西施'。"

表妹听到田公子絮叨着这些无人知晓的情话，觉得窗外老和尚可能真是田公子，幽幽地说："你突然老成这样，让人平白地为'君生我未生，我生君已老'伤心，如今还有何计可施？"

田公子说："我在哪里摔倒的，就在哪里再摔一次。说不定能摔回原形。"

表妹说："行不得也么哥！明天我将成为别人的新娘。"

田公子说："你等着！你等着！"

天上沥沥下着细雨，田公子向摔倒的地方跑去。

七

田公子找到了摔倒的地方，却看见无寺可归的圆觉正在石边打坐。

田公子与圆觉过眼神时，两人不约而同地说："你如何是我？"很快便都明白是附体到了对方身上。

田公子说："我们换回来吧。"

圆觉说："这却难呢。魂灵偶然遇合，原是机缘，我们都不由自主。况且，老僧的臭皮囊跟了我八十年，已是不中用了，不但我的魂灵从中出脱，你也不过暂住其中，早晚要另寻寄托。只是你的皮囊也好不到哪里，怕是一跤摔狠了，脸已破相，腿骨也折了。纵使换回去，也是不济事的。"

田公子细看和尚，脸上果有两道长长的伤痕，已面目全非，料想也不是表妹所乐见的模样了，忍不住放声大哭。

圆觉说："看你黯然销魂，何不斩断情根，学六十年前的我？"

田公子说："你如今还不是魂不守舍的，学你何益？我只要本来面目。"

圆觉说："什么是本来面目？佛告须菩提：凡所有相皆是虚妄。若见诸相非相，即见如来。"

田公子哭道："你见如来，我见表妹，互不相扰，方能各自安魂定魄。"

圆觉说："这却难呢！世人谁没个表妹？哪里都能见得？灵山却只在汝心头，还是且向灵山塔下修吧。"

八

田公子神情恍惚地走，累了，在路边茶摊歇息。

卖茶的是个姿容艳绝的少女。她见老和尚满脸泪痕，甚是奇怪。田公子便哭诉了原委。

旁边老妪笑道:"你们这些君子啊,碰到窈窕淑女,就吾妹求之,少不得要辗转反侧摔跟头。当初有个书生,做《书经》题'昧昧吾思之',神魂颠倒地写成'妹妹吾思之',就被考官批了'哥哥你错了'。你如今也是错了!"

少女说:"人家正伤心,姥姥还打趣。"又对田公子说:"鬼不帮鬼,谁还会帮鬼?实不相瞒,我们也是鬼,在这里卖的是水莽草茶,人称少女茶,又名乐死饮,专为鬼找替代。你且在此等候,待有过路的英俊少年,我色授魂与,诱他喝茶,趁他乍死,魂灵尚未赴黄泉,你赶紧钻进去。不用二十年,便又是一条好汉。"

果然没过多久,就有一个少年经过茶摊。那少年见女摊主花枝招展,便赖皮赖脸地调戏。少女递上茶说:"这是本店特色乐死饮,喝了会死人的。要喝便喝。"

少年说:"我怎么不喝——死了也愿意!"

就在少年仰头欲饮时,田公子一时不忍心,故意上前打翻了那茶。

少年走后,少女说:"是他不正经,你何必同情无赖?奴家只能帮你到这儿了。你既不肯替换他,到了阎王那里,还不知判你变什么。纵然不堕入鬼趣,只怕销魂荡魄,无所依附,慢慢地也就稀薄得无影无踪了。"

2018 年 11 月 26 日于奇子轩

附记

本篇素材为《聊斋志异》卷一《长清僧》：

> 长清僧某，道行高洁，年七十余犹健。一日，颠仆不起，寺僧奔救，已圆寂矣。僧不自知死，魂飘去，至河南界。河南有故绅子，率十余骑，按鹰猎兔。马逸，堕毙。魂适相值，翕然而合，遂渐苏。厮仆还问之，张目曰："胡至此！"众扶归。入门，则粉白黛绿者，纷集顾问。大骇曰："我僧也，胡至此！"家人以为妄，共提耳悟之。僧亦不自申解，但闭目不复有言。饷以脱粟则食，酒肉则拒。夜独宿，不受妻妾奉。数日后，忽思少步。众皆喜。既出少定，即有诸仆纷来，钱簿谷籍，杂请会计。公子托以病倦，悉卸绝之。惟问："山东长清县知之否？"共答："知之。"曰："我郁无聊赖，欲往游瞩，宜即治任。"众谓："新瘥，未应远涉。"不听，翼日遂发。抵长清，视风物如昨。无烦问途，竟至兰若。弟子数人见贵客至，伏谒甚恭。乃问："老僧焉往？"答云："吾师曩已物化。"问墓所，群导以往，则三尺孤坟，荒草犹未合也。众僧不知何意。既而戒马欲归，嘱曰："汝师戒行之僧，所遗手泽宜恪守，勿俾损坏。"众唯唯。乃行。既归，灰心木坐，了不勾当家务。居数月，出门自遁，直抵旧寺，谓弟子："我即汝师。"众疑其谬，相视而笑。乃述返魂之由，又言生平所为，悉符。众乃信，居以故榻，事之如平日。后公子家屡以舆马来哀请之，略不顾瞻。又年余，夫人遣纪纲至，多所馈遗，金帛皆却之，惟受布袍一袭而已。友人或至其乡，敬造之。见其人默然诚笃，年仅而立，而辄道其八十余年事。
>
> 异史氏曰："人死则魂散，其千里而不散者，性定故耳。予于僧，不异之乎其再生，而异之乎其入纷华靡丽之乡，而能绝人以逃世也。若眼睛一闪，而兰麝熏心，有求死不得者矣，况僧乎哉！"

篇中"找替代"的描写，借用了《聊斋志异》卷一《水莽草》所谓："水莽，毒草也。蔓生似葛，花紫类扁豆，误食之立死，即为水莽鬼。俗传此鬼不得轮回，必再有毒死者始代之。以故楚中桃花江一带，此鬼尤多云。"其中少女招饮,但明伦谓当名之少女茶、迷魂汤、乐死饮,庶得其理。("死了也愿意"则是《红楼梦》贾瑞口吻)而《聊斋志异》卷一《王六郎》所写鬼在找替代之际,一念恻隐,颇为感人,移于田公子,谁曰不宜?

《金刚经·如理实见分第五》:

"须菩提,于意云何?可以身相见如来不?""不也,世尊。不可以身相得见如来。""何以故?""如来所说身相,即非身相。"佛告须菩提:"凡所有相,皆是虚妄。若见诸相非相,即见如来。"

"妹妹吾思之"笑话流传颇广,如《清稗类钞》讥讽类载:"小试文怪谬百出,有引用昧昧我思之,误作妹妹者,阅者评曰:'哥哥你错了。'"

搜神遇怪

干宝《搜神记》所载虽不乏神灵,而鬼魅精怪尤多,其间令人警醒者,不一而足。近因与同道合作研究,重读此书,不啻《顿丘魅》篇中行人遭遇凶怪,又顾视之,倍觉恐怖。此中有真义,欲辨需敷衍,特摘取若干,游心寓目,成其微说。

一、魅影相随

几个朋友吃饱了没事干,就以说恐怖故事为乐,并约定了三个条件:一,必须出自日常,而非天崩地解、扫帚星流浪一类的;二,不得有磨牙吮血的特写和杀人如麻的全景;三,必须是没来由的,因为没有主义的恐怖,才是最为恐怖的。

一个说:"我听说臧侍御史家发生过一些蹊跷作怪的事。做饭时,白净的大米,煮熟了,却混杂了尘土;一转眼,锅又不见了;放在墙边的刀枪剑戟竟然满屋自行游走挥舞;竹箱中蹿出火苗,里面的衣物烧了,箱子完好无损;女人的梳妆镜忽然找不到了,几天后从厅堂下抛到了庭院中,还有个声音说'还你镜子',一照却照老了十岁;小孙女失踪了,到处找不到,两三天后发现在茅坑的粪下啼哭。桩桩件件，莫名其妙，你们说吓人不？请了大师来卜算，才查明是一条老黑狗搞的鬼。"

另一个说："一个狗东西的恶作剧，也算不得什么。我听说桥玄太尉晚上睡觉，半夜发现东边墙壁白亮得像门户大开，叫家人来看，却没有什么异样，起身自己摸，墙壁也依然稳当当地在。一躺下，墙壁又没有了。自从听过此事，我如今半夜醒了都不敢睁眼，怕睡到了旷野里。"

又一个说："睡在旷野有何可惧？刘伶脱衣裸行屋中，声称以天地为栋宇。有此放达，别说少了一面墙，就是家无四壁，也无妨碍。反倒是纵有铜墙铁壁，若有一鬼物暗中盯着你，那才让人不寒而栗。有一人骑马夜行，忽见道中有个兔子样的东西，两眼大如圆镜。你们想，兔子才多大，眼睛倒像镜子一般，岂不吓人？怪物跳跃不止，马不得前。那人惊恐万状，堕落马下。怪物就来捉他，吓得他昏死过去，许久才苏醒，怪物却不见了踪影……"

两个同伴听得目瞪口呆，双眼圆睁，虽不如镜，也比铜钱小不多少。

那人接着说："他醒来后，上马接着前行。走了数里，总算碰到一人，这才松了一口气，便向那人讲述所遇到的可怕事，那人说：'我一路独行，也怕遭遇不测。得君为伴，十分欢喜。你的马跑得快，且先行，我在后面跟着。'走着走着，那人问：'你刚才看到的怪物究竟长得什么样，把你吓得那样？'前行者又把怪物的瘆人模样学说了一遍，后面的说：'你回过头来看看我如何？'前行者回头一看，正是之前的怪物，由于离得近，两眼显得更硕大无比，不但如此，它还一跃上马。那人吓得摔到地上，不省人事。天亮以后，家里人出去找，把他救回，过了一夜才醒过来。到底也不知道是什么鬼魅如影随形。"

两个同伴说："魅影相随，防不胜防，果然恐怖。只是怪物吓人而不吃人，却是为何？"

那人说："为恐怖而恐怖，正是恐怖之处。试想，有一怪物，两眼修炼得不相称的巨大，好似是专为监视你而存在，令你隐私全无，岂能不有一种芒刺在背、毛骨悚然的感觉？"

三人都不由得四下里看了看。

二、烈焰红唇

麇竺家世代经商，家资甚巨，钱多到不继续赚都不知干什么好。

有一回，麇竺从洛阳回东海郡朐县。路途漫漫，寂寞中，吟起了一首古诗：

> 有女同车，颜如舜华。
> 将翱将翔，佩玉琼琚。
> 彼美孟姜，洵美且都。

正胡思乱想时，只见路边有个红衣女子招手搭车，那女子月貌花容，说不尽的眉清目秀，齿白唇红。

麇竺让驾车的仆人停车。仆人说："大人，荒郊野外，一个女子

◇ 辑四 疑神疑鬼 ◇

怎么自家行走,必是妖怪。"

麋竺说:"我们从洛阳回东海,又不是西游,哪来的妖怪?"

美女上车后,听说车主是麋竺,似有不忍言事。车行数里,她便说要下车,轻启朱唇道:"先生雍容敦雅,令人钦敬。实不相瞒,我是天使,奉命往东海烧毁府上。天机本不可泄漏,感君搭载,告诉你一声,也好有所准备。"

麋竺大惊失色道:"火神不是炎帝、祝融、荧惑、吴回、玄冥、回禄、宋无忌吗?你一个温柔女子,怎么也干放火的勾当?还有,你若是天使,又是谁派你来的?为什么不径直飞降寒舍而要在路边搭车?莫非是要试探我的人品?……"

仆人说:"大人啊,眼看就要大火烧了毛毛虫,你还一个萝卜一头蒜地问个不休。快求女神宽恕吧。"

麋竺也着急地问:"可不可以不烧我家?如果,我是说如果,如果这些家产也是你的,你可不可以不烧?"

美女说:"那是不可能的。我也不想烧,我不想烧的,可是天命难违。我虽与你邂逅同行,终究不是一路人。可我必须烧。这里离府上只几十里了,你还是快点回去收拾一下,我慢慢走。小女子只能帮你到这儿了。日中火当发!"说罢,就化作一团火焰,翻卷上空不见了。

麋竺连忙赶回家,将值钱的东西都搬了出来。家里人还不信会有这等事,一边搬一边抱怨他是见了美女就上火。

中午,果然从厨房蹿出一团火苗,红唇般大小,越烧越旺。

麋竺望着大火,两眼迷离恍惚,仿佛看到有一个红衣美女在跳

舞,还有断断续续、若有若无的歌声:

> ……
> 星星之火不可控制
> 我却为深爱你
> 将火冷却又一次坐低
> 红唇烈焰
> 亟待抚慰
> ……

转眼间灰飞烟灭,如同歌中所唱的只剩下干涸美丽。麋竺心想,几世劳碌,一生辛苦,随时可能付之一炬,全无意义,便广舍家财,济贫拔苦,并投身于如火如荼的三国纷争中去了。

后人毛宗岗评此事曰:"心火不动,天火亦不为害。"有人说他评得切,也有人说天火毕竟还是麋竺自己招来的。

三、天生智妖

苏轼有句名诗"腹有诗书气自华",脍炙人口。独有吴中胡博士在教授诸生时说:"这一句乃是东坡先生点化而来,原句本为'狐有诗书气张华'。"诸生问他根据,他就说东坡喜人谈鬼,早把《搜神记》看熟了。

原来,燕昭王墓前,住着一只斑狐,最大的爱好就是读书。

有一天，他问墓前华表："听说当今最有学问的是张华，又性好人物，诱进不倦，至于穷贱候门之士有一介之善者，便咨嗟称咏，为之延誉。以我才貌，可以去见张华吗？"

华表说："你是斑狐，不是班固！平白地见他干什么？大凡有学问的人既有见识，气量便窄。你出必遇辱，只怕有去无回，非但丧失了千岁之质，说不定还牵累老夫。"

斑狐不听，用阔树叶做了张别致的名片，去拜访张华。张华见是一个少年书生，总角风流，洁白如玉，举动容止，顾盼生姿，便与他交流治学心得。

书生论及文章，辨校声实，都是张华闻所未闻。商略三史，探赜百家，谈老庄之奥区，披风雅之绝旨，包十圣，贯三才，箴八儒，擿五礼，更让张华难置一词。

张华心想，天下岂有此少年！若非鬼魅，就是狐狸。于是假意延留，暗中却安排人看守。

书生有所察觉，朗声道："明公当尊贤容众，嘉善而矜不能，奈何憎人学问？墨子兼爱，其若是耶？"说完，就要告退。

大门早已紧闭，书生出不去，又对张华说："学问乃天下公器，你如此疑心，只怕天下之人卷舌而不言，智谋之士望门而不进。我深为明公惜之。"

张华仍不管理，反而命人严防死守，并听从一个雷人的建议，放猎狗试探书生。

若是普通狐精，见了猎狗就会吓出原形。但书生一心向学，并无邪念，坦然地说："我天生才智，反以为妖。你学不如人，才纵恶犬。遮莫千试万虑，我也不怕你！"

张华恼羞成怒地说："多才巧辞，必是真妖！看来不用千年枯木照之，你是不会现出原形的。"便派人去燕昭王墓地伐华表之木。

华表正变作青衣小儿在空中修炼，见状感叹道："老狐不智，不听我言。若去找俊男美女，还能快活一时，偏读什么书！殊不知学海无涯套路深，岂能容得下野狐。今日祸已及我，哪里能逃啊！"说完，放声痛哭，倏然不见。

正是：老龟烹不烂，移祸于枯桑。

张华让人点燃古木以照书生。

在现出原形的那一刻，书生大叫道："千年后，又是一条好狐！"

四、忧患当道

汉武帝东游，未出函谷关，看见一个奇怪的东西蹲在路中间。只见它身长数丈，其状像牛，黑眼球而瞳孔闪着如炬的光芒，四脚却深陷在泥土中，全身不停地狂暴扭动，却无法挣扎出来。百官见状，无不惊骇，生怕它一跃而出。

东方朔上前看了看，说可以用酒浇灌它。

众人抬来酒，向怪物身上连倾了数十斛酒，它才渐渐消退了下去。

汉武帝惊魂未定，问东方朔这是什么。

东方朔说："这东西叫作'患'，是忧气之所生。这里一定是秦国监狱的遗址，当年秦始皇坑杀了许多儒生，他们的亡灵聚集在一起，依旧愤愤不平，积怨难消，唯有酒可以使他们忘忧。"

汉武帝说："原来如此。秦始皇也是个没见识的，儒生有学问，总不免要议论朝政。一味压制，不是个法，没得给后人留下'人生识字忧患始'的口实。"

东方朔说："正是，正是，还是陛下高明，设置五经博士，又兴太学，修郊祀，改正朔，定历数，协音律，作诗乐，建封禅，礼百神，让儒生整日忙于为盛世立功，更无他想，真足以弭患于无形。不过，陛下罢黜百家，独尊儒术，虽不似秦始皇焚书坑儒偏激，但按下葫芦浮起瓢，儒家之外，各家也少不得有些不开眼的书呆子，恐忧思过度，激成日后之患啊！"

汉武帝笑道："呵呵！卿知道的太多了！到底算哪家的？要想明白了哈。"

东方朔说："微臣明白，百家之上，皇家为尊。"

2019 年 2 月 25 日于奇子轩

附记

本篇所引《搜神记》多据李剑国《新辑搜神记》本，唯《斑狐书生》条，汪绍楹校注本细节、语言更周密生动，特用汪本。各节素材如下——

一、《搜神记》卷三：

> 右扶风臧仲英，为侍御史。家人作食，有尘垢在焉。炊熟，不知釜处。兵弩自行。火从箧中起，衣尽烧而箧簏如故。妇女婢使，一旦尽亡

其镜，数日后从堂下投庭中，言："还汝镜。"女孙年四岁，亡之，求之不知处。二三日，乃于圊中粪下啼。若此非一。许季山卜之曰："家当有青狗，内中御者名盖喜，与共为之。诚欲绝之，杀此狗，遣盖喜归乡里。"仲英从之，遂绝。

《搜神记》同卷："桥玄，字公祖，梁国人也。初为司徒长史，五月末夜卧，见东壁正白，如开门明。呼左右，左右莫见。因起自往，手扪摸之，壁如故。还床又见。心大恐……"

《搜神记》卷十八：

　　魏黄初中，顿丘界有人骑马夜行，见道中有物，大如兔，两眼如镜，跳梁遮马，令不得前。人遂惊惧堕马。魅便就地把捉。惊怖，暴死。良久得苏。苏已失魅，不知所在。乃更上马，前行数里，逢一人相问讯，因说向者之事变如此，"今相得为伴，甚佳欢喜"。人曰："我独行，得君为伴，快不可言。君马行疾，且前，我在后相随也。"遂共行。语曰："向者物何如，乃令君如此惧怖耶？"对曰："其身如兔，两眼如镜，形甚可恶。"伴曰："试顾视我耶？"人顾视之，犹复是也。魅便跳上马，人遂堕地，怖死。家人怪马独归，即行推觅，于道边得之。宿昔乃苏，说状如是。

二、《搜神记》卷七：

　　麋竺尝从洛归，未达家数十里，路傍见一好新妇，从竺求寄载。行可数里，妇谢去，谓竺曰："我天使也。当往烧东海麋竺家，感君见载，故以相语。"竺因私请之。妇曰："不可得不烧。如此，君可驰去，我当缓行，日中火当发。"竺乃急行还家，遽出财物。日中而火大发。

《三国演义》第十一回叙麋竺出山，用此故事引首，毛宗岗评曰："心火不动，天火亦不为害。"

另据《三国志·麋竺传》:"麋竺字子仲,东海朐人也。祖世货殖,僮客万人,赀产钜亿……竺雍容敦雅……"

三、《搜神记》卷十八:

张华,字茂先,晋惠帝时为司空,于时燕昭王墓前,有一斑狐,积年能为变幻,乃变作一书生,欲诣张公。过问墓前华表曰:"以我才貌,可得见张司空否?"华表曰:"子之妙解,无为不可。但张公智度,恐难笼络。出必遇辱,殆不得返。非但丧子千岁之质,亦当深误老表。"狐不从,乃持刺谒华。华见其总角风流,洁白如玉,举动容止,顾盼生姿,雅重之。于是论及文章,辨校声实,华未尝闻。比复商略三史,探赜百家,谈老庄之奥区,披风雅之绝旨,包十圣,贯三才,箴八儒,擿五礼,华无不应声屈滞。乃叹曰:"天下岂有此年少!若非鬼魅,则是狐狸。"乃扫榻延留,留人防护。此生乃曰:"明公当尊贤容众,嘉善而矜不能,奈何憎人学问?墨子兼爱,其若是耶?"言卒,便求退。华已使人防门,不得出。既而又谓华曰:"公门置甲兵栏骑,当是致疑于仆也。将恐天下之人卷舌而不言,智谋之士望门而不进。深为明公惜之。"华不应,而使人防御甚严。时丰城令雷焕,字孔章,博物士也,来访华;华以书生白之。孔章曰:"若疑之,何不呼猎犬试之?"乃命犬以试,竟无惮色。狐曰:"我天生才智,反以为妖,以犬试我,遮莫千试万虑,其能为患乎?"华闻,益怒曰:"此必真妖也。闻魑魅忌狗,所别者数百年物耳,千年老精,不能复别;惟得千年枯木照之,则形立见。"孔章曰:"千年神木,何由可得?"华曰:"世传燕昭王墓前华表木已经千年。"乃遣人伐华表,使人欲至木所,忽空中有一青衣小儿来,问使曰:"君何来也?"使曰:"张司空有一年少来谒,多才巧辞,疑是妖魅;使我取华表照之。"青衣曰:"老狐不智,不听我言,今日祸已及我,其可逃乎!"乃发声而泣,倏然不见。使乃伐其木,血流;便将木归,燃之以照书生,乃一斑狐。华曰:"此二物不值我,千年不可复得。"乃烹之。

《晋书·张华传》:"华性好人物,诱进不倦,至于穷贱候门之士有一介之善者,便咨嗟称咏,为之延誉。"

"胡博士"亦见《搜神记》卷十八:"有一书生居吴中,皓首,自称胡博士,以经传教授诸生……唯有一老狐独不去,是皓首书生,常假书者。"

四、《搜神记》卷二十五:

汉武帝东游,未出函谷关,有物当道,其身长数丈,其状象牛,青眼而曜睛,四足入土,动而不徙。百官惊惧。东方朔乃请以酒灌之。灌之数十斛而怪物始消。帝问其故。答曰:"此名为'患',忧气之所生也。此必是秦家之狱地;不然,则是罪人徒作之所聚也。夫酒是忘忧,故能消之也。"帝曰:"吁!博物之士,至于此乎!"

《汉书·武帝纪》:"……孝武初立,卓然罢黜百家,表章《六经》。遂畴咨海内,举其俊茂,与之立功。兴太学,修郊祀,改正朔,定历数,协音律,作诗乐,建封禅,礼百神,绍周后,号令文章,焕焉可述……"

恍然如梦

一

杨敬之做了一个秋梦,梦见新榜进士的名单,历历可数。在儿子杨戴名字旁边,是一个姓濮阳的人,名字看不真切。醒了以后,他十分高兴,就差人去士子常住的客栈打听。

差人回报,果然有个叫濮阳愿的,文章写得好,名气也很大。朝廷重视人才,急于网罗社会贤达、民间高士,这个濮阳愿就在被征选的人当中。不过,他是福建人,还没到京城来。

杨敬之对杨戴说:"我不是一个随便做梦的人,等濮阳愿到了京城,你一定要与他多往来。"

杨戴说:"这只是大大的梦,不是我的梦,也不是他的梦。"

杨敬之说:"不管谁的梦,既梦到了,必有缘故。"

杨戴说:"您老人家逢人到处说项斯,但众人看了项斯的诗,都说并不那么好。如今大大又说濮阳愿,只怕也是虚多实少呢。"

杨敬之说:"所以你要努力化虚为实,与我梦相合,方见心想事成之理。当初你祖父和叔伯祖同中进士,并称'三杨',享誉一时。到我这里,也算不辱门第,但愿祖德恢宏,奕代流芳,你辈依然能科甲相继,不坠家风。"

二

一日,杨敬之在灞上请客,客人还没到,他就在客栈周围闲逛,见一个眉宇清秀的人正在拴马,便问他从哪里来。

那人说:"胡建。"

杨敬之问:"胡建是哪里?"

那人说:"胡建都不知道?本朝新设的胡建经略使,胡气的胡,建筑的建。"

杨敬之笑道:"你说的是福建吧?"

那人说:"正是。"

杨敬之又问:"请问你的尊姓大名。"

那人说:"濮阳愿。"

杨敬之说:"你就是濮——阳——愿!"

濮阳愿说:"老先生如何知道晚辈?"

杨敬之说:"这个先不消说。你初来乍到,恐怕还没有找到安身之所。长安大,居不易。我来安排,给你在学里找个住处。犬子今科也要应考,你们可以一同读书。"

濮阳愿人生地不熟,自是感激不尽,就去收拾行李。

杨敬之感叹道:"吁!濮阳愿啊濮阳愿,真是天随人愿!不然如何会先做那样的梦,又在这里巧遇。"

三

过了些天,杨敬之问杨戴:"你每日与濮阳愿一同读书,各有长进吧?"

杨戴说:"我看濮阳愿倒不像是汲汲于功名的人。也看书,也作文,不过,却经常独自外出。问他去哪里,又不说。"

杨敬之听了,心下思忖,许多士子从边鄙之地来到长安,往往被繁华引诱,流连于青楼酒馆,濮阳愿莫非也如此?这样的年轻人见多了,杨敬之并不以为异。他担心的是,梦里儿子与濮阳愿是并列榜上的,如果他不上进,登不了榜,也许一切就落空了。

四

濮阳愿听说杨敬之召唤自己,怯生生地进来。

杨敬之开门见山地说:"听说你经常独自游荡。考试在即,还是应该把心思用在学习上。"

濮阳愿嗫嚅道:"前辈有所不知。学生这次进京,既是为了赶考,更是为了代父圆梦,也算寻亲。"

杨敬之问:"此话怎讲?"

濮阳愿说:"不瞒前辈,二十年前,家父也曾进京考试,在酒家结识了一个女子。家父落榜后返乡,女子未能同行。据说分别时,女子已有身孕,故此家父一生不安,时常梦见有一儿子流落京城。

去年病故前，特嘱学生务必寻找。"

  杨敬之听了，忽然想起自己早年所作《客思吟》中诗句"细腰沈赵女，高髻唱蛮姬。乡人不可语，独念畏人知"，便不言语。过了一会儿才说："也未必是儿子。"

五

  濮阳愿因为向杨敬之说明了真情，更无所顾忌，在长安各处酒家寻访。
  那日，来到长兴里饆饠店，点了一斤饆饠，一壶茶。忽然见斑驳的墙壁上有一首诗：

  花前始相见，花下又相送。
  何必言梦中，人生尽如梦。

  濮阳愿觉得题壁诗的字迹好似父亲的笔迹，凑上去看题名，却漫漶不清，忙到柜台前问："老板，墙上的诗是何人所题、几时题的、为甚而题？"
  店家答道："相公问得好急切！我十几年前接手这家酒店时，听以前的店家说……"还没说完，店外一阵狗吠，濮阳愿转身一看，却什么也没有。噫！原来是一个梦。

六

濮阳愿醒来后，心有所感，就去长兴里找馎饦店，居然在街角看到了那家店。

濮阳愿刚踏进馎饦店，就听店家说："郎君点了一斤馎饦，为什么不算账就跑了？莫非嫌我家的馎饦蒜味太重？"

濮阳愿也不答言，看了一下店中陈设，竟与梦中所见一模一样。又走到墙壁前，那首诗也赫然在目，便说："我并没有点馎饦，只是做梦到这里的。"

店主说："你说什么梦话！我那馎饦足斤足两，一文钱少不得。"

濮阳愿说："我认了那梦，我不是吃霸王餐的人。"说完，就解下外衣作抵押，又说："我只问你，这首诗的原委你知道吗？"

店家答道："你既认那梦，那就好说。原来的店家姓吴，听说题诗的人是个长须的，与店家的小女偷情，又跑了。吴店家为留证据，才一直没有刷掉这首诗。"

濮阳愿问："吴家人去哪里了？"

店家说："那女子未婚先孕，嫁不得人，吴家人就回老家去了。具体是哪里，他们不想说，我也不好问，好像提到过什么濮阳。"

濮阳愿听了，十分懊恼，只得把父亲的诗抄下来，留作纪念。

店家见他抄诗，就说："差点忘了。那女子走之前，也留下一首诗，写在团扇上，嘱咐我，万一长须汉来找，就交给他。"说着，在一堆杂物中翻出一柄旧扇子，递给濮阳愿，又笑道："有本事你再做一个梦，看看能否找到她。"

七

濮阳愿回到住所,反复看团扇上的诗:

> 梦断纱窗半夜雷,
> 别君花落又花开。
> 濮阳路远书难寄,
> 闽越山高月不来。
> 玄燕有情穿绣户,
> 灵龟无应祝金杯。
> 人生若得长相对,
> 萤火生烟草化灰。

濮阳愿越看越感伤,夜不能寐,寐不成梦,加上吃了隔夜变质的冷饽饽,腹胀难忍,竟暴病而亡。

杨敬之闻知濮阳愿病故,深为惋惜。因濮阳愿在京别无亲友,杨敬之让杨戴整理他的遗物,除了几本破旧的书和文具,再就是一个手稿本。杨敬之翻了几页,料是濮阳愿父亲所作。其中有一篇《人生几何赋》写道:

> 叶落辞柯,人生几何……扰扰匆匆,晨鸡暮钟……梦幻吞侵,朝浮夕沉。三光有影遣谁系,万事无根何处寻……

杨敬之念了几句,觉得意思太低沉,就对杨戴说:"难怪他命运不济,竟做这种愁云满纸的文字。不是我自夸,我的《华山赋》,'缩然惧,纷然乐,戚然忧,款然嬉,快然欲追云,怫然不平',感慨万端,才是大唐气象。"说罢,就差人送濮阳愿的灵柩回闽。

事后,杨敬之对杨戴说:"濮阳不能如愿,如今连我的梦也无从验证了,你的科名也许不可保。白梦一场,可惜了的!"

杨戴笑道:"我的人生我做主,不烦大大梦里操劳,今夜我自做一个美梦。"

八

杨戴次年中了进士,杨敬之却没有在榜单上看到什么濮阳的名字。

宰相说:"濮阳或许不是姓,而是地名?前辈皆重族望,如陈留阮籍、沛国刘伶、河间向秀等等。待正式放榜,必会注明族望。"

果然,慈恩寺题名,考中者都写明了各自的族望。

杨敬之在塔下散步,看到儿子名字写的是"弘农杨戴",旁边写的是"濮阳吴望",这才醒悟,梦中的"濮阳"确实是地名。

杨敬之不由得感叹:"人生诸事,恍然如梦!以梦而说恐是梦,又以梦而说不是梦,更以梦而说不是梦,且当作倘是梦,亦足动悬想。人生固不可无梦。"

杨戴说:"如今外面盛传大大出任国子监祭酒兼太常少卿,我和兄长又同时登科为'杨家三喜',端赖大大做梦说梦,寻梦得梦。只是难为濮阳人家，取了有愿无望的名字，却不知如何被天上掉下的饽饹，砸出个莫名的悲喜。"

2019 年 4 月 28 日于石家庄旅次

附记

本篇素材依据《唐阙史》卷上《杨江西及第》：

  祭酒杨尚书敬之子江西观察使戴，江西应科时，成均长年，天性尤切。时已秋暮，忽梦新榜四十进士，历历可数。寓目及半，钟陵在焉，其邻则姓濮阳，而名不可辨。既寤，大喜，访于词场，则云："有濮阳愿者，为文甚高，且有声誉。"时搜访草泽方急，色目雅在选中。遂寻其居，则曰："闽人，未至京国。"杨公诫其子，令听之，俟其到京，与之往来，以符斯梦。一日，杨公祖客灞上，客未至间，休于逆旅。舍有秣马伺仆如自远来者。试命询之，乃贡士。侦所自，曰："闽。"问其姓，曰："濮阳。"审其名，曰："愿。"杨公曰："吁！斯天启也。安有既梦于彼，复遇于此哉！"亟命相见，濮阳逡巡不得让，执业以进。始阅其人，眉宇清秀。次与之语，词气安详。终阅其文，体理精奥。问其所抵，则曰："今将僦居。"杨公曰："不然。"尽驱所行，置于庠序，命江西寅夕与之同处。杨公朝廷旧德，为文有凌铄韩柳意，尤自得者，《华山赋》五千字，唱在人口。是后大称濮阳艺学于公卿间，人情翕然，谓升第必矣。试期有日，因食面之寒者，一夕腹鼓而卒。杨公惋痛嗟骇，搜囊甚贫，乡路且远，力为营办，归骨闽中。仍谓江西曰："我梦无征，汝之一名，亦不可保。"及第甲乙，则江西中选，而同年无氏濮阳者，固不可谕之。夏首将关送于天官氏，时相有言："前辈重族望，轻官职，今则不然。竹林七贤曰陈留阮籍、沛国刘伶、河间向秀，得以言高士矣。"是岁慈恩寺榜，因以望题。题毕，杨公闲步塔下，仰视之，则曰弘农杨戴、濮阳吴当，恍然如梦中所睹。

◇ 辑四　疑神疑鬼 ◇

兹据陶敏主编《全唐五代笔记》第三册第2337—2338页。杨敬之事迹又见《新唐书》卷一百六十，其"说项"事，更脍炙人口。"细腰沈赵女，高髻唱蛮姬。乡人不可语，独念畏人知"为杨敬之所作《客思吟》中句。

"饽饦店"事，改自《酉阳杂俎》续集卷一《支诺皋》上：

> 柳璟知举年，有国子监明经，失姓名，昼寝，梦徙倚于监门。有一人，负衣囊，衣黄，访明经姓氏。明经语之，其人笑曰："君来春及第。"明经因访邻房乡曲五六人，或言得者。明经遂邀入长兴里毕罗店，常所过处。店外有犬竞，惊曰："差矣！"梦觉，遽呼邻房数人，语其梦。忽见长兴店子入门曰："郎君与客食毕罗，计二斤，何不计直而去也？"明经大骇，褫衣质之。且随验所梦，相其榻器，皆如梦中。乃谓店主曰："我与客俱梦中至是，客岂食乎？"店主惊曰："初怪客前毕罗悉完，疑其嫌置蒜也。"来春，明经与邻房三人梦中所访者及第。

兹据许逸民校笺本，第三册，第1489—1490页。许注"毕罗"，一说是包子，一说是抓饭。现写作"饽饦"。

"花前始相见"借自《太平广记》卷二百八十二《张生》篇中"长须者"。"梦断纱窗半夜雷"诗，原为闽人徐夤之作（见《全唐诗》卷七百零八），唯易渔阳、衡岳二地名为濮阳、闽越以贴合情节；篇中所引《人生几何赋》也为徐夤所作。

篇末"以梦而说恐是梦，又以梦而说不是梦，更以梦而说不是梦，且当作倘是梦"一通梦话，借自清人但明伦评《聊斋志异·莲花公主》"倘是梦时，亦足动悬想"句处。

鼠子动矣

一

考期临近,龚纪日则作文,夜则攻书,心里不免有些焦虑。最恼的是书籍文具常常不翼而飞,又不知在什么角落发现。这日早上,竟找不到毛笔。

一只猫在窗外叫个不停。龚纪想,我家三世不养猫,哪来的猫叫?

探头看时,却见窗下蹲踞着一只白狮子猫儿,浑身纯白,只额儿上带龟背一道黑,正用爪子拨弄着毛笔。

丫鬟小纤说:"这几天家里又闹耗子,留下这只猫捉耗子吧。"

龚纪说:"鼠咬天开,乃天地间第一生灵。看看就是鼠年,养这媚俗之物,伤天害理。"

小纤说:"它帮你找到了笔呢。"

龚纪说:"安知不是它先偷了去,又在这里讨好卖乖。你不记得当初卖你那人家,老婆子用金钗剌肉,还没吃,恰好我来了,就去倒茶。回头找不到金钗,以为你偷了。要不是我拦下将你买回,你几乎要被打死。后来听说他家收拾屋瓦时,金钗与一块朽骨一同掉下来，才知道原是猫偷肉，把金钗也带将了去。你如何为猫说话？"

想起此事，小纤不由得柳眉倒竖，杏眼圆睁，应声道："是了，前些天我还看见一只猫在房顶上，张口对月。听说猫吸了月的精华，就会成精作怪。若撒尿到水中，人喝了，就看不见它。妖猫碰到女的就变美男，碰到男的就变美女，比狐狸精还鬼道。"

二

龚纪和小纤说定了，考完了就娶她。二人正值青春年少，免不了打情骂俏，怕长辈知道了指责，便私下密约，说"鼠子动矣"，就相欢好。

这日夜里，龚纪在书房发出吱吱声响，低语道："鼠子动矣！"

小纤闻声过来，对龚纪笑道："怪道相公家不养猫，整日价鼠子动矣。"

龚纪说："这你却有所不知，我家不养猫，是有个缘故的。听大父讲，当年有一日，在厅堂摆酒席，宴请亲友，刚坐下，就见门外有几百只老鼠，个个如同人一样站立着，用前脚鼓掌，显得十分高兴。众人都很惊讶，纷纷出来看，堂屋突然倒塌。只因人都出来了，没有一个受伤，老鼠随之散去。可知老鼠是特意做出蹊跷作怪的样子引人离席。如此通人性的灵物，难道不该爱惜，反纵猫去伤害？"

二人正说笑，龚老爹在外喊道："不争气的东西，眼看就要下场了，还闹什么耗子。白狮子猫儿一直在外面转悠，明日我就违了祖宗的规矩，收养了它。"

三

龚纪就要上路了，可是，安排了家里的用度，就没有出去的盘缠；打点了路费，家里又揭不开锅。愁得他每天反复念叨君子固穷。

那日，龚纪正在背书，见一个白老鼠走来走去，忽然钻入地中。他记得在什么书上看过，有白鼠处，即有埋藏。忙找了一把小铲，在鼠隐没处挖，不一会儿真的挖到一个陶罐。打开一看，里面竟然有几十个白花花的银锭。

龚纪对老爹说："幸亏你老人家没把野猫招惹进家，要不然哪会有老鼠显灵。"

龚纪收拾好行李，挑了个吉日，辞别家人，启程而去。

出发当日，又见一行老鼠，递相咬尾，三五成队从门前经过，忽又惊散。龚老爹高兴地说："这是义鼠，见之者当有吉兆。我儿今番必然高中。"

四

龚纪外出后，家中却怪事连连。缸里的水，常常有一股尿臊味。灯台自己移动，锅碗瓢盆等杂物也总是莫名其妙地变换地方。

一日清早，龚老爹还没起床，听见鸡打鸣，可是家里并没有养公鸡。他虽没念过什么书，但知道"牝鸡司晨，唯家之索"的道理，不免有些害怕。

小纤说:"老爷想是听错了,我起来做饭,看到白狮子猫儿闯进鸡窝,母鸡吓得大叫,并不是真的打鸣。"

又过了几天,龚老爹看到狗戴着头巾走进屋里,样子极为诡异,他拿起笞帚就追打。

小纤说:"头巾是我刷洗了晾在外面的。还是那只猫跳起来将它拱下,又甩到狗头上的。"

龚老爹不信,说:"猫儿要吃鸡,闯进鸡窝也许是有的,却如何敢戏弄狗。"

小纤说:"前日有个和尚从门前路过,口里说什么'赵州狗子无佛性,也胜猫儿十万倍'。多半是猫听了不高兴,就捉弄狗。"

龚老爹说:"胡扯,猫岂能听懂人话?"

龚老爹惶恐不安,请了女巫徐姥来做法事镇妖除怪。

五

徐姥惯能招神驱邪,舞弄了一阵子,不见动静,便说:"神灵其实是来了,没想到这里如此寒冷,又转回天宫添些衣物,需再过一个时辰才能到。"

龚老爹让徐姥先坐在炉边取暖等候,忽见白狮子猫儿也正躺在那里。

龚老爹对徐姥说:"我家世代不养猫,这是只野猫,不知什么时候跑进来的。寒舍各样东西皆为怪,这只猫虽然赖在外面不肯离去,看上去倒也平常,不像是搞怪作祟的。"

一语未了,却见那猫突然像人一样站起来,拱手作揖道:"不敢,不敢!"

徐姥大约见过无数神怪,从没见过猫能站着说人话,惊叫道:"有鬼,有鬼!"吓得跑了出去。

猫在后面紧追着说:"莫如此,莫如此!"

龚老爹早惊得将门关严。

六

话分两头。

却说主考官范存周判卷多时,有些倦怠,少不得打个瞌睡。醒来,却见一轴文卷放在枕前,看其题名处,乃龚纪之卷,就将其放回架上。依旧躺下,听到响动,眯缝着眼,看见一只大鼠从架上取下龚纪的卷子,重新拖到枕前。范存周再放回去,大鼠又衔回来。

范存周让人找来龚纪,将老鼠呈卷事告诉他,问他是不是属鼠的。

龚纪说:"同科属鼠的应不在少数,小子何德何能得此神助?或是学生家三世不养猫,受鼠恩报也未可知。"

范存周点头赞叹道:"这就是了。想那老鼠如此细微之物,居然能识恩知报,人岂可不如鼠乎?施恩者宜广其恩,而报恩者亦宜力其报。有不顾者,当视此以愧。日后做人为官,需牢记此理。"

龚纪连说:"谨记,谨记。"

七

没承想鼠报之事传出去，有谣言说龚纪用金鼠贿赂范存周，才得金榜题名。

范存周又找龚纪来说："此事与你无关，原是有人想打通关节，被我拒绝，恼羞成怒，遂造谣生事，中伤于我。官场向来如此，我倒不怕，只恐于你前程有碍，早早回家才是妥当。"

龚纪仓忙回家。不久果然就传皇帝下旨："案关科举舞弊，亟应彻底查究。此事虽系谣传，与交通贿买可坐者有间，但无风不浪，未便置之不理。姑罢此科，以严法纪，而儆图侥幸者。"

到手的举人又丢了，龚纪十分懊恼，偏偏那只猫儿却在窗外叫个不休，听起来就像"冇""冇"一样。他想这番好运，都是这妖猫叫没了的，气得抓起一块石镇纸砸过去。

八

晚上失眠，龚纪起身到院里散步。

月光淡淡，龚纪看见几十长约数寸的小人，乘车坐轿，导从呵喝，仿佛官员一般，聚立于古槐前。其中有个穿紫衣的人，冠带严整，身旁有十余随从，仿佛位重权高。一个小人对紫衣长者说："某当为西阁舍人。"另一个说："某当为殿前录事。"又有说"某当为司文府史""某当为南宫书佐""某当为驰道都尉""某当为司城主簿""某当为游仙使者""某当为东垣执戟"的，不一而足，或高兴，或愤怒,吵吵嚷嚷,为首的一个左手捧着"尊父李天王之位"金字牌子,右手拿着"尊兄哪吒三太子位"的金字牌子,其他的似乎也各有依靠,都要紫衣长者答应他们的要求。紫衣人站在那里,怒视众小人,忽然吼道:"尔等有些红枣、栗子、落花生、菱角、香芋,尽可度日,更有那镟皮茄子鹌鹑做,剔种冬瓜方旦名。烂煨芋头糖拌着,白煮萝卜醋浇烹。椒姜辛辣般般美,咸淡调和色色平。这等好受用,还有什么不知足的,为何一个个仍贪求官位?非要落得人人喊打的地步方肯罢休?"众小人吓得各率部位,呼呵引从,进于古槐之下。

又过了一会儿,只见一个面容枯瘦的老人,拄杖而来,对紫衣人说:"被这些小子聒噪得乏了。"紫衣人笑而不言。老人又笑道:"都说鼠目寸光,天下争权夺利者,莫不如此,没啥可说的,没啥可说的。隔壁子神家今夜嫁女,不如去讨杯酒喝。"说罢,与紫衣人先后进洞。

九

第二天,龚纪在古槐下挖,挖到深处,有上百只老鼠奔出,惊走四散。

龚纪觉得骚扰了老鼠,心下过意不去,却不知紫衣老者和老人是什么变的。他猜想,昨晚上老鼠们或许是故意摆了一场戏给他看,让他醒悟。

这时,门外有小孩在唱童谣:

◇ 辑四　疑神疑鬼 ◇

小老鼠，上灯台，

偷油吃，下不来。

叽里咕噜滚下来。

往日听过，不觉有什么深意，今日忽然感得，自己就是个偷油吃、滚下来的小老鼠，龚纪心中顿觉怅然，转而又释然。

他朝小纤喊道："鼠子动矣！"

2020年1月18日农历小年于奇子轩

附记

本篇素材依次如下——

"鼠子动矣"出自《聊斋志异·贾奉雉》夫妻私约相欢谜语。

陶宗仪《辍耕录》卷十一："（木八刺）一日，方与妻对饭，妻以小金匙刺齑肉，将入口，门外有客至。西瑛出肃客，妻不及咽，且置器中，起去治茶。比回，无觅金匙处。时一小婢在侧执作，意其窃取，拷问万端，终无认辞，竟至殒命。岁余，召匠者整屋，扫瓦瓴积垢，忽一物落石上，有声，取视之，乃向所失金匙也，与朽骨一块同坠。原其所以，必是猫来偷肉，故带而去；婢偶不及见而含冤以死。"

陆粲《说听》卷下："金华猫，人家畜之三年，后每于终宵，蹲踞屋上，仰口对月，吸其精，久而作怪……朝伏匿，暮出魅人，逢女则变美男，逢男则变美女，每至人家，先溺于水中，人饮之，则莫见其形。"

《宣室志》："宝应中，有李氏子亡其名，家于洛阳。其世以不好杀，故家未尝畜狸，所以宥鼠之死也。迨其孙，亦能世祖父意。常一日，李氏大集其亲友会食于堂，既坐，而门外有数百鼠俱人立，以前足相鼓，如甚喜状。家僮惊异，告于李氏。李氏亲友，乃空其堂而踪观。人去且尽，堂忽摧圮，其家无一伤者。堂既摧,群鼠亦去。悲乎!鼠固微物也,尚能识恩而知报,况人乎?如是则施恩者宜广其恩,而报恩者亦宜力其报。有不顾者,当视此以愧。"(《太平广记》卷四百四十引)

《灵应录》:"陈泰见一白鼠,缘树上下,挥而不去。言于妻子曰:众言有白鼠处,即有藏也。遂掘之,获金五十锭。"又李渔《十二楼·三与楼》有个朋友对了虞素臣道:"我夜间睡在楼下,看见有个白老鼠走来走去,忽然钻入地中,一定是财星出现。"

《录异记》:"义鼠形如鼠,短尾。每行,递相咬尾,三五为群,惊之则散。俗云:见之者当有吉兆。成都有之。"(《太平广记》卷四百四十引)

《指月录》卷三一:"五祖道:'赵州狗子无佛性,也胜猫儿十万倍。'"

《玉堂闲话》:"……怪异数见:灯檠自行,猫儿语:'莫如此,莫如此。'不旬日,夫妻皆卒。"(《太平广记》卷三百六十七引)

彭乘《续墨客挥犀》卷一:"鄱阳龚冕仲自言:其祖纪与族人同应进士举,唱名日,其家众妖竞作。牝鸡或晨雏,犬或巾帻而行,鼠或白昼群出,至于器皿服用之物,悉自变易其常处。家人惊惧,不知所为。乃召女巫徐姥者使治之。时尚寒,与姥对炉而坐,有一猫,正卧其侧,家人指猫谓姥曰:'吾家百物皆为异,不为异者,独此猫耳。'于是,猫亦人立拱手而言曰:'不敢。'姥大骇驰去。后数日,捷音至,二子皆高第矣,乃知妖异未必尽为祸也。"

《闻奇录》:"李昭嘏举进士不第,登科年,已有主司,并无荐托之地。主司昼寝,忽寤,见一卷轴在枕前,看其题,乃昭嘏之卷,令送于架上。复寝,暗视,有一大鼠取其卷,衔其轴,复送枕前。如此再三。昭嘏来春及第。主司问其故,乃三世不养猫。皆云鼠报。"(《太平广记》卷四百四十引)

"案关科举舞弊,亟应彻底查究"等语参照光绪皇帝查办周福清案旨。(《光绪朝东华录》)

《河东记》:

李知微,旷达士也,嘉遁自高,博通书史。至于古今成败,无不通晓。常以家贫夜游,过文成宫下。初月微明,见数十小人,皆长数寸,衣服车乘,导从呵喝,如有位者,聚立于古槐之下。知微侧立屏气,伺其所为。东复有块垣数堵,旁通一穴,中有紫衣一人,冠带甚严,拥侍十余辈悉稍长。诸小人方理事之状。须臾,小人皆趋入穴中,有一人,白长者曰:"某当为西阁舍人。"一人曰:"某当为殿前录事。"一人曰:"某当为司文府史。"一人曰:"某当为南宫书佐。"一人曰:"某当为驰道都尉。"一人曰:"某当为司城主簿。"一人曰:"某当为游仙使者。"一人曰:"某当为东垣执戟。"如是各有所责,而不能尽记。喜者、愤者,若有所恃者,似有果求者,唱呼激切,皆请所欲。长者立眄视,不复有词,有似唯领而已。食顷,诸小人各率部位,呼呵引从,入于古槐之下。俄有一老父颜状枯瘦,杖策自东而来,谓紫衣曰:"大为诸子所扰也。"紫衣笑而不言。老父亦笑曰:"其可言耶?"言讫,相引入穴而去。明日,知微掘古槐而求,唯有群鼠百数,奔走四散。紫衣与老父,不知何物也。(《太平广记》卷四百四十引)

"红枣""镞皮茄子"等食物见《红楼梦》《西游记》对林子洞、无底洞描写。

古塔情殇

一

　　那年不是庚子年,但还是发生了瘟疫。

　　秋茹成亲当日,新郎头悬眼胀,皮骨皆疼,身上还有些发热,嗽个不住。初以为是劳累所致,没想到却是染上了时疫。请医生来看,用着药总不见效。过了几天,竟不在了。那时节:

　　　　大小人家皆遭难,十门九户俱啼哭。
　　　　三停病死二停人,一停还似风中烛。

　　秋茹泪如雨下,寻死觅活,公婆说:"我儿,你生是我家人,死是我家鬼。我做公婆的自然会养活你,快不要如此!"

　　秋茹哭得更加天愁地惨,说:"我是人,不做鬼!"

二

　　漆黑的夜,秋茹在床上辗转反侧,才一合眼,就梦见死去的丈夫在跑，又仿佛不是丈夫。她不顾一切地追上去，却不见了人影。眼前是湍流不息的河，脚下的土软软地直往下塌陷。她慌忙抓住一根树枝，树枝经不住重，就在她要掉进河的刹那，一个英俊青年男子拉住了她，说道："你好短见！年方二八，一朵花还没有开足，怎做这没下梢的事？虽然你丈夫没了，恁般容貌，怕没人要你？我要你！"

男子将秋茹揽入怀里，带她升到了半空，向远方飞去。

公婆不见了秋茹，惊得乱嚷。会了亲家，到处找。在河边发现一只红绣鞋，公婆说是秋茹的，亲家说女儿没这样的鞋。又找了两天，依旧没下落。众人都道她投河殉夫被水冲走了，嗟叹不已。有个教书先生说，应当备文书请旌烈妇。

三

天亮时，秋茹发现自己身在一座古塔内。

那个带她飞行的男子比梦里看见的更显得仪表堂堂，他说："我乃天人，有缘合得你为妻。自有年限，勿生疑惧。"又说："这座五色琉璃塔，比你那囚牢也似闺房宽敞明亮，你且安心住着，只是千万不要看外面。外面瘟疫还没了结，空中恐有毒气，吸进去对你不好。"

从此以后，那人每天两次回来，给秋茹带回她喜欢吃的食物，都是热乎乎的。

四

　　有一天，秋茹在他起身要走时，偷偷地向外看。只见他腾空而起，如蝙蝠般飞出，长出了火红的头发，皮肤蓝得发亮，两耳像驴耳一样竖着。飞落至地，才又化为人形。秋茹吓得出了一身冷汗。

　　午后回来送吃的，那人觉察到秋茹有些惊恐的样子，说："你还是偷看了我啊！实话告诉你吧，我是夜叉。你不必害怕，我与你有缘，肯定不会害你。"

　　秋茹性本善良，与夜叉生活在一起的这段时间，确实感到他没有加害自己的意思，就说："我既已做了你的妻子，就不会嫌弃你。可是，你既然有那么大神通，为什么要独居古塔？不如一同下去住，我也可以时常看望父母。"

　　夜叉说："我何尝不想和你一起去过世人一样的生活，但我这种人都说罪孽深重，如果与人杂处，只怕会发生疫疠的。"

　　秋茹问："难道这场瘟疫是你造成的吗？"

　　夜叉说："夜叉到处都是，天知道是谁造成的。就算是我带来的，也是人造的业，怨不得我。"

五

　　第二天，夜叉出去前，对秋茹说："既然我是什么已暴露，也不需再瞒你了。以后随你看吧，反正不久就要送你回去。"

　　秋茹跟着夜叉走到窗前，看他向外跳出，在空中飞翔，落地化为人。不过，来往的行人都看不见他，只有秋茹能分辨出。看他与常人无异的样子，秋茹想到他说要送自己回去，心里仿佛有点失落。

夜叉回来时，秋茹问："刚才我看见你在街上，你对有的人，敛手避让；对另一些人，却摇晃他们的脑袋，甚至向他吐口水。这是为什么？"

夜叉笑道："我戏弄的都是些欺天灭理的人，瘟疫还在肆虐，那个生药铺却卖假药，我是把他的脑袋当葫芦晃，看他里面卖的是什么药。还有那个秀才，专一写阿谀奉承、歌功颂德的狗屁文章，只配被人唾弃。真正的好人，比如治病不收穷人钱的郎中，我丝毫不敢冒犯，否则要遭天戮。"

秋茹听了，觉得十分好笑，也不再畏惧。她想，原来只听说夜叉凶恶，谁知论起长相来，并不固定，俊起来真个难描难画，丑起来却又十分古怪。而行为处事也是要恶有恶，说善也善。

六

又过了一年，夜叉忽然悲泣着对秋茹说："我们的缘分已到了。等风雨来临时，我就送你回去。"

秋茹早已过惯了塔上生活，也忍不住哭道："我是没了丈夫的人，婆家早把我当鬼了。你既带我上塔，我还能回哪里去？"

夜叉说："不是我不想留你，怎奈我命由天不由我。"说着，递给秋茹一包银子，道："我每日出去，是在街市里做些小生意。这两年也挣下不少银子，给你下半生度日用。"

秋茹哭得越发伤心，夜叉从塔顶取出一块鸡蛋大小的青石，嘱咐秋茹道："银子还是小事，这个最要紧！你和我在一起时间长了，恐怕也中了些毒。回家后，可磨此服之，能下毒气。"

七

在一个风雨交加、电闪雷鸣的夜晚，夜叉抱起秋茹说："可以走了！"

仿佛就在手臂弯曲伸直之间，秋茹已落在娘家院中。

父母突然看见秋茹，惊得说不出话来。

父亲说："你到底是人是鬼？你婆家族人已报请父母官，上疏表乞赐旌表。圣旨准奏，特建节孝坊，那边村里正要为你制主入祠，门首建坊。你怎么又活过来了？"

秋茹便将在外的情况如此这般地说了一遍。

父亲说："这是什么鬼话？谁会相信？公婆家的人肯定说你是与人私奔又被遗弃回来的。说好的节烈，竟变成了淫奔，如何告诉人？"

母亲说："你怎的越老越呆了！一个女儿又活了，是哪辈子积了德才有的好事，还如何告诉人？就说我娘家舅舅一家都在瘟疫中死了，单留下一个外甥女被我们收养了，有何不可？"

父亲见如此说，便也欢喜起来。听说秋茹带了青石回来，夫妻俩连忙磨石煮汤给她喝。秋茹喝毕，登时排出一斗多黑泥巴样的东西。母亲阿弥陀佛念个不停，说："早要是有这青石，给你丈夫、舅舅一家都喝了,他们也不会死了。"

八

秋茹服过青石饮后,却将之前的事都忘了。她常常坐在河边,望着对岸村口高高的牌坊发呆。有一天,她忽然对父母说:"我要建一座塔,比那个牌坊高。"

2020 年 4 月 1 日于奇子轩

附记

本篇素材出自《酉阳杂俎》卷十四《诺皋记》上:

博士丘濡说,汝州旁县,五十年前,村人失其女。数岁,忽自归,言初被物寐中牵去,倏止一处,及明,乃在古塔中。见美丈夫,谓曰:"我天人,分合得汝为妻。自有年限,勿生疑惧。"且戒其不窥外也。日两返,下取食,有时炙饵犹热。经年,女伺其去,窃窥之,见其腾空如飞,火发蓝肤,磔磔耳如驴焉。至地,乃复人矣,女惊怖汗洽。其物返,觉曰:"尔固窥我,我实野叉,与尔有缘,终不害尔。"女素惠,谢曰:"我既为君妻,岂有恶乎?君既灵异,何不居人间,使我时见父母乎?"其物言:"我辈罪业,或与人尔处,则疫疠作。今形迹已露,任尔纵观,不久当尔归也。"其塔去人居止甚近,女常下视,其物在空中,不能化形,至地,方与人杂。或有白衣尘中者,其物敛手侧避。或见抗其头,唾其面者,行人悉若不见。及归,女问之:"向见君街中有敬之者,有戏狎之者,何也?"物笑曰:"世有吃牛肉者,予得而欺之。或遇忠直孝养,释道守戒律法箓者,吾误犯之,当为天戮。"又经年,忽悲泣语女:"缘已尽,候风雨,送尔归。"因授一青石,大如鸡卵,言:"至家,可磨此服之,能下毒气。"一夕风雷,其物遽持女曰:"可去矣。"如释氏言屈伸臂顷,已至其家,坠之庭中。其母因磨石饮之,下物如青泥斗余。

张读《宣室志》卷三《朱岘女》故事与此相类:

  武陵郡有浮图祠,其高数百寻,下瞰大江。每江水泛溢,则浮图势若摇动,故里人无敢登其上者。有贾人朱岘,家极赡,生一女。无何,失所在。其家寻之,仅旬余,莫穷其适。一日,天雨初霁,郡民望见浮图之颠若有人立者,隐然纹缬衣,郡民且以为怪。岘闻之,往观焉。望其衣妆,甚肖己女,即命人登其上取之,果岘女也。岘惊讯其故,女曰:"某向者独处,有一夜叉,长丈余,甚狞异,自屋上跃而下,入某之室,谓某曰:'无惧我也。'即揽衣驰去,至浮图上。既而沉沉然若甚醉者,凡数日,方稍寤,困惧且甚。其夜叉率以将晓则下浮图,行里中,取食饮某。一日,夜叉方去,某下视之,见其行里中,会遇一白衣,夜叉辟易退逾百步,不敢窃视。及其暮归,某因诘之:'何为惧彼白衣者乎?'夜叉曰:'向者白衣自少不食太牢,故我不得近也。'某问何故,夜叉曰:'牛者所以耕田畴,为君民之大本。苟不食其肉者,则上天佑之,故我不敢近也。'某默念曰:'吾人也,去父母,与异类为伍,可不悲乎!'明日,夜叉去,而祝曰:'某愿终身不食丑肉也。'三祝已,夜叉忽自他所归浮图上,望某而语曰:'汝何为有异志弃我乎?使我再不得近汝也,从此别去矣!'夜叉东向而去,竟不知其所往。某喜甚,由浮图中得以归。"

另外,《太平广记》卷三百五十六《夜叉一》载章仇兼琼镇蜀日,有儿童为飞天夜叉掠入塔中,日饲饮食,与上两故事亦有相近处。

篇中词句间有从古小说中撷取者,如"大小人家皆遭难"化自《西游记》第八十七回,"难描难画""十分古怪"句化自第九十一回;"你好短见"云云化自《喻世明言·蒋兴哥重会珍珠衫》;等等。

后　记

这几年，我写了些所谓新人文小品小说，在接受一个采访时，我声称是"趣务正业"。这虽是为自己的以文为戏张本，但多少也合乎实情。本书的《灯》一篇写于2009年，取材于《阅微草堂笔记》，当时我正与学生一起逐卷阅读此书；另一篇《脚步》是因了与学生的"西游记读书会"；《子孙果盒》《清凉》与"儒林外史读书会"有关，《魂无所依》与"聊斋读书会"有关。往大里说，所有的作品又都与我一直从事的古代小说研究有关。在阅读古代小说时，我常为一些作品精巧的构思与深刻的内涵打动，便产生了光大弘扬、推而广之的愿望。这是我写作的初衷。

南京大学苗怀明教授创办"古代小说网"公众号之初，向我约稿，我先呈旧作，后逐月写作一篇，请他发布。每次怀明兄都精心排版，及时发布。推出后，又得到不少朋友的跟帖评点、打赏、指正。及时的反馈，既有用心处被留意的兴奋，也有出乎我意料之外的反应令我好奇，都成为我写作的一个重要动力。我要特别感谢的是现在美国大学任教的徐芃女史，有一次她在转发时，用了"新人文小品小说"雅称，我当即回复表示要"笑纳"，因为我觉得这一称谓恰到好处地概括了我的旨趣。

按我的想法，在改编古代小说时，力图发掘其中超越旧时代的思想意趣，或为其灌注新鲜的精神血液，这是所谓"新人文"；而"小品"作为篇章风格，既追摹古文幅短神遥的叙述特点，又贴近今人的阅读方式；"小说"当然是基本的属性与文体形式，但因有前面两个限定，又不完全同于传统的以情节取胜、结构完整的小说，形式上更自由些，描写上更随意些。

古代小说从来就不只是过去时代的文学遗产，其中有许多宝贵的情感体验与人生智慧值得我们悉心体会。我的基本意图就是，努力揭示古代小说文本中蕴含的情感、思想、审美元素，通过旧瓶装新酒、夺胎换骨，激活古代小说的艺术生命，充实叙事的文化内涵，亦庄亦谐，使之与今人的观念、趣味相呼应。

实际上，不断翻新也是古代小说的传统，比如唐代有一篇小说《郭翰》，写的是织女从天而降，与郭翰共成夫妇之好。唐代小说家竟让这个美丽神话的女主角私奔，实在是惊人之笔。这种顺应自然天性、向往人间生活的描写，看上去是对神话文本的解构与反叛，但从本质上说，它又是与神话所传达的自由精神一脉相承的。类似这样的写作，在古代小说中不计其数，大量的话本小说就是依据之前的文言小说翻新创作的。清代小说《豆棚闲话》对本事的颠覆性改编，更赋予了经典文学形象崭新的人文意义。文本的代代相续、不断翻新，可以说构成了古代小说一种互文性传统，使得古代小说成为国民情感之流绵延不绝的印证。

如果放开眼界，翻新创作也是一种宽广悠久的文学传统。近代文化转型期，就出现了一股对古代小说翻新写作的潮流。鲁迅的

◇ 后　记 ◇

《故事新编》则是现代小说家翻新之作的经典。当代作家中，汪曾祺、刘以鬯等，都有这方面的佳作，刘以鬯的《蛇》对《白娘子永镇雷峰塔》的改编，就是我特别欣赏的优秀作品。日本作家中岛敦《山月记》对唐人小说《人虎传》的改编，也堪称精品。前些时候翻阅彼得·阿克罗伊德的《狄更斯传》，其中论及狄更斯借用其他作家的艺术效果、人物和情节时说："狄更斯抄袭或借用的素材，根本比不上他将其转变成自己独特艺术组成部分时所依据的原则来得重要。对他来说，这些片段是灵感的来源，他缩写、扩充、改编这些片段，但在任何情况下原始素材都只是因为其在狄更斯小说中的全新搭配组合才具有意义。"这样看来，翻新可能还是一种世界文学的传统。

我还想强调一点的是，有感于时下语言运用的贫瘠化、粗鄙化，拙作着意化用古代小说的语言乃至诗文的佳篇警句。我以为古代小说、特别是经典作品的语言，是汉语文学语言的精华，至今仍富于不可替代的表现力与艺术感染力，它与我们当下的语言并没有隔阂。古今的融合，也许可以让我们的语言变得更加机巧，更有底蕴。

写作过程中，我发现拙作的大部分作品都分为八节。这本来是无意的，后来渐成套路。这篇后记也就顺势写到了八节，再絮叨，就属节外生枝了。但我仍要借此机会，向上海文艺出版社的李伟长先生、崔莉女士和为此书出版尽心费力的樊晓哲、井玉贵等朋友表示由衷的感谢！

2022 年 7 月 20 日于奇子轩

图书在版编目（ＣＩＰ）数据

请君出瓮 : 话说典籍里的精妙故事 / 刘勇强著. -- 上海 : 上海文艺出版社, 2024
ISBN 978-7-5321-8808-6

Ⅰ.①请… Ⅱ.①刘… Ⅲ.①小品文－作品集－中国－当代 Ⅳ.①I267.3

中国国家版本馆CIP数据核字(2024)第011586号

发 行 人：毕　胜
策　　划：李伟长
责任编辑：崔　莉
装帧设计：钟　颖

书　　名：请君出瓮:话说典籍里的精妙故事
作　　者：刘勇强
出　　版：上海世纪出版集团　上海文艺出版社
地　　址：上海市闵行区号景路159弄A座2楼　201101
发　　行：上海文艺出版社发行中心
　　　　　上海市闵行区号景路159弄A座2楼206室　201101　www.ewen.co
印　　刷：启东市人民印刷有限公司
开　　本：890×1240　1/32
印　　张：14.125
插　　页：6
字　　数：301,000
印　　次：2024年8月第1版　2024年8月第1次印刷
Ｉ Ｓ Ｂ Ｎ：978-7-5321-8808-6/I.6942
定　　价：78.00元

告 读 者：如发现本书有质量问题请与印刷厂质量科联系　T:0513-83349365